漩涡

袁美昌 / 著

《漩涡》，让读者在心情跌宕之余

也能因之品尝人生百味

百花洲文艺出版社
BAIHUAZHOU LITERATURE AND ART PRESS

图书在版编目（CIP）数据

漩涡 / 袁美昌著. –– 南昌：百花洲文艺出版社,2018.6
ISBN 978-7-5500-2845-6

Ⅰ.①漩… Ⅱ.①袁… Ⅲ.①长篇小说 – 中国 – 当代 Ⅳ.①I247.5

中国版本图书馆CIP数据核字（2018）第108506号

漩涡

袁美昌　著

出 版 人	姚雪雪
责任编辑	杨　旭
书籍设计	张诗思
制　　作	何　丹
出版发行	百花洲文艺出版社有限责任公司
社　　址	南昌市红谷滩世贸路898号博能中心一期A座20楼
邮　　编	330038
经　　销	全国新华书店
印　　刷	江西千叶彩印有限公司
开　　本	720mm×1000mm　1/16　　印张　20
版　　次	2019年1月第1版第1次印刷
字　　数	300千字
书　　号	ISBN 978-7-5500-2845-6
定　　价	43.00元

赣版权登字　05-2018-233

邮购联系　0791-86895108
网　　址　http://www.bhzwy.com
图书若有印装错误，影响阅读，可向承印厂联系调换。

小说的写实与虚构

在小说的创作手法上，写实与虚构相辅相成缺一不可。

写实，就是描写真实。文学的写实莫过于自传体小说与纪实性小说，因为两者描述的人物与事件全都言之有据。不过，历史是无法完全还原的，过往事情发生的时间、地点与人物，起因、进程与结果，因为事过境迁，小说创作者要想分毫不差地再现其要素与细节，这显然是力有不逮之事。尤其是在描写故事当事人的情感、态度与认知方面，由于纯属主观意识，创作者无法在心理上完全准确地客观追溯，所以只能依据人情事理而合理地予以揣摩想象。由此可见，小说创作中的写实只能是大体而言之，即使是高度写实的小说，也都难免含有一定的虚构成分。

虚构，就是凭空杜撰。文学的虚构莫过于科幻小说与志怪小说，此类小说的人物与事件大都是创作者天马行空般想象出来的，但是，无论创作者的构思多么的令人匪夷所思，在其作品里所表述的美与丑、善与恶、真与假，其实还是人间故事，书中述写对象的人性与人心，也与世人别无二致。事实上，任何以虚构见长的小说，其中的故事细节都得在情理上具有相当的真实性，创作者要通过逻辑自洽，让读者觉得作品丝丝入扣，合情合理。所以说，绝对虚构的小说是没有的，任何虚构，都会具有一定程度的写实色彩。

一般而言，但凡经得起严格推敲的小说，写实与虚构在作品里的运用都是浑然天成的。小说创作者会通过艺术重构小说素材、细腻设计故事脉络、匠心塑造人物形象，使故事更可信、情节更真实、人物更鲜活，使作品更具典型意义。

在时逾七载的光阴里，笔者先后在两个乡担任过副书记、乡长和书记，因为思想烙印太深的缘故，在《破网》与《漩涡》两部作品里，笔者不仅借用了其时的一些地域环境，甚至还将自己的部分工作经历嫁接为主人公周士毅在荷塘与枫岚两个乡的施政故事，但因笔者不想将其写成自传体或纪实性小说，不想把虽然超出常理却是惊心

1

动魄的某些情节作为作品卖点，故在叙述与描写时，对所用素材全都进行了相当程度的改写。笔者想借助虚构，使写进作品的故事从生活的真实臻于艺术的真实。

为了使作品在叙事时张弛有度富有魅力，这组作品必不可免地虚构了好些情感故事，里面既有与主人公有关的，也有与其他人物有关的。不过，这些故事虽然纯属杜撰，但在描写相关细节时，笔者还是力求准确地反映人性与人心，因此在情理上应是不无可信度的。

在这组姊妹作里，写实与虚构交织在一起的还有人物形象的塑造。虽说"周士毅"的施政作为与笔者颇有关联，但"周士毅"绝非笔者，他只是集中了许多乡镇领导优秀品德的一个艺术形象。作品中的"章汉杰"是个长短互见、个性鲜明的重要人物，就其出身、相貌、年龄、学历、经历、性格、品德、爱好、才华而言，笔者往日的同僚没有一个人与其相似度接近百分之十，但是这个人物并非脱离现实而存在，确切地说，他基本上是现实生活中许多乡镇领导某些优缺点的综合再现。此外，书中所塑造的其他乡镇领导也都有别于笔者其时的诸多同事，他们之间并无任何身份对应关系，是情理上虽有而生活中却无的。尤其是市委书记"李云峰"，笔者在作品里对其倾注了崇高敬意与深厚情感，在刻画这个人物时颇费心力，必须加以说明的是，其言谈举止的独特神韵，虽然会让笔者彼时的故旧产生似曾相识的亲切感，但"李云峰"其实并非笔者对某位老领导的简单写真，笔者安排这个人物的出现，只不过是借以表达自己对多位老领导的孺慕之情，作品中与其相关的许多感人故事，其实多为虚构。

在创作这组姊妹作时，笔者在乡镇工作的许多情境渐次浮现于脑海，不过诚如李商隐在他的《锦瑟》诗里所言，"此情可待成追忆，只是当时已惘然"，由于时隔多年，记忆淡漠，或许一些颇堪描写的素材竟被笔者疏漏了，果真如此，笔者只能暂且留下这份遗憾，待以后修订再版这组作品时再予弥补。

两部作品的初稿其实是一气呵成写就的，在《破网》先行出版以后，《漩涡》经过反复打磨现在也将面世，值此聊可自慰之时，笔者谨就小说写实与虚构之事略述管见，并以之代序。

作　者

目 录

下　卷　惊心动魄

上　卷

迎难而上

第一章　箭在弦上

当轿车绕出一片树林，枫岚集镇跃入望眼时，坐在后排左座的周士毅眺望着这个萦怀已久的第二故乡，既感慨颇多，又心事重重，其时，他只是觉得自己此次主政积重难返的枫岚乡，势必要凝神应对一场严峻的人生考验，却没料到一场迫在眉睫的真实挑战竟然先行降临。

轿车因路况转好而加快了前进的速度，周士毅看见路上的人群熙熙攘攘，这才记起今天是农历十一月二十四日，是枫岚集镇当街的日子。小车来到枫岚集镇的西街口，正要穿过圩场驶往乡政府，却在这段咽喉要道被前面的人墙堵住去路。

坐在后排右座的是长平市委朱泰来副书记，考虑到周士毅这次出任枫岚乡党委书记是受命于危难之时，而自己又是城东片的片长，为了以示重视，所以他今天就专程赶往荷塘乡陪送周士毅到枫岚乡赴任。现在他见小车前方的人群越聚越多，觉得一时半会车子开不过去，就交待司机将车停在路边暂时熄火。

主动屈坐在副驾驶座的是荷塘乡的党委书记匡厚明，他觉得周士毅虽然此前是自己的副手，但人家年仅三十，就由乡长提升为乡党委书记，未来的前途正不可限量，考虑到彼此关系不睦，为了有助于化解积怨，所以主动要求与朱书记一道陪送。现在他见前面拥堵得利害，而这里又不是自己管辖的地盘，脸上不由得露出一丝鞭长莫及的苦笑。

伴随着前面人墙的时进时退，远处清晰传来忽起忽落的呼喝声，蹙眉远眺的周士毅不明就里，提出想去前面了解情况。朱书记和匡厚明都觉得反正留在车上也没有什么事，都表示愿意一同过去看看。

三个人下了车朝前走去，只见那堵横亘在集镇西街口的厚实人墙，不仅进退频率越来越快，里面的呼喝之声也愈来愈急，三个人发现情况有异，都想挤进人群一探究竟。于是，周士毅在前面奋力开路，朱书记和匡厚明就紧随其后朝前挤去。

当他们好不容易挤进中心场地的边缘时，只见一位嘴角流血的老汉和一个头发散乱的大姑娘正哭哭啼啼地瘫坐在地上，站在两人身后的是一个鼻青脸肿满脸愤色的年轻人，而在场地中央，一条年轻大汉正在殴打一个身穿没佩警徽公安制服的中年汉子。

周士毅见情况有异，忙向旁边的群众打听缘由。原来那条大汉是当地臭名昭著的地痞，人称"孽龙"的聂金荣。在"严打"的前一年，"孽龙"被父亲强行送到外地投师学木工，所以当年侥幸躲过法律的铁拳。前些时他学艺未成返回枫岚，因为觉得"严打"已过而无所畏惧，便横行乡里胡作非为。由于名声太臭，"孽龙"年近三十尚未娶妻。为了猎艳，他每逢当街便在街上游荡，每每以人多拥挤需要开道为由，伸手到女人胸前进行猥亵，弄得成为地方一害。不久前，他缠住本乡一名姑娘强谈"恋爱"，并要求与之结婚，姑娘及其父母知他品行恶劣而坚决拒绝。"孽龙"今天在街上正巧碰到那对父女，竟以欠钱未还为名将其暴打一顿。有个乡干部看不下去就出面干预，结果被滥施淫威的"孽龙"狠狠地连抽了几个耳光，刚才乡里的公安特派员吴楠闻讯赶来制止，现在又被殴打。

朱泰来听罢群众的简述，气得连声骂道："反了！反了！竟然连公安特派员也敢打，这真是反了！"

匡厚明也气得怒目而视，只是不知如何是好。

周士毅凝神一看，发现"孽龙"的右脸有一道比较显眼的刀疤，觉得此人似曾相识，脑筋一阵急转，猛地记起这家伙竟是十年前带头蹿到庙山林场想调戏乔晓娜的"枫岚四霸"为首地痞。周士毅想，自己作为即将到任的枫岚乡党委书记，目睹如此恶行怎能不管！

周士毅一念既动豪气陡涨，他回头向朱、匡二人说了句"请稍等"，说时迟，那时快，就在"孽龙"对公安特派员挥出右拳时，只见周士毅一个箭步冲了过去，他先以右手抓住"孽龙"的右手腕往上略抬，随即以左脚迅速插往"孽龙"身后，紧接着以左肩朝"孽龙"右肋猛地一撞，"孽龙"由于双脚被周士毅的左脚踩住后退不得，竟被周士毅"猛撞南墙"的招数撞得飞出四五米远，这一电光石火的剧变，把围观的群众一个个看得目瞪口呆。

"孽龙"在猝不及防之下被人猛然撞倒了，却连来人的相貌都没有看清，由于刚才脑袋碰在地上，直痛得眼冒金花晕乎乎的。"孽龙"爬起身来，他恶狠狠地把周士毅从上到下打量了一番，只见对方提肘握拳，侧身而立，脚步不"丁"不"八"，虽然对方的身材比自己略矮一些，但体格健壮神威凛然。"孽龙"随即想起眼前此人竟然就是以前在庙山林场与自己对阵的那个知青，心里不由得猛地一颤，他不知这个"老对头"怎么又回来了。

"孽龙"在枫岚乡从来没有吃过这样的亏和丢过这样的脸，此刻他意识到，如果今天不把这个脸面挽回来，今后在枫岚乡就不要再混了。于是，"孽龙"打起精神，圆瞪怒目，凶神恶煞般地来到周士毅前面大吼道："好小子，爷爷当年在庙山林场放了你一马，你今天却又来管爷爷的闲事，想找死啊！"他话音未落，猛地扫出一记右鞭拳。周士毅见对方来势凶猛，赶紧屈身后仰，随即施出一招"擒龙手"，只见他举起双手，顺势抓住对方横扫过来的右拳，然后毫无停顿地将其右臂往上猛力一牵，再在后撤右腿的同时，将对方已被拉动的右臂往外扭转并以弧形线路向下猛拉，"孽龙"的身躯被下行的螺旋力与平行的扭转力共同牵引，又往前跌了个仰面朝天，由于摔得不轻，竟然躺在地上半天都爬不起来。

慑于"孽龙"平日的淫威，围观的群众虽然觉得解气解恨，但谁都不敢做声，他们生怕得罪了这条不可一世的"孽龙"，弄得以后横遭报复。

朱泰来和匡厚明见周士毅刚才露出的身手，全都大感意外，不由得看得惊心动魄。朱书记心想，多亏市里用人的想法对了路，否则，没有周士毅这样的硬汉主政枫岚，像今天这样以邪压正的场面肯定无法善了。匡厚明则暗忖道，自己虽然与周士毅相处日久，但根本不知道他是这样一条铮铮铁汉，这两年自己冷落他、压制他，让他受了许多委屈，但他居然一直刻意隐忍，也真是难为他了！

周士毅见对方还没有爬起来，就过去与乡特派员吴楠握手，并说着什么，随后又过去拍了拍另外一个乡干部的肩膀以示赞赏，然后又去扶起那对父女进行安慰。

"孽龙"再次爬了起来，他跌跌撞撞地来到周士毅面前。经过两个回合的交手，周士毅知道对方的本事不过如此，就立定脚跟不躲不闪。

"孽龙"却不知进退，他摆出一副"死猪不怕开水烫"的模样，一边伸出右手死死地抓住周士毅的衣领，一边声嘶力竭地吼道——"老子跟你拼了！"

周士毅见对方要无赖，决心再给他点颜色瞧瞧，于是施出"解扣手"，以双手紧扣住对方的右手腕，在以胸脯顶紧和下折"孽龙"右拳迫其松开手指的同时，右腿随之快速后撤，并借用身体右旋之力扭转对方的右臂，同时以左肘反压住对方的右臂后肘，以向下的右旋力将"孽龙"压得匍匐在地。

周士毅见"孽龙"冥顽不化，就顺势骑在他的腰背部，并将其双手反扭在背后。这时，周士毅发现地上有根鞋带，便拾起带子将"孽龙"两手的大拇指反扎起来，随后又起身把他拎起来示众。这个平时恃强凌弱的恶棍，在被周士毅连摔三次之后，脸带血丝嘴带肿，虽然还在骂骂咧咧地挣扎着，但神情已是明显地萎靡下来，再也没有平日那份猖狂和凶悍。

大家见周士毅在没动一拳一脚的情况下，仅凭"撞"、"牵"、"扭"三个招数就将平时横行霸道作恶多端的"孽龙"彻底制服了，不由得欢声雷动，圩场上顿时响起一阵热烈的掌声。朱书记和匡厚明激动之余，也不由自主地跟着大家鼓起掌来。黑压压的群众一边鼓着掌，一边相互交头接耳地探询着，大家都不知这位见义勇为的年轻"打师"到底是谁。

这时，人群内圈的边缘忽然钻出个身材英挺的年轻男子，只见他器宇轩昂地走到场中，随即扬起双臂朝各个方向不停地压着掌，等场面稍稍安静下来，便豪壮地一句一顿地大声说道："各位父老乡亲，'孽龙'这条恶棍，平日胡作非为，欺压百姓，今天终于被彻底制服了，诸位，我要高兴地告诉大家，你们刚才打听的这位除暴安良的"打师"，他不是别人，他就是我们枫岚乡今天刚刚上任的党委书记周士毅同志。"说着，他一边高举双手鼓着掌，一边笑容满面地朝周士毅走来。

满场群众听说这位武功高强的"打师"竟然是新来的党委书记，都觉得从此以后有了坚强可靠的后盾，再也不用过那种提心吊胆的日子了，于是，满场再次响起经久不息的热烈掌声，好多人竟然情不自禁地高声喝起彩来。

周士毅看见来人竟是自己以前下放在庙山林场的老同事，枫岚乡的党委副书记章汉杰，不由得颇感意外，因为他在从尚州地区经委调任荷塘乡党委副书记的第二天，曾经专程赶到枫岚乡探访当年下放在庙山林场的故旧，其时根据庙山林场老场长韩鼎诚和老同事李秋云的介绍，章汉杰似乎是个寡情薄义之人，那么，他刚才怎么竟会发表如此热情洋溢的言辞呢？当章汉杰笑容满脸地伸出双手快步前来时，周士毅来不及深思，便赶忙迎上前去伸手相握。

周士毅握过章汉杰，见特派员等人正押着"孽龙"往乡里走去，就开始搜寻朱书记和匡厚明。正当他东张西望的时候，忽然看见朱、周二人正情绪高亢喜形于色地从右后侧快步走来，就赶忙转身迎了过去。章汉杰见朱书记到了，也紧随周士毅之后迎上前打招呼。朱书记一边应着章汉杰的招呼，一边来到周士毅面前，他夸赞周士毅对刚才这桩影响恶劣的治安案件当机立断，处置得力，维护了党和政府的声誉和形象。

周士毅不无欣慰地笑了，他没料到自己来到枫岚乡履新的第一天，竟然是以"打师"形象亮相的。

虽然围观人群渐渐散开，但街上依然堵得厉害，章汉杰就安排多人奋力疏通街上通往乡政府的道路，使堵在远处的那辆小车这才慢慢地开了过来。由于枫岚乡与望城乡、荷塘乡、谢家乡都属于城东片，作为本片片长的朱泰来副书记，枫岚乡自然是他的常来之地，因此他知道这里离乡政府大院只有一箭之遥，在人多拥挤的时候，步行过去比坐车或许还要快些，所以他就招呼匡厚明、周士毅和章汉杰一道步行到位于圩场东南部的乡政府大院。

作为枫岚乡政府的所在地，周士毅对这里并不陌生，且不说到荷塘工作之初曾经来这里探访过故旧，当年自己下放和小乔返城，以及自己后来去读大学，这些手续都是到这里办理的。不过，以前没有对比还不清楚，待他在荷塘乡工作过后，这才知道其实枫岚乡政府这个院子确实是不怎么的。譬如，荷塘乡政府大院靠近省道进出方便，而且院子方正、地势平坦、布局规整，而枫岚这边在离开市道之后，需先行穿过百余米的圩场才能进入乡政府大院，因此，每遇当街的日子就很难通行。

乡政府大院西侧是一栋临街而立的大礼堂，从政府大院的大门往里走，一条宽约四米的砂石道路一直往前延伸，路左的不远处是栋坐东朝西的老旧两层小楼，解放初期这里曾是区公所的办公楼，后来作为干部宿舍使用。邱正良以前在枫岚公社担任书记时，他的办公室便设在一楼紧靠楼梯右侧的那一间，当年章汉杰下放在庙山林场，为了争得工农兵推荐选拔上大学的指标而找邱正良，正是在这里碰了一鼻子灰的。

顺着道路往前，左前方是中学与乡政府大院之间一堵长长的围墙，围墙因为与道路斜交，所以中间形成一块三角形空地，空地上稀疏地栽了几棵风景灌木。由此向前，道路与围墙的交汇处是一处短坡道，下坡之后又是一块场地。场地的左侧是一栋坐北朝南的办公楼，办公楼西端是带"工"字头的三层主楼，东端则是两层副楼。在办公楼的南面靠围墙处还有一溜小平房，被一些带家属的干部用作厨房。隔着这块长方形地的北边，是两栋呈纵向排列的房子，西侧是一栋破旧的两层楼的宿舍，东侧那栋则是用作食堂的平房。中间这块场地的西边，又是一块高程下降大约两米的场地，这块场地的南北两边各有一栋房子，南边是尚有八成新的三层楼干部宿舍，北边是用作种子站的比较破旧的两层楼房。当然，周士毅此时只是看见了这些建筑物，至于其功用情况他也是后来才弄清楚的。

不一会，他们几个人来到办公楼前的场地上。说话间，轿车也缓缓地开了进来，章汉杰就指挥几个青年男女从车上搬下周士毅的行李。

这时，几个面带笑容的领导模样的人也在轿车后面阔步赶了过来，大家自然都认识朱书记，在打过招呼后，经过朱书记的介绍，众人随又满腔热情地与周士毅和匡厚明打招呼。

朱书记见人来了不少，就问章汉杰今天上午班子成员开'见面会'的事是否全部通知到了。章汉杰看了看到场的各位，然后回答说，李家塘和刘家湾两个村庄因为山林权属问题在闹纠纷，主管政法工作的杨树青副书记已临时赶过去做劝阻工作，除了妇女主任龙细萍在外治病，其余在家的领导都来了！

朱书记看了看腕表，然后说道："时间不早了，那我们就到会议室去开个短会，我把市委的任免决定给大家宣布一下。"

章汉杰连忙称是，一众班子成员陆续朝二楼的小会议室走去。

朱书记随又扭转身子朝匡厚明问道："呃，厚明同志，是不是一道参加一下？"

匡厚明忙说："不了！不了！我就在下面和钟师傅聊聊天，你们忙去吧！"他说的钟师傅是朱泰来的司机。

周士毅对章汉杰说："汉杰，你派人把匡书记和钟师傅领到接待室去，给他们倒杯茶，"然后又对匡厚明说，"匡书记，'见面会'时间很短，你们稍坐一会儿，我就暂时失陪了。"

匡厚明笑道："你们开会去吧，这里就不用费神了。"

在"见面会"上，首先是朱书记宣布了市委关于枫岚乡班子成员的任免决定，并扼要介绍了周士毅的基本情况；因为原任书记龙飞和乡长边锋今天在履新岗位上都有重要工作安排，他们在昨天都已提前来枫岚辞过行，所以党群副书记章汉杰就代表留任的班子成员做了个表态，其内容不外乎是拥护市委决定，支持新任书记工作等；之后，自然是周士毅做了一个简短而积极的讲话，一切如仪之后，时间已经将近十二点。

由于朱书记下午需要先送匡厚明回荷塘，在市里还有好几项预定的工作安排，所以在简单地用完午餐后，朱书记与匡厚明就准备踏上归程。

周士毅见朱书记他们不肯逗留，只好与章汉杰等人陪送他们到小车旁边。两人与大家握过手后正要上车，忽然由远而近地传来一阵充满惶恐的呼叫声，"不得了啊！杀大阵啦……不得了啊！杀大阵啦……"转眼之间，一个满头大汗面容煞白的女人骑着自行车疾冲而来，由于惊慌失措，下坡时自行车龙头一歪，那个女的连人带车猛然侧翻在地。几个乡干部见状赶忙过去搀扶，大家定睛一看，来人竟然是李家村委会的妇女主任涂红珍。

周士毅赶忙向前问询，章汉杰便对涂红珍说："不要慌，这是我们乡新来的党委书记周士毅同志，你说，到底是怎么回事！"

涂红珍拢了拢额前黏满汗水的乱发，一边大口地喘着粗气，一边断断续续地说道："李家塘和……和刘家湾，因为林地纠纷，都在集合人……他们都……都拿了家伙，要……要杀大阵哩，杨……杨书记……派我来叫……叫人……"

周士毅神色冷峻地问章汉杰有多远，章汉杰说就在集镇西南边，只有两里多路，周士毅就对章汉杰说道："给我准备一辆自行车，在家的乡干部全部跟我过去！"

朱书记见有突发情况，就非常关切地对周士毅说道："让我的车送你们过去吧！"

周士毅说："不用麻烦，只有两里路，你们就请回吧，我就不送你们啦！"

说话间，十几个乡干部各自推着自行车过来了，另有一个年轻女性将一部紫罗兰色的斜杠女式自行车推给周士毅。周士毅也不管男式女式，他接过自行车，朝章汉杰说了声"带路！"然后一边回头向朱书记和匡厚明说声"我先走了！"一边跨上自行车尾随章汉杰向外疾奔，其余的乡干部也紧随其后急冲而去。

朱书记站在那里略略迟疑了一下，就走进办公楼，不久便从里面出来，乘车离开院子赶赴荷塘乡去了。

当周士毅一行赶到李家塘和刘家湾之间种了红花草的田垄时，一位身高体瘦神态凛然的老干部模样的人快步走了过来，章汉杰就给双方做了介绍，原来来者正是枫岚乡分管政法工作的副书记杨树青同志。

周士毅只是朝杨树青略一点头，然后就朝前望去。他看见两个相距只有三四百米的村庄，各自都有上百号男人手持木棍、扁担、鱼叉和梭镖等凶器列成阵势，正群情汹涌地跨过田垄，向着对方一步步挺进。有几个站在队伍后面的人，已经开始向对方的阵营投掷石子。由于势不可挡，两边阵前先前还在竭力阻拦的几个乡村干部，此时也被矢志前行的壮汉冲得七零八落，只能眼睁睁地看着两边杀大阵的队列裹着呵斥声和喊杀声步步进逼。

眼看一场后果难以想象的血腥械斗即将爆发，在这千钧一发之际，周士毅冒着尚属稀疏的石雨疾步冲到两个队列的中间，只见他双手高举，朝左右两边做出静场的手势，并猛然拖长声调高声喝道"停——"。

猝不及防之下，两边准备杀大阵的人竟然都被眼前的怪异情况镇住了，双方不约而同地收住脚步闭了嘴，刚刚飞掷的石雨也暂时停歇下来，他们都不明白这个仿佛从天而降且胆大包天的陌生人到底有何分说。

周士毅见凶险异常的场面陡然出现转瞬即逝的寂静，随即抓住时机大声喊道："大家听着，我是枫岚乡新任党委书记周士毅，今天肯定会打死打伤很多人，带头杀大阵的人，到时候肯定要坐牢杀头家破人亡的！公安局的大队人马马上就到，乡村干部赶快记下站在第一排的人！看看是谁在带头杀大阵，快！赶快记！"

原来在场的加上后来赶到的共有二十来个乡村干部，大家见周士毅发出指令，赶忙冲向两边的阵前抢记为首分子的名字。而刚才站在第一排准备杀大阵的人，听说带头的人肯定要"坐牢杀头"和"家破人亡",顿时清醒过来,尤其是听到公安局的大队人马已经开过来了,就赶忙抢着后退。

两边村头先前都云集了不少提心吊胆的妇女,现在听到这样严重的后果,就"呼"的一下冲进阵列,抢着把自家男人拉扯回家。由于一下子掺入了二十多个乡村干部和上百个妇女,两边准备杀大阵的队形就自然而然地土崩瓦解了。

周士毅见两村杀大阵的危险暂时解除,随即叮嘱章汉杰和杨树青两名副书记把在场的乡村干部分成两组,并让他们俩各带一组,分别把村头的群众全部劝回村里,然后再进村调查摸底,一定要找出"杀大阵"的主谋和带头人,然后把他们带到乡里去开会。同时声言,即使一时查不出或带不走主谋和带头人,也要形成高压态势,要切实防止杀大阵的事死灰复燃。

正当乡村干部三三两两地在两个村上户调查摸底时,六辆警车鸣着警笛闪着警灯从集镇方向呼啸而至。原来,朱书记在离开枫岚乡之前,已经在乡办公室给市公安局的领导打了电话并作了安排。两边参与闹事的村民见此阵势,知道接下来肯定要抓人,一个个胆战心惊,惶恐不安。

公安局的罗龙刚副局长是这次行动的负责人,他上个月在荷塘乡还与时任乡长的周士毅共同处置过一起突发事件,所以两人相见并不陌生。短暂交谈之后,罗局长分派干警进村调查。两个村庄的大狗小狗见有大量生人闯入,全都焦急不安地狂吠起来,犬吠声此呼彼应,两个村庄顿时弥漫着一种令人窒息的紧张氛围。

在分头谈话中,一些担着嫌疑的村民为了自保,就主动供出主谋和带头人,大约不到一个小时,只见两个村庄各有几个神情惊恐的男人被戴上手铐押上警车,尾随而至的是好些哭哭啼啼的女眷,村里那些先前孔武强悍的壮汉,此时一个个躲在远处愣愣地看着,生怕一走近警车就会被警察一并带走。

伴随着长鸣不止的警笛声,六辆警车闪着一晃一晃的警灯陆续离去,其中有一辆去乡政府押解"孽龙",另外五辆朝着市公安局看守所方向直奔而去。由于事态已经得到有效控制,周士毅交待章汉杰和杨树青,每组各留两个乡干部和几个村干部继续作稳定工作和观察最新动态,其余乡干部全都撤了。

回到乡里,周士毅叮嘱杨树青副书记,叫他安排公安特派员和林业员,次日带着李家塘和刘家湾两个村的代表去市档案局查找原始档案,然后将有关档案复印三份,并分别加盖档案局的公章,两个村和乡里各留一份,以后山林权属界线一切以原始档案记载为准,谁要提无理要求,出了事就追究谁的责任。

第二章 释 疑

周士毅回到乡政府大院，他来到办公楼前停好自行车，然后交待章汉杰通知晚上七点整召开党政联席会，他想尽快理清头绪和打开局面。

这时，一个形象斯文的中年男子来到周士毅身边，只见他神态恭谨地对周士毅说："周书记，您的房间安排在办公楼的二楼，也就是龙飞书记原来住的那个套房。"

"哦……你是……"眼前这个大约四十左右的男子让周士毅有种似曾相识的感觉，周士毅就不无疑惑地看着他。

"这是宋慕贤，办公室主任。"章汉杰连忙向周士毅介绍道。

周士毅记起来了，以前在为乔晓娜办理回城迁移手续和为自己办理上学迁移手续时，他都见过宋慕贤，宋慕贤那个时候就是办公室的副主任。周士毅还知道宋慕贤是李秋云下放在庙山林场时写作通讯报道的"恩师"，而且李秋云后来调到枫岚公社担任广播站采编员还是他举荐的呢，只是当时彼此交往很少，此后又相隔多年，所以一时没有辨认出来。

章汉杰随后又把周士毅刚才交待的晚上开会的事告知宋慕贤，叫他负责通知大家，宋慕贤恭顺地应承下来。

接着，章汉杰和宋慕贤便陪着周士毅经过门厅进入办公楼，办公楼的中间是一条呈左东右西展开的过道，过道的南北两侧，是呈对称状的用于办公的房间，两间办公室设在楼梯间的右侧，接待室则设在办公室的对面，也就是进门厅的右边。周士毅发现，一楼主要承载办公与接待功能。

在对一楼的平面布置有了大致了解之后，周士毅他们从门厅的楼梯间上到二楼。上楼时，由于章汉杰坚持礼让，周士毅只好走在前面。这时，章汉杰看见不断上行的周士毅的背影，心里止不住暗自叫苦不迭。

周士毅上到二楼，朝左右两边打量了一下，觉得这里比较安静，好像没有什么人住似的。尾随而上的章汉杰就满脸带笑地领着周士毅来到二楼的西侧过道。西侧过道的南边是由两个开间构成的大约三十平米的小会议室，会议室靠过道一侧的中间设有双扇木门，其南向和西向都开有窗户，里面放置了一张两端呈半圆状的长条桌，这里通常用于召开党政联席会。周士毅看见东向的墙壁上挂有很多锦旗，知道这里通常被视为上首。在西侧过道的北边，左是档案室，右是保管室，在这个区段与楼道口的连接处，也设置了一个双扇木门。

　　章汉杰指了指顶上介绍说，与二楼这个区域相对应的三楼"工"字头，是个能容纳一百多人的大会议室，乡里的三级干部大会一般安排在临街的大礼堂，而乡村干部大会通常都是在这里召开。周士毅闻言点了点头。

　　其后，他们几个人出了西侧过道的双开大门，章汉杰就将其他房间的功能情况略作介绍。原来与楼梯间相对的左边房间，与此相邻的东侧那个房间，以及与相邻房间隔过道对面的南向那间，这三个房间都是作为招待所使用的。再往里走，左边的那间套房原来是龙飞书记的住所，现在安排给周士毅使用；右边的那间套房原来是边锋乡长的住所，现在暂时锁着，留待新的乡长到任备用；而过道东向的尽头，是一个小巧的洗衣池，供住在二楼的人洗漱之用。

　　听过章汉杰对二楼布局的粗略介绍之后，周士毅往东侧逛了过去，章汉杰和宋慕贤随行其后。周士毅发现，由于东侧大部分房门都是关着的，所以过道总的来说光线较弱，这就使得从他即将入住的住所里透出来的两道亮光显得格外耀眼。

　　说话间，周士毅来到他新住所外间的门前，由于过道比较晦暗，当他们乍到门前时，陡然被从房内透过来的亮光刺花了眼。忽然，周士毅似乎看见外间出现一副乔晓娜的剪影，不由得心里一惊，忙定神细看，由于眼睛对亮光已经有了一定程度的适应，这时他才依稀看见里面有个脑后扎着一束秀发，手中提着热水瓶的妙龄女子正朝门口走来。

　　周士毅在闪身避让时，发现眼前的女孩就是先前借给他自行车的那位，二十不到的年龄，中等身材，白嫩皮肤，模样虽不惊艳但还好看。

　　那个女孩看见站在门口的周士毅，不无羞怯地笑着问候道："您好！周书记。"随又对站在周士毅身后的章汉杰和宋慕贤笑着点了点头。

　　周士毅浅笑着"嗯"了一声以示回礼，同时把车钥匙递还给她，并告知了停车的位置。

　　女孩走后，周士毅微微皱了皱眉头，他对章汉杰与宋慕贤问道："这……"

　　宋慕贤见问忙介绍道："哦，周书记，是这样的，这是乡里上个月招聘的打字员苏爱莲，由于乡政府的人手比较紧，所以办公室就安排苏爱莲同时负责招待所的服务工作，接待室、会议室、招待所以及领导这边搞卫生和打开水的事都是由她兼着。"

听了宋慕贤的解释，周士毅微微点了点头，不再吱声。

周士毅走进室内，看见中间隔墙靠近过道处开设了单扇连通门，他朝前走了两步，站在连通门洞里向卧室与外间两边打量了一下。他发现两个房间南北两向的设置都是一样的，北向的左边都是一个通往外阳台的带有玻璃"摇头"的木门，中间则是一个带有玻璃"摇头"的两开木框玻璃窗；南向靠通道处，都是一个开在中间位置的带有玻璃"摇头"的木门；两个房间在靠近连通门处，都隔墙对称放置一组暗红色的单人扶手木椅，两张坐椅中间都放了一张与之配套的同色茶几。除此之外，两个房间的陈设则各不相同，卧室的北窗下放着一张五斗办公桌和一把靠背椅，办公桌右边靠墙处打横放置了一张挂衣橱，挂衣橱的右边是一张宽约一米五带有三向挡板的床具，周士毅的被褥已被整整齐齐地平铺在床上。周士毅还注意到，办公桌椅和床具都被漆成鹅黄色。而外间的北窗下则放着一张长条两屉桌，长条桌的左边靠门处是一个木制的三脚脸盆架，周士毅带来的脸盆、毛巾和漱口杯等都已放置到位；外间左侧则靠墙放着一张一米见方的暗红色的小木桌，四个同色小木凳整整齐齐地放在桌子下面。周士毅在扫视过后，觉得如果用窗明几净来形容这两个房间一点也不过分，他想，看来这个名叫苏爱莲的小丫头在打扫卫生时还是花了一些功夫的，周士毅这样暗自评价着。

当住所的一切尽收眼底之后，周士毅便从连通门洞退回到外间，然后从上衣的内袋里掏钱递给宋慕贤，请他代买些饭菜票。在宋慕贤告退下楼之后，周士毅指了指靠窗那边的木椅，笑着为章汉杰让坐，自己也在靠近连通门的那张木椅上缓缓坐下。

周士毅向章汉杰侧过身子微微一笑，然后说："汉杰，世界说大也大，说小也小，没想到时隔十年，我们竟然又在枫岚相聚，并且又成为同事。"

章汉杰听了周士毅的感叹，虽然满脸荡漾着欢快的笑意，但心头滚过的却是无边的悲凉，他随即想到了"不是冤家不聚头"这句古语。

章汉杰是一九七三年从长平县下放到庙山林场的，他比周士毅早到林场一年。其时因为庙山林场有四十多个下放知青，公社为了安抚人心，每年都会安排一个"工农兵推荐选拔上大学"的指标给庙山林场，而庙山林场通常会将这个指标定给担任团支部书记的那个知青。一九七五年年底，庙山林场因为前任团支书上大学而需补选新的团支书，其时章汉杰分析，自己虽然是团支部的组织委员，但周士毅不仅已经练成农活能手，而且在担任枫林水库工地青年突击队队长时又脱颖而出，后来还挺身而出赶跑了到林场闹事的"枫岚四霸",章汉杰觉得如果自己与风头正劲的周士毅竞争团支书必落下风,所以在权衡利弊之后,他便故作姿态地主动推举周士毅,以便为日后留下一份人情。

在一九七六年行将落实推荐选拔上大学的指标时,章汉杰为了争得这个重要的上升机遇,他先是找到枫岚公社党委书记邱正良,准备与其拉上私人关系,但因言语欠妥而被邱正良逐出门外;其后他又找到场长韩鼎诚,以便从这里打开缺口截获指标,没想到又因言高语低而被韩鼎诚教训一番;最后没有办法,章汉杰只得死马当作活马医,硬着头皮向竞争对手周士毅开口,不过,当他诉说了三岁丧母,七岁丧父的苦难家事,周士毅得知是他后母将他和两个同父异母的弟弟拉扯大,家境相当窘迫,急需寻找一条出路时,周士毅想到章汉杰曾经推举自己担任团支书,为了报恩,竟主动表示愿意放弃对推荐指标的竞争。

章汉杰虽然得到了林场的推荐,但他知道此事的决定权在公社党委,为了避免功亏一篑,他又挖空心思找人疏通邱正良的关系。章汉杰的父亲"文革"前是长平县的县委副书记,在"文革"前期接受批斗时意外去世,章汉杰考虑到父亲原来的秘书甘为牛曾经得到父亲的提携,而甘为牛此时担任县人事局局长,在官场上有一定的斡旋能力,便满怀希望地向对方求助,谁知甘为牛却借故婉拒。在这山穷水尽之时,他父亲原来的司机,机关小车队的副队长唐冬冬得知情况,便利用送县委李云峰副书记去枫岚公社检查工作的机会,将章汉杰的家事与困境说给领导听,李云峰副书记得知章汉杰不仅是县委前领导之后,而且对后母很孝顺,对同父异母的两个弟弟很尽责,出于恻隐之心,便为其向邱正良打了个招呼,章汉杰这才得到去江南林学院读书的推荐指标。

周士毅虽然成全了章汉杰,不过章汉杰并未领情,因为他觉得无论是选举团支书还是得到推荐上大学的指标,如果论资排辈都理应属于自己,况且,他认为自己之所以能上大学,主要还是依靠县委李云峰副书记在关键时刻的出面,由于有了上述原因,所以章汉杰在离开林场上大学时,并未与周士毅告别。

大学毕业后,章汉杰听从已是县长的李云峰的建议,下到枫岚公社工作,其后,他从公社管委会副主任升任为乡党委副书记。两年前,他找到已是市委书记的李云峰,巧妙地表达了更上层楼的意思,而李书记也暗示会在附近乡镇给他"动一动",他当时就推测自己很有可能会去两位主官不睦的荷塘乡,没想到荷塘的乡长职位后来竟让只当了半年副书记的周士毅捷足先登了。

昨天上午,龙飞书记和边锋乡长来到枫岚,他们召集在家的班子成员开了个碰头会，告知大家市委决定将他们俩调离枫岚另行分工，而荷塘的乡长周士毅会到这里来接任书记，乡长一职暂时空缺。并说次日上午市委领导会陪送周士毅过来上班，要开个班子成员的见面会，叫章汉杰负责牵头做好接待准备。

这个消息对于章汉杰来说无异于晴天霹雳，为了一探究竟，吃过为龙飞和边锋送行的中饭，他借口要看望老娘，便搭乘龙飞他们的车子进城去了。

在路上，章汉杰认为周士毅这次来到枫岚乡担任党委书记，在乡长之位出缺的情况下，自己作为三年半的副书记，该提拔而未提拔，他估计这肯定是周士毅为了迫使自己彻底臣服于他而故意作梗。下午他壮着胆子来到李云峰书记的办公室，想听听李云峰书记对此有什么说法。但李书记并没有请他落座，只跟他站着讲了不到三分钟便把他打发走了。李书记的意思是，现在离换届还有两三个月的时间，枫岚的"乡长"一职暂时空缺，这就说明他还是有努力空间的。离开李书记的办公室，章汉杰反复咀嚼着李书记的话意，他觉得自己能否升任乡长一职，看来完全取决于自己如何在周士毅面前"努力"了，章汉杰想到命中"克星"周士毅，心里不由得发出"既生瑜，何生亮"的浩叹。

章汉杰虽然对周士毅恨得牙痒，但他是个明白人，知道"胳膊拧不过大腿"的道理，他见彼强己弱已经定势，便下定决心以屈求伸。他想，无论如何，一定得先把"乡长"这个职位弄到手，以后的事以后再说，反正来日方长，谁能笑道最后谁才算笑得最好呢！

在回枫岚的路上，章汉杰分析了接下来可能发生的种种情况，并就可能遇到的问题做好了相应的预案。正是因为章汉杰有了充分的思想准备，所以他才会在圩场发生突发事件时，临时起意帮助周士毅精彩亮相。

章汉杰听了周士毅"又成为同事"的感叹，立即打起精神朗声笑道："周书记，这只能说明我们之间的缘分很重啊！"

周士毅见章汉杰神态恭谨地称他为"周书记"，怕委屈了章汉杰，便宽厚地提示说："汉杰，我们毕竟是老同事，在私下场合你还是叫我名字吧！这样会更自然些。"

章汉杰打着哈哈豪爽地笑道："周书记，下放在庙山林场那会儿你是我的团支部书记，现在你是我的党委书记，你的职务虽然变了，但我们之间的上下级关系并没变，从这个角度来说，无论是公开场合还是私下场合，我称呼你'周书记'，在心理上都不会有什么不适应的。"

周士毅面带微笑地看着章汉杰，继而说道："那年你离开庙山林场去上大学，我本想在你离开前为你饯行，没想到……。"

　　章汉杰见周士毅旧事重提，知道对方对自己当年的不辞而别仍然心存芥蒂，为了化解周士毅的不满，便辩称道："哦……是啊！我知道，那次是走得急了一些，不过哩……我也是没有办法啊，因为我母亲得了心脏病仓促住院，我的两个弟弟年纪又小，办不了事，所以我只得赶回去张罗。"

　　随后章汉杰又一本正经地说道，"你将推荐选拔上大学的指标让给我，我当时本想在离开前向您郑重致谢，但一来时间很急，二来也是担心一不留意说到我母亲的病情，倒弄得你为我的事担忧，所以就没有去见您。"

　　周士毅听了章汉杰的解释，这么多年一直留存在心的那丝不快这才得以化开，但他并未将这个变化表露在脸上。周士毅点了点头，随又问道："当年下放在庙山林场的知青共有四十多个人，现在还在枫岚乡的，有依然留守林场的饶青松与金月娥两夫妻，嫁给当地赤脚医生的敖丽萍，你们两夫妻和李秋云，当然，另外还有公社抽调到林场任职的韩场长和两位队长，诶！他们现在都过得怎么样？"

　　章汉杰顿了顿，略作思考过后便缓缓地说道："其他人都还过得可以，只是韩鼎诚场长过得比较艰难些。"

　　周士毅似有不解地问道："怎么回事？"

　　章汉杰神色愤然地说道："都是因为他那个不争气的儿子！"说到这里，章汉杰竟然有些激动了，他接着说道："这小子从小被父母宠坏了，初中毕业以后，整天在外面游手好闲，打架闹事。前几年'严打'时，乡里的'严打工作领导小组'统一排查不法分子，结果把韩金锁从小偷那里买自行车的事也给抖落出来了，大家得知这小子平时很喜欢惹是生非，便一致决定以"销赃罪"报捕他，要让他感受一下法律的严肃性。没想到韩场长当局者迷，在韩金锁被抓捕的当天下午竟然找到我，想要保下他那个宝贝儿子。我觉得如果这次放了韩金锁，不仅其他罪行较轻的被捕者及其亲属不会服气，而且从本质上来说这也对韩场长不利，因为这小子如果不及时管教，以后还不知道会给父母惹出多大的麻烦哩！所以我当时就没有顺从韩场长。况且那天公安局治安科的罗龙刚科长也来了，我一个人根本做不了这个主。没想到，韩场长对我的苦心与难处不仅没有理解，反而还因此怪罪我，后来见了我老是爱理不理的。好啦！结果还真的不出我所料，这小子刚被释放不久，在上个月有一次当街时，因为一个女孩的事与别人争风吃醋大打出手，最后把人打伤住院，弄得赔了人家二百多元才算了事，他父亲四五个月的工资就这样赔没了！"说到这里，章汉杰的脸上依旧是怒气难消。

　　周士毅见章汉杰这么说，倒觉得章汉杰当时的决定未必就有多大的错，便开解道："汉杰啊！韩场长哩，是我们的老领导，他不理解你的心情，但你要理解他的心情，为人父母嘛！护犊之心总是有的，你就不要跟他过于计较了。"

章汉杰听了周士毅的劝说，这才缓过脸色，他说："'过于计较'倒不会，只是想起来心里觉得有点憋屈而已。"

周士毅顿了一下，又说道："我觉得他即使对你有所不满也是人之常情，因为他从庙山林场回到乡里，竟然把原来一直兼任的武装部副部长职务免掉了，而你又是分管这件事的领导，你说他对这件事毫无情绪，这恐怕也不现实，是吧！"

章汉杰说："如果他要因这件事怪罪我，这就是怪人不知理了，因为无论是提议这件事还是决定这件事，都轮不到我这样一个资历尚浅的副手，其实这事自始至终都是"一把手"定的调，跟我没有什么关联，所以他要因为这事怪我，这真是天大的冤枉！"

周士毅见章汉杰情绪激动，忙解释说："汉杰，不是韩场长为这事怪你，这只是我的推测而已。"

正在这时，楼梯口传来一串向这边走来的脚步声，两人便都打住话头。转瞬之间，只见宋慕贤拿着一沓饭菜票进了外间并给了周士毅。

周士毅接过饭菜票，叫宋慕贤坐。宋慕贤说，坐家的牟玉成副乡长考虑到周书记刚来枫岚，环境还不太熟，便安排食堂另外炒了几个菜，免得周书记今晚就去排队打饭。宋慕贤又说现在到了开饭的时间，问两位领导是不是现在就过去用餐。

周士毅觉得这样做似乎不太合适，就叫宋慕贤将已经炒好的菜拿到窗口去卖，说自己还是打饭吃的好。

章汉杰见周士毅不愿接受这份安排，迟疑了一下，就说："要不就这样吧！周书记，这几个菜的钱我出，就算我为你接风，这总可以吧！"

周士毅见章汉杰这样说，想到牟玉成和章汉杰都是一片好心，今后还要与他们长期共事，如果自己太过较真，恐怕会弄得牟玉成下不了台，便笑道："好吧！那就让你破费一次吧！慕贤，你也和牟乡长一道参加吧。"

宋慕贤报称牟乡长有事出去了，周士毅闻言点了点头，没再说什么。

宋慕贤见僵局已经化解，便感到一份如释重负的愉悦，于是，三个人相继出门来到过道准备下楼。这时恰好苏爱莲打了开水上来，她见几位领导正要下楼，就面带赧色地在楼梯口闪身避让着。

第三章　交　心

　　晚上六时五十分，枫岚乡办公楼二楼的小会议室里灯火通明，除了周士毅尚未进入会议室，其余党政班子成员都已悉数入座。会议室的长条桌左侧为上首，此时正空着的那个位置，应该是周士毅出场以后的落座之处。章汉杰与杨树青分坐在那个位置的左右两侧，其余人等则各安其位。

　　现在离预定开会时间还有十分钟，不知是今天连续两场重大治安事件的影响，还是因为新任"一把手"即将正式出场，一众参会人员都是神情肃穆地正襟危坐着，由于大家谁都没有吭声，会议室的气氛让人觉得有点压抑。

　　章汉杰的眼睛看似盯着前面的笔记本，其实他是在回味晚饭前周士毅对他的连番发问。章汉杰想，幸好自己提前思虑周全，周士毅所提问题全都被自己巧妙地应付过去，否则，一旦周士毅对自己抱定深深的成见，自己的仕途势必举步维艰。章汉杰想到两人的关系已经度过了他最担心的危险期，心里不由得略觉宽慰，他见预定的开会时间快到了，便朝宋慕贤抬了抬下巴。

　　宋慕贤知道章汉杰的意思，就看了看墙上的挂钟，扫视了一下到会人员的情况，然后起身朝周士毅住所走去。这时，他远远看见周士毅坐在外间的木椅上，腿上放着个本子，手里拿着一支并未打开的笔，似乎在那里沉思着什么，便放慢和放轻了脚步。

　　晚饭后，周士毅见开会尚早，就和章汉杰各自回到住所。周士毅回房以后，先是思考了今晚会议的开法，然后谋划了近期的工作思路，当然，因为他在荷塘乡担任了两年半的副书记和乡长，对农村工作已经驾轻就熟，这些事对他来说并非难事，因而用时无多。他见还有些时间，就着重考虑了以后如何对待章汉杰的问题。

　　周士毅最后想，根据自己今天与章汉杰的近距离接触以及饭前两人的短聊，他觉得自己以前对章汉杰比较感冒的几件事似乎都是事出有因，情有可原。他想，反正离换届还有两三个月，先不忙下定论，还是按照常规处理彼此的关系，至于以后是不是要将他提任为乡长，或者说是不是将他留在枫岚，等观察几个月再说吧。他正这样想着，忽然察觉有人来到门前，抬头一看，见宋慕贤正静静地站在那里对自己微笑着。

见周士毅抬起头，宋慕贤说："周书记，现在是七点少两分，除了分管妇女工作的党委委员龙细萍一直在外治病没来，其他的人都到齐了。"

周士毅闻言应道："知道了"，然后肃容起身，他左手拿着夹着水笔的笔记本，右手正要去端茶几上的茶杯，却被宋慕贤抢先端起。周士毅执意不肯，宋慕贤只得将水杯交还。周士毅来到外间的门外，宋慕贤随手将门关上，然后两人一前一后地朝小会议室走去。

周士毅步履从容地来到小会议室门口，他立定脚步，神色庄重地朝里面缓缓地扫了一眼，只见众人一个个面带笑容地朝门口投过迎候的望眼。对于这个新来乍到的具有传奇色彩的党委书记，大家不仅知道他力斗"孽龙"的精彩故事，也亲眼看见他勇退大阵的豪壮气概，所以当周士毅站在会议室的门口时，许多人或是被其威严气势所慑，或是出于对他的仰慕与敬重，竟然一个个不由自主地站起身来。章汉杰、杨树青和牟玉成在迟疑瞬间之后，也都相继起身。

周士毅两只手都拿了东西，便朝大家点了点头，同时笑道："大家坐吧！"随后便走进议室，来到左侧的首席座位落坐。在宋慕贤尾随而入的同时，其他人也相继纷纷坐下。

周士毅看了看腕表，分别向左右两位副书记征询道："正好七点，是不是开会？"

章汉杰与杨树青相继应道："好！好！开吧！"

周士毅点了点头，说道："各位，上午一起见过面，下午一道上火线，所以我们已经是熟人了。"

大家刚才还是一个个神经紧绷，此时听了周士毅这意想不到的幽默话，不由得全都缓颊笑了起来。

周士毅见会议氛围已经轻松了，接着说道："'开场白'我就不说了，直接谈工作吧。昨天市委李书记找我谈话时，郑重其事地要求我，'要力争尽快地把枫岚乡治理好'，今天上午和下午相继发生的两起恶性治安案件，不仅证明李书记的话抓住了关键，而且也让我这个新任党委书记倍感压力，所以我想，我们当前必须下大决心抓好治安管理，要尽快给老百姓创造一个能够安居乐业的良好社会环境。"

大家听到这里，神色重又凝重起来，因为他们知道，近几个月来，枫岚确实是乱得有点离谱了，不仅街上打架斗殴不断，不仅暗藏宗族械斗危机，而且在靠近望城乡的那个方向还赌博猖獗，弄得老百姓很是不满。

周士毅又说道："当然，我们强调抓治安管理，并不是要放弃其他的日常工作，现在已经是公历的十二月底，还有个把月就要过春节了，所以我们要充分利用好年前所剩的这点时间，努力完成各项工作任务，力争为明年的开局打好基础。"

周士毅看了看大家，接着说道："由于上午的'见面会'时间很短，下午在刘家湾那边场面又很混乱，所以我对乡里的党政班子成员还不太熟，现在哩，我想请各位就个人情况，自己分管工作的现状和打算，一并做个简要的介绍，同时也欢迎大家就其他面上的工作谈谈自己的看法。当然，最后我也会做个发言，把我的一些想法告诉大家，我想通过这样的双向交心来增进彼此的了解。呃！汉杰，杨书记，牟乡长，还有大家，看看这样行不行？"

章汉杰以比较夸张的声调笑道："哈……这确实是个好办法！不过……是自由发言？还是定个顺序呢？"

周士毅笑道："就不做硬性规定，大家随便谈吧！不过两位书记可以在后面发言。"大家一听，觉得周士毅的意思似乎是从职务低或资历浅的说起，便都心里有数了。

首先发言的是党委组织委员蒋智丰，他是四年前从江南农大本科毕业的，分管土管和电管工作，并兼任韩家片的片长，是资历最浅的副科级领导。在发言中，他先是简要地介绍了自己的基本情况，以及所分管的土管、电管以及挂片蹲村的工作，最后他朗声说道："……枫岚人好讲'蛮劲'，这从坏的方面来讲，容易引发社会治安问题，但从好的方面来看，则说明枫岚人有血性，不服输，我想，倘若我们善于压制邪气，激发士气，在致力于强化社会治安的同时，对于其他工作也能合理部署和强力推进，那么我们枫岚乡就不仅有望实现社会稳定，其他许多工作也完全有可能甩掉落后帽子，进入先进行列。"

周士毅目不转睛地看着蒋智丰，觉得蒋智丰汇报工作时不仅思路清晰，而且富有激情，他觉得这个小伙子今后值得关注。

章汉杰也对蒋智丰投过不无惊异的目光，他觉得蒋智丰进入班子也有一年多了，但以前似乎从未听到过他这样激情澎湃的发言，今天新书记上任，他竟然讲得头头是道且豪气冲天，觉得这个后生见风使舵，很会"来事"。

坐在蒋智丰右边的是党委宣传委员刘秋声，他见蒋智丰发言结束，便对周士毅投过一份毕恭毕敬的笑容，然后以略带羞涩的语气，按照个人的基本情况，所分管的宣传工作，以及所挂枫岚片的工作，分层次汇报起来。刘秋声三十来岁，是尚州农专的工农兵学员。

周士毅便问刘秋声乡里宣传工作用稿量最大的是谁，刘秋声说，原来主要是办公室副主任兼广播站站长的李秋云，并说自己和其他人也写了一些，去年李秋云离开广播站下到韩家村蹲点之后，乡里的稿子便少了一些，并说自己打算以后要强化这方面的工作。周士毅听到这里，似乎若有所思地轻轻地"哦"了一声。

"周书记，现在我来发个言吧！"坐在周士毅对面座位上的是武装部长苗壮，周士毅见他朗声打了招呼，便亲切地朝他点了点头。苗壮三十五六的年纪，精明干练，在部队当过炮兵连长，转业时分配到枫岚乡担任武装部长。苗壮似乎今晚喝了点酒，情绪好像格外的饱满。他在将自己的情况略作介绍之后，继而汇报了自己如何在征兵工作中保障兵员质量，如何抓好民兵工作"政治落实、组织落实和军事落实"，以及如何抓好姚坪片的工作。同时他还提到他们片有的村已经出现打宗族械斗的危险苗头，他觉得应该尽快予以处置。苗壮发言时言语流畅，态度积极，周士毅对他的发言很是满意，觉得这是攻坚克难的一员"虎将"。

"我来说几句吧！"坐在宋慕贤左边的是年近四十的纪检书记涂林茂，涂林茂表情似笑非笑，语速不快不慢，语调不高不低，一副四平八稳的模样。在简要地做了自我介绍之后，他先谈到自己所分管的纪检工作，由于无案可办，所以这方面也就三言两语点到为止，然后他就将自己所挂的枫林片的工作做了详细汇报。周士毅见他说完，朝他面容平和地点了点头。

"周书记，我来说几句吧！"坐在涂林茂左边的副乡长满平，一边看着周士毅，一边态度恭谨地笑道。满平四十出头，身材高大，方脸大耳，他本来仪表不俗，但偏偏性格圆滑，惯于逢迎，常常以拔高的手法一本正经地夸赞领导，所以把自己的形象搞得很是滑稽。满平在发言中先是介绍了自己的基本情况，然后又扼要介绍了自己所挂的霍家片的情况，汇报了自己分管的林业、畜牧、水利、水产等项工作，最后他说："周书记，不是我夸您，像您这样有水平有魄力的领导，不是百里挑一，千里挑一，我敢肯定地说是万里挑一，我觉得能跟您这样的领导在一起工作，这是头世修来的福气，所以在以后的工作中，我一定要认真地向您学习，争取把本职工作做得更好。"

周士毅是第一次跟满平接触，对他这种过于夸张的语气和措辞一时显得不太适应，脸上有些不太自在，正在这时，对面又有个声音发话了。

"看起来，现在应该轮到我了。"坐在宋慕贤右侧的是年约五十的"坐家"副乡长牟玉成，牟玉成身材高大，白白净净。他在说话时，通常声调偏低而语速偏慢，措辞严谨且目光从容，他虽然官职不大，但因常常观点独到，不仅主官倚为智囊，一般班子成员也往往把他高看一等。这时他正了正姿势，一边略带微笑地看着周士毅，一边不卑不亢地开腔了。在作了自我介绍之后，他将自己所分管的财贸、民政、交通三项工作做了汇报。他的目光时而与周士毅对接，时而又扫视全场，显得沉着稳重，让人对他的话语不得不给以特别的重视。譬如他刚才所提到的今年财政收入任务为什么完成无望的事，就让周士毅眉头紧锁。周士毅觉得，这个牟玉成既了解情况，又思虑周密，应该是个可以依仗的智囊型人物。

"周书记，我来说几句吧！"坐在章汉杰左侧的是位头发花白，五十出头的妇女，她叫郭春萍，是分管文化、教育、卫生、计生等项工作的副乡长，她斯斯文文的，早年当过小学教师，是位知识女性。

见她一副慈爱长者的形象，周士毅礼遇有加地笑应道："请讲。"

郭春萍依例做了自我介绍，然后又将自己所分管的几项工作逐一做了汇报，最后她说："……总的来说，我们乡的文教卫生工作在全市一直是名列前茅的，譬如我们乡的卫生院是属于乡镇中心卫生院，无论是生存发展能力还是医疗护理水平，在我们城东片都是首屈一指的；尤其是在教育方面，我们枫岚中学是省重点中学，教育质量仅次于市一中，比市二中还要强一点，过一阵子周书记就会知道，外乡镇的甚至是市里的一些学生为了能来我们枫岚中学读书，找你批条子的家长可能不在少数。"说到这里，郭春萍的神色渐转黯淡，语调也明显地低沉下来，她接着说道："不过，让我觉得问心有愧的是我分管的计划生育工作，不瞒您说，从目前得到的消息来看，我们乡今年计划生育工作的综合排位，在全市可能是倒数第二名，在这个问题上，我确实负有工作不力的责任。"郭春萍说到这里，长长地吐了一口气，随后说道："唉！我哩，已经到了'一刀切'的年龄，还有两个月就要退下去了，有功也好，有过也罢，反正这一切马上就要过去了……周书记，我就说这些吧，汇报得不好，请领导批评指正。"

见郭春萍一副黯然神伤的样子，周士毅忙安慰道："郭乡长，我知道，文教卫生方面所取得的成绩，都是来之不易的，这里面应该凝聚了你大量的心血，这是必须肯定的。至于计划生育工作的不尽人意，虽然你负有一定的责任，但作为这么一项牵动全局的中心工作，显然这并不是你一个人的事，要说起来，我觉得整个班子都负有责任，大家说是吧！"

大家见周士毅说话入情入理，都连声附和起来，满平也趁机大加赞叹。今年的计生工作在市里坐了"冷板凳"，郭春萍本来担心新任书记知道以后会对她多有责怪，现在见周士毅竟然这样善解人意，体恤周到，感动得眼眶都红了。

副书记杨树青是个面容清癯、不苟言笑的瘦高个，这时他不卑不亢地坐在那里，认真听着大家的发言，待他看见场面逐渐安静下来，这才不慌不忙地看了看周士毅，然后回过头清了清嗓子，一板一眼地看着会议桌的中间说道："周书记，我的工作职责主要有三项，一是分管政法，二是分管农业，三是分管农机，另外还主蹲岗前片。农业方面倒还过得去，由于枫岚在人民公社时期修了不少山塘水库，对于旱涝情况具有一定的调节作用，所以粮食收成总体还好。而农机工作目前还处在起步阶段，各个乡都差不多，片里的工作也都问题不大，我觉得，现在难就难在政法工作。我不说大家也知道，长期以来，枫岚一直是长平社会治安的'重灾区'，在一九八三年的'严打'过后，大约只消停了一年多，各种治安问题就接踵而来，全乡二十个村委会，一百二十五个村小组，三万八千多人，我和公安特派员活像救火队员，天天疲于奔命。"

说到这里，杨树青将身子左转，对周士毅诉苦道，"周书记，今天是你来枫岚上班的第一天，你上午斗了'孽龙'，下午退了"大阵"，接下来我们还将面对什么呢，大家不得而知……我说句实在话，枫岚之所以会乱成这个样，除了民风强悍，素来好斗，主要就是综治工作没有硬起来，以致歪风邪气盛行。平心而论，在这方面，我既有责任也有难处，以前在处理治安案件时，我总是单打鼓，独划船，有一种孤掌难鸣的感觉，真正遇什么急难险重之事，需要主官撑腰力挺时，主官往往回避矛盾，不给态度，譬如上次何麻子的儿媳妇偷汉子的那件事……唉！这个事不提也罢……"

杨树青说到这里，回转头凝神想了想，然后接着说道，"周书记，我说句良心话，我老杨不是个不敢啃硬骨头的人，但要看主官的态度怎么样，你今天上午刚来上任，就在社会治安方面挺身而出，我是这样想，你周书记能这样硬梆梆地抓工作，我们这些副手就有了坚强的依靠，做工作的腰板也就硬得起来。周书记，我在这里表个态，尽管我还有两年多就要退下来，但作为一个老同志，我在退居二线之前一定会站好最后一班岗，会尽最大努力抓好综治工作，力争尽快使枫岚的社会秩序有个根本的改观！"

周士毅对杨树青点了点头，动情地说："杨书记，谢谢！谢谢你的表态！"

在大家依次发言的时候，章汉杰便在思量着给自己的发言定个调子，他觉得为了得到周士毅的青睐，使自己在即将到来的换届时能够如愿以偿地当上乡长，他必须在周士毅面前做出相当的能得到他高度认可的"努力"，他见杨树青说完了，便笑着对周士毅说道："周书记，可不可以让我多说几句？"

周士毅笑道："当然可以！"

章汉杰轻轻地咳了一下，然后以颇具感情色彩的语调侃侃而谈起来："各位，世界上的事真是无巧不成书，我和周书记十年前在庙山林场分手，现在却又在这里重逢，我觉得这是一种很深的缘分。十年前，周书记已是庙山林场的团支部书记，在我们那班下放知青里，是威信很高的领导。按理说，庙山林场一九七六年的那个推荐选拔上大学的指标肯定是属于他的，但周书记却高风亮节，竟把那个指标让给我，我这才有机会去江南林学院读书。各位，换个角度来说，我今天的人生道路，在某种程度上也是周书记给打下的基础，所以说，我今天要借此机会，向我过去的领导和恩人，表示衷心的感谢和崇高的敬意！"章汉杰说到这里，竟然离开座位恭恭敬敬地向周士毅鞠了一躬。

章汉杰这番出人意料的的表现，把大家一个个弄得目瞪口呆，因为在大家的印象中，章汉杰一直是个比较强势的人物，从来没有这般的柔情似水。

周士毅在毫无思想准备的情况下，被这戏剧性的场面惊得马上站起身来，他一边扶住章汉杰已经躬下去的身子，一边语不成句地说："啊呀！汉杰，你看你……唉！"

章汉杰顺势站直身子，一边满脸恭谨地笑着，一边重又回到座位上。他定了定神，又继续说道："当然，刚才说的这些本来只是我俩的私事，其实没有必要在这个场合说，但人一激动便失控了，真的不好意思，让大家见笑了！"

大家见周士毅和章汉杰两人手忙脚乱的样子，倒真的止不住笑了起来。

章汉杰接着说道："大家知道，我的工作职责主要是两个方面，一是分管党群工作，二是分管乡企工作，由于有组织委员和宣传委员的密切配合，我觉得我们的党群工作大体还是过得去的，当然，如果用高标准来衡量，在新的一年里，我们还是有努力空间的。譬如，由于农村的党员大都年龄偏大，我们需要注重发展年轻党员，为党的肌体补充新鲜血液；我们以前从农村发展党员较多，以后还需注重从乡机关、中小学和卫生院的知识分子中发展党员，以便提高党员队伍的总体素质，总之，我们要通过努力，尽快使我们党员队伍的年龄结构和文化结构得到优化。另外，这些年，我们有些党员外出打工，我们还得加强对流动党员的管理，如此等等，这都需要我们继续加大工作力度。周书记在荷塘乡已经作出了很多在全市乃至全省都有影响的工作，如果周书记能抽点时间对我们的党建工作加以指导，我想我们也很有可能在这方面做出点成绩的。"

章汉杰说到这里，用眼睛的余光瞟了瞟周士毅，见周士毅正兴趣盎然地听着，知道自己说话的路数对了头，就继续说道："现在我想着重谈的是我所分管的乡企工作。在这方面，我首先要向周书记做个检讨，由于我在企业管理方面的确是个门外汉，工作很难抓到点子上，所以自然也就没有管出什么成效。现在我们乡的财政收入之所以上不去，这在很大程度上是因为乡办企业办得不够理想。周书记，我是这样想的，反正不管是现在还是以前，您都是我的领导，周书记您是学企业管理的，在企业管理方面是真正的专家，您就干脆带个徒弟，手把手地教教我，我决心认真学、好好干，我一定要想方设法把我们乡的几个骨干企业搞上去，在财政收入方面为领导分忧解难，多作贡献……要不然……我就先说这些，也来不及做思想准备，讲得不好，请周书记多多包涵。"

　　章汉杰大约只讲到一半多的时候，周士毅便被章汉杰的肺腑之言感动了，他想，看人的确不能仅凭一时一事，而要历史地看人和发展地看人。譬如章汉杰上午在街上向大家介绍自己时，胸怀坦荡慷慨激昂，刚才他的发言，不仅毫无遮掩地说出当年自己让指标给他的往事，而且对于如何搞好党建工作也动了脑子，此外，对于如何搞好乡办企业也充满了激情，由此来看，自己原来对章汉杰的一些不良印象，似乎不无主观主义色彩，章汉杰无论是做人还是做事，其实都不是那般的不堪。他又想，自己已经是"一乡之主"了，以后在看人和用人方面，可不能犯"一叶障目，不见泰山"的错误。

　　见章汉杰讲完，周士毅收回思路微笑道："各位，刚才大家的发言我都听全了，我觉得都讲得不错，许多内容发人深省，有关要点我已记录，以后还要着重研究。总的来说，大家的精彩发言，不仅让我大致了解了枫岚乡的各项工作，而且也初步认知了我们这班新同事，我想随着时间的推移，我们之间一定会不断地加深了解的。"

　　周士毅稍作停顿，接着说道："枫岚是我深深眷恋的故土，在庙山林场三年半的时光，使我锻炼了意志，认知了人生。刚才汉杰说我是他的恩人，这有点过奖了，不过，当时庙山林场的韩鼎诚老场长，对我们这班刚刚走上社会的知青，真的帮助很多、关爱很多，让我们在那个特殊的年代，感受到了难得的温情，说起来，他才真的是我们全体知青的大恩人，汉杰，你说是不？"周士毅说到这里，笑着朝章汉杰看了看。

　　章汉杰闻言赶忙一本正经地应道："是啊！确实是这样的！"

　　周士毅继而说道："各位，组织上让我和大家相聚在一个班子里，我们今后还要长期共事，为了加深了解，所以也想给大家交底交心。我是一九七四年七月下放到庙山林场的，我的妻子高凤也是我在庙山林场的同事，不过我要声明一下，我们在那个时候并没有建立恋爱关系。

　　周士毅的一个小幽默，又把大家逗笑了。周士毅接着说道："一九七七年底恢复高考，我在一九七八年元月考入金城大学读书，主修的是工业经济系的企业管理专业；一九八二年元月分到尚州地区经委工作，八三年七月担任生产科副科长；八四年八月作为"强工工程"干部，被选调到荷塘乡担任副书记，分管政法工作和乡办企业；八五年元月，组织上将我提拔为乡长，现在有幸调到枫岚来与大家共事。

　　"各位，枫岚是我人生的一个重要驿站，我对枫岚怀有深厚的感情，现在市委让我来枫岚主持工作，这给了我一个回报枫岚人民的极好机会，在以后的工作中，我想与大家一道、同心同德、尽心尽力，努力把枫岚的各项工作不断地推向前进。对于枫岚的全局工作我还来不及深入思考，但总体而言，我觉得我们以后的工作重点，应该放在让治安更稳定，让经济更繁荣，让人民更满意三个方面。总之，我们要通过三至五年的不懈努力，使枫岚乡发生激动人心的显著变化，果真如此，我想，当我们有朝一日回想起这段有苦有乐的峥嵘岁月时，我们就能问心无愧地说，作为枫岚人民的儿女，我们对得起这块曾经哺育我们成长的热土。"

不知是谁带了头，抑或是大家不约而同，周士毅话音甫落，会议室里顿时响起一阵经久不息的掌声。在枫岚的领导班子里，很久没有听到这种感人肺腑的话语，也很久没有看见这种激动人心的场面，大家一边充满激情地看着周士毅，一边尽情地鼓着掌，仿佛要借此唤醒心中隐匿已久的自信与尊严，要借此表达自强不息奋发向上的信心与决心。

周士毅见大伙如此动情，这条硬汉不由得眼眶里噙满泪花，他站起身来，频频地朝大家做着停息掌声的手势，直至掌声最后完全停歇下来。

周士毅接着说："现在离过年也只有个多月的时间，由于年前时间很短，也做不了多少事，所以我想我们接下来不妨集中精力抓好两件事，首先要重点抓好治安管理，我们要努力打好社会治安攻坚战，要让老百姓过上一个吉祥欢乐的春节，同时也要以此为着力点，把收旧欠的事一并推动一下，以免包袱越背越重，大家觉得怎么样？"

在周士毅讲话的过程中，大家一边在目不转睛地看着他，一边在认真地思索着，大家都觉得他讲得很有道理，这时见他发问，大家自然是毫不犹豫地表示赞同。

周士毅见大家没有异议，接着说道："由于时间不等人，我想利用今天晚上的会议，请大家共同分析社会治安的热点问题，认真查摆群体冲突的苗头现象，仔细筛查扰乱秩序的重点人物，以便对全乡的治安形势做到心中有数，进而制定有的放矢的化解之策，在这之后，我们再将收旧欠的事做个安排。怎么样？我就先说这些，大家随便讲，想到哪里就讲到哪里，一次没讲完的还可以再作补充。"

不一会，会议室里便叽叽喳喳你一言我一语地讨论开了。

当然，气氛热烈的也不仅是楼上的会议室，在楼下的场地上，也聚集了不少干部和家属，他们并未理会"头九"夜晚的寒意，在那里兴致勃勃地交谈着，都为枫岚乡来了个硬汉书记而感到高兴，觉得此后的枫岚肯定会大有希望。尤其是当他们听说这位周书记以前还是下放在庙山林场的知青时，大家更是觉得亲切异常，仿佛觉得周书记早就是他们的自己人似的。

内心激动但外表平静的李秋云此时也站在人群里，其实，周士毅要来枫岚当书记的事，她昨天下乡回来时就从宋慕贤那里听说过，而且上午周士毅在街上勇斗"孽龙"

的场面，她也在人群中看到了，当时她看到周士毅那威风凛凛挺身而立的模样，让她回想起周士毅当年在庙山林场时，与"枫岚四霸"尖峰对峙时的场景。由此她又想起了自己当年的室友乔晓娜，想起周士毅与乔晓娜有缘无分的憾事，如烟往事此时重又兜上心头，竟让她百感交集，鼻子发酸。上午在圩场时，她曾想过去与周士毅相见，但她瞬即抑制了自己的冲动。经过这么多年的历练，她的性格已经不似当年那样风风火火，她处事已经有了相当的分寸。她知道，她不宜在这个重要的时刻和特殊场合出现在周士毅的面前。

这次党政联席会一直开到晚上十一点半钟。散会前，为了卓有成效地整顿社会治安，清收各项旧欠，周士毅提议利用二十天的时间集中精力打好两场硬仗，他提议由分管党群的副书记章汉杰牵头负责"清收旧欠工作组"，由分管政法工作的副书记杨树青牵头负责"治安整顿工作组"，同时由坐家的副乡长牟玉成负责"机关后勤工作组"，为前两个组提供策应和服务，所有乡干部都分到三个组里面去。

在年前这段时间里，周士毅准备在初期抽出一些时间到各村委会、各乡办企业和各条管部门单位去调查研究，以便尽快熟悉各方面的情况，为年后更好地开展工作奠定思想基础，到了中后期便以调度全局工作和应对突发情况为主，以稳住大局和防止变故。

当树上的鸟叫声把周士毅从睡梦中惊醒的时候，周士毅拿起枕边的"梅花"腕表一看，见已是早晨七点，便赶忙起床洗漱，然后拿起碗筷到食堂去吃饭。

当他快要下到一楼时，忽然看见当年庙山林场农业队队长夏冬生和林业队队长刘建华两人站在门厅里，周士毅心知夏、刘二人应是专门为见自己而来，心里一阵激动。而夏、刘二人见周士毅从二楼下来了，也都笑容满面快步迎了过来，三个人在楼梯口热情地握着手，都高兴得什么似的。

当年下放那会儿，周士毅是分在农业队，而夏冬生是农业队的队长，两人交谊颇深，现在见了面，夏冬生兴奋得脸都红了，他激动地说："小子，你……哦！不不！对不起！周书记，是周书记……唉！怎么搞的，瞧我这张嘴……"

周士毅笑道："夏队长，你是我的老领导，'小子'就'小子'呗！有什么大不了的！"

夏冬生忙说："不敢！不敢！我哪里还能像以前那样胡说八道呢！周书记，我这两天都在林场那边，不知道这边的事，我是刚才进乡里才听建华说的，诶！周书记，听说您来枫岚当书记，我们真是太高兴了！"

刘建华与周士毅的交情虽然没有夏冬生那么深，但毕竟也是挺不错的。他见夏冬生说完，就接口道："周书记，我是昨天晚上在家里听村里当街的人说的，他说乡里来了个很有功夫的书记，还说这个书记原来在庙山林场下放过，姓周，我一琢磨，估计准是你，今天赶过来一打听，果然没错，然后就碰到冬生，所以我们俩就等在这里，想跟您早点见个面，嘿嘿嘿……"

周士毅说："韩场长和李秋云呢？怎么没有看见他们俩？"

夏冬生说："韩场长就别提了，他病了，现在正在市人民医院住院呢，我估计他十有八九还不知道您来枫岚的消息呢！"

周士毅闻言心中默然，一种颇为伤感的情绪袭上心头，让他觉得很不是滋味。过了一会，他又说道："这样吧！我们先去吃饭，吃完饭以后，麻烦你们去把李秋云叫过来见见面，你们俩也一道来，行吗？"

夏冬生和刘建华连忙应承。

大约是八点十几分钟的样子，已经用毕早餐候在外间的周士毅，听见一阵杂乱的脚步声正由远而近地传了过来，周士毅估计是李秋云他们来了，赶忙起身迎了过去。他刚到门口，就见李秋云三人已经上到楼梯口，周士毅一边叫了声"秋云"，一边快步迎上前去，他一双手握住李秋云的手，激动得不停地抖着。

李秋云毕竟是个女人，比较容易动感情，她见周士毅表露出如此真挚的情感，心里禁不住一阵热浪翻滚，一下子竟然不知说什么才好。

随后，周士毅放开李秋云的手，将三人引到自己住所的外间。

周士毅自己坐在靠门的木椅上，并笑着让他们自行落座，由于李秋云和刘建华已经分坐在小方桌的两边，夏冬生只好就坐于周士毅右侧的木椅上。

周士毅见三人均已入座，就满含温情地看着他们，并热情地询问道："诶！说说看，你们几位……怎么样？"

三个人便将各自的情况简要地述说了一下，原来在庙山林场停办后，夏冬生回到乡里担任林业员，而刘建华则"改行"担任乡里的种子员。

随后，李秋云述说道："周书记，我从一九七五年五月离开庙山林场，除了中途得了个"社来社去"的指标出去读了两年书，其余的时间几乎都在广播站和办公室工作，由于'爬格子'的事做太久了，在我的一再要求下，去年我下到韩家村委会去蹲点，我觉得转换一下工作岗位，可以丰富自己的人生经历。"

周士毅一边听着李秋云说话，一边在想，李秋云知道自己来枫岚任职而没有主动过来见面，现在又叫着'周书记'，看来人与人之间的相对地位变了，人际关系也不可避免地会发生一些微妙的变化，考虑到以后还要在工作中长期相处，所以他便没有刻意地纠正李秋云对自己的称谓。

听了李秋云的述说，周士毅回道："秋云，我觉得你这个想法是对的，经过多个岗位的锻炼，这有利于提升人的工作能力。"

周士毅说到这里，话锋一转，又说道："秋云，两位队长，现在我们又重新走到一起了，今后在工作方面还需要你们多多支持，当然啰，如果你们三位有什么事需要我办的，也可以提出来商量，我虽然不敢打'保票'，但我会尽力这是肯定的。"

李秋云三人听了周士毅的真情告白，一个个咧开嘴笑了。

周士毅接着说道："不过，我倒想先拜托秋云一件事，听说韩场长正在市医院住院，我刚来，抽不出时间去看望，所以我想请你代我去看望一下老场长，行吗？"

李秋云笑道："这样的任务我是求之不得啊！不过我得说在明处，办完事以后，我想回家看看我的宝贝女儿，要明天才能回来。"

周士毅知道李秋云的丈夫在长平宾馆工作，她的家安在城里，所以对李秋云所提的"条件"自然是笑着应了。然后他又提示李秋云，让她跟他们片长说一下，就说是他安排的，李秋云笑着点了点头。

说着，周士毅从衣袋里掏出一个小皮夹，从里面拿出两张十元的人民币交给李秋云。

"啊呀！你一个月才四五十块钱的工资，不用拿这么多吧？"李秋云说。

夏冬生说："周书记，我看这样好不？我们四个人，每人五元，一共二十元，这样大家都尽了人情，也都有面子，您看呢？"

刘建华说："这个建议好！周书记，就这样办吧！这也是个不小的数目哩！"

李秋云笑道："周书记，别的事'下级服从上级'，这件事'少数服从多数'，就这么定！行吗？"

周士毅觉得如果自己拿多了，虽然表达了自己的心情，但会让他们三个人为难，眼下又是"三比一"的态势，想了想，只得"服从多数"，便笑道："也行，就这样办吧！"

然后大家便各掏出五元钱给了周士毅，周士毅也就不再客套。忽然，他像想到什么，又问道："那汉杰呢？"。

李秋云说："章汉杰？我觉得主动向他凑份子嘛……好像也不太好，再说了，韩场长也未必愿意让他破费呢，是不？"

周士毅觉得李秋云说的也有道理，便没有再说什么。

这时，周士毅看了一下腕表，李秋云他们估计周士毅还有别的工作安排，三人随即站起身来。李秋云笑着说："周书记您先忙，我们走了！"

周士毅不便挽留，只好起身送别。

第四章　放　行

二十天的突击期转瞬即至，这天上午，周士毅刚想去财政所了解收缴旧欠的进度，却见章汉杰来到二楼。按照上次分工，章汉杰是负责"清收旧欠工作组"，现在他就是过来向周士毅汇报这项工作开展情况的。

周士毅笑迎章汉杰入内，并在靠门的木椅上坐下，章汉杰则坐在小方桌靠阳台那边的小凳上。落座以后，章汉杰神情怯怯地开始汇报工作。最后他说，尽管大家都尽了最大努力，但全乡最后还是有 8.3% 的旧欠没有收上来。

听了这个不利情况，周士毅不由得眉头渐锁。枫岚乡在下达税费任务时，没有像荷塘乡那样乡村两级分别加收 5% 的机动数，所以在完成国家各项任务后，一旦留下缺口，就会弄得村组干部补贴和民办教师工资无法足额发放。

周士毅想，村组干部和民办教师辛辛苦苦工作一年，现在临近年关，却不能拿到期望中的报酬，如果将心比心，这怎么说得过去呢？不过，要想不拖欠补贴和工资，乡里又财源枯竭，对于下一步棋该怎么走，苦无良策的周士毅不由得陷入沉思，以致忽视了章汉杰的存在。

章汉杰见周士毅一直没有搭理自己，而自己既不能径自离去，又不便独自枯坐，一时进退两难相当尴尬。

门外忽然响起一阵脚步声，周士毅抬头一看，竟发现韩鼎诚老场长满脸笑意地来到门前，周士毅喜出望外，他一边招呼着，一边迎上前去与老场长握手。在将韩鼎诚迎进室内后，周士毅一边为他倒水，一边关切地问其病情以及恢复情况。章汉杰见周士毅对韩鼎诚礼遇有加，只得讪笑着起身客套几句。

在韩场长向周士毅表达过感谢与祝贺之后，周士毅随又问起韩金锁的事。韩场长止不住长叹一声，说这个不争气的儿子，是他一块难以治愈的心病。周士毅觉得自己也帮不上什么忙，只得空泛地安慰几句。

韩鼎诚见章汉杰在座，知道他们正在谈事，短聊几句就起身告退。周士毅挽留不住，只得起身送别。章汉杰见状也跟着起身送到门边。

韩鼎诚走后，回到房内的周士毅重新陷入对资金缺口的忧虑之中，章汉杰见周士毅依旧神态严肃，心里不免有点发虚，便搭讪着说："周书记，您忙，要不，我先下去。"

周士毅此时的思绪还没有从深深的忧虑中摆脱出来，所以对章汉杰的告退未能及时作出反应，稍过片刻才"嗯"了一声。章汉杰见周士毅如此冷冷淡淡的模样，认为周士毅是因为自己完成任务不力而故意冷落自己，便悻悻地转身离去。

章汉杰一边走一边想，周士毅在第一次召开枫岚乡党政联席会时，故意摆了一个大大的"谱"，竟让全体班子成员坐在那里等他一个人出场，当周士毅来到会议室门口时，那傲然挺立的神态，以及由此引发的大家次第起立恭迎的场面，让章汉杰觉得自己其时的尊严真是被人剥夺殆尽。此后，他只要一想到周士毅那副盛气凌人的模样，章汉杰心里就不是个滋味。由此他意识到，人要想活得有尊严，就只能不断地强化自己的地位，就当下来说，自己就是要想办法当到乡长，以后再伺机超越周士毅。

章汉杰转而又想，自己这次清收旧欠成效不佳，周士毅作为一个乡党委书记，如果换位思考，他怎么会将一个或是工作能力较差或是工作不够卖力的人提拔为自己的主要助手呢？反过来说，自己如果想得到周士毅的认可，并进而被提拔为乡长，就必须在清收旧欠的问题上有更大的作为。章汉杰想到这里，把心一横，毅然决然地折转身子，昂首阔步地走向周士毅的住所。

见章汉杰去而复回，周士毅面露不解。章汉杰说："周书记，这次清收旧欠的任务完成得不够理想，虽有各种客观原因，但我确实心有不甘。我想了一下，不管有多难，我都要再闯一闯，我想组织几支精干队伍，从明天起，再用一个星期的时间，杀个清收旧欠的'回马枪'，争取农历二十五日向您交个好账。"

章汉杰主动安排的这个"回马枪"，让周士毅有点出乎意料之外，他见章汉杰为了给自己分忧解难而如此用心尽力，心里觉得一阵温暖，便紧握着章汉杰的手，并动情地说了好些慰勉之语。

一个星期后，章汉杰精心部署的"回马枪"果真很有成效，由于欠款"钉子户"多数被他们"各个击破"，到了最后关头，清收旧欠所剩下的缺口，居然降低到不及总额的2%，剩下的欠款户，真的是些让他们既无法开口更法下手的极苦人家。

周士毅想，尽管税费收缴还有缺口，村组干部补贴和民办教师工资还发不全，但这个结果总算差强人意。

在章汉杰交账后的次日上午，枫岚乡召开了班子会。会议决定第二天上午召开放假前的乡村干部大会，下午班子成员分头访贫问苦和走访军烈属与敬老院。不过在安排春节期间的带班领导时，周士毅却颇觉为难，因为自己的家在尚州，章汉杰按照惯例要去城里与家人团聚，杨树青的儿子又摔伤了腿，而乡里这段时间虽然突击抓了社会治安的整顿，但成效如何还没有接受检验，所以过年期间如果乡里没有一个主要领导坐阵，难免让人心里不踏实。

正当周士毅为此踌躇难决的时候，没想到章汉杰却挺身而出，说他决定明天将儿子送到城里他母亲那里过年，自己和妻子留在枫岚过年，这样的话，如果在春节期间遇到紧急事项自己就可以及时进行处理。周士毅见章汉杰如此深明大义，很是感动。

中午周士毅接到一个重要电话，原来市公安局接到密报，得知在与望城乡接壤的枫岚乡范家村，从前年开始，每年在小年之后会秘密聚赌三晚，而且连续两年都有大批外地大老板携带巨资过来参赌，为了肃清不良影响，所以市公安局决定当晚秘密进村抓赌，并要求乡政府派出足量干部进行配合。周士毅觉得这是弥补乡里资金窟窿的极好机会，他见办公室里除了正在打字的苏爱莲再没有其他人，便在电话里悄悄地与罗龙刚副局长讨价还价，最后双方议定将没收到的赌资对半分成。

当天晚上，一大批秘密潜入范家村的公安干警和乡干部突然包围赌场，一举抓获了聚众赌博的首要分子，并在现场缴获了大量赌资。由于此前清收旧欠"回马枪"收获不小，这次抓赌又分成颇丰，所以乡政府不仅得以全额发放村组干部补贴和民办教师工资，而且还结余了一点小钱留给开年以后使用。看见勉强度过了令人愁肠百结的经济难关，周士毅不由得暗暗地舒了一口气。

当然，周士毅也不是没有遗憾。首先，由于周士毅是十二月二十五日才到枫岚上班，没有充足的时间去做补救工作，所以未能完成市里下达的八六年度财政收入任务；其次，由于财力拮据，乡政府又和往年一样，无法给乡村干部发放年终奖。对于以上两个问题，作为枫岚乡"一把手"的周士毅，心里多少还是有点愧疚的。

次日上午开过乡村干部大会，周士毅一边下楼一边想道，自己来到枫岚以后，通过对章汉杰的近距离观察，他觉得章汉杰虽然也有一些这样或那样的不足，但总的来说在工作上还是尽心尽力的，在态度上也是支持和维护自己的。再说了，自己与他曾被庙山林场的同事并称为"庙山双杰"，现在自己已经是乡党委书记了，如果设身处地，人家当个乡长还不应该么，大家都不容易哩！他觉得在章汉杰事业发展的关键时刻，自己应该为其在仕途上放行。

周士毅回到房里，见时间还早，就决定先把这个事理一下，下午再按既定安排进行走访，明天回家路过市里时，顺便将《干部任免呈报表》报上去，这样的话，过了年组织部就能下来考察。周士毅觉得这样安排是比较适宜的，如果一定要等到换届再进行班子调整，对于指望提拔者来说，那也真的是太熬人了。

周士毅又想道，将章汉杰提升为乡长，杨树青应该不会有什么意见，因为杨树青已经过了提拔的年龄，报上去也不会批，这次只能让他改为分管党群，位置朝前挪了一下，工作负荷也可以减轻一点。当然，如果将章汉杰报任乡长，这就势必要提拔一个副书记，提拔谁呢？牟玉成年近五十，坐家理事和出谋划策都可以，但担任副书记，到综治工作的一线去冲锋陷阵这显然不行！郭春萍？马上要退的人啦，自然不在考虑之列。现在的问题是，在其他的副科级领导里面，由谁来接任副书记并分管政法工作呢？如果按照工作需要，这个人应该要作风比较硬朗，办事比较果断才好，所以在确定这个人选的问题上，恐怕还得打破论资排辈的固有思路，以开放的眼光来选人用人。那么提谁好呢？周士毅一个个地排了起来，涂林茂？有点四平八稳，缺乏激情，不太行！刘秋声？性格有些软弱，也不行！满平？似乎太灵活了一点，同样不行！嗯……算起来，这个人选只能产生在苗壮和蒋智丰两个人之间。按说苗壮这个人是不错的，工作既有激情，也有魄力，但平时喝酒常常过量，弄得形象不是太好。相比较而言，蒋智丰或许还要更强一些，蒋智丰不仅思路敏捷，朝气蓬勃，自我约束能力也比较强，而且是江南农大的本科毕业生，符合现在使用干部的"四化"要求，所以报蒋智丰当副书记，不仅理由充分，而且在上面也容易通得过。自然，由于蒋智丰的优势比较明显，提拔他，苗壮虽然不无遗憾，但应该不难接受这个事实。另外，如果蒋智丰提了副书记，还要提一名党委委员，自己刚到枫岚乡，情况还不太熟，这件事看来还得从长计议，最好是放在换届时一并考虑为宜。周士毅进而又想，郭春萍虽然临近退居二线的年龄，但这只能等到换届才能动，如果提前动她，就太没有人情味了。

周士毅觉得，章汉杰是党群副书记，照理来说是要参与研究人事问题的，但他本人是这次拟提拔的对象，按照组织原则，不宜参与此事；其他党委委员又不到这个层次，而副乡长们通常不介入人事问题，现在唯独必须与之商议的是副书记杨树青，只要杨树青不背思想包袱，能赞成这个思路，这个事就可以办了。周士毅是个说干就干的人，思路理清之后，他找来杨树青，并把大体思路提出来和他商量。

杨树青听了周士毅的用人思路，眉头微微地皱了一下，然后以淡定的语气说道："周书记，您是'一把手'，本来用人的问题您定了就是，现在您来征求我的意见，这是对我的的尊重。不过，"乡长"和"副书记"都是重要的领导岗位，但凡担任这类担子的人，通常既要能力强，还得品德好，所以说，对于打算重用的人，您对他们的能力与人品最好要有准确的把握，这样的话，以后就不会因为用人失策而后悔，当然，不管是用谁，只要您最后下了决心，我一定会支持您的。"

周士毅本来认为需要适当地做点解释说服工作，谁知这事在杨树青这里竟然毫无滞碍，周士毅见杨树青如此高风亮节，既感动又敬佩，觉得班子里有这样明事理顾大局的好伙伴真是难得。不过，周士毅觉得杨树青似乎话里有话，譬如人品、能力什么的，但不知是确有所指，还是泛泛而谈，这让他一时参悟不透。最后，周士毅认为很可能是后者，因为他拟提拔重用的这两个人，虽然算不得十全十美，但总体来说还是不错的。

由干组织委员蒋智丰属于拟提拔对象，依理不宜经办此事，所以杨树青就按照周士毅的交待，到办公室调阅了章汉杰和蒋智丰的履历情况，然后亲自填写并用信封装好两套《干部任免呈报表》，当周士毅从杨树青手里接过表格时，心里一阵感动，情不自禁地紧握着杨树青的手，对杨树青的理解和支持再次表达了感谢。然后，周士毅便叫宋慕贤盖了党委的公章。

腊月二十七日，早饭过后，周士毅满怀喜悦地提起行囊走出房门，准备踏上归程。当他锁好房门来到楼梯口时，却见苏爱莲站在二楼会议室外面的过道口，有点神情落寞地看着自己，心里不由得有些奇怪，便关心地问道："丫头，你怎么了？"

苏爱莲见周士毅发问，便窘态毕露地遮掩道："哦，没……没什么，我在记一件事呢？"

周士毅见苏爱莲这样回答，这才恍然大悟，于是便爽朗地说道："丫头，明年见！"

周士毅见苏爱莲此时却在低头整理着衣服的下摆，似乎只在喉头勉强地应了一下。他也不计较，便径自下楼去了。

九时刚过，周士毅就到了长平市汽车站，他马不停蹄地提着行囊赶到火车站，买了下午一点半钟回尚州的火车票，在办了行李寄存后，就大步流星地赶往市委大院。市直机关春节放假比较正规，他们上班一直要上到大年三十的下午，周士毅估计这个时候去办事应该没有问题。

周士毅先到市委组织部，他向荣新发部长汇报了自己的想法，并递交了两套表格。荣部长表示自己会将周士毅的想法向领导汇报，并会在职权范围内积极支持枫岚乡的班子调整方案。

周士毅随后又依次拜会了朱泰来副书记和李云峰书记。

朱泰来是城东片片长，而枫岚乡也属于城东片的范围，所以朱书记对于周士毅履新之后的情况了解得既及时又充分。而他作为分管党群的副书记，自然会将所获悉的情况及时反馈给李云峰书记。因此，当周士毅告别朱书记见到李书记，并汇报了自己的用人想法时，李书记对这员爱将的满意之情不禁溢于言表。

两年前，李云峰曾经委婉地允诺会将章汉杰就近提拔，但后来却因情况有变而无法践诺，这件事让非常爱惜形象的李云峰心有不安，他觉得在章汉杰看来，自己肯定是言而无信之人。现在好了，周士毅到枫岚任职虽然只有一个月，但他不仅稳住大局，还自愿提拔章汉杰，这等于在无形中为自己卸掉了一个很大的思想包袱。

李云峰由此领悟到"轻诺者，必寡信"的道理，他想，情况是在不断变化的，而人的能力又是有限的，一个人如果轻易对别人作出许诺，最后难免会因情况变化或能力局限而失信于人。由此他想道，以后在工作和生活中，一定要先做后说或只做不说。即使想帮助别人，也要宁肯给人以惊喜，不能让人有预期，以免因办事不成而让自己背负失信的重负。

离开市委大院时已是十一点多钟，周士毅决定先去街上的餐馆吃碗面条，然后再去火车站。周士毅经过红旗路来到人民路，然后右拐朝"十字街"口走去。昔日的泰宁镇现在改称为"长平市"，"泰宁"已经用作一个街道办事处的名称。虽然这座城市的大格局并未改变，东西方向的中山路和南北方向的人民路仍旧存在，但城市面貌已经今非昔比了，原来四层的长平百货大楼算是高楼，现在五六层的楼房已经比较普遍，周士毅这样一边走一边欣赏着长平的市容。

在距十字街口的不远处，周士毅意外地碰到了荷塘乡的吕海浪，作为乡长之职的前后任，两人自然亲热得很。周士毅问到吕海浪的工作情况，吕海浪露出感觉良好的神色，他说，自从周士毅调走之后，匡书记为人处事好像换了一个人似的，他一改以前那种任性霸道的作法，不仅工作作风比较民主，而且对人也宽容多了。周士毅联想到匡厚明在送他去枫岚上任时执意让座的表现，觉得匡厚明在那个转折点上，或许是对李书记的"官场伦理"有了既全面又深入的认知，以前匡厚明只关注"'二把手'不能争锋、'三把手'不能取巧、其他人不能懈怠"，而现在对于"'一把手'不能任性"似乎也有了深切相当的体悟，甚至还由此产生了深切的自责，所以其性格与做派才会发生这种可喜的转变。他继而又想，虽然自己当时在荷塘受尽委屈，但吕海浪如今能心情舒畅地放手工作，这也是挺好的。

周士毅想，人之所以"本性难移"，要么是改移某种性格的努力没有达到必要的累积量，要么就是没有遇到合适的触发点。那次自己心怀遗憾离任叠加在张平瑞心怀不满离任的基础上，终于使匡厚明受到了不小的触动，从而使其悔悟之意从量变到质变。或者说，因为匡厚明在自己离去之际灵光乍现，猛然意识到本人此前的作风霸道与器量促狭确实是过于"任性"，很是伤人，遂决心从此改弦易辙，并将其付诸行动，因此，他的性格才由此得到优化，所以才变得比较民主与宽容了。

在婉拒了吕海浪的吃饭邀请之后，周士毅继续往前走着，他记得在距"十字街"口不远位于人民路东侧有个"人民餐厅"，那里以前是有面条卖的，于是便朝那边径直走去。忽然他感觉有人在后面叫他，回头一看，原来是章汉杰牵着儿子笑眯眯地朝他走来。

章汉杰来到周士毅的身边，热情地询问道："周书记，你怎么还没回去呢？"

周士毅见章汉杰发问，便据实回道："还没哩！我到市委那边去了一下。"

"有事啊！"章汉杰不无警觉地追问道。

周士毅见章汉杰满脸警觉的样子，知道章汉杰的问话带有非常明显的刺探意味，便踌躇了一下。

周士毅本来可以随便编出一些事由来搪塞章汉杰，但这有违他做人的既定原则。八年多来，他不仅以"诚"自许，也以"信"为贵，周士毅之所以把"诚信"看得这样重要，是缘于他"大一"上学期那次让他刻骨铭心的经历。

由于恢复高考后的首届大学生酷爱学习，所以图书馆往往座无虚席。有天晚上，到图书馆较早的周士毅想为一位交情甚深的室友占个座，就将书包放在他左侧靠过道的那个空位上。这时一位陌生的同学来到他的旁边，并笑着指了指他所占的那个座位，他就谎称"有人坐"。那个同学可能早就看透了这类"把戏"，也不说什么，居然守在那里不走了，弄得周士毅如坐针毡，惶急不安。过了好一会儿，那个同学开始神色认真地指了指那个座位，周士毅为了证实前面谎言的真实性，便进一步辩称"上厕所去了"。那个同学仍然不说什么，只是面带怒色地坚守着。又过了好一会儿，那个同学朝他弯下腰，压低了声音恼怒地问道"人呢！"周士毅又急又羞满脸通红，他为了掩饰自己此前的两次谎言，便站起身来，说是要去厕所看看，他在厕所里心神不定地滞留了一会儿，然后气短心虚地回到座位边，不无歉意地对那个同学说："实在对不起，听说那个同学患了急性肠炎，刚才去校卫生所了。"谁知那个同学这回却不依不饶了，他怒不可遏地低声喝斥说，"好！既然这样，为了证实你刚才没有一而再，再而三地欺骗我，那我们就一道去卫生所看看"。周士毅知道自己的假话穿帮了，只得低头哈腰，一再诚惶诚恐地道歉，弄得周围无数双眼睛锥子似的看着他。

经过这件让他丢人现眼的事，周士毅深刻地认识到，一个人只要说了一句假话，有时候被情势所迫，就不得不编造一连串新的假话来掩盖前面所说的假话，以证明前面假话的真实性，而这样做的结果，不仅会欲盖弥彰，还会使自己左支右绌非常被动。

从那以后，周士毅便给自己立下一条"铁律"——"可以不说真话，但尽量不说假话，除非有迫不得已且极其正当的理由"。周士毅知道，具有非常充分的理由而让自己必须说的假话，恐怕这辈子也很难遇到几次。

现在周士毅见章汉杰发问，他略一沉吟便委婉地回道："办好事去了！"

章汉杰激动得一脸通红，他觉得喉头有点发干，又试着探寻道::"哦！是……"

周士毅拍了拍章汉杰的肩膀，神情温和地说："汉杰，不要问了，把一切都放下，好好地过个开心年吧！"

霎时间，章汉杰心里透亮了，他一双手握着周士毅的右手，激动地说："好！好的！我听你的，好好过个开心年！"

接着，周士毅又逗了逗孩子，章汉杰说他把孩子送到母亲那里后，自己马上就会赶回枫岚去。

周士毅见章汉杰对工作如此尽心尽力，相当满意地笑了。

章汉杰想邀请周士毅去他母亲那里吃中饭，但周士毅怕麻烦人家便婉拒了。两人分手之后，周士毅找到"人民餐厅"吃了一碗"三鲜面"，然后径直赶往火车站。

汽车站与火车站分设在人民路南端一条过境国道南向的东西两侧，彼此相隔大约也就三四百米，汽车站与火车站前面的道路原来只是双向两车道，现在已被拓宽成双向六车道，名字也由原来的"前进路"改成"长平大道"。

到了火车站，周士毅见时间不早，忙从寄存处取了行李来到候车室。此时候车室里已是座无虚席，所幸没过多久检票的时间就到了，周士毅稍站片刻便检票上车。

一九八七年，中国的改革开放正处于升温阶段，人口流动量也越来越大，较之往年此时，春运时的火车站显得热闹多了。不过，由于铁道部门在春运期间增加了客运车辆，所以列车运行时间大体上还算正常，周士毅在下午三点来钟到达尚州，四点钟不到周士毅就回到家里。

第五章　不吉之兆

　　正月初六一大早，结束了春节假期的周士毅，带着与家人团聚的余兴赶往火车站。周士毅十点来钟到长平，后又赶上了较早的开赴枫岚的班车，所以他在中午之前便到了乡里。由于每天的值班人员只有一位乡领导带两名一般干部，他们又多半待在办公室，而没有轮到值班的乡干部大都回家过年去了，所以周士毅进了院子基本上没有碰到什么人。周士毅知道，按照安排，今天带班的领导应是苗壮，于是他便来到办公室，想与苗壮他们见个面。没想到他刚走近办公室的门前，就被坐在办公室外向桌前的章汉杰发现了，章汉杰一边朗声叫着"周书记"，一边乐呵呵地起身上前，苗壮他们也都先后起身过来握手打招呼，大家见了面，自然都是热情地互致着新年的祝贺。

　　周士毅问章汉杰怎么也在办公室，章汉杰说他反正也没有哪里要去，又怕遇到什么事而值班人手不足，所以他每天都会到这里来坐坐。原来，章汉杰由于意识到自己马上就要"更上一层楼"了，为了巩固自己在周士毅心里的好印象，所以他每天上午和下午都会到办公室各转一圈。考虑到今天是周士毅回乡的日子，又不知周士毅是什么时候到，所以他便拿定主意，除了吃饭的时间，今天要一整天地守在这里，以便在值班现场与周士毅见到面，并力争邀请他到家里去吃顿饭，进一步融洽双方的感情。

　　周士毅见章汉杰先是主动表态在乡里过年，现在又每天到办公室帮着值班，章汉杰这种对工作高度负责的精神让他很受感动。在对大家慰勉了几句之后，周士毅就提着行李上楼去了。

　　不多时，章汉杰也来到周士毅的外间，他拿起热水瓶要去食堂为周士毅打开水，周士毅不肯，说是自己去。谁知章汉杰坚决不依，他语带豪爽地说道："周书记，您这就不对了，您怎么能跟我这么见外哩！我们都是从庙山林场出来的，而且感情还非同一般，今后不管您当了多大的官，您都不能拿我当外人呢！您说是不？"

　　见章汉杰说得理直气壮，周士毅不好见外，只好笑着任他拿起水瓶出去。

不一会，章汉杰愤愤不平地提着热水瓶上来了，他说："食堂值班的人真是越来越不像话了，明知道今天会有回乡上班的人，他们居然不动一点脑子，只做了值班人员的饭菜！"

周士毅一边搞着房间的卫生，一边说道，"这也怪他们不得，因为他们不知道我会上午来。我到街上去随便吃点就行了！"

章汉杰似乎很受屈地说："周书记，我刚才给您提的意见，您怎么现在就忘了呢？我的家安在这里，还能让您去街上吃饭？您这不是让人笑话我么！走走走，到我家去，好歹总比在街上吃要卫生一些。"

周士毅见章汉杰如此热心，倒不好婉拒，只得道谢，并关上房门随着章汉杰往供销社走去。

乡镇的部门本就不多，而学校和卫生院又不太好轻易安人，所以乡领导的家属一般都会安排在供销社，章汉杰的妻子唐韵也是如此，被安排在枫岚乡供销社担任出纳。因为枫岚乡这几届主要领导的家属都在市里，所以作为副书记的章汉杰，他在住房安排方面便得到供销社的特殊照顾，他的家没有安在供销社的宿舍区，而是在仓库旁边的一栋独门独院的红砖小楼的二楼。

快到一楼的露天楼梯口时，章汉杰便向上高声叫道："唐韵，贵客到了！"

周士毅听见章汉杰把自己称之为"贵客"，心里觉得有点别扭。

不多时，二楼的阳台上出现一个围着围裙神情淡然的女人，周士毅一看，觉得与此前印象中的唐韵相比，虽然轮廓基本相同，但已老了不少，而且难看了许多。

周士毅知道，人的心境会同步外化为表情，而常态性的表情则会固化为相貌。一个人如果常常保有平和甚至愉悦的心态，久而久之，其相貌就会得到优化；反之，如果常常处于忧郁、烦躁甚至愤怒的状态，天长日久，其容貌便会遭到劣化。周士毅虽然不知道章汉杰与唐韵的关系如何，但透过唐韵的容貌变丑这个现象来分析，唐韵很可能长期处于心境不佳的状态，换句话说，她应该过得并不幸福。

周士毅见唐韵出现在阳台上，便丢开推测招呼道："嫂子，新年好！"

唐韵虽然多年未见周士毅，但从形体和相貌来看，她知道在楼下和她打招呼的应该就是周士毅，于是便神色淡然地笑着应道："哦，周书记啊！新年好！快上来吧！"

章汉杰刚才给妻子高声打招呼，目的就是要营造一种欢乐的氛围，没想到唐韵明知是周士毅到了，她的表情却依然是不冷不热的。章汉杰见妻子迎客的热度不够，觉得有失自己的脸面，心里相当的不爽，但客人在前，他还是强压怒火而绽放笑容。

章汉杰下放在庙山林场时，他的第一任女友叫金月娥，两人好了一年，但因金月娥"固守防线"，章汉杰觉得甚是没趣，便放弃金月娥而与唐韵好上了。当章汉杰去江南林学院读书时，由于他觉得此后两人天各一方，不可能成为夫妻，为了免得今后彼此藕断丝连相互耽搁，便不顾唐韵为其毫无保留的付出，独自悄悄地离开林场。唐韵见章汉杰的做法如此决绝，自然是深感痛心，并为此伤心了好长一段时间。

章汉杰毕业以后分回枫岚，有一次在长平街头遇见依旧孑然一身的唐韵，因为两人其时都没有更好的选择，同时又都想到曾有的过去，于是便重新走到一起而结为夫妻。婚后，唐韵每每想起章汉杰在离开林场去读大学时，曾经那么绝情地弃她而去，总是不能释怀。其后，这种不良情绪逐步演进到对章汉杰情感上的疏离，这样日子一久，就慢慢地变得性冷淡了。章汉杰是个荷尔蒙分泌比较旺盛的人，他在家里感到性压抑，便尝试着为自己的精力与感情另寻出口，这样一来，本已出现问题的夫妻关系就更是雪上加霜了。这也就是在周士毅看来，章汉杰与唐韵之间好像缺乏夫妻之间那种惯有温情的原因。

章汉杰笑眯眯地陪着周士毅来到楼上，周士毅和站在楼口的唐韵握了握手。

章汉杰对唐韵说："搞几个好菜，周书记在这吃饭呢！"

唐韵闻言，便带着不无勉强的笑意"嗯"了一声，然后重新回到靠近楼梯口的那间厨房操持着。

在章汉杰的陪同下，周士毅继续缓步往前走去，他想看看章家的全貌。

周士毅略略扫视便已知道，靠近楼梯口的是厨房，隔壁则兼作客厅与餐厅，再过去便是两个卧室，一共四个房间。周士毅觉得，房子虽不陈旧，但室内却比较凌乱。周士毅心想，唐韵原来是个挺爱干净的女人，当年庙山林场进行卫生的检查时，她的寝室大都评得"最清洁"，现在怎么会把家邋遢成这般模样呢？周士毅觉得，这只能有一种解释，就是唐韵对这个家庭缺乏心理上的归属感，她已经不在意这个徒具形式的家了。

这样大致了解过房子的功能布局后，两人重回小客厅。客厅的门开在右侧，周士毅站在门口朝里张望了一下，章汉杰满脸歉然地说："周书记，不好意思，屋里有点乱哩！"

周士毅知道章汉杰是个很爱面子的人，便故意冲淡说："带着孩子嘛，都差不多，我们家也好不到哪里去呢！"

周士毅一边客气着，一边缓步走了进去并环顾四周。周士毅见左右两边的墙上各贴了一副墨迹犹新的字幅，右边是岳飞的《满江红》，周士毅早年背过这首词，而且很有感慨，现在见了，不由得雅兴重燃，便上前欣赏起来，词曰：

怒发冲冠，凭阑处、潇潇雨歇。抬望眼，仰天长啸，壮怀激烈。三十功名尘与土，八千里路云和月。莫等闲，白了少年头，空悲切。

靖康耻，犹未雪；臣子恨，何时灭。驾长车踏破，贺兰山缺。壮志饥餐胡虏肉，笑谈渴饮匈奴血。待从头，收拾旧山河，朝天阙。

周士毅觉得，章汉杰的这笔新魏体棱角峥嵘，颇有气势，比起在庙山林场那会儿又有不小的进步，而自己只能写楷书，字体虽还工整，技法却嫌不足。其实，周士毅原来也曾起过把字练好的念头，后来长进不大，也就不了了之。

周士毅又转身欣赏贴在左边墙上的横幅，只见这是李白的《行路难》，用的是草书，显得笔势狂放，豪气逼人。诗曰：

金樽清酒斗十千，玉盘珍馐直万钱。

停杯投箸不能食，拔剑四顾心茫然。

欲渡黄河冰塞川，将登太行雪暗天。

闲来垂钓坐溪上，忽复乘舟梦日边。

行路难，行路难，多歧路，今安在。

长风破浪会有时，直挂云帆济沧海。

周士毅品鉴过书法，在对章汉杰书法愈添钦佩的同时，竟然也生出几许豪兴，他打算改日也写一幅字挂在房间，以免四壁空空。写什么呢？周士毅又想了一会儿，他最后决定写苏轼的《赤壁赋》，因为其中的一些文辞的意境很对自己的路。

周士毅对着字幅这样天马行空般地想了一会，他的思路便转到两个横幅的内容上了。他觉得，后人之所以喜欢岳飞的《满江红》，大都是因为"三十功名尘与土，八千里路云和月"这个名句，因为这能引起正在不懈奋斗仍未取得成功者的共鸣；而后人之所以对李白的《行路难》感兴趣，多半是因为"长风破浪会有时，直挂云帆济沧海"这个名句，意在以此激励自己奋然前行，以早日到达成功的彼岸。现在章汉杰作为自己的同龄人，已经担任了副书记，但仍然觉得"三十功名尘与土"，并期盼"直挂云帆济沧海"，由此可见，他在仕途上的雄心应该不小哩！

周士毅又想道，人同此心，心同此理啊！自己何尝对未来没有过期盼与焦虑呢？只是志向或许比他小些，不至于把"乡党委副书记"之职视如"尘土"而已。他又想，自己目前虽然与章汉杰在枫岚共事，而且自己的职务比他还要高一些，但三年五载之后说不定已经分道扬镳了，以后在仕途上谁的进步如何，还很难说呢！所以他暗暗地告诫自己，以后和章汉杰相处，切不可任性，不要像匡厚明那样，只顾自尊而不懂尊人，以免伤到章汉杰的自尊心。他知道，章汉杰是个很爱面子的人，自己尤其要小心在意些。

　　周士毅这样想着，又将视线转向摆在里向靠窗户右侧的一个书橱。周士毅走近书橱，见里面放着一些新旧不等厚薄不一的书籍，从书脊所标的书名来看，倒没有几本自己感兴趣的。忽然，他发现一本叫做《孙子兵法新注》的书，便将其抽了出来。原来这书是一九八一年由中华书局出版的，他觉得有点意思，就随手翻阅着。他发现在"计篇"内的第五页下两行和第六页上三行，有这样一段被打了较粗下划线的文字：

　　　　兵者，诡道也。故能而示之不能，用而示之不用，近而示之远，远而示之近；利而诱之，乱而取之，实而备之，强而避之，怒而挠之，卑而骄之，逸而劳之，亲而离之。攻其无备，出其不意。此兵家之胜，不可先传也。

　　周士毅发现，章汉杰在"实而备之，强而避之"与"攻其无备，出其不意"两处文字的下划线上，加标了与字数相对应的醒目圆点。周士毅知道，读者的如此这般，似乎是为了突出这些文字的特别重要。果然，周士毅又发现在"实而备之，强而避之"上面的空白处写了"有理！"的评注；在"攻其无备，出其不意"下面的空白处则写了"绝妙！"的评注。

　　章汉杰刚才一直站在周士毅的身后，他看见周士毅认真品读《满江红》和《行路难》，料想周士毅已经窥破自己的心思，便如芒刺在背，很是不安。因为依据兵法来看，目前正是"敌"强我弱之时，轻易被对方识破自己的"战略意图"，这是非常危险的一件事。章汉杰正忐忑着，此刻又见周士毅注意到自己在《孙子兵法新注》中加注的评语，心里不由得怦怦乱跳，就像是暗中怀春的姑娘被人猜到了心思，自诩高明的魔术师被人看穿了"把戏"，正在作案的小偷被人注意着行踪，其神色不止于尴尬，甚至是接近惶恐。因为依据常理，读者在书里所添加的评注，其实就是读者对书中某处内容所持态度的一种'宣示'，而这种"宣示"通常只能"自说自话"，而不宜示之于人。现在周士毅不经意间窥探到自己心中的隐秘，他会不会因此而防备自己，以致堵死自己上升的通道呢？章汉杰心里这样极其不安地揣度着。

　　不过让章汉杰心里颇觉宽慰的是，周士毅虽然注意到了这些评语，但只是稍驻目光就一带而过，好像并没有往深处想。只见他一边无意识地继续往下翻着，一边神色平和地打趣道："汉杰，你对古诗词和《孙子兵法》都还蛮有研究的嘛！"

章汉杰知道周士毅不是个善于做作的人，他觉得周士毅的表情并没有什么异样，哪怕是一瞬间的异样都没有，心里便稍觉安定了。现在他见周士毅开着玩笑，便笑着掩饰道："胡乱写的，嘿嘿……见笑了！"说着，便将周士毅递过来的书随手插入书架，并将周士毅让到桌边就座，然后就东一句西一句地刻意聊着一些零零碎碎的话题，他想以此分散周士毅的注意力，使他淡化刚才的记忆。

周士毅和章汉杰两人聊不多时，唐韵便端着"大蒜炒板鸭"、"川芎炒鸡内脏"和两个蔬菜进来了。因为正值春节期间，家里的蒸腊肉和酒糟鱼都是现成的，所以下酒菜还是不错的。考虑到下午没有什么特定安排，于是周士毅便同意了章汉杰的提议，开了一瓶枫岚酒厂生产的"醉仙酒"。

周士毅见唐韵此后一直待在厨房没有出来，便去厨房叫唐韵过来一道吃饭。唐韵最初不肯，周士毅坚持促请，说是都是庙山林场的老同事，不可这样生分。

这时章汉杰也来到厨房门口，他带着愉快的表情朗声说道："诶！唐韵啊，既然周书记都邀请了，你就过来吧！"

唐韵稍稍迟疑了一下，这才不无勉强地过来坐下。

席间章汉杰热情地邀请唐韵一道起杯向周士毅敬酒，说是感谢对自己的关心和帮助；周士毅此后也向他们夫妻回了一杯，说是祝他们夫妻和美，家庭幸福。由于进餐的氛围似乎总有点不太对，所以周士毅只喝了两小杯酒，随便吃了一点饭，这顿中饭便草草地收场了。

周士毅回到住所，他坐在外间的木椅上，为章汉杰夫妻之间这种形同陌路的关系感到悲哀，但一想到这是人家夫妻之间的事，自己作为外人既不知个中原委，也很难帮得上什么忙，只好将这些放到一边。不过，章汉杰与唐韵尴尬的夫妻关系倒是拨动了周士毅的心弦，周士毅长叹一声，止不住忧从中来。

这次他在家里过年时，大年初二那天，周士毅陪同妻子去她娘家拜年，在路上高凤对周士毅说了一件比较有趣的事。她说，这次丈夫在仕途上的新进步，可给她争了气，长了脸，让她挺起腰杆做了一回人。原来在周士毅提拔为乡党委书记后的某日，高凤在办公室以漫不经心的口吻提到她丈夫提职的事，这让杜娟不由得暗吃一惊，因为周士毅只用了三年的时间就上了两个台阶，竟然做到了乡里的"一把手"，如果他再提拔一次，那就是副县级了，而且他又这么年轻，以后会提拔到哪个层次，还真不好限量，所以这回她听了高凤看似无心的炫耀，居然怏怏然不再做声了。高凤自从与杜娟"斗法"

以来，这是第一次志得意满的完胜，所以心里便觉得特别的爽。

周士毅听了高凤的述说，虽然觉得高凤不免有些格局偏小之嫌，但一想到自己的进步能让妻子引以为荣，心里还是觉得挺舒爽的。但高凤接下来的几句话却让周士毅很不痛快。高凤说，周士毅现在虽然是乡里的“一把手”，但终归与杜娟的老公同属正科级，所以她非常期盼周士毅能在本届末期再给她一个惊喜，如果那样的话，就把杜娟那个科级丈夫远远地甩到身后去了，同时这也说明她高凤当年看人真的没有看走眼。

高凤这份严师般的鼓励、督促与鞭策，把周士毅噎得半晌说不出话来，因为透过高凤的话来分析，高凤当年追他和后来嫁他，并不是对他人品的认可，反而好像是一次投机的炒股或冒险的赌博，他们之间的婚姻纽带，不是既有的情义，而是预期的名利，似乎他周士毅如果事业上止步不前，就会让她深感失望，就证明她恋爱与婚姻的选择是失败的。想到这里，周士毅觉得心里仿佛被什么东西刺痛了一下。

如果把时间由此往后推一个月的话，周士毅的烦恼竟又增添了新的内容。杜娟看见周士毅在仕途上已经没有可以贬低之处，竟又“别出心裁”地给他们夫妻关系巧妙地打进一个“楔子”。有一次她在办公室对龚谨科长说，她有个同学的丈夫在下面乡里担任乡长，居然搞了三个女人，有一个还搞大了肚子。当时高凤虽然表面装作没有注意听，但她心里还是掀起了波澜。她想，也不知杜娟所说的是真是假，万一是真的，一个乡长都能搞到那么多女人，那当书记的该有多少女人投怀送抱啊！后来，高凤为这事没少逼问过周士毅，这让周士毅不胜其烦。

其时周士毅就想，高凤并非懦弱之人，但她与杜娟的“交锋”似乎多半都是铩羽而归，此外，这个杜娟业已成为他们夫妻之间不和的主要诱因，所以周士毅便很想知道这位“长舌妇”究竟是何模样。恰好有一次周士毅在家休假，他去财政局叫高凤一道赴个婚宴，正好在农财科看见了杜娟。周士毅便利用与杜娟打招呼的时机掠了对方一眼，只见这个女人长得瘦高个头，柳眉斜挑，眼神冷傲，给人以桀骜不驯的印象。此外，她额广腮弱，突颚薄唇，嘴撅而豁，头发虽然枯黄，皮肤倒还白皙，也许是“一白遮三丑”的缘故，其模样总体上倒是不显难看。周士毅后来分析，杜娟的是非多端，主要原因恐怕还在那张嘴上，因为但凡上颚前突嘴唇偏薄且闭合不紧的女人，多半个性较强、是非较多，自律能力较差，这种女人如果没有注重修养，通常都是自以为是、争强好胜，往往放言无忌而不怕伤人。

周士毅站起身来，他抛开章汉杰和自己的家事，把思路转到当前的工作上来，因为明天的班子会主要是研究和部属当前一个阶段的工作，自己身为“一把手”，必须要在思想上有所准备。

第六章　一念之间

　　周士毅正在想着心事，忽然听得外间门口有人亲切地叫着"周书记！"

　　周士毅抬头一看，来人竟是暌违已久的荷塘乡凹塘村的陶善根。只见陶善根身穿一套崭新的藏青色西服，脖子上松松地打着一根红底小金花领带，西服的口袋上插了一支钢笔，手上拎着一个提包，脚穿一双锃亮的黑皮鞋，一个大背头往后梳着，显得精神抖擞，神采焕然。

　　周士毅起身笑道："哦！是善根啊！你怎么过来啦？"说着，就与陶善根握了握手。

　　陶善根兴奋地说："周书记，不瞒您说，我昨天就来过一次，听说你今天才会来，所以我今天又来了。周书记，如果今天见不到您，那我只有等到年底才能见到您啦，因为我明天就要去深圳，我那边等着赶工哩！"

　　周士毅被陶善根这么一说，倒有点"丈二和尚——摸不着头脑"，他又不好直接问陶善根为什么这么急着找自己，只得顺着他的话闲聊似地问道："哦！这么忙啊！这不要成'万元户'了？"

　　"'万元户'？周书记，您这就小看我了！不瞒您说，我现在的梦想已经不是'万元户'这个层面，我想早晚拥有一家属于自己的建筑公司呢！"陶善根神采飞扬地说。

　　周士毅在荷塘乡当乡长时，考虑到陶善根家里很穷，在一九八五年春节后安排他去深圳的建筑工地打工。这个小伙子读过高一，有些文化，头脑又活泛，在干了半年之后，他见大包工头的人手不足，工程吃紧，就请假回乡招了二十几个泥水工，自己当起了小包工头。由于业务有了快速发展，去年他的队伍竟扩充到四十多个人，还聘请了技术人员。今年队伍拉得更大，明天竟有八十多个人跟他出去干，还包了两辆长途客车。

　　周士毅见陶善根在外面发展得这样好，在夸赞之余，提示陶善根自己致富了，方便的时候，也不妨为村里做点贡献。谁知陶善根听后连连摇头叹息，他见周士毅显得不解，便道出了他的苦衷。

原来陶善根为了让凹塘村的人分享自己初步成功的喜悦，去年中秋节，他特意给每户人家送了两包月饼。谁知第二天村里就传出许多不满的声音，有人说，他送的月饼里面有芝麻，吃了上火，弄得自己牙痛；有人说可能是便宜货，过了期，弄得一早起来就拉肚子；有人说味道太甜了，不好吃；又有人说口味太腻了，吃不下；还有人说馅里的杏仁太多了，老人吃不动，如此等等，不一而足。各种负面消息不断传来，弄得陶善根很是扫兴。

接着陶善根又举了一个让他更为痛心疾首的例子。凹塘村前面的池塘由于年久失修，四周的岸墙倒塌了不少，去年"小年"过后，村里人为了彻底修整一次，开始讨论资金筹集问题。有人说陶善根如今是大"包工头"，提议让陶善根捐一笔款，不够的再由村里人分摊。但陶善根有了上次送月饼的教训，他思前想后，就只同意按照平摊的人头费出，不肯多捐款。村里人得知他的想法，便说他小里小气，为富不仁。陶善想来想去，就同意出一半，结果村里又有人说他发了大财，出点钱为村里办事还跟村里人讨价还价，是翻身忘本，不重感情。后来在妻子的劝说下，陶善根不计前嫌，答应整修岸墙的钱全部由自己一个人出，并在第二天就按工程预算额度把钱捐出去了。陶善根慷慨解囊之后，认为村里人这下总该无话可说。让他无法想象的是，没过几天，村里有人说他全额捐款是想在村里出风头；又有人说他在外面搞工程赚了昧心钱，所以用起来不心疼；还有人说他很可能参加了走私，所以钱来得快。当时陶善根听了这些闲言碎语，气得半天说不出话来。最后他总结了两句话，这就是"人心叵测"与"好人难做"。

周士毅觉得这事真的让人匪夷所思，由此他愈发坚信自己"人之初，性本恶"的观点。他觉得，一个人如果没有接受道德教育，没有得到道德熏陶，没有产生道德感悟，就没有仁义之心，就不会"推己及人"，其原始的人性比起一般的动物性来，只会更差不会更好。

周士毅劝慰了陶善根几句，他觉得陶善根今天肯定是有事而来，便有意将话题重新纳入正轨，他笑道："善根啊，你今天过来找我，是不是还有别的事啊！"

陶善根今天自然是有事而来。陶善根是个懂得感恩的人，这两年，他老是把周士毅为他拨款葬母，并与乡干部自带午餐帮他家搞"双抢"的事记在心里，他觉得周士毅既是他人生低谷的大恩人，也是自己人生道路的提携者，现在自己过好了，所以便心心念念地要报恩。他见周士毅发问，就打着哈哈说道："周书记，看您说的，难道没有事就不能来见您啊！你是我的大恩人啊！我想念您呗！"说着，便朝门外神秘地看了一下，随即从提包里拿出一个不小的红纸包，悄悄地说道："周书记，拜个年，这是一千块钱，一点小意思！"说着，就将红纸包往周士毅的怀里塞。

一千块？这么大的"小意思"！这相当于自己两年的工资呢！周士毅被陶善根的报恩举动吓一大跳，他一边将陶善根捏着红纸包的手使劲地往回推，一边压低声音但异常严肃地说道："善根，你这不是害我吗？"

陶善根又朝门外迅速扫了一眼，然后轻声说道："周书记，您放一万个心！我这个人办事是很牢靠的，否则我在深圳也不可能发展得这么好，是吧！这个事哩，只有天知地知，您知我知，绝对不会有问题的！"

周士毅见陶善根态度诚恳，语气坚决，而且又说得信誓旦旦，他想到弟弟妹妹都在读书，家里经济状况窘迫，再说自己帮助陶善根家割禾栽禾，不仅没有损害公家的利益，而且有利于树立政府的好形象，于是拒绝得就不是那么坚决了。

陶善根见周士毅态度有些松动，似乎有点准备"笑纳"的意思，就马上将红纸包往茶几上一放，然后就起身告辞。

周士毅见陶善根转身下楼，便拿起一张报纸盖住红纸包，然后尾随相送。但陶善根担心周士毅改变主意，弄得自己没法报恩，所以在"得得得"地快速下楼之后，便三步并着两步地走到自行车边，然后朝来到门厅外的周士毅一扬手，就使劲地蹬着自行车扬长而去。

见陶善根已经远去，周士毅赶紧回房，转身把门关上。他从茶几上掀开报纸，捧起那个红纸包来到卧室，心里兴奋得"扑通""扑通"地乱跳。这时，他就考虑这么多钱放到哪里更安全些。他打开抽屉，觉得不踏实；又打开衣橱门，也觉得不安全。正当捧着红包举棋不定时，外面猛然响起一阵爆竹的轰鸣声，周士毅吓得手一哆嗦，手中的红包便掉在地上，弄得十元一张崭新的钞票撒落一地。周士毅生怕此时有人来敲门，赶紧蹲在地上收拾钞票。这时，他心里猛地一紧，他想，万一陶善根喝醉了酒，把这个事说出去了呢？那自己……想到这里，周士毅顿时咯噔一惊。他转而又想，收钱这个事，有一次就会有二次，有二次就会有三次，走多了夜路，总有一天会撞见鬼的，要想安然无事，最好的办法就是一次都不能有。这时他记起自己在荷塘拟定的"从政规则"，想到了其中的第三条"守住是非底线"，心里顿时就有了一种透亮的感觉。

周士毅将收拾起的钱依旧用红纸包了，又用报纸裹扎好，然后装进提包，拎着提包立即下楼，骑上自行车往外急追。一直追到去荷塘的半路上，浑身冒汗的周士毅这才截下陶善根，并将礼包强行退回给他。陶善根见周士毅反悔，知道他心里觉得不踏实，只得重新做周士毅的思想工作，他见周士毅就是不依，便赌咒发誓。陶善根在反复劝说表白之后，见周士毅态度坚决，不为所动，便很有些失望的样子。

周士毅见陶善根神情沮丧，心里就有些过意不去。两人都愣了片刻，忽然，周士毅想到了一个一举两得的办法，于是就把自己和韩鼎诚场长的深厚感情，以及韩场长儿子的过往如实向陶善根做了介绍，然后提出将韩场长的儿子韩金锁托付给他，以便让这个小伙子在陶善根的管教下走上一条正路。陶善根得知就里，想都没想便应承下来。他觉得韩金锁既然读过初中，可以让他帮着管管事。但周士毅却没有同意，周士毅建议先要压着这个小伙子吃两年苦，把他的心收拢来，然后再安排他做点技术方面的事，总之拜托陶善根把他调教成人。陶善根见周士毅说得这么郑重其事，也就神色庄重地点了点头，并留下了自己在深圳的地址。

周士毅见陶善根欣然应允了自己请托的大事，便非常诚恳地致谢。陶善根说，应该致谢的是自己，结果两人就都心满意足地分手了。

据说若干年后，陶善根的事业越做越大，不仅有了自己的建筑公司，而且资产过亿，竟然成了名动一方的富豪。

三天后，周士毅专门赶到韩场长家，并与韩金锁谈了很久的心。近段时间以来，韩金锁见自己这么多年的路走得跌跌撞撞的，而且也不知以后路在何方，心里好生愧疚和彷徨，现在他见周士毅这样诚心诚意地提携自己，心里说不出的感动。韩金锁听了周士毅的劝喻和教导，庄重地表示，自己以后一定会吃苦耐劳，要力争做出个人样来，让父母晚年有靠。韩场长夫妇见儿子不仅幡然醒悟，而且决心很大，不禁激动得两眼噙满了泪花。

告别陶善根后，周士毅回到住所，继续思考着枫岚乡五年工作的"大盘子"。大约三点来钟，忽然有人在外间的房门上轻轻地敲了两下，周士毅抬头一看，原来是苏爱莲到了。只见苏爱莲面带惊喜地笑道："周书记，您就到了啊！"

周士毅架着腿坐在那里，他用手按住放在腿上的本子，抬起头微微笑道："我也是中午才到的哩！"

苏爱莲像是忽然记起什么重要的事，满脸恭谨地说："哦！我忘了，周书记，我向您拜个年，祝您在兔年里，事事顺意！天天开心！"

周士毅见苏爱莲如此郑重其事地给自己拜年，便不好再坐着了，他站起身来，跟苏爱莲握了手。他觉得苏爱莲的手热乎乎、软绵绵的，握在手里很舒服。但这也只是一瞬间的感觉，他随即笑道："谢谢你！那我也给你送个新年祝福吧！祝你兔年找个好婆家！龙年生个胖娃娃！"

谁知苏爱莲却抽回手，撅着嘴笑嗔道："我才不找婆家哩！"

周士毅毕竟是三十岁的人了，他知道女孩子关于婚恋方面的话是最不能当真的，她们年初跟你说"一辈子不嫁"，年末却挺着个大肚子，所以周士毅便笑道："看你嘴硬哩！"

苏爱莲不说话了，她去提热水瓶，周士毅说是章书记帮着打了。她又转身四处看了一下，见无事可做，便笑着告退了。

对于明天的党政联席会，周士毅早在年前就确立了主题，并叮嘱大家在春节期间都要提前理理思路，所以除了在外治病的妇女主任，枫岚乡的班子成员对于明天的会全都高度重视，在初六傍晚全都来到乡里。

由于年前已获周士毅首肯，牟玉成依循惯例安排了班子成员的新年聚餐。晚餐前，大家相继来到周士毅的住所，与周士毅互致新年的祝福。用餐时，大家推杯换盏，你来我往，一时情意款款，不亦乐乎！虽然酒桌上用的是本乡酒厂生产的 38 度"醉仙酒"，但杯数一多，周士毅还是觉得招架不住。周士毅本想打住不喝，但想到自己才来枫岚一个月的时间，彼此交谊甚浅，如果驳了大家的面子，会弄得大家都很尴尬。此外，今晚大家纷纷殷勤劝酒，估计也是想摸摸自己酒量的底，以后就知道什么时候该出面保护了。想到这里，周士毅觉得情有可原，便豪气勃发地说道："好！一醉方休！"

大家见"一把手"同意赏脸，顿时欢声雷动，于是酒席上重又掀起彼此敬酒的高潮。自然，周士毅最后因为酒力不支而弄得酩酊大醉。章汉杰因为是在家里吵架出来的，心情有点不佳，但因场合问题，所以只能掩饰不快而强颜欢笑，现在既已散席，便安排几个年轻人扶着周士毅回房，自己转身回家去了。

周士毅在朦胧中被人架回卧室，然后又被他们脱掉鞋子放到床上，并被盖上被子。周士毅依稀听得大家在那商议，似乎是倾向于让自己独自休息的好，于是几个人便关上外间房门各自散了。

过了一会，周士毅觉得心里特别难受，想爬起来到洗漱池去吐。其时昏头涨脑，浑身无力，待挣扎着爬到床边时，猛然觉得腹中翻滚，忍不住喉头一松，肚子里面的那些好东西便接二连三地脱口而出。

吐过之后，周士毅觉得心里舒服多了，但充斥房间的的污秽之气，让他相当的难受。恰在这时，忽听得外间房门的锁具"吧嗒"一声，房门随即被打开了。由于卧室和外间的灯都是亮着的，而连通门也没有关，所以醉眼惺忪的周士毅，看见苏爱莲眉头微蹙一脸关切地走了进来。原来办公室为了方便苏爱莲帮着打开水和搞卫生，便给了她一把外间的钥匙。苏爱莲刚才去食堂打开水时听到食堂的工作人员谈起周士毅醉酒的事，她有点不放心，所以便赶过来看看。

苏爱莲一进外间，看见卧室的地上一片狼藉且浊气难闻，忙踮脚前行，将卧室通向北向阳台的房门打开少许，又将靠中间过道的两扇房门全部打开，然后退出去拿了清洁工具来到卧室搞卫生，大约花了十几分钟的时间，才使卧室大体恢复原貌。

苏爱莲来到床前，见周士毅双目微闭，似睡未睡，嘴边还有吐后的残留物，便调了一盆温水，并带了毛巾和香皂来到卧室。在撩开被子的一角后，苏爱莲用反复搓过并擦了香皂的毛巾为周士毅仔细擦洗。这时她柔软的小手自然会摩挲着周士毅的脸庞，由于是弯腰擦洗，一头先前解开的秀发时不时地在周士毅的脸上撩来撩去，这让仰面躺着的周士毅心里痒痒的。在寂静的春夜，在卧室的床边，被一个年轻美貌的女子如此贴身伺候，周士毅的心里隐隐地有些不安。他想拒绝苏爱莲的好意，但又怕伤害苏爱莲的自尊心，只得红着脸、闭着眼，对苏爱莲的细心服务听之任之。

周士毅的眼睛虽然微微闭着，但还是能看清苏爱莲的脸庞，他觉得今晚的苏爱莲似乎比他初见时要漂亮多了，而且他觉得苏爱莲的体息颇似小乔的，有种沁人心脾的映山红般的气味。尤其是那双秋波荡漾的秀目专注地看着他时，弄得他心里扑通扑通地一阵乱跳。这时他喉头有点发干，浑身有点发热，他很想一把抱住苏爱莲，先使劲地吻她一通，然后就……想到这里，他不由自主地打开双眼，两眼随之放射出灼人的光亮。正当他准备掀被起身付诸行动时，他随即警觉地意识到这个念头的无耻。他想，自己往日总是以正人君子自居，现在怎么产生如此卑鄙龌龊的小人念头，会想着去祸害人家黄花闺女呢！况且，这个歹念一旦得逞，自己便德行有亏，如果被对方拒绝，自己则大失脸面，所以只要自己表露了这个意思，不管最后成不成，那自己今后都将无法堂堂正正地做人，想到这里，他臊得浑身发热，羞愧难当。为了不让苏爱莲看出自己的窘态，他赶忙紧闭双目，把头侧向床里，好在不久便擦洗已毕。

在关好卧室两头的房门并为他细心地窝好被子之后，苏爱莲在周士毅的床前稍稍站立了一会儿，然后便俯下身子在周士毅的耳边轻声告退。周士毅侧着头，闭着眼，低低地"嗯"了一声，不久，便听见苏爱莲的脚步声离开卧室，外间的房门也随即"啪"的一声被关上了。周士毅知道最尴尬最危险的时段已成过去，刚才紧绷的心弦这才完全地放松下来。

经过上次由红包诱发的贪心与这次见美色诱发的兽心，周士毅意识到人的一生会遇到许多的十字路口，一个人究竟走什么路，或者说在大是大非面前作何选择，全在自己的一念之间。

周士毅由此进一步认识到，所谓的"小人"与"君子"，其区别有时候只在一念之间，面对某个特定的事物或身处某个特定的场景，如果意志松弛而抛弃了正确的理念，或感情冲动而放弃了高尚的操守，这个人便成了"小人"；如果自己能坚守正确的理念或秉持高尚的操守，这个人就是"君子"。

　　周士毅因之对"小人"与"君子"之义产生了新的认识，他发现，人们只要由着性子不加约束地任意做去，这个人大抵便是世俗眼中的"小人"；反之，人们如果能违背自己最为原始的意愿行事，能在为人处事时有意识地约束自己的不当言行，他大抵便是世俗眼中的"君子"。或者说，人们在为人处事时，如果对自己非常"道德"而对别人不够道德，他就是世俗眼中的"小人"；反之，如果对自己不够"道德"而对别人相当道德，他就是世俗眼中的"君子"。

　　周士毅由此想道，或许正是因为社会对"君子"设定了很高的不易企及的道德标准，让世人普遍地意识到——做小人易而做君子难，所以社会才会那么地敬重君子。

　　周士毅想做君子，但他也意识到，生而为人，做一时一事的君子易，做一生一世的君子难。一个人如果真的存有做君子的高洁之志，便须淡薄名利，净化欲求，崇尚道德，在漫长的人生道路上，时时处处事事都秉持仁人操守，这样在别人眼中，他才有可能成为一个近乎纯粹的君子。

第七章　考察的奥妙

第二天上午八时半，枫岚乡的党政联席会准时召开了，这次会议主要是把开春以后和换届之前的一些工作做个部署。会议接近尾声时，办公室副主任宣新民上来，说是刚才接到电话，市委组织部明天会来考察班子。周士毅心里知道是怎么回事，便叮嘱大家明天不要离开。一众班子成员听说此事，心里都知道是为完善班子而来，不过除了周士毅和杨树青两人完全知道预案，其他人都只能各凭想象进行猜测。

章汉杰对于组织部会来考察班子的事，既有朦胧的预感，又有强烈的预期，他期盼明日能圆旧梦。

蒋智丰暗忖，从现有副科级领导的年龄、学历、资历、能力等综合情况来看，章汉杰提任乡长的可能性最大，而只要他提任成功了，势必在人事上引发连锁反应，会有多个人梯次得到重用或提拔。首先，在其他副科级领导里面，必然会有一人担任副书记。蒋智丰想，最有可能得到这一机遇的，应该是自己与苗壮，两人可谓是各有优势，旗鼓相当，当然，到时候花落谁家，这就要取决于"一把手"的态度了。

蒋智丰是个领悟力很强的人，他认为人们通常所说的"组织的培养"，这其实只是一句"官话"。因为能够培养某个人的上级"组织"或本级"组织"，其构成元素都是一个个具体官员。如果一个人在上级"组织"没有哪个领导赏识，在研究人事问题时没有人为其说话出力，而在本级"组织"又得不到"一把手"的青睐，他不把这个人推上去或推出去，则"组织的培养"对于这个人来说就不仅是一句"官话"，而且也是一句空话，因为"组织"的视线永远不会毫无缘由地投射在一个无人问津者的身上。蒋智丰甚至觉得，由"组织"下达的那一份份任免文件，在每一个任免姓名与任免事项里，几乎都毫无例外地蕴含着一个或多个鲜为人知的故事，假如有谁能把某份任免文件背后的故事全部挖掘整理出来，那一定是本扣人心弦且非常抢手的官场教科书。正是因为蒋智丰早就认识到"一把手"在提拔下属方面的重要作用，所以他从一开始就注意留给周士毅好的印象。

刘秋声因为与章汉杰有些转弯抹角的亲戚关系，所以他很希望章汉杰能更上一层楼，这样以后对自己也好多有一份关照。

苗壮则认为，蒋智丰是大学本科毕业生，这个人脑子好用，做人也比自己灵活得多，所以即使章汉杰提任成功了，能够顺次跟进担任副书记的人很可能是蒋智丰，对自己没有任何好处。况且章汉杰这个人还狂得很，如果他上了一个台阶恐怕就要更神气了，而自己又不愿看他那副趾高气昂的样子。因为这些原因，所以苗壮对章汉杰提拔之事总体上持消极态度。

其他人对章汉杰则多半没有什么好印象，都认为他对于职务比他低的人比较强势，而且气量小，报复心重，所以巴不得他提不成，要让他捞不到更加神气的本钱。

散会以后，大家就这么细心地估摸着，盘算着，他们都在预筹着明日如何点评班子同僚的大体思路。

久处官场的人都知道，许多人在接受组织谈话点评班子成员时，往往颇为讲究"点评艺术"，譬如：在点评于己有利者时，有些人往往会有意识地突出和渲染其优点，技术性地淡化或忽略其缺点，有时候为了显得客观公正，还会故作糊涂地把对方的优点说成缺点，并甘愿让主持谈话的人来纠正其认识"偏差"；在评价没有明显利害关系者时，往往会多讲其一般性的优点，基本不讲或或偶尔夹杂一些无关紧要的美中不足；在评价潜在的竞争对手或是关系不睦者时，往往避而不谈对方的重要优点，泛泛而谈对方无足轻重的优点，然后以闪烁其词或话中有话的方式，诱使主持谈话者来追问自己的潜台词，最后再以貌似不太情愿的神态和比较惋惜的口吻给出几句关键的差评。当然，有人还会把对方的某种缺点事项当成优点来夸，故意引得主持谈话者不以为然。

正月初八上班不久，组织部来了四个人，带队的是去年获得提拔的江水丰副部长。周士毅当年去荷塘报到上班时，江水丰当时作为干部一科科长也参加了陪送，所以两人是旧相识，见了面自然是格外地亲热。同行的还有干部一科的新任科长余先知和小赵、小韩两名组织员。周士毅觉得，但凡组织部的人，往往给人以气度沉稳、精明干练的印象，他想，这或许是由于他们长年跟各乡镇、各部门和各单位领导打交道，惯常以超然的心态听这些人对别人的优缺点进行评价，因而视野较宽、视点较高有关。

按照惯例，周士毅先把班子成员集中起来，由江部长简单地介绍了来意。江部长说，去年因为老班子的两位主官没有正常在岗，所以就没有安排过来进行年度考察，后来周书记虽然到位了，但时近年关，工作安排不过来，所以就拖到现在才来补上这一课。

他说他们这次过来，既是对班子成员去年年度考察的补火，也是为了当下配备党政班子的主要领导做准备，还说为了换届时进一步完善党政班子，也想请乡里各推荐一名有培养前途的男女副科级后备干部。

周士毅本来是想在章汉杰和蒋智丰到位之后和换届之前，再来通盘考虑增补一名党委委员和一名接替郭春萍的女性副乡长，但现在组织部却提前把这事提出来，这让他缺乏足够的思想准备。

周士毅迟疑片刻便说道："江部长，你看这样行不行，关于推荐后备干部的事，我看是不是先放一放，因为我来枫岚工作才一个月，很多情况还不太熟悉，我想等我们认真磋商之后，过些日子再把《后备干部呈报表》报上来，今天就专门把你所说的前面两个程序走完，你看怎样？"

江水丰听了周士毅的建议，觉得这也不是什么大事，随即表态道："行！小赵，你等下把《后备干部呈报表》交给周书记……诶！周书记，为了加快进度，我们准备分两个组谈话，你给我们找两个清净一点的房间，行吗？"

周士毅说："这样吧，这里放一个组，我住所的外间放另外一个组，其他班子成员都到下面的接待室等，蒋智丰你在接待室待着，负责依次安排接受谈话的人，江部长，你看这样行不？"

江部长爽朗地说："行！"

余科长起身拿了一张"谈话分组名单"来到蒋智丰身边，蒋智丰见余科长过来就连忙起身接了。原来余科长已经将班子成员分成 A、B 两组，职务高的和资历老的班子成员被安排在 A 组，是由江部长那个组谈话；其他成员则被安排在 B 组，由余科长的那个组谈话。

情况明了以后，除了两个组第一个接受谈话的人留下来，其他班子成员就一个个貌似轻松地纷纷下楼去了。周士毅见事情已大体安排停妥，也下到一楼。

上午十一时不到，两个组都已基本谈完，接着江部长他们内部又碰了一下头，把两个组的意见归集了一下，形成了一个初步认知，最后，他们共同找周士毅谈话，以便把刚才谈话的总体情况做一个系统性的反馈。

江部长见周士毅上来并已坐定，便说："周书记，我们也是老熟人了，有话我就直截了当地说。从刚才谈话的情况来看，其他班子成员的情况都还比较正常，大家的反映都还不错。但是章汉杰同志的情况就有点复杂了，总的来看，有两种截然不同的意见，有的认为这个同志能力强，有魄力，工作任劳任怨，但缺点是原则性太强，以致得罪了一些人，不过我们认为"原则性太强"这不应该被看成缺点，这最多只是个把握分寸不够的问题。但是也有另外一种意见，他们认为章汉杰能力还是有的，而且还能通过比较巧妙的方式与群众打成一片，譬如能放下架子，下乡时经常与村干部打扑克，在乡里经常把乡干部叫到家里去打麻将。在缺点方面，有的说他功利思想比较重，工作表现不太稳定；有的说他很有心计，工于算计；也有的说他器量比较小、报复心比较重，还有人说他们夫妻感情不睦，长期打"冷战"，至于深层次的原因虽有耳闻，但没有真凭实据，所以大家也不好多说什么。"

周士毅默默地听着，神情逐渐变得凝重起来。年前就用人问题和杨树青书记沟通时，他也提到品德和能力之类的问题，他当时是不是意有所指呢？周士毅心里不由得掠过一丝疑虑。

江部长接着说："从你们年前递交的《干部任免呈报表》来看，你们想将章汉杰提任为乡长，将蒋智丰提任为副书记，但是现在这个情况……你看……"

江部长的话说得比较巧妙，他的意思虽然很明白，但没有说透，只是引而不发，点到为止，以便让周士毅可以进退自如灵活应答。

周士毅没有急于回答江部长引出的话题，而是微皱着眉头认真地权衡着。周士毅这个人有个特点，每遇重大问题，他没有想清楚决不乱说。

不多时，周士毅笑着看了看江部长，然后又扫视了一下余科长他们，说："江部长，各位，一九七四年我在庙山林场下放时，章汉杰是我的同事，我们共事了三年，所以说，我对他还是比较了解的，从原有的印象来看，我觉得这个同志总体来说还是不错的。至于刚才说到的他的那些不足，我看需要具体问题具体分析，譬如说他的表现不太稳定，这里面的原因我一时也拿不准，不过，我觉得人都是吃五谷杂粮长大的，谁没有个情绪起落呢？是么？说到他的器量不大，工于算计，恰恰相反，我所感受到的倒是这个同志很有点雅量，没有什么算计心，譬如当年庙山林场选举团支部书记，他本人的条件也是不错的，但他却没有参与竞争，而是诚心诚意地推举我当团支部书记；一九七五年庙山林场推荐选拔上大学，他的条件本来不错，但那个指标却被一个条件相对弱一点的知青获得，当时面对这个情况，他既没有争，更没有闹，你看！这能说他器量不大，工于算计么？关于'原则性太强'这个问题，我很同意江部长的意见，当领导的人，如果没有一些原则性，老是怕得罪人，这怎么行呢？所以我看这充其量只是优点的过分延伸，以致变成缺点，在这个方面，以后只需注意把握分寸就是了。至于说到他们夫妻关系，我觉得他们虽然有点不睦，但目前还很难说主要原因是什么，主要责任该谁负。"

周士毅在分析了章汉杰的个人情况后，话锋一转，又说道："总之吧，杨树青副书记年龄大了点，提不了，章汉杰作为党群副书记如果提不了乡长，那其他人就更不合适。假如从外面"空降"一个乡长到枫岚，则蒋智丰也就提不了副书记，新提一个党委委员自然也没有指望，这样的话，枫岚的原班子成员一个也没有提，表现好的一般干部也没有指望，这样一来，势必严重挫伤大家的工作积极性。各位，在这种情况下，我这个刚刚过来当书记的人，往后还怎么去带这支队伍呢？相反，如果章汉杰提了乡长，蒋智丰提了副书记，接下来我们还可以从一般乡干部里提一个党委委员，这样枫岚乡的干部队伍就有活力了。"

周士毅说到这里，看到江部长等人现出不无迟疑的表情，便以相当诚恳的语气接着说道："所以啊！鉴于上述情况，我恳请江部长、余科长和各位，能体谅体谅我的难处，在归纳上报今天谈话的结果时，能适当地梳理一下，把那些具有积极倾向的主流意见采纳上报，以便使我们的拟任干部呈报方案能得到采纳，如果这样的话，今后枫岚的工作就要好做多了……怎么样？江部长，我大致就是这么个想法，能不能成全我们，下面的事我就拜托各位了！"说完便对着江部长等人连连抱拳示礼。

江部长一边聆听着周士毅刚才的发言，一边在心里开始进行捉摸评估。鉴于枫岚此前工作落后，秩序混乱，所以市里特意派周士毅来收拾这个"烂摊子"，自己作为这次来枫岚考察干部的负责人，如果在用人问题上不采纳周士毅的意见，到时候万一枫岚的工作没有搞上去，周士毅说不定会拿没有按照他的意见配好班子来搪塞，果真如此，那到时候或许"屁股板子"还要打到自己身上呢！在权衡了利弊之后，江部长便与余科长等人凑在一起"咬耳朵"。

周士毅见状，觉得自己此时在场有所不便，便说："江部长，我有点事到下面去，你们先聊。"

江部长知道周士毅的意思，便说："哦……行，你去吧！"

过了好大一会儿，周士毅重回二楼，他在楼梯口故意咳嗽一声，然后再慢慢地踱回小会议室，在自己原先的位置重新坐下。这时江部长他们都已各归其座，而且一个个神态轻松。

江部长见周士毅默然坐在座位上，摆出一副静待下文的样子，便振了振精神，笑着说："这样的，周书记，你前面的意见哩，我们几个人刚才简单地议了一下，都觉得很有道理，俗话说嘛，'金无足赤，人无完人'，所以我们在评价一个干部时，主要还是看大方向，看主流，而不是求全责备。章汉杰这个人呢，总体来说还是不错的，有些这样或那样的缺点，这也是难免的，而蒋智丰的反映大体上还不错，不过也有人说他还比较嫩一点，当然，这都不是什么大问题，哪个干部不是由稚嫩逐步变得老成呢？是不！所以啊，我们打算在整理和汇总今天的谈话意见时，努力朝着成全的方向去靠，当然，枫岚乡的班子最后怎么定，这还要看'部务会'研究的情况，最后还有常委这一关，这个我不说周书记也是知道的，是吧！

"不过，为了体现对干部负责，对工作负责，我们还有个建议，假如，周书记，我说的是'假如'，假如你们的用人方案最终被市委采纳了，你最好分别与他们单独谈一次话，以便帮助他们发扬优点和改正不足。譬如有人在夸赞章汉杰时，就说他善于用娱乐的方式密切联系乡村干部，经常和他们在一起打扑克、打麻将，我看这是不是优点就很难说了，我个人认为作为一个乡里的主要领导，还是不要去弄这个的好，影响不太好嘛，是吧！诶……我们大概就是这么个意见，你看这样行不行？周书记！"

江部长话音刚落，笑容就浮上周士毅的面颊，对于江部长的意见，周士毅自然是深表赞同与感激。

三天后，章汉杰与蒋智丰都被通知去市里接受任前谈话。之后，按照江部长的提议，周士毅分别找了章汉杰和蒋智丰谈话，并着重把组织部先前对提拔章汉杰的担心做了转告。章汉杰听说有人对他评价不好，还差点坏了他的大事，心里非常愤怒，脸上也红一阵白一阵的。周士毅认为章汉杰情绪波动这是顾面子的表现，便温和地劝慰了几句。

又过了几天，关于章汉杰和蒋智丰的任免文件相继下达，对于章汉杰的任职提名，后面还有"请按照人大任免程序依法办理"的字样。因为从理论上来讲，这时的边锋仍然是枫岚乡名义上的乡长，所以需要通过枫岚乡人大主席团会议，先是免去边锋的乡长职务，然后再任命章汉杰的乡长职务。在接到任免文件的第二天，也就是元宵节的前一天，在周士毅的提议下，枫岚乡召开了乡人大主席团会议，把应该履行的程序全都中规中矩毫无悬念地履行了一遍。

第八章　提拔的玄机

主要领导配齐之后，周士毅接着想把确定副科级后备干部的事定下来。在乡人大主席团会议召开的次日晚上，周士毅便在预定时间来到小会议室，主持召开了新班子的第一次"书记碰头会"。

周士毅说："马上就要换届了，郭春萍副乡长这次肯定要下来，按照干部配备要求，我们需要提拔一名女的副乡长，此外，党委班子也需要补充一名党委委员。现在我们乡的主要领导已经配齐了，今天召开这个'书记碰头会'哩，就是想把这个事定一下，明天赶紧报上去。就这么个事，诶！你们说说，怎么定？"

杨树青和蒋智丰都微笑着看着周士毅，在等周士毅的下文，因为他们知道，但凡研究人事问题，尤其是研究少量的人事问题，作为"一把手"是不可能没有预案的，如果自己莽撞乱说，与"一把手"的思路相左，势必让"一把手"尴尬甚至不爽，所以他们都在等待"一把手"的点拨与提示。

章汉杰不知是不懂这个规矩还是不顾这个规矩，他一边转着手中的水笔，一边一字一句地说道："既然周书记征求意见，我就先说几句。党委委员定谁我目前还没有什么思路，不过作为提拔一名女的副乡长，我倒是有个建议。"章汉杰只是低着头自顾自地缓缓说着，也不看任何人的表情，"我以前分管过一阵子计划生育，我觉得"计生办"主任徐巧英倒是个不错的人选，这个女的工作很泼辣，也敢于得罪人，用了她，我觉得对于今后计生工作打翻身仗可能会很有帮助。"

周士毅淡淡地看着章汉杰，语义模糊地慢声问道："是吗？"

杨树青一边半握着右拳在脑门子上轻轻地杵着，一边眯着眼长长地吐了口气。关于章汉杰的为人，杨树青其实早就心中有数，在上次周士毅为确定呈报乡长和另一名副书记的人选而征求他的意见时，他曾经暗示过周士毅，但周士毅居然执迷不悟，自己也就不好说得太直了。现在果不其然，本来类似这样个别的人事问题，完全可以由书记拿思路，副书记参与讨论，如果没有什么过于出格的地方，原则上应该以书记的意见为准。但这个章汉杰刚刚坐上乡长的宝座，就来伸手向书记争权，周士毅这下恐怕肠子都要悔青了，杨树青虽然坐在那里愣愣地想了这么多，但嘴里却没有说什么。

蒋智丰听了章汉杰的"建议"颇感吃惊，现在听了周书记这不冷不热的一问，就知道周书记心里肯定是不爽的了。蒋智丰觉得章汉杰抢先发言定调是很不妥当的，因为在章汉杰率先亮出"建议"之后，如果周书记听他的，这人事任免的主导权就大权旁落了；如果不听他的，就等于驳了章汉杰的面子，两个人的关系就会出现裂痕。他想到自己这次能担任副书记，说到底，还是因为周书记对自己的厚爱，否则，把这个位置给苗壮也不是绝对的不可以，所以说，在这关键时刻如果自己不站出来说句话，就有点说不过去了。

蒋智丰一想到要和章汉杰扒下脸来，心里还是有点打鼓。蒋智丰知道，章汉杰是个报复心很重的人，如果否定他的意见，势必让他怀恨在心，不过，从周士毅这个角度来说，他的发展前途还很大，自己以后在仕途上还得继续仰仗他的提携，如果仔细权衡一下的话，自己的表态虽说会得罪章汉杰，但同时也会取悦周士毅，这从长远来看应该是值得的。蒋智丰想到这里，不由得勇气渐增，于是，他抬起那张因为紧张盘算而涨得通红的脸，神色俨然地对周士毅说："周书记，我想提点不太成熟的看法，不知行不行？"

周士毅见蒋智丰发话了，知道这个小伙子应该是帮自己解围来了，就笑着说："有什么就说什么，没事的！"

蒋智丰就直言不讳地说："我的想法不一定对。我觉得，提拔干部的着眼点，不是光看这个人泼辣不泼辣，敢不敢得罪人，而是要看这个人的综合能力怎么样，要看他所做的工作有没有显著的成绩。刚才章乡长提到徐巧英，我觉得这个同志在性格上确实有她的长处，但令人遗憾的是，近几年来，我们乡的计生工作在市里一直都是坐冷板凳，从这个角度来说，如果提拔徐巧英的话，恐怕有点难以服众。当然，这也只是我个人的一些不太成熟的看法，对不对，大家可以讨论，其实但凡人事方面的问题，最后肯定得听周书记的，毕竟周书记是'一把手'嘛！是不？"

章汉杰见蒋智丰只顾拍周士毅的马屁而不顾自己的感受，不由得血气上涌，噎得半晌说不出话来。

周士毅表情淡然，心中暗喜，他没有料到蒋智丰这般有勇有谋，他刚才不仅正面驳斥了章汉杰荒谬的'建议'，而且还点明了'一把手'对人事问题拥有最后的决策权，这等于对意在争锋的章汉杰迎面抽了一巴掌。周士毅知道，蒋智丰肯定知道自己是在冒犯章汉杰，他在发言前是经过思想斗争的，所以他在准备表态时才会涨得一脸通红。尽管周士毅比蒋智丰大不了几岁，但此刻他却是以长者的心情非常疼爱地看着蒋智丰。

周士毅不动声色地看了看章汉杰，说道："章汉杰同志建议提拔徐巧英，这是不是合适？是不是还有更好的人选？我情况了解不够，不能轻易下结论。不过，为了合理确定人选，大家扩大眼光，打开思路，畅所欲言，这点无疑是很重要的。刚才哩，智丰同志没有提出具体的人选，只是就章汉杰同志所提人选发表了自己的看法，这里我们暂且不评价他的观点正确与否，仅从发言本身来看，这就是对党的事业高度负责的表现。同时，他的发言还启发我们在选人用人时，必须首先思考用人标准问题。我认为，我们提拔干部，不仅要看本人素质，更要看工作业绩；不仅要看这个人的现在，也要看这个人的过去，总之，要辩证地、历史地看人，毕竟一个干部的成长不是一朝一夕的事，对不对？"

周士毅顿了顿，又说道："如何选拔干部，这是一门学问，譬如除了我们刚才说到的这些，是不是还有其他需要注意的事项呢，我认为肯定是有的。譬如，有的人干一样工作干得不错，而有的人兼干几样工作仍然干得很好，这里面就体现了一个能力强弱和成绩大小的问题，是不是？嗯……大家再想想，看看在女干部里面，是不是有这样出类拔萃的，现在或曾经身兼数职，但工作却干得有声有色的女干部，如果有，我们提拔这样的同志，不仅大家服气，而且也有示范和激励作用。对不对！诶，大家说说看！"

杨树青见蒋智丰刚才说得有理有节，而自己一直没有表态，内心隐隐觉得有些不安。他又想道，一段时间以来，有人在传章汉杰和徐巧英走得比较"近"，但怎么个"近"法，大家又都没有真凭实据。现在章汉杰刚刚被周士毅提拔为乡长，就冒着犯官场大忌的风险，迫不及待地率先提名徐巧英，这不是坐实了大家的传言和猜测么？平心而论，他觉得蒋智丰的发言是对的，枫岚乡的计生工作搞成这个样子，如果"计生办"主任还得到提拔，这肯定是难以服众的。那么究竟提谁为好呢？如果按照周士毅的思路去排，这个人选恐怕非李秋云莫属了，毕竟李秋云身兼办公室副主任和广播站站长多年，她的工作成绩是有目共睹的。他又想道，如果由自己提出李秋云的名字，这就等于是对章汉杰提名的否定，会惹章汉杰见怪，但事到如今，三个副书记，只剩下自己没有发言，自己再不开口就不合情理了。他转而又想，章汉杰也太不像话了，现在即使让他有失脸面，也只能怪他自己了。

想到这里，他清了清嗓子，看着周士毅说道："周书记，您刚才叫我们打开思路，畅所欲言，我想来想去，倒有个人选供大家参考，只是不知对不对！"

周士毅说："没有关系，各提各的看法，反正大家可以讨论嘛！"

杨树青说："我觉得李秋云这个同志不错，她在办公室副主任兼广播站站长的岗位上一干多年，成绩显著，多次得到市委宣传部门的表扬，而且作为办公室的副主任也尽心尽力，广受好评，如果从她过往的工作经历来看，这个同志是值得提拔的。不过，我只是说她过去，我不知道她去年在韩家片担任副片长干得怎么样，我觉得在这个阶段智丰同志作为片长最有发言权了。"

蒋智丰很有把握地说："很不错！一个女同志，在工作中风里来，雨里去，从来没有怨言，而且她所蹲的韩家村，去年各项任务的完成排名大都靠前，这真是个不错的同志！"

周士毅听了蒋智丰的赞同之言，便缓言征询道："两位副书记都觉得李秋云同志不错，那汉杰呢，你的意见是……"

当年在庙山林场时，李秋云和乔晓娜住在一个房间，好得跟同胞姐妹一般，而周士毅又和乔晓娜是恋人关系，因为这个缘故，当年在庙山林场时，李秋云曾经为了维护周士毅而顶撞自己。这次研究后备干部，章汉杰估计周士毅很可能公权私用，所以他就想通过抢先提名徐巧英，实现既成全徐巧英，又挡了李秋云的双重目的。没想到周士毅却不阴不阳地问了一声"是吗？"蒋智丰这家伙随即顺着周士毅的杆子爬，公然提出反驳意见。章汉杰想，现在杨树青提了李秋云的名，如果要就此事进行表决，肯定是三比一，自己必输无疑。想到这里，他见周士毅淡淡地发问，便见风转舵地佯笑道："糊涂！糊涂！我刚才确实是相当的糊涂！我只想到计生工作如何打翻身仗，所以提了徐巧英的名，其实智丰同志的观点是完全正确的，我们乡的计生工作落在全市的后面，此时如果提拔计生办主任是有点不太合适，由此可见，我这个人想问题还不够全面。刚才哩，杨树青同志提到李秋云，我认为李秋云同志不只是现在优秀，也不只是担任办公室副主任兼广播站站长优秀，其实她在庙山林场就很优秀，譬如，当年周书记叫我和李秋云负责办《五一专刊》，那时……当然，这个说得有点远了。这么说吧！如果李秋云同志不是表现优秀，当时公社也不可能把她选调到广播站工作哩！是不？所以这里我表个态，鉴于李秋云同志一贯工作努力，表现优秀，我完全同意把她列为副乡长的后备干部。"说完，便神情怡然地看着周士毅等人。

周士毅很欣赏地看着章汉杰，他觉得章汉杰这个人虽然表态有点鲁莽，但知错认错，有错改错，坦坦荡荡的，倒着实叫人喜欢。他见三个副书记都先后表了态，便说道："既然你们三个人都是一致的意见，那我也投个赞成票吧，毕竟你们对枫岚干部的情况了解得比我多，是吧！"说着，便看着三位副书记淡淡地笑了。

随后，周士毅又接着说道："还有一个党委委员的后备干部要确定一下，大家接着讨论吧！"

章汉杰刚才为了提拔徐巧英吃了一记"闷棍"，现在既然徐巧英提拔无望，自己又没有摸清周士毅的思路，再说自己也不想过于迎合周士毅，所以就不愿率先发言了。而杨树青和蒋智丰因为都没弄清周士毅的想法，所以也不便贸然开口。

见大家都在沉思，周士毅启发道："我们在提拔干部时，不仅要建立比较好的导向，也要形成比较好的风气，要让那些只知埋头苦干，确实劳苦功高，但从来不向组织伸手的人，也能获得上升的机会。大家看看我们乡有没有这样的人，在某个重要岗位待了很多年，本人一直任劳任怨、兢兢业业地工作，但始终没有得到提拔。如果有的话，像这样严于律己、乐于奉献的好同志，我们就应该主动地为他做点考虑，决不能让这样品德高尚的人吃亏。大家认为呢？"

章汉杰虽然对周士毅心怀恨意，但对周士毅"耍手腕"的水平却很佩服，他发现，周士毅明明要达到某种目的，却偏偏装出一副很公道的样子，让人无法违拗，最后只能顺着他的意思去转。章汉杰依据周士毅描绘的条件去"按图索骥"，马上就知道他想提拔的这个人只能是宋慕贤，但这次他忍住了，因为他料想周士毅肯定跟宋慕贤许了愿，自己即使提了宋慕贤的名字，在宋慕贤那里也做不到好人，于是，就摆出一副苦苦思索而不得要领的样子。

章汉杰倒真的是在思索，不过他现在所想的并不是提拔谁和不提拔谁的问题，他的思路已经转到周士毅本人的头上。他想，在此前的人生道路上，周士毅不仅屡屡抢夺自己的上升机会，而且处处压自己一头，让自己蒙屈受辱，如果自己一直隐忍不发，不能报仇雪恨，岂不枉为男儿！想到这里，章汉杰不由得豪气勃发，他继而想道，不是有这么一句话么，"谁能笑到最后，谁才算笑得最好"，就让别人先得意地去笑吧，自己最后再笑也未尝不可，他这样自我安慰着。

为了一雪旧恨新仇，章汉杰依据《孙子兵法》"攻其无备，出其不意"的妙思，理出了一个"一击毙敌"的缜密思路：第一，要伺机抓住周士毅的"软肋"，然后一举把他在政治上置于死地；第二，出手不宜过早，以免自己乡长资历不够而无法接任；第三，要努力在市乡两级取得口碑，为今后的职务接替形成民意基础；第四，要搞好与周士毅的关系，使周士毅对于自己今后的出击事前没有戒心，事后不会疑心。

在章汉杰预谋"雷霆一击"的同时，杨树青对着周士毅的启发性发言略一寻思，便读懂了周士毅的心事。他觉得周士毅这个人事安排很有人情味，像宋慕贤这样本分厚道的至诚君子，如果组织上不去主动关心他，那他就是干到退休也得不到提拔。不过杨树青转而又想，自己刚才已经提了李秋云的名字，现在再由自己提出第二个名字，只怕不太合适，于是也就默而不语，摆出一副深思状。

蒋智丰想，从周士毅的意图来看，这个人应该非宋慕贤莫属了，但现在章汉杰和杨树青都不做声，章汉杰有情绪，杨树青刚才已经提了李秋云的名，他们不发言倒也罢了，如果自己也不吭声，这就要冷场了。蒋智丰明白，作为"一把手"开会研究问题，不但需要别人的捧场，还需要别人的嘴对上自己的心，让别人说出自己想说却不便说的话，自己只要适时拍板就行，而不用顶着个"一言堂"的恶名。

想到这里，蒋智丰浅笑道："我有个不太成熟的想法，也不知对不对。"说着看了看周士毅，见周士毅正微笑地看着自己，便接着说道，"我看宋慕贤这个人很不错，他在办公室主任这个岗位上任劳任怨地干了很多年，要是在别的地方，恐怕早就提起来了，不知这次是不是可以……"

周士毅见蒋智丰提了名，就慢悠悠地笑道："哦……你的意思是'宋慕贤'？嗯……是有些道理！"然后便将目光转向章、杨二位，说："诶！二位呢？"

章汉杰此时已经完成了自己的"战略部署"，他见周士毅在征求意见，便恍然大悟似地应道："是啊！宋慕贤这个人确实是不错的，这么多年也真委屈他了，是该考虑考虑人家了！"

杨树青听了章汉杰的表态，心里有点纳闷，因为在枫岚的乡村干部里，章汉杰素以"待人刻薄"与"恨心很重"闻名，以前章汉杰每每因为对自己交办事项执行不力而当众斥责宋慕贤，但是现在对于提拔宋慕贤，章汉杰却能很爽快地赞同，杨树青对于章汉杰这份随机应变的能力不由得很是佩服。

不过此刻杨树青已没有时间对这些进行过多的咀嚼，他需要对蒋智丰刚才的提名有所表态，杨树青抬头看了看周士毅，一本正经地分析道："也是啊！要说起来，这么多年也真难为宋慕贤了，如果我们这次能把他提为党委委员，这对于其他只知干实事，不会找关系的干部来说，确实具有很好的激励作用。"

见大家观点趋同，周士毅顺势说道："既然大家都是这么想的，我也来谈谈自己的看法，宋慕贤这个人，我十年前在庙山林场的时候就认识他，他那个时候就是办公室的副主任，十年后我回到枫岚，宋慕贤竟然还只是办公室主任，好像时间并未流逝，一切大同小异，我看着他那副勤勤恳恳的只顾播种不问收获的样子，觉得很心酸，也很心疼。我认为，他不是没有能力，不是没有上进心，只是他品行清高，不愿钻营而已。我们这次如果提拔他，就是要奖励做实事的人，要让做实事的人既有盼头，也有奔头。嗯……既然我们大家都想到一块来了，那这个党委委员的后备干部就报他吧！

怎么样？"

　　大家闻言自然都是再次深表赞同。第二天，杨树青便把两套《后备干部呈报表》报到市委组织部去了。

　　十天后，关于任命宋慕贤为中共枫岚乡党委委员，提议李秋云担任枫岚乡人民政府副乡长，建议免去郭春萍枫岚乡人民政府副乡长的市委文件下到枫岚乡，文件同时要求李秋云和郭春萍的任免事宜要按照人大任免程序依法办理。

　　郭春萍对于这次免职由于早有思想准备，心里自然是波澜不惊，而宋慕贤和李秋云能够进入党政班子，都是大喜过望，以致当他们第一时间听到这个消息时，还以为别人是在跟他们开玩笑呢！

第九章　布　局

在开过乡第八届人大会之后，为了便于推进工作，乡里设立了农村工作科、机关工作科、政法工作科、资源管理科、企业管理科五个职能机构，将所有工作分别归入各科管辖。同时调整了领导分工，由相关领导兼任科长。此外，还制定了"五年大决战"工作方案，部署了春季计划生育工作。

为了撬动思想和大造声势，三月上旬，在临街而立的大礼堂里，枫岚乡召开了由乡村组三级干部参加的"枫岚乡'五年大决战'暨春季计划生育动员大会"。在谈到"五年大决战"的总体工作思路时，周士毅说道："……我在乡镇已经工作了四个年头，我的体会是，乡镇工作说一千，道一万，归根结底大都是围绕'农村'、'农业'、'农民'展开的，所谓乡镇工作，其实主要就是'三农'工作。那么，作为我们乡村干部，在从事'三农'工作时，主要的着力点应该放在什么地方呢？就我的认知来说，我认为可以概括为三句话，这就是——'建设农村'、'兴旺农业'、'造福农民'。

"农村，是农民生活的载体，广义来说，我们的集镇也是农村的一个有机组成部分。我们只有把农村建设好和管理好，农民才能安居乐业。'建设农村'，可以分为'硬件建设'与'软件建设'两个方面，'硬件建设'包括'建设便捷乡村'和'建设美丽乡村'；'软件建设'则包括'建设文明乡村'和'建设平安乡村'。

"所谓'建设便捷乡村'，就是通过若干年、若干届的努力，在枫岚乡建立便捷的村组交通网络，解决村组道路不畅的问题，使乡村实现'出行条件好'。就当前的情况而言，我们枫岚乡境内的道路通行能力还比较差，被硬化了的村级公路基本没有，而绝大多数村小组则根本没有通往外面的公路，所以无论是建筑材料与生产资料的运入还是农副产品的运出，都让当地群众伤透脑筋。人们常说'要致富，先修路'，在以后的工作中，我们要以民工建勤为主，以寻求上级支持为辅，要一届接着一届干，不管有多大的困难，也不管要多长的时间，我们都要努力使这个阻碍农村经济发展的瓶颈问题逐步得到解决。

"所谓'建设美丽乡村',就是通过合理规划、有序建设和妥善管理,使乡村实现'生活环境好'。在以后的工作中,我们要有序规划农民建房,适度硬化村庄地面,分户圈养家禽家畜,要认真保护饮用水源,努力搞好环境绿化,妥善处理生活垃圾,使乡村变得干净整洁、风景优美、环境宜人。

"所谓'建设文明乡村',就是通过倡导文明风气,使农村实现'邻里关系好'。在以后的工作中,我们既要提倡以文明的言行融洽家庭关系与邻里关系,还要开展评选'好婆媳'、'文明家庭'、'文明村民'等活动,要使文明之风吹遍全乡。

"所谓'建设平安乡村',就是通过普法教育和法制建设,通过'防''治'并举,使乡村实现'社会秩序好'。今年是'一五普法'的第二年,我们要进一步改进普法教育的方法,加大普法教育的力度,力争使农民群众人人懂法,个个守法,这样我们就能在'防'的方面卓有成效。现在每个村小组只有一个组长、一个会计、一个出纳,他们不仅是兼职的,而且也是家里的主要劳动力,如果村民一旦出了纠纷,他们很难保证有足够的时间和精力进行及时有效的调解。而一些纠纷久拖不决,弄不好小事就变成了大事,所以我们需要建立一个'治'的机制。我们可以将那些在村里德高望重的老人组成村民理事会,由他们去负责调解处理村民之间的矛盾纠纷。这些老人经验丰富,威信也高,由他们参与调处,更容易服众。我们要通过这个办法,力求做到纠纷不过夜和矛盾不出村。当然,我们还可以将村民理事会的职能进行升级和扩大,所谓职能升级,就是村里关于重大事项的决策,要先经由村民理事会讨论,讨论通过的才递交村民大会表决,表决通过的再交由村小组长执行;所谓职能扩大,就是村民家里要做红白喜事,也可以由村民理事会为其主持,这样就能为村民分忧解难,做好后盾。除此之外,我们还要在全乡范围内建立'群防群治'网络,要关注苗头、掌握重点、打击头子,要防治并举,打防结合,使枫岚乡出现一个风清气正的良好社会氛围。

"如果说农村是农民生活的载体,那么农业就是农民生活的来源,我们只有把农业发展好了,农民过日子才能有盼头、有奔头。我们说的'兴旺农业',在现阶段来说,就是要改变工作思路,把靠天吃饭、低产低效的农业,发展成兴旺发达、高产高效的农业。为此,我们就要在'调整结构旺农'、'实施科技兴农'、'强化设施保农'、'利用资源惠农'等方面下功夫。

"所谓'调整结构旺农',就是在确定农产品的种类结构时不能因循守旧,而是要致力于发展高效农业,要根据市场供需情况的变化及时调整农产品的结构,要什么容易销、更赚钱就种植什么。概括地说,在品种选择方面依靠'市场主导',要让市场的供求关系和价值规律来发挥主导作用；在种植技术方面依靠'专家指导'，要通过采用先进的种植技术使农产品实现优质、高产、高效；在信息获取方面依靠'政府引导'，政府可以提供信息渠道和搭建信息平台，让农民可以获得广泛的信息来源，为其正确的决策奠定坚实的基础。

"所谓'实施科技兴农'，就是要通过科学种田，提高各种农作物的单产水平和稳产能力。我们农村有句俗话，说是'两土不和，一兜好禾'，这说的就是把两处相隔很远的土壤放到一块，由于彼此的土壤成分不同，具有较高的互补性，所以就使植根于这里的禾苗生长良好。我们现在种田带有很大的盲目性，我们土壤的酸碱值是多少，这些土壤对碳磷钾的需求怎样，都不知道，结果盲目施肥，这样不仅浪费了钱，有时候还起了反作用。为了指导农民科学种田，我们乡的农技员李鑫源曾建议在每个村委会设立一名'农技专干'，我觉得这是一个值得采纳的好提议，不过在具体实施时，小村委会可以从现有干部里选一个年纪较轻，文化较高的人兼任，大村委会则可以增加一名专职干部。为了使'农技专干'能够胜任工作，'农技专干'在上岗之前必须接受专业培训，我们要从市农科所请专家来进行培训讲课，帮助这批'农技专干'系统掌握科学种田的知识，使他们从检测土壤成分确定碳磷钾的需求，到防病灭虫，灌溉排水，施肥除草，都成为真正的专家，在这方面，乡农技站要发挥好对这批'农技专干'的业务指导和绩效督促作用。在设置'农技专干'以后，我们要用三到五年的时间建立'农田档案'，要记录每块农田的酸碱值及碳磷钾含量的变化情况，同时，每个村小组，还要在村前的大墙上设置一块'农技墙报'，以便把有关农技信息及时传达给农民群众。总之，我们要通过设置'农技专干'来帮助农民和指导农业，使我们乡的科学种田水平得到较大提高，并由此促进农业产量的快速增长。

"在这里我还想说点题外话，我觉得，我们现在农村的中学教育有些问题，譬如初中毕业生能升入高中的不多，而高中毕业生能升入大学的就更少，但是，这些学生读了这么多年的书，如果最后上不了高中或读不了大学，那他们以前所学的那些知识，对他们此后打工、务农或创业来说，能直接有所帮助的真的是不容乐观的，所以我想，对于那些升学无望的学生，如果能让他们早点完成毕业考试，把通常近半年的迎考复习时间用来进行工业、农业、建筑和商业方面的通用知识教育，或者说，就干脆延长一年学制，进行系统化的'职前教育'，我觉得这对他们未来的发展，应该是件很有意义的事。当然，这涉及到增加教室、增加师资、增加经费等各种问题，难度很大，所以说，这只能是我的一个良好愿望，离现实的可行性还有相当的距离。对不起，这个说得有点远了！

"所谓'强化设施保农'，这里主要指的是搞好水库坝体的除险加固和排灌设施的维护保养，以此提高水利设施抗旱排涝保丰收的能力。为此，我们要把现有的山塘水库和排灌设施管理好、利用好。此外，如果以后遇有国家提供配套资金的农业开发项目下来，分管农业和水利的领导要加强与对口部门的联系，一有消息就要闻风而动积极跟进，要争取项目借力发展。

　　"现在我再来说说'利用资源惠农'的问题，我认为，所谓'利用资源惠农'，就是要把目前闲置的自然资源充分利用起来，要以此壮大包括'农林牧副渔'各业在内的'大农业'。从这个角度出发，我们便须在'大农业'框架下来探讨农村多种资源的开发利用问题。大家都知道，五八年'大闹钢铁'时，对许多林木进行了毁灭性的砍伐，现在山上林木稀疏，许多山岭甚至是光秃秃的，我觉得这是对土地资源极大的浪费。本届政府，一定要把确定山地权属和彻底消灭荒山作为一场攻坚战来打。此外，我们乡有不少山塘水库，我做了一个调查，这些地方大都存在水面利用率低和水产收益率低的情况，本届政府一定要对加大对水体资源开发利用的力度，要将闲置水面作为帮助群众增收的一个着力点来抓。

　　"我们刚才探讨了如何'建设农村'和'兴旺农业'的问题，现在再来探讨'造福农民'的问题。各位，这里所说的'造福农民'，我认为主要包括'推进文卫事业'、'做强乡办企业'、"完善商贸设施"和'落实福民举措'等四个方面。

　　"在'推进文卫事业'方面，就是要把文化、卫生等事业办得更好。在这方面，我们一要督促乡'文化站'健全借阅制度，增加图书杂志；二要督促乡供销社开辟图书销售柜台；三要督促电影院增加放映场次和增加下乡次数；四要督促卫生院提高医疗水平和改善卫生服务。总之，我们要通过各种举措把我乡的文卫事业推向前进。

　　"在'做强乡办企业'方面，就是要通过积极努力，帮助我们的乡办企业改进管理，提高效益。要通过企业改革以增加就业岗位、提升造血能力，使之为枫岚经济的发展做出更大的贡献。

　　"在'完善商贸设施'方面，就是要为农民提供一个好的农副产品交易场所。我们枫岚乡的集市，是长平市三个'万人集市'之一，但长期以来，我们的圩场面积一直没有扩大，集市容量的严重不足，根本不能适应繁荣农村经济的需要，已经严重影响到农副产品集市贸易的正常进行。为了解决这一老大难的问题，乡政府一定要创造条件，在条件成熟的时候扩大集市面积，要为老百姓办好这件大实事、大好事。

　　"在'落实福民举措'方面，就是要谋划和落实一系列的造福农民群众的举措。具体来说，一要扩展致富门路，要积极主动地引导农民扩大致富视野，使他们除了种好责任田，还要发展多种经营，譬如，种植果树、搞好养殖，从事手工业等等，总之，要想方设法引导农民增加收入，脱贫致富；二要疏通务工通道，政府要派出专门人员到沿海发达地区去了解用工信息，为农民群众外出打工开辟便捷'通道'，使农民群众多一条脱贫致富的有效途径；三要搞活流通渠道，要让农民生产的农副产品既要卖得出，还要卖得好。为了达到这个目的，政府既要帮助农民搭建销售平台，譬如成立贸易公司，接洽中间或终端客户；四要解决生活难题，譬如，农民看病难、看病贵和因病返贫的问题，以及某些村庄的农民用水、用电与出行问题，如此等等，这些方方面面困扰农民的难题，都需要我们政府想群众之所想，急群众之所急，帮群众之所需，要竭尽所能地为群众提供实实在在的帮助。"

周士毅一口气把如何做好"三农"工作的大思路做了系统性的阐述，接着又说道："各位，乡村组三级干部是做好'三农'工作的坚实基础，全体党员是做好'三农'工作的中坚力量，各单位各部门的领导是做好'三农'工作的得力后援，如果我们大家够通过多角度思考和多层次努力，使上述'建设农村'、'兴旺农业'和'造福农民'的绝大多数举措都能落到实处，那对于我们乡的全体民众来说，枫岚就不仅是理想家园，也必将是幸福乐园。"

相对于各位与会人员来说，周士毅关于"三农"工作的讲话，其所涉范围之广和探讨程度之深，不仅大出意外，而且闻所未闻，所以大家先是听得如醉如痴，继而感到心潮激荡，被周士毅所描绘的美好前景所感染，台上台下的参会人员情不自禁地报以热烈的掌声。

面对与会人员热烈的掌声，周士毅心里清楚，"三农"工作的终极目标，是通过农业的集约化运营与现代化耕作，进而带动农村面貌的深刻变迁和农民身份的显著异化，这些他原来在荷塘乡工作时，就在市里那次"三农"工作座谈会上做过阐述，而他刚才所描绘的这幅蓝图，其实只是"三农"工作在实现终极目标前的一个过渡方案而已。现在周士毅见自己精心拟定的当前的"三农"工作方案得到大家的积极回应，心里颇觉振奋，他面带微笑地将坚毅的目光投向会场的最后一排，并缓缓地向左右两边扫视了一下。由于周士毅是坐在主席台上，对于会场里的广大听众来说，他所处的位置不仅距离较远而且角度偏高，所以当周士毅目光投向最后一排时，整个会场便都处于其目光的笼罩之下，以致所有与会者都认为周士毅的目光已经看到了自己，于是愈加群情激昂，掌声热烈。

第十章 攻 坚

在周士毅的再三示意下，会场的掌声渐渐停歇下来，周士毅又说道："各位，尽管我们枫岚乡已经绘就了做好'三农'工作的蓝图，或者说，已经提出了三农工作构想，而且还做好了分年度的工作安排，但这并不是说，我们枫岚乡的全体民众五年以后就都可以毫无悬念地脱贫致富。在这里我想提醒大家，以上我们所谈到的许多工作，有的通过一两届的努力就可以达到目的，有的在这五年里或许只是开了个头，许多工作还需要仰仗国家的大力扶助。由此可见，我们以后还有很长的路要走，所以我们不要幻想一夜脱贫，而是要通过扎扎实实的工作以求逐步减贫。"

说到这里，周士毅随即话锋一转，开始谈到计划生育的问题，他从人口数量与社会生产力现状、人口增长与资源平均占有情况、人口增长与经济发展关系等方面，详细阐述了在当代中国实行计划生育的必要性，指出国家实行计划生育，既是基于国情的无奈选择，也是面对现实的必要手段，任何个人，不管其思想通不通，都只能遵从而不得违反这项国策。最后他强调说："……连续几年来，我们枫岚乡的计划生育工作在市里一直名落孙山，我们的'育龄妇女环孕检率'、'一孩上环率'和'二孩结扎率'等计划生育指标，通通落在全市各乡镇的后面，市里一开计划生育会议，市计生委就拿我们枫岚乡作为批评的'靶子'，市领导也对我们乡的计划生育工作很不满意，我们乡那些已经执行了计划生育政策的人，对于这种放任自流的现象也很有意见。我认为，这样消极被动的局面，我们再也不能继续下去了！乡党委和乡政府已经做出决定，从三月五日开始，我们将从各单位、各部门抽调精兵强将，与乡村组三级干部一道，组成计划生育突击队，进入各片各村强力推进计划生育工作。在春季计划生育工作中，对于以前违规生育的情况，我们一定要严查重罚，决不能徇私枉法。对于当下的计划生育对象，该环孕检的一定要环孕检，该上环的一定要上环，该结扎的一定要结扎，决不能让一个计划生育对象漏网。如果有人要逃避计划生育，确实找不出人的，要向他们的家人严格收取必要的保证金，直到把人逼出来为止。总之，我们不能让超生者太平无事，让老实人闷头吃亏，不能让计划生育国策流于形式。"

周士毅喝了一口水，又说道："接下来，我们将要'拔钉子'，'啃骨头'，这样一来，我们就难免要碰到麻烦，甚至遭受委屈，各位，我在这里表个态，无论是这次春季计划生育，还是在以后的各项工作中，如果我们的干部在开展工作时遇到什么紧急情况或重大问题，需要得到乡里及时有力支持的，我只要知道了，就一定会在第一时间挺身而出，绝不会让大家孤立无援，陷入困境，各位，我们乡党委和乡政府，一定会成为大家值得信赖的坚强后盾。"

大家听到这里，一个个激动得相互交换兴奋的眼神，并情不自禁地再次报以热烈的掌声。

周士毅接着说道："同志们，我作为下放知青，曾在庙山林场待过三年半，所以我把枫岚当做自己的第二故乡，在离开枫岚之后的十年里，我曾多少次梦回庙山、梦回枫岚，现在我有幸来到枫岚工作，我很想与全乡干部群众一道，通过若干年的艰苦努力，使枫岚乡发生一个激动人心的显著变化，使枫岚人民初步过上富庶安康的生活，果真如此，我想，当我有朝一日离开枫岚时，我就能问心无愧地说，作为枫岚人民的儿子，我对得起自己的良心，对得起组织的托付，也对得起这块曾经哺育我成长的热土。"

周士毅这番情真意切的话语，再次激起全场经久不息的雷鸣般的掌声，通过聆听周士毅的讲话，与会人员不仅觉得与周士毅心意相通，而且也坚定了信心，激发了斗志，大家都憋着一股劲，准备在即将到来的春季计划生育工作和以后的其他工作中，发奋努力，有所作为，使自己成为枫岚乡发展变化的见证人和参与者。

按照预定安排，在上午的动员大会结束之后，农村工作科和机关工作科便分头行动起来。由于政法工作科、资源管理科、企业管理科大多数干部都被抽调到农村工作科，再加上从各单位各部门抽调的干部，这样加上原来蹲村的乡干部和原有的村委会干部，每个村委会投入计划生育工作的就有十人之多。一场声势浩大轰轰烈烈的春季计划生育翻身仗，就此拉开了序幕。

在春季计划生育开始之初，周士毅有两件比较担心的事，一是担心"计生办"主任徐巧英因为提拔不成而闹情绪，会影响计划生育的日常工作；二是担心李秋云刚刚担任领导分管计生，很难胜任这么繁重的工作任务，所幸实际情况让周士毅大为释怀。

根据他的观察，徐巧英除了一如既往地不苟言笑，一本正经，她的工作积极性似乎并未受到什么影响。周士毅心里不太托底的是，徐巧英这种有违常理的表现，倒底是她气量宽宏不予计较？还是另有谋略暂时隐忍？抑或是章汉杰压根就没有将这个昙花一现的提拔故事告诉她，对于以上种种可能，周士毅确实有点吃不准。

李秋云的工作状况也让周士毅颇出意料，李秋云虽然是新提拔的领导，但她对于所分管的计生工作却是举重若轻，游刃有余。周士毅觉得李秋云的履新表现有两个特点，首先是工作作风很实，在春季计划生育攻坚战打响以后，她不是骑车到各村委会了解情况督促工作，就是来到乡卫生院协调关系和解决问题；其次是她的工作思路很巧，她见各片各村都已摆出力争上游的架势，便充分利用人们的上进心和好胜心，通过填报《计生工作日报表》进行进度排位，通过编发《枫岚计生工作简讯》反映最新动态，各片各村的领导每天盯着进度和看着动态，计生工作之弦一个个绷得紧紧的，大家都在你追我赶生怕落后。由于在乡卫生院等待结扎的妇女太多，以致李秋云不得不打电话向市计生委的领导请求技术支援。此外，李秋云还及时把《枫岚计生工作简讯》寄送到市计生委，这样不仅有利于下情上达，也可借此树立枫岚乡计生工作的新形象。

三月下旬的一天上午，周士毅来到卫生院找彭院长交谈技术保障情况，他们在彭院长的办公室正交谈着，忽然看见一辆吉普车驶入院内，周士毅估计是市里哪个部门的领导来了，便和彭院长起身来到外面。这时他见从车上下来的两男一女，原来是市计生委的主任范秀明、副主任孔剑辉和市委宣传部的大笔杆子刘健。

周士毅一边热情地跟来客打着招呼，一边偕同彭院长快步迎上前去和来客握手，周士毅朗声笑道："范主任，两位大主任和'大笔杆子'一道深入基层，怎么也不提前打个电话过来？"

范秀明四十不到，中等身材，容貌姣好，一头短发齐耳，显得精明干练，此前长期的乡镇工作，使她形塑成一幅风风火火的性格。范秀明听了周士毅善意的"责怪"，豪爽地笑道："我要打你个突然袭击哩！哎！周书记，说真的，怪不得枫岚乡今年的计生工作搞得这么有声有色，原来'一把手'这么重视，竟亲自到卫生院督阵来了。"

周士毅苦笑道："职责所在啊！"

范秀明道："士毅啊，我们接了李秋云增派结扎技术力量的求援电话，也看了你们这里寄过去的《计生简讯》，看见枫岚乡在计划生育方面动真的，来硬的，我们计生委的几个领导都很受鼓舞，所以特意邀请刘健这位大秀才一道过来，想到这里取点'真经'，回去向市里的四套班子和地区计生委发份专稿。"

周士毅在荷塘乡当乡长时，就多次参加过市里的计划生育工作会，范秀明也到荷塘乡去过好几次，所以周士毅与范秀明不仅彼此很熟，而且还很聊得来，周士毅说："大姐，既然要汇报工作，我们还是去乡里坐下来说吧，再说了，老站这里，也不是待客之道啊！"

范秀明说："也行，我们现在就到乡里去聊聊，诶！李秋云呢？"

正在这时，忽见李秋云抬着一副担架从结扎手术室里出来，大家一边纷纷地往前靠去，一边彼此打着招呼。

周士毅便道："秋云，我们先到乡里去，你安顿一下就来。"

见李秋云笑着应了，周士毅就陪同范秀明等人先行到了乡里。苏爱莲见有来客，便连忙过来端茶倒水。

他们刚刚落座，孔主任就说："周书记！'新官上任三把火'，你这'第一把火'烧得不错啊！"

刘健闻言当即反驳道："孔主任，你这话就说得不对了！我看这应叫做'第二把火'才对！"

周士毅还是上次在荷塘乡接受关于开办企管夜校采访时见过刘健，一晃两年不见，周士毅见刘健脸上依旧是一副孤傲的神色。或许是由于他的恃才傲物和桀骜不驯，去年上半年"市委通讯报道组组长"换人时，他与"组长"之职再次失之交臂，那个在各级媒体的用稿量都不如他的'谭秃子'，反倒捷足先登，气得刘健生了许久的闷气。

刘健见范秀明有点不解地看着他，便不无得色地看了大家一眼，然后一板一眼地接着说道："说实在话，我们搞新闻报道的，消息毕竟比你们要灵通点。我听说周书记上任的'第一把火'，是春节之前'抓治安管理'，那次因为搞得力度很大，所以震动也很大，近段时间公安系统都在传这件事哩！前不久这里举办的法制学习班，我本来想过来看看，但后来被文化局拉去报道文物保护，所以就没过来。"

孔剑辉也趁势说道："周书记抓工作果然很有一套，怪不得丁主任对周书记那么佩服哩！"

周士毅闻言有点纳闷，他带着几分迟疑的神色问道："丁主任……哪个丁主任？"

孔剑辉笑道："市委办的丁秋生副主任啊，李书记原来的秘书，你不熟么？"

周士毅连忙呵呵一笑："哦！你是说他啊！我们当然熟啰！"原来在长平的市直机关里，市计委、市委办和民政局的正科级与副科级干部，算起来一共有三个'丁主任'，孔剑辉没说出名字，所以骤然之间周士毅自然猜不出是哪一位。

孔建辉对范秀明和刘健说道："前些天我们在一块吃饭，大家无意之间说起周书记，丁主任便说周书记不管走到哪里，哪里都会出先进经验。以前在荷塘乡工作时，虽然先后只担任副书记和乡长职务，但整治社会秩序、发展乡办企业、进行农业开发，但凡这些由他亲自抓的工作，在全市都是名列前茅的。现在来到枫岚，虽然时间很短，却又出手不凡，你们知道丁主任把周书记比作什么？"说到这里，孔剑辉特意打住话头，卖了个关子。

范秀明与周士毅彼此交谊不错，刘健也与周士毅相识日久，他们听到这里自然都是很关切地静待下文。

"他说周书记三年三个职位，如今成了'一方诸侯'，未来的政治前途或许不可限量。他还说，在长平政坛上，周书记是一颗冉冉升起的'新星'呢！"孔剑辉不无得意地抖出"包袱"。

周士毅闻言不觉一震，心里顿感相当的不安。

周士毅是个讲求实际的人，虽然他不至于矫情地拒绝实至名归的荣誉，但他绝对无意于虚荣，因为经过地区经委生产科的那段磨难，他已深知"人怕出名猪怕壮"的道理，所以他非常忌惮因为枉担虚名而招致后患。为了尽力消除丁主任誉美之辞所形成的负面影响，他赶忙冲淡道："谬奖！谬奖！这个评价太过夸张了，我万不敢当！"周士毅仿佛觉得刚才的谦辞缺乏力度，又赶忙叮咛道："各位，你们千万不要将丁主任的话当真，也不要再传，拜托！拜托！"

范秀明是个久历官场的人，遇事容易掂量出利害得失，她见周士毅浑身的不自在，便神色肃然地说道："剑辉，刘健，周书记用了三年的时间，在职务上上了两个台阶，但说到底也还是从副科级干到正科级，其实这也不是什么很特别的事。现在周书记还很年轻，以后的路还很长，目前他需要的是实绩而不是虚名"。稍微顿了一下，范秀明又说道，"'虚名'这东西只有坏处没有好处，我同意周书记刚才所说的那个意思，丁主任的那句话，我们只听不传。我们这次的材料也只是重点写枫岚乡，不要过于突出周书记，我们要让周书记工作在一个宽松平和的舆论氛围里，而不要让他'高处不胜寒'，我想这对周书记以后的成长和进步，或许还要更好些哩！大家说呢？"

周士毅听了范秀明细心体贴的话语，心里很是宽慰，忙对范秀明投以真诚的微笑。孔剑辉和刘健也都觉得范秀明的话很在理，便都点头称是。正在这时，李秋云来到接待室，大家见人已到齐，便言归正传。

在范秀明作过开场白之后，周士毅为了让李秋云得到锻炼，便让李秋云进行工作汇报。而李秋云自知是分管领导，在路上就已做好了汇报的思想准备，现在见周书记开言'点将'便欣然从命，在说过几句场面话之后，李秋云就有板有眼地汇报起来。由于她对全乡的计生工作了然于心，尤其是此前已经亲自编写过好几份《计生简讯》，所以在汇报时竟娓娓道来如数家珍。

李秋云的汇报虽然面面俱到，却是要言不烦，所以费时不多便把情况介绍得'八九不离十'，刘健一边听一边记，同时又及时加以整理，待李秋云汇报结束，刘健便将专题材料的写作大纲列好了。

范秀明见刘健停止了运笔如飞的书写，已经面带骄傲的微笑看着大家，知道他已经理清了写作思路，便说："周书记是不是还有什么要补充的呢？"

周士毅说："大体情况应该是都讲到了，我就没有什么补充的了。"

范秀明见周士毅认定了李秋云的汇报，便将目光转向刘健，她带着几分期盼与鼓励的神色说道："刘健啊，李乡长刚才提供了一些'食材'，能不能整出一份精美的'大餐'，这就要仰仗你这位高明的'大厨'了！你看……"

刘健说："各位，刚才李乡长的经验介绍讲得很有条理，听了以后哩，我觉得很受启发，我觉得吧，只要'环孕检'、'一孩上环'和'二孩结扎'的数据出来了，我们就完全可以写成一篇内容丰富、生动感人的专题材料。"

孔剑辉见刘健话说半句，便顺水推舟地问道："那依你看，这篇材料该怎么写呢？"

刘健见问，就不无自矜地说道："这篇专题材料，主要是反映枫岚乡关于大打春季计划生育攻坚战的思路、举措和成果，因此，我觉得可以分以下六个方面来写，"说到这里，刘健便拿出本子，翻到刚才记录的最后那页，然后清了下嗓子，振振有词地逐条念道："'召开动员大会，撬动干部思想'；'抽调精兵强将，充实突击力量'；'广泛深入调查，摸清超生情况'；'公布违规人员，拉开处罚大网'；'细化配套措施，服务计生对象'；'紧扣二孩结扎，打好翻身硬仗'，题目呢……是不是就叫做《只要决心大，何惧"老大难"》，再加上一个副标题，譬如'枫岚乡春季计划生育攻坚战纪实'，"刘健说到这里，不无自得地扫了大家一眼，并礼节性地问道："嗯……刚才这个只是我的初步想法，大家看看，这样行不行？"

周士毅觉得，不管刚才的标题措辞是不是还需推敲，单从反应速度来说，刘健也确实是够快的了，于是，周士毅便真诚地夸赞道："刘健老弟，你真的是才思敏捷哩！"

谁知刘健听了周士毅的夸赞，不仅没有喜形于色，反而神色黯然。刘健说："才思敏捷'？'才思敏捷'又有什么用！毕竟还是拍马'敏捷'吃得开啊！你看我们那个'谭秃子'……"刘健刚说到这里，突然硬生生地将话题掐断，也许刘健已经觉得老说那个捷足先登的"谭秃子"也没有什么意思，况且他现在又是自己的顶头上司。

范秀明听了刘健的感叹，知道他是为再次与"组长"桂冠失之交臂而暗自神伤，正要出言劝慰，忽闻一阵沉重的脚步声由远而近地快速响了过来。在农村工作日久的干部都知道，但凡乡镇政府的院子想起高声的呼叫或急促的脚步，都会令人产生一种心惊肉跳的感觉，因为这往往意味着某个地方出了紧急情况，需要乡领导立即前往处理。范秀明有过多年的农村工作经验，他见周士毅此时面容一沉，便赶忙打住还未开始的话头，孔剑辉和刘健觉察情况有异，也都现出严肃的面容。

急促而沉重的脚步声直奔办公楼的里面来了，有人连声大叫"周书记""周书记"，正在警觉辨别情况的周士毅赶忙起身，李秋云和范秀明等人也随同来到门外。此时，周士毅看见在枫岚村委会蹲点的乡干部黎汉生满头大汗地奔至近前，周士毅定下心神，面容肃然地问道："什么事？说！"

"唐家墩的'寨王'打了'胖子'，在场的几个乡村干部丢不起人，都不愿撤退，现在群众都在那里闹观呢！"

周士毅知道，'胖子'是枫岚村委会书记况福根的绰号，他估计绰号"寨王"应该是一个比较霸道的计划生育对象，现在村书记因为计划生育挨了打，他作为乡党委书记，义不容辞地必须立马过去处置，如果自己腰杆子不硬，该出场时没出场，乡村干部没有指望，没有靠山，这支队伍也就垮了。

周士毅回过头对范秀明等人说："大姐，各位，那边情况紧急，我必须马上赶过去，就让李乡长陪着大家，我就失陪了！"

范秀明见情况紧急，觉得不宜久坐，好在来枫岚的目的已经达到，便说："士毅，我们在中午以前还要赶到望城乡去，你忙你的，我们现在就告辞。"

周士毅见挽留无效，只得任他们走了。

周士毅在黎汉生的引领下大步流星地赶往唐家墩，在路上他一边走一边想，自己到任那天出手制服了"孽龙"，那是情非得已，从此往后，不管遇到什么情况，自己只能依靠思想工作，决不可再对群众诉诸武力。如果动不动就对群众拳脚相向，那不仅有失自己的身份，弄不好还难以收场。由于有了明确的指导思想，所以周士毅到了现场以后，发现双方只是拉扯了一番，并未真正交手，就坚持采用思想工作，通过软硬兼施的耐心劝说，最后平息了事端，执行了计生政策。

枫岚乡春季计划生育攻坚战终于胜利结束了，实践证明，周士毅这种"集中优势兵力打歼灭战"的思路是卓有成效的，到了三月底，枫岚乡在摸清计生底数，健全计生台账的基础上，"育龄妇女的环孕检率"、"一孩上环率"和"二孩结扎率"全都直线上升，一下子跃居到全市计生工作的先进行列。刘健主笔的那篇关于枫岚乡计划生育攻坚战的专题报道，由于事例生动、成绩显著、概述精当，自然在长平政界引起强烈的反响。

让周士毅始料不及的是，由于这次春季计划生育攻坚战将前几年违规超生现象作了一次系统性清理，所以枫岚乡竟然收到了数额高达二十六万元的超生罚款，这让"坐家"的牟玉成副乡长好多天都沉浸在喜不自胜的良好感觉里，因为乡里这下可以过上几年不那么紧巴巴的日子了。不过，周士毅却没有任何愉悦的感觉，因为他知道这笔钱既是乡村干部为了坚决执行计生国策而向超生对象强行征收的，也是许多生活困苦的超生对象东拼西凑借来交付的，所以这笔钱在周士毅看来就像一颗烫手的山芋，让他怎么也轻松不起来。

一想到这笔钱的来之不易，周士毅就生怕牟玉成在不经意间作为日常开支的补充来源给花掉了，于是便给牟玉成加了一道"紧箍咒"，他交待说，没有经过党政联席会的集体决定，这笔钱谁都不能动。

牟玉成见周士毅的态度如此坚决，自然表示服从。不过，他在几经犹豫之后还是挤出了一句让周士毅不无忧虑的话，牟玉成慢条斯理地对周士毅说道："周书记啊，这笔钱哩，不动也行，但几个乡办企业都不景气，一年到头都交不了几个钱，我这个'坐家'的，唉！实在是'巧妇难为无米之炊'啊！"

根据总体工作安排，为了落实"实施科技兴农"，以便切实助力于"兴旺农业"，枫岚乡把为每个村委会配备一名"农技专干"的工作开始付诸于实际行动。四月上旬，以年龄"三十岁以下，从事农活五年以上，高中毕业文化程度"为基本条件，以"统一出题，统一面试"为选拔方式，枫岚乡面向全乡选拔了一批优秀的回乡知识青年。其后，通过乡里老资格农技员李鑫源的精心辅导，并邀请市农业局农技专家进行重点辅导，四月十五日，这批知责负重的"农技专干"，带着乡里为其统一编印和购买的农技资料欣然上岗了。

按照乡里拟定的基本要求，"农技专干"的主要工作职责有以下六项：一是督促每个村小组，选择村民经常聚集的墙头，粉制一块水泥砂浆黑板，用于编写《农技墙报》；二是在日常工作中，以乡里不定期下发的《农技快讯》为主，以自选内容为辅，至少每十天为《农技墙报》更新一次内容；三是在农业生产过程中，及时预测和报告水稻、棉花等主要农作物的病虫害情况；四是在农事活动中，精心指导农民以科学的方法从事选种、育种、施肥、打药等生产活动；五是着重联系缺乏主要劳力的家庭，指导其不误农时地开展农业生产；六是着手为所有农田建立土壤质量档案，为科学施肥奠定基础。

四月下旬，在这批"农技专干"的推动下，全乡各村小组用于编写《农技墙报》的墙头水泥砂浆黑板全都制作到位，农民们可以据此获得正确的农业生产知识。由于《农技墙报》的内容具有实用性，大家无论是农事的关键时刻还是平时的空余时间，都会前往浏览一番，以便从中获得指导和启迪。《农技墙报》的出现，使得那些没有什么文化，只凭着老经验种田的人慢慢地显得落伍了，那些有着初中以上文化水平的年轻人则开始在种田方面崭露头角，以致在不少家庭里，在如何种田的问题上，父子两代人由于各持己见而常常发生争执。

　　农技专干的出现，使枫岚乡在种田历史上发生了一次革命，在次年，枫岚乡完成了全乡性的土地碳磷钾含量普查，他们经过详细测定，为每块土地建立了土质档案，然后根据其碳磷钾的含量安排施肥配比，确定轮作模式。由于实行了科学种田，使得农业生产降低了成本提高了效益。《农技墙报》的出现，也使一批善于科学种田的能人脱颖而出，多年以后，在枫岚乡鼎鼎有名的几个种田大户，都是长期坚持阅读和摘录《农技墙报》的有心人。

　　实践证明，枫岚乡的这个举措是颇为有效的，在其后的很多年里，枫岚乡各类主要农产品的增产幅度，都比全市其他乡镇要高出许多，这对枫岚农民靠增产增收而脱贫致富起到了一个很好的助推作用。

第十一章　柔软情怀

时近立夏，往后就要进入汛期，由于分管水利工作的副乡长满平去市里开会了，为了对乡里东南方向几座水库蓄水与防洪的准备情况心中有数，这天周士毅带着水利员潘志新进行了一次巡检。在了解了这些水库的历史最低水位、正常蓄水水位、最高警戒水位、正常库容量，并就绕山导流渠道清淤以及溢洪道整修等事项提出了具体要求之后，下午四点来钟，周士毅他们踏上归程。由于潘志新的家属在农村，所以潘志新就与周士毅在半路上分手了。

时近孟夏，风和日丽，加之又完成了预定的工作任务，周士毅在骑车回乡的路上觉得甚是惬意。路过松树坪时，周士毅见左前方的山坡上那一簇簇、一片片的杜鹃花，开得如霞似锦红红火火，显得格外的绚丽，心里不由得颇有感触。杜鹃花，藏语叫作"格桑花"、朝语叫作"金达莱"，汉语别称"映山红"，她不仅拥有许多好听的名字，而且形象清丽温婉，让人颇生爱意。

周士毅闻到杜鹃花独特的香味，便自然而然地想起了体息与此相似的乔晓娜，想起了他们之间珍贵而纯洁的情缘。他见时间还早，下午也没有别的工作安排，就把自行车推到离路边大约二十几步远的一处平缓的山地上，然后便向成簇连片的杜鹃花走去。

周士毅带着心思走走看看，并折了一枝贪婪地嗅着，觉得从花瓣和花蕊散发出来的那缕缕清香，沁入心脾，令人陶醉。他的眼前仿佛站着久未谋面却常有牵挂的"小乔"，只是不知"小乔"如今过得怎样。

周士毅记得在下放到庙山知青林场的第一天，自己在割禾时不慎割伤手指，上海下放知青乔晓娜主动为其包扎伤口。不久，公社书记邱正良到访林场时，见乔晓娜长相漂亮而出语戏谑，周士毅见乔晓娜既尴尬又恼怒，便壮着胆子出面化解。邱正良觉得自己受到冒犯，便在修建枫林水库时，指定周士毅担任林场青年突击队的队长，他想以此磨难周士毅。令邱正良没想到的是，周士毅咬牙硬挺了近两个月，却因此练就了过硬的"扁担功"。其后，"枫岚四霸"闻得乔晓娜貌美出众，闯到林场欲行调戏，却不知周士毅自幼拜过名师，功夫相当了得，经过一番尖峰对峙，那几个地痞慑于周士毅的凛凛神威，竟然不战而退。乔晓娜原来只知道周士毅既富有正义感，还喜欢文学，后来见他仁心侠胆，两次为自己解围，便对既儒雅又刚毅的周士毅心生爱慕。而周士毅也对既聪慧又秀美的乔晓娜颇有好感。其时两人虽然都没有捅破这层"窗户纸"，但初见端倪的林场一众知青，却已开始将他们戏称为"周郎"与"小乔"。

　　一九七六年七月十九日，乔晓娜接到"父亲病危"的加急电报，可能是她意识到自己以后回到林场的可能性很小，所以便在离开林场的前夜，在林场场部前面的映莲湖畔约见周士毅表明心迹。周士毅考虑自己当时的处境不佳，觉得不配，于是便提出个"两年之约"，周士毅表示，如果自己此后能改善处境，能带给乔晓娜幸福，便会按期前往上海乔家确立关系，如果自己处境不佳，便不会赴约。同时周士毅还言明，自己赴约的可能性应该不大，所以乔晓娜不必受"两年之约"的限制，如果遇见合适的，尽可自主安排自己的命运。周士毅还提出，两人分手后不必写信，他说两人如果无缘，写信只会徒增伤感。在分手时，乔晓娜万般不舍，将父亲给她的一块"梅花"牌中板腕表赠给了周士毅。

　　一九七七年底恢复高考，周士毅考入金城大学，在次年暑假，他按期前往上海赶赴"两年之约"。七月十八日上午九时许，为了熟悉周边环境，以方便次日赴约，周士毅依照乔晓娜分手时留给他的地址，经过细心打听终于找到乔家附近。正当他注视着乔家大门憧憬着次日的幸福时光时，他远远地看见乔晓娜在走出大门时，被一个提着篮球的高个小伙子亲昵地挽臂同行。周士毅看得脑袋发懵，心里发痛，他觉得乔晓娜既然已有男友，自己明天见面就毫无意义。由于事有变故，他便放弃约会转身走了，两人从此失联再无音信。

　　周士毅常常感叹世事难料，他与"小乔"之间充满了令人难以忘怀的故事，最终却是有缘无分，而自己本来无意于高凤，最后却步入婚姻殿堂。

　　高凤比周士毅晚一年下放至庙山林场，她长相俏丽，自视甚高，只是虚荣心太强，譬如当年在庙山林场评先进生产者时，她就常常表现出志在必得的心态，所以周士毅对她颇有点不以为然。高凤下放到庙山林场不久，发现周士毅出类拔萃，不由得芳心暗动，不过，其时大家都在传周士毅与乔晓娜似乎彼此有点意思，所以高凤只能暗恋于心。后来乔晓娜回了上海，高凤见他们两人并无书信往来，她便对周士毅发起爱的攻势，不料周士毅始终无动于衷。在周士毅去金城大学读书的第一学期，高凤还锲而不舍地给周士毅去了两封信，但周士毅依旧置之不理，高凤见"妹虽有情，郎却无意"，只得知难而退。

周士毅大学毕业分回配到尚州地区经委工作，在蹲点地区齿轮厂时，有一次应邀到高天云厂长家里吃饭，周士毅意外发现高厂长的女儿竟是高凤。由于其时周士毅尚无恋爱对象，同时他也认为乔晓娜已经另有所爱，所以便以开放的心态对待待字闺中的高凤，经过一段时间的热恋，两人顺理成章地结婚生子。

一只野兔忽然从旁边的花丛中"嗖"的一声跑了出去，把陷入沉思的周士毅吓了一跳，周士毅这才抽回绵绵的思绪，重新欣赏起初夏的山野美景。他看见满山如画的杜鹃花开得灿烂绚丽，便想起李白的《宣城见杜鹃花》，诗曰："蜀国曾闻子规鸟，宣城又见杜鹃花。一叫一回肠一断，三春三月忆三巴。"周士毅由这个"忆"字，不觉回想起一个与杜鹃花有关的记忆片段，他记得在金城大学读书时，有一次与校学生会的伙伴去学校北边的驻仙山游玩，当时也被漫山遍野盛开的杜鹃花所陶醉。现在触景生情，这些令人难以忘怀的情景似乎又历历在目，周士毅想起不知近况的几位故人，不由得感慨系之。

连着晴了几日，地上便显得干燥多了。周士毅来到枫岚以后，工作一直处于连轴转的状态，中间少有喘息的机会，现在正是"中心工作"的间隙期间，所以周士毅处于少有的悠闲状态。他踩着如茵的绿草，仿佛走在松软的地毯上，心里感到相当的惬意。这时正是农历三月下旬，下午四点多钟的太阳热力依旧，不远处不知是谁放养的几箱蜜蜂，正成群结伙地嗡嗡嗡地往外飞，它们忙着要抢采花期无多的杜鹃花和菜花，以便为下一步酿成蜂蜜打好"物质基础"。周士毅想，蜜蜂如此，其实人又何尝不是这样，芸芸众生，不管是处于何种社会地位，抑或是扮演着何种社会角色，大家不都是为了更加美好的明天而忙碌着么？所不同的是，有些人的未来是比较明朗的，可以信心满满地为之努力奋斗；而有些人的未来则显得比较迷惘，奋斗的心路历程也非常的艰辛，譬如荷塘与枫岚的许多农民，他们长期承担着生活的重负，却不知如意的生活何时才能到来。

第二天，周士毅在食堂吃完早饭出来，看见刚才还是"磊磊落落"的太阳，此时好像格外地害羞，竟然左一层右一层地把云彩拉来蒙住自己的脸，最后干脆就远远地躲了起来。周士毅见有些下雨的征兆，心里暗暗地感到高兴，因为他知道今天正是农历的"立夏"，江南这边的农谚说，"立夏有雨，谷米不贵"。周士毅回到房内，他打开通向北阳台的两扇房门，想让新鲜空气流通一下。

这时风力渐大，天色更暗。不多时，远处隐隐响起一连串的闷雷声，周士毅觉得，今天这场大雨恐怕是下定了，他心里不由得颇感快慰。须臾，风更大了，打着旋的凉风卷起场地上的落叶急速地飞舞着，周士毅感觉外面的能见度恍如初夜，估计大雨跟着就要到了，便赶忙从门边退了进来。当周士毅刚刚退回到室内时，却见苏爱莲提着个热水瓶也从过道进来了。苏爱莲一边笑吟吟地跟周士毅打着招呼，一边把热水瓶放到外间窗边长条桌的下面。

"轰……"一声巨雷挟着一道闪电在窗外骤然炸响，苏爱莲吓得　声尖叫，竟花容失色、手脚无措。周士毅见状赶忙像个大哥哥那样扶住苏爱莲的双肩，并连连安慰她"不要怕""不要怕"，谁知雷霆得寸进尺接连发威，竟在窗外频频炸出让人毛发直竖的巨响，苏爱莲吓得不行，情急之下便一把抱住周士毅，并把头贴在周士毅的胸脯上。周士毅被这突如其来的"艳遇"惊呆了，一时反应不过来，只得抬起双臂，木木地任她紧紧地抱着。由于两人都是单衣薄裳，此时的周士毅不仅可以嗅到苏爱莲的发香与体香，还能清晰地感受到对方乳房的丰满与弹性，在异性肉体强烈的感官刺激下，周士毅瞬间血脉贲张，酒醉之夜被强行压制的非分之想，此时竟然又有点复苏的意思，甚至连下面都有点蠢蠢欲动的感觉。周士毅刚刚云里雾里晕乎乎的，"轰……"又一声惊雷把周士毅从温柔乡里炸醒，他猛然意识到什么，吓得赶紧把苏爱莲轻轻推开，同时心惊肉跳地看了一下外面，并不无慌乱地把北向房门随手推上。

苏爱莲紧紧地靠在周士毅厚实的胸脯上，心里登时觉得安稳多了，这时她被周士毅轻轻推开，并看见周士毅那副紧张得手忙脚乱的样子，顿觉惶恐不安，她怕自己惊慌失措的避险举动会招致领导的误解和责怪，便红着脸怯怯地看着周士毅，细语嘤嘤地说道："周书记，我不是故意的，对不起！真的对不起！"

雷声刚刚远去，瓢泼大雨立即尾随而至，这雨势哗啦啦地一阵紧似一阵，天地之间霎时莽莽苍苍混沌一片。

在微弱的雨光下，周士毅看见苏爱莲那副羞愧难当的样子，心里既相当惭愧又好生不忍，便半是遮掩半是宽慰地说道："小丫头，你……你不要道歉，你是吓着了，我知道的，其实，我也……唉！这事咱们以后都不要再提了！"

苏爱莲见周士毅宽宏大量，感激得眼眶都湿润了。她本想退出外间，却见窗外大雨如注，一时又不免有点犹豫。周士毅知道苏爱莲的尴尬，便劝她说："这么大的雨，你还走得了！先在这里坐一会儿，等雨停了再走。"

苏爱莲见周士毅诚心挽留，迟疑片刻，便怯生生地在四方桌靠门边的凳子上坐了下来。苏爱莲记得周书记来枫岚乡也有将近半年了，自己却是第一次在这里落座，现在单独面对着枫岚乡这位年轻英俊的"一把手"，她心里禁不住像揣了头小鹿那样扑通通地乱跳。

周士毅的心情已经慢慢平复下来，他见此时也做不了什么，为了让苏爱莲避免独坐的尴尬，便在苏爱莲对面的单人椅上坐下，两人一时谁也找不到合适的话题，就这样闷坐了一会儿。

周士毅毕竟是当领导的人，应变能力比苏爱莲自然是强多了，为了打破这沉闷的场面，周士毅便向苏爱莲随意地问道："丫头，你家是哪里啊？"

苏爱莲一边摆弄着衣角，一边低着头回道："荷塘街上。"

周士毅闻言一愣，追问道："荷塘？你是荷塘的？"

苏爱莲见周士毅有点出乎意外的样子，便抬起头说："是啊！您在荷塘当副书记的时候，您在大会上当着县领导讲话，讲社会治安的事，我都听过呢！"

"你怎么会听到呢？"周士毅觉得大惑不解。

"那天我去找办公室主任盖章，无意中就听到你的讲话了。"苏爱莲说到这里，似乎来了兴致，她很认真地说，"那天您讲得真好啊！讲得真是棒极了！我有生以来，从来没有听过那么精彩的讲话，比我高中语文老师讲课还要精彩得多！"苏爱莲说到这里，脸上尴尬的神色不见了，代之而起的是异常兴奋的表情，那模样，倒像是在述说自己辉煌的过去。

"是么？"周士毅见苏爱莲对自己的口才如此的夸赞，不由得心生好感。

"怎么不是呢！那天您在这边开动员大会时的讲话，比上次在荷塘讲得还要好！而且还要好很多呢！"

"怎么个好法呢？"实事求是的表扬多半能引起对方的共鸣，周士毅此时居然有点兴奋起来。

"您讲话跟别人不一样，您讲话时没有'这个'、'那个'、'啊'等拖拖沓沓的字眼，也没有重复的话，还很有气势。在您讲话的那一百多分钟里，当时会场上始终鸦雀无声，这些我都是知道的。另外啊，我后来还听说，好多人当时连上厕所都忍住了，因为他们都生怕漏听了精彩的内容！"

"可是……你没有参加会议啊？"

"我是没有参加会议，但我一直待在后台，那天不是我负责为你们倒茶水么！"

"哦……"周士毅这下恍然大悟了！

这个话题聊完了，两人又陷入一阵沉默之中。

"你读了高中，参加了高考么？"

苏爱莲被周士毅问得神色黯然了，过了好一会儿，她叹了一口气，说道："我是在长平一中高中毕业的，我在高中读的是文科班，在全年级的六个文科班里，我每次考试都是稳稳的前三名，唉！没想到在高考的第二天我突发高烧，弄得只能弃考。"

　　"那你为什么没有复读呢？"

　　"复读？我母亲体弱多病，靠摆个小摊度日，她一个弱女子，能供我读完高中就已经很不错了，哪里有这个能力供我复读啊？再说了，即使我妈想硬撑着供我复读，我也不忍心呢！"

　　"你父亲呢？"

　　"我父亲本来是荷塘中学的老师，听说很有才华，但由于我外公曾是国民党的军官，虽然在解放前就音信全无，但我父亲还是受到牵连，最初县一中想调他去任教没有调成，后来荷塘中学想提他当副校长也没提成，一直郁郁不得志。我三岁时，我父亲得肝癌去世了。由于我父母感情非常深，我母亲她想一辈子只做我父亲的女人，所以一直没有改嫁……"说到这里，苏爱莲露出很自豪也很神往的神态，稍后又悠悠地说道，"您知道吗？我看过我父母年轻时的照片，确实是相当的好看，那真是一对超凡脱俗的神仙眷属啊……我觉得吧！我父母的结合，他们不为名不为利，而是两情相悦、心心相印，这真的是非常的好！真的！"

　　周士毅被苏爱莲这份纯真感动了，便以一分恬静的心态望着苏爱莲笑。周士毅笑着笑着，心里忽然一下子透亮了，他向苏爱莲问道："哦……你父亲应该是苏逸群苏老师，对吧！"。

　　"您……您怎么知道我父亲的名字"，苏爱莲惊喜得猛地站了起来，"他都去世了十七八年呢！"苏爱莲说到这里，兴奋得脸都红了。

　　"我怎么不知道呢！你父亲堪称'字画双绝'，别说在荷塘乡，在长平县都是很有名气的呢！是不是？"周士毅很权威地评说道。

　　苏爱莲听得周士毅这样夸她的父亲，激动得把一双手合在胸前，站在那里两脚一踮一踮的，一副喜不自胜的样子。待兴奋的心情稍稍平复之后，苏爱莲似乎觉得自己有点失态，这才重又坐下。接着，她便追问周士毅是怎么知道这些的。周士毅便把前年春节后他在荷塘乡政府门前看对联，遇到一位老者的事述说了一遍。苏爱莲问过体貌特征之后，她想了想，觉得那应该是荷塘中学已经退休的赵校长，因为赵校长对她父亲是很器重也很关照的。

　　周士毅听到这里，开始在心里怜惜起这个聪明懂事的女孩子。顿了一下，他又问道："那你为什么会离开荷塘到枫岚来工作呢？"

苏爱莲见周士毅问到她来枫岚的缘由，便说道："说来这也是缘……哦！我说的是'机缘'，去年的十一月份，也就是您来枫岚的前一个月，为了给我母亲治病，我到枫岚来找我表叔借钱，正好看到乡里要招聘打字员的启事，所以我就报名了。因为我如果有了工资收入，就能供养和回报我妈。当时哩，报名应聘打字员的有十几个人，由牟乡长和宋主任主持招考。笔试就是考一篇文章，这当然没有谁能考过我。然后就是面试，这也自然没有多大的问题。最后就这样被录用了。"

"你母亲同意你到这边来？"

"我母亲起初是不太同意的，但我说，我高中毕业两年，在荷塘街上也没有什么有前途的事情可以做，不如先到这里来学点本事，长点见识，同时也可免得我妈带病出摊。我母亲想了想，随后也就同意了。她觉得我来枫岚乡政府工作，虽然只是个临时工，但接触人多，眼界宽，如果发现有正式工作的好后生，不妨就在这边结婚成家，这样也就了却了她的一大心愿。"

"说实话，我觉得你母亲这个想法倒是很实在的，那你在择偶方面有个什么标准呢！"周士毅饶有兴趣地问道。他觉得现在下着大雨，反正闲着也是闲着，不如随便聊聊。

苏爱莲抿着小嘴羞答答地笑了，稍停，她正色说道："周书记，我从小没有父亲，在学校读书经常受人欺负，所以我心里存有一种根深蒂固的愿望，就是希望这辈子能嫁个有魄力、有能力、有担当的男子汉，能给我一个坚强有力的肩膀作为依靠。"

"嗯……这种想法是可以理解的，我们都是从荷塘过来的，也算是半个老乡，要不你把你的要求说得具体点，如果有机会，我也可以给你留点意！"

苏爱莲这回却没有循着周士毅的思路回话，而是以跳跃式的思维说道："诶！周书记，您知道么？枫岚的百姓都很崇拜您呢！您知道大家在背后是怎么称呼您的么？"

周士毅见苏爱莲忽然转换话题，便投过疑惑的眼神，没有吭声。

苏爱莲也不理会周士毅的表情，她神情昂然地说："大家都说您是除暴安良的'打师书记'，有的还叫您'侠客书记'呢！"

"哦！"周士毅这是第一次听到民间赐给自己的这个"雅号"，便顺口问道："是因为我制服了'孽龙'？"

"是啊！"苏爱莲很果断地说，"'孽龙'那么坏，大家都恨他呢！"苏爱莲从小受多了别人的欺负，所以她对仗势欺人的人天生就有一种反感心理。

周士毅看着这个漂亮可爱却不失天真的姑娘，情不自禁地笑了。他继而又说："我是问你挑选对象的标准呢！你这个小丫头，怎么表扬起领导来了呢！"

苏爱莲俏皮地一撇嘴，说："您老是叫人家'小丫头'，人家才不小呢！"

"'不小'？你还能有多大？"

"我今年已经二十了，比你只小十一岁呢！"

周士毅见苏爱莲说自己不小了，就乘胜追击道："这不就对了吗！既然已经'不小'了，那就更要抓紧时间物色个对象呀！"

苏爱莲听了周士毅的笑谈，脸上不仅没有笑意，反而神情忧郁，只见她两道柳眉微微蹙起，先是悠悠地长叹一声，继而定定地望着周士毅，低声说道："周书记，我这辈子啊，恐怕是很难嫁出去啰！"

周士毅见苏爱莲一副愁肠百结且若有所思的样子，心里虽然有点纳闷，但觉得这是人家女孩子的私事，也就不好深问，室内一时静悄悄的。

周士毅和苏爱莲呆坐了一会儿，就都不约而同地扭头看向窗外，这时但见雨势渐歇，天色重光，苏爱莲便对周士毅强作欢颜地笑了笑，然后站起身缓步离去。周士毅见苏爱莲要走，情不自禁地起身相送。苏爱莲似乎感觉到周士毅已在身后，便又回头痴痴地看了周士毅一眼。周士毅发现，这个小丫头神色怆然，眼眶里竟然噙满了泪水。

第十二章　纷繁世事

枫岚乡上交财政收入的任务比较重，前几年因为没有完成任务，乡里的领导常常在市里挨批，弄得总是抬不起头来。现在四月已过，五月来临，如果到了六月中旬，市里就又要抓财政收入时间过半与任务过半的"双过半"了。从税务所和财政所反映的情况来看，周士毅觉得今年的"双过半"肯定是要泡汤的，现在的问题是，如果没有好的办法，没有明显成效，即使到了年底也无法向市里交账。

周士毅知道，作为乡镇财政收入主体的税收，主要来自于"农业税"、"农林特产税"和"工商各税"三个方面。农业税是相对固定的，而"农林特产税"不仅数额小，也没有增长空间，现在最有弹性的应该是"工商各税"这一块。所谓"工商各税"，一部分是各个工业企业上缴的税收，但是枫岚的乡办企业都比较弱，个体工业企业基本没有，所以一年到头也收不到几个钱的税；另一部分是其他商业活动所产生的税，也就是对商业经营单位和个人所收取的营业税、印花税和所得税等，乡里的供销社、食品站等单位每年虽然有些税收，但增幅不大，而枫岚圩场面积小，在集市贸易方面能向个人收取的商业税收也极为有限。但是，市里下达的财政收入任务却是年年加码，乡里每年为了完成这些任务常常弄得焦头烂额疲于奔命。更何况，乡里自身的日子也过得极其艰难，因为市里拨付的经费只够乡里发工资等刚性开支，而其他公用经费开支全靠自己"找米下锅"。

从来到枫岚乡的第一天开始，周士毅就想抓乡办企业，因为搞工业不仅是自己的"拿手戏"，也是财力的增长点，只是在前四个月的时间里，除了春节假期，整顿社会治安、调整领导班子、进行换届工作、部署五年规划、强攻计划生育，以及配备农技专干和推进科技兴农，这些工作一项紧接一项，弄得实在是腾不出手来，现在上述各项工作大都有了眉目，周士毅就想静下心来抓好乡办企业。周士毅觉得，乡办企业经营情况如何，这不仅关系到企业自身的生存与发展，不仅关系到乡里应对政府日常开支的问题，而且也牵涉到能不能完成上交财政任务的问题，他认为只要把乡办企业办好了，上述问题都可迎刃而解。

五月上旬一天的上午，周士毅在外间的木椅上坐下，他想把此前调研乡办企业的情况好好地捋一捋。

枫岚的乡办企业虽说也有十来个，但经过前期的调查研究，周士毅总体感觉都是"丝线穿豆腐——提不起"，这些企业数来数去，怎么也找不到一两个能够挑重担、做贡献的，这种无从下手的困难局面，让周士毅常常忧从中来。

乡里的理发社只有一间门店三个师傅，现在他们都在各干各的活，各收各的钱，每到年末他们只是共同凑点钱交给乡里，这点钱与其说是象征性地缴交利润，倒不如说是交付房租来得更为贴切，所以理发社已经不能被看做是一个乡办企业了；木具社、篾具社、铁具社和毛笔厂的牌子虽然还挂着，但除了当街的日子会来几个人应应景，其余时间他们都在家里接活干，所以这几个企业事实上已是名存实亡；油脂加工厂、食品厂、轧花厂和农机厂虽然还在勉强运转，但这几个企业职工并不多，生意也不太好，目前都处在不温不火将停未停的状态；云岗林场早就被县里收为国营林场了，而庙山林场也因知青云散而暮气沉沉，由于市里每年批给的砍伐指标不多，那些卖木头的收入，除了养着留守知青饶青松与金月娥两夫妇，开销一些林木砍伐费、幼林抚育费与林场场部的建筑维护费，基本上所剩无几，所以也只能是有名无实。周士毅分析，在乡办企业里，最有潜力的企业应该是酒厂，最具实力的企业或许是建筑公司，但酒厂产品单一，包装落后，销路不大，所以效益一直不太好；建筑公司虽然早就打入省城市场，但由于连续两年多没有接到业务，按照金城市建设局"连续三年没有接到建筑安装业务的必须清出金城建筑市场"的规定，如果在年内还没有接到业务，以后就要取消在金城市的工商登记注册，就不准参加金城建安业务的招投标活动，因此，乡建筑公司目前正面临被迫退出金城市的窘境。

一想到乡办企业当前这样一个疲弱不堪的状况，周士毅的心里便情不自禁地倒抽了一口凉气，在目前的情况下，到底是顺其自然任其自生自灭，抑或是迎难而上使其绝处逢生，这些都有赖于他的精当谋划和审慎抉择。周士毅想，面对与年俱增的财政收入任务和入不敷出的政府财务状况，枫岚乡必须要有几个办得风生水起的骨干企业，否则，没有可观的企业税收，没有一定的上交利润，乡里不仅没法向上交差，就是想维持自身的正常运转都颇为艰难。当然，周士毅也知道，长平市不仅是枫岚乡财政状况困难，比枫岚乡更加困难的乡镇还有好几个，据说有些乡政府的食堂，连当街买菜买肉都要向群众赊账，弄得一点形象都没有。

面对这样的一个现实情况，那下一步工作该怎么着手呢？周士毅心里有点茫然。这时他想起《三国演义》第四十八回"宴长江曹操赋诗"里的几个句子——"慨当以慷，忧思难忘；何以解忧，唯有杜康"，周士毅想到这里不觉苦笑起来，因为就是喝个三四两"杜康"，自己烂醉如泥，恐怕也解不了自己当前不绝如缕的忧愁。想到这里，他站起身来，在外间来回踱着步。

周士毅一边踱着步，一边想着心事，自己一九八四年八月二十五日从尚州来到长平，三年迈了"两大步"，以乡党委副书记为起点，先是用了五个多月提拔为乡长，然后用了两年提了书记，尽管自己顶着个"双优干部"的名头，但这个提拔速度确实也是够快的。不难想象，在自己一帆风顺的仕途上，市里的主要领导，尤其是李云峰书记，肯定是担了一定担子的，现在市委把自己放到枫岚乡党委书记这个岗位上来，就是认为自己能够在这里有所作为。如果自己工作平平，枫岚面貌依然如故，当时主张重用自己的领导则难免"用人不明"的非议，果真如此，那自己情何以堪！他觉得枫岚别的工作要打翻身仗倒是问题不大，但乡办企业的挽危振衰，却像一道难以逾越的鸿沟，周士毅这样想着想着，不由得浑身燥热不安，于是便步出房门，准备到院子里走走。

他走出住所来到楼下，又从楼前的场地继续往外走去，他看见办公室副主任唐杰明正在搬掉先前搭建的用以写字的简易台子。周士毅抬头一看，只见在政府大院与中学之间的围墙上，已经出现了由自己拟定的那条大幅标语——卧薪尝胆，励精图治，团结奋进，振兴枫岚。周士毅发现这条以红漆写在粉墙上的标语采用的是宋体美术字，因此不仅非常醒目，而且显得大方规整、遒劲有力。由于标语右侧尽头的地势下降幅度较大，这段围墙便显得高大许多，周士毅让唐杰明在这里安排一幅大型表格，用以公示政府的五年工作规划。周士毅仔细端详，这个表格的大标题叫做"五年大动作"，大标题的左右两边各写了一行小一点的字，内容分别是"一年一个样"，"五年大变样"，这些安排都是周士毅匠心独运的结果。周士毅之所以会选在此处安排书写大幅标语和未来五年的主要任务，不仅是想以此凝聚人心和激发士气，也是故意逼得自己没有退路，使自己只能硬着头皮朝前闯。事实上，周士毅不管是此前还是以后，他都常常用这种"兵置死地而后生"的办法来"对付"自己，因为他知道人都是有惰性的，自己要想有所作为，就必须以必要的方式给自己增添一定的压力。

周士毅站在稍远处仔细观赏着赫然在目的标语和表格，虽然觉得困难重重，任重道远，但以他敢拼搏不服输的坚毅性格，却依然坚信前途光明。他看着看着，渐渐地觉得一股豪迈之气在心里升腾起来，他想，最近市领导经常在会上说"只要精神不滑坡，办法总比困难多"，他觉得这话很有道理，他不相信真会有跨不过的高山趟不过的河！

"周书记"，忽然，周士毅听到有人在身后叫他，回头一看，原来是庙山林场的老同事饶青松。饶青松其实比周士毅只大一岁，但形体消瘦，面色枯黄，举止羞怯，全然不像一个三十出头原籍城市的年轻人。

春节前，也就是周士毅来枫岚报到的十几天后，周士毅曾把原来下放在庙山林场，如今在乡里工作的几个故旧召集到一起，专程到庙山林场去看望留守"知青"饶青松夫妇，因为周士毅他们提前买了酒菜，所以大家便在饶青松家里就餐。饶青松以前在林场是"活宝"级的搞笑能手，倍感艰辛的生活已使他变得沉默寡言，而他的妻子金月娥或许是自惭落魄的处境，所以当周士毅领着大家向他们夫妻敬酒时，他俩都只是木木地浅笑着，而且也没有什么恰当的言辞回应，全无"主人"的模样。章汉杰用餐时看到金月娥灰暗的脸庞现出憔悴木讷的模样，心里不由得暗自庆幸，他想，如果自己当年没能及时从那场情感游戏中抽身而出，现在要每天面对一个如此无趣的女人，这日子也就难捱得很了。

看见昔日的栖身之所如今已是冷落萧条了无生气，大家用餐时心情都觉得有些压抑，喝酒也就没有多少兴致，大家都只是略尽礼节而已。周士毅餐后来到门外，他看见原来生机勃勃的林场场部现在已然杂草丛生、蛛网密布，触景生情，自然是感慨系之。饶青松夫妇的落寞神态，饶青松母亲和儿子的寒酸模样，这些都让周士毅感到无比的心疼，归途中周士毅一直在想，自己作为他们夫妇曾经的同事，作为枫岚乡现在的最高领导，有没有可能为他们做些什么呢？同时，他的内心深处也情不自禁地产生感叹，他觉得生活既在成就人和滋润人，也在打击人和销蚀人，它会让功成名就者日渐自信，也会使潦倒落魄者愈发自卑，它每天都在以渐进的方式塑造世人的性格和形象。

周士毅现在见饶青松过来找他，便与饶青松一道来到住所的外间，在为饶青松让座之后，他又将一杯泡好的绿茶递给饶青松，自己则倒了一杯白开水。

饶青松见周士毅如此礼遇，感到惴惴不安，赶忙神色恭谨地站起身来，双手接过周士毅递过来的茶杯放到左侧的茶几上，然后重又屈膝规规矩矩地坐下。之后，饶青松朝左扭转身子，目光有点闪避地对坐在他左侧的周士毅怯怯地说："周书记，我……我想向您汇报一件事。"

周士毅闻言不觉一憷，饶青松目前落魄的处境，让周士毅很不忍心以"领导"自居，他见饶青松如此的谦卑，就开导道："青松啊，我们以前是好同事，我希望你现在能把我当做好朋友，有什么话就说，不要叫什么'周书记'，就叫我名字，更不要说什么'汇报'不'汇报'的，免得生分了。另外啊，我也是刚来枫岚不久，一时半会可能也考虑不到那么多，如果你有什么事需要我办的，而且我也有可能办到的话，你只管跟我说就是，总之，你千万不要把我当外人，好么？"

周士毅之所以如此礼遇饶青松，是基于他对人生的有关认知。他认为，人生难免有起有落，谁都很难预言自己可以一帆风顺地过到老，所以做人要有一颗平常心，在人之下时要拿自己当人，不要卑躬屈膝失了骨气；在人之上时要拿别人当人，不要自高自大失了温情。

现在饶青松看见周士毅作为枫岚乡的"一把手"，竟能这样出自内心地把自己当朋友看待，他心里止不住热浪翻滚，眼泪也跟着扑簌簌地滚落下来。周士毅见饶青松悲情难抑，一边起身拿了自己的毛巾递给饶青松，一边温和地劝慰道："青松啊，这些年你吃了不少苦，也受了不少委屈，这些我都想得到，不要难过，我相信从现在起，日子总会慢慢地好起来的。"

饶青松听了周士毅的话，心里觉得舒坦多了，他抑制了自己激动的心情，对周士毅期期艾艾地说道："周……诶，士毅啊，我儿子……被……被人欺负哩！"

周士毅闻言为之一愣，因问道："怎么回事？"

接着饶青松便把事情的来龙去脉述说了一遍。原来饶青松的儿子现在正在韩家小学读一年级，一段时间以来，他的儿子经常被同班的韩家村小组组长韩水根的儿子打骂，昨天他去找对方的家长交涉，希望对方能管教自己的儿子，不要老是欺负人，谁知还没有说上个三言两语，韩水根竟然骂他"野狗"，说他是外地人，能让他的儿子到韩家小学读书就很不错了。

周士毅听后，一丝淡淡的忧伤袭上他的心头。他想，人这一生，有多少烦心之事和无妄之灾来销蚀这副血肉之躯啊！饶青松的境况本就不易，却还要承受这些无端的精神负担。他稍稍沉默了一会儿，然后就劝慰饶青松，并问了孩子的名字，说他会尽快把这个事妥善处理好，让他放心。

饶青松见周士毅答应出面，心里觉得很踏实，便起身告辞。他走到门边忽然止步，他说："十几天前，林场来了一辆吉普车，从上面下来三四个和尚，他们在林场上上下下看着，后来来到林场办公室那边，也就是原来正心寺仅存的大雄宝殿前面，非常虔诚地跪地朝拜，看他们那种欢欣鼓舞的模样，好像很高兴，很有收获似的。"

周士毅听了这事觉得有点奇怪，由于也没有其他更多的可供分析的信息，所以听过之后也就把这事放到一边去了。

过了两天，周士毅听说宋慕贤要到韩家村委会去了解田间管理情况，便提出要与他一道过去看看。他们到了韩家村委会以后，便会同韩家的村组干部一道来到田间，在认真察看了春插秧苗的返青情况与"一季晚"的备耕情况后，周士毅提议去韩家小学走一走。大家见周书记有此兴趣，自然都乐意陪同。

韩家小学的老校长早就退休了，继任者韩高义校长，是韩家村委会老资格的妇女主任赵秀芝的丈夫。韩高义校长见周书记亲自到学校来检查指导工作，颇有点受宠若惊，便忙前忙后地张罗着。周士毅叫他不要忙，坐下来大家聊聊。之后，周士毅询问了小学的入学率、失学率、升学率，以及学生总数、班级规模、师资数量与质量，学生学习成绩等方面的情况。韩高义在做了简要的汇报之后，又抱怨他们的师资力量本来就很紧，现在陈老师又递交了辞职报告，声言教了这个学期要去部队"随军"，弄得又少了一个民办教师，周士毅闻言不由得心中一动。

然后，周士毅看似无意却有意地提到庙山林场饶青松的儿子，说这个孩子在这里读一年级，在那个班，名字叫什么什么，并说自己想看看他。这时正是下课的时间，韩校长闻言欣然起身，去不多时，便把一个天真可爱但有点瘦弱的孩子领了进来。周士毅见孩子来到近前，赶忙过去蹲在他的身边，亲切地叫着他的名字，随又把他抱起来，在他的小脸蛋上深深地亲了两下。这孩子前些时间曾在家里见过这个叔叔，现在见他对自己这么好，高兴得咧开嘴笑了。周士毅对大家说，以前下放在庙山林场时，孩子的爸爸饶青松是他很要好的同事，目前饶青松受乡里的委派管理林场，工作很忙，也很辛苦，这个孩子在韩家小学读书，还要请各方面多加关照，说着，便把柔和的目光转向韩家村小组组长韩水根。大家见周士毅说得重情重义，都连连点头附和。韩水根对接了周士毅不无期待的目光，心里咯噔一下顿有所悟，脸皮一下子红到了耳根。

或许是韩水根对儿子叮嘱很紧，或许是学校老师关照到位，从那以后，饶青松的儿子便很少受到同学的欺负。不仅如此，由于大家都知道饶青松曾经是周书记很要好的同事，而且现在的感情也很不错，所以在韩家村，无论是小学老师还是村组干部，大家对饶青松都是刮目相看。境遇大为改善的饶青松夫妇，此后每当想起这事，其干涸已久的心田就像忽然得遇甘露那样，觉得美滋滋的。

周士毅办完这事也觉得很是欣慰，他认为，人是群居动物，人是需要相互扶持的。俗话说，"人是三节草，不知哪节好"，故人在走运之时不可漠视弱者，而应秉持同理心去体恤和扶持落魄之人，其间，前者只需举手之劳，而后者或将受益匪浅。

周士毅那天回到乡里，便找到章汉杰、李秋云、宋慕贤和中心小学的校长开了个短会，周士毅说韩家小学的陈老师马上就要"随军"，而原庙山林场的下放知青敖丽萍是高中毕业生，因为嫁给了韩家村的赤脚医生，所以便在这里落户生根，他提议由敖丽萍去接替这个岗位，大家都觉得是个好主意，便都毫无异议。八月底，敖丽萍喜出望外地成为韩村小学的一名民办教师，当年庙山林场唯一一名与当地农民结婚的女知青，在时隔十几年后，终于得到一个比较合适的安置。若干年后，她还按照政策转为公办教师，当然这都是后话。

中 卷

负重前行

第十三章　脱　困

转眼就到了五月中旬，周士毅在以前深入企业现场调研的基础上，经过十来天的深入思考，对所有乡办企业初步形成了一套分类施策的应对预案，为了集思广益，与此同时，他还要求分管领导苗壮和乡企办主任何满发也分别做好企改预案。一日，周士毅把苗壮与何满发召集到二楼的小会议室，他先是听取了他们两个人的初步想法，然后将自己的大体思路做了介绍，三个人通过两天的深入研究，从而形成了一个具有相当可行性的基础性方案。之后，他们又带着初步成形的方案到各相关企业进行集体办公，以便在反复讨论充分协商的基础上达成共识。过了些日子，苗壮把凝聚了各方智慧的《枫岚乡乡办企业改革方案》正式提交党政联席会研究，与会人员见这个方案思虑周密，积极稳妥，一致给以很高的评价。次日，乡企办便以乡党委和乡政府的名义，向各乡办企业正式颁发了这个企改方案。

这个企改方案大体可以概括为三句话，这就是："关停没有前途的企业"，"搞活没有管好的企业"，"做强潜力较大的企业"。

所谓"关停没有前途的企业"，就是面对业已存在的广大个体手工业者的激烈竞争，把以手艺和手工产品为主，且基本上已经停发工资的理发社、木具社、篾具社、铁具社和毛笔厂及时关掉，让原有职工一心一意地去自求发展。党政联席会同时决定，为了让这些关停企业的职工有个平稳的过渡期，企业原有的经营场所，可以比市场租价下浮 10% 优先让其原有的职工单独或联合承租，且三年租赁期满还可以重新议定租金水平续租三年。

所谓"搞活没有管好的企业"，就是把本来具有一定的盈利能力，但由于吃"大锅饭"而失去活力的油脂加工厂、食品厂、轧花厂和农机厂，全部核定上交利润基数与逐年递增幅度，实行承包经营。党政联席会同时决定，承包者必须录用 60% 以上的原有职工，其余落聘职工每人一次性发给半年的工资，此后由其自谋出路。

所谓"做强潜力较大的企业"，就是通过实施灵活的具有对应性的策略，把酒厂和乡建筑公司发展壮大起来。

为了做强建筑公司，党政联席会决定：一是变更公司名称。拟将"长平市枫岚乡建筑工程有限责任公司"更名为"长平市广厦建筑工程有限责任公司"，以提高建筑公司名称的市场号召力；二是稳住公司阵脚。要想方设法在省城接到建安业务，使乡建筑公司在省城站住脚跟；三是搞活经营机制。公司不再对所承接的业务大包大揽，而是推行"项目经理责任制"，实行业务大包干，公司在不负责税费的前提下只提取5%的项目管理费；四是吸纳项目挂靠。允许有资金实力与技术实力的人利用"广厦建筑工程有限公司"的名义去承接业务，公司同样只收5%的项目挂靠管理费；五是降低经营风险。虽然项目经理对项目盈亏负全责，但为了避免项目经理挪用项目资金，逃避有关税费，以及为了增加盈利而降低工程质量，公司必须负责项目资金和建安工程质量的管理；六是实行责任经营。乡政府对建筑公司核定未来三个年度的目标利润，公司领导如果完成上交利润任务的，超额盈余部分，40%增交利润，40%公司留存，另外20%允许作为奖金计发。

为了做强酒厂，党政联席会作出八项重要决定：一是变更酒厂名称，便捷对接市场。为了有利于开拓市场，此后将"长平市枫岚酒厂"更名为"长平醉仙酒厂"，使企业名称与产品名称同一化；二是健全规章制度，提高管理水平。酒厂要通过建立健全符合企业实际且行之有效的各项规章制度，使企业由此前粗放的传统管理过渡到精细的科学管理，并以此保证产品质量、提高生产效率、控制生产成本和提高盈利水平；三是建立识别系统，塑造产品形象。企业除了建立以企业文化为内核的"理念识别系统"和以规章制度为载体的"行为识别系统"，还需着重设计"形象识别系统"，要聘请专业人员设计一个简明优雅的产品标识，以便塑造鲜明的产品形象；四是改进勾兑技术，改善产品口感。枫岚酒厂所生产的是清香型白酒，但入口味不够绵柔，甚至还有点辛辣的感觉，为了改善口感，酒厂须聘请专家进一步优化勾兑技术，以获得较高的市场认可度；五是增加产品品种，形成产品系列。目前枫岚酒厂只生产38度的低度酒，为了适应不同消费者的多样化需求，酒厂今后还须增加42度和46度两个高度酒品种；六是改进包装设计，优化视觉效果。目前无论是酒瓶形状还是外盒观感，都显得过时和低档，今后存窖时间短的普通酒就采用经过重新设计的通用酒瓶和经济实惠的包装盒，以便和偏低售价相吻合，而存窖时间长的高档酒就采用精致的异型瓶和精美包装盒，使之与较高售价相匹配；七是重建营销模式，扩展销售渠道。酒厂今后不仅要设置"区域销售经理"，还须推行"区域市场代理"和"销量分级返点"相结合的营销模式，以调动各方面的销售积极性，较快提升市场占有率；八是实行责任经营。厂领导与乡政府就几项关键指标签订《目标经营责任状》，完成任务的按照预定额度和考核方法计发奖金，连续两年没有完成任务的，更换企业领导。

由于事前已有多次深层次的沟通，所以党政联席会关于企业分类施策的决定在正式实施的过程中基本上没有遇到什么阻力，那些关停企业的负责人虽然心有所憾，但一来自己没把企业办好，二来他们原本都是手艺人，所以即使免职回家，自己仅靠手艺也能过得不错，因此也就不好提什么额外的要求。而那些关停企业的职工们，虽然看见油脂厂、食品厂、轧花厂和农机厂落聘职工能发半年工资有点眼红，但想到乡里也给了自己这些人优先承租经营场所的权力，而且还有10%的下浮优惠，所以也就不好意思多争什么。油脂加工厂、食品厂、轧花厂和农机厂在推行承包经营时，有的是"一把手"独自承包，有的是领导班子集体承包，有的居然是职工领头承包，虽然承包主体五花八门，但经过十多天纷纷扰扰的过渡期，承包之事在五月底也都先后尘埃落定。建筑公司的干部职工对于这个企改方案反响热烈，因为以前之所以承接业务困难，关键就在于企业对于敏感的公关费用没有灵活处置的权力，现在实行"项目经理负责制"，这就等于松掉了捆住大家手脚的无形的绳子，使干部职工在开拓建筑市场方面有了很大的回旋空间。倍感压力的是酒厂领导，因为乡里所提要求高、下达任务重，所以大家都觉得寝食难安，据说领导班子连着开了几天闭门会，他们决心破釜沉舟突出重围。

为了提高各乡办企业领导的管理素养，周士毅经过思忖，最后还是不辞辛劳地开办了"企管夜校"，各个企业的领导听说是周书记亲自上课，都踊跃报名参加，而一些社会青年见有这样的学习机会，也有不少人要求旁听，周士毅见其好学上进，自然高兴地答应了。

六月下旬，长平市四套班子的领导发生了一次较大范围的调整，南海平市长荣调到清源县担任县委书记，原来分管党群工作的副书记朱泰来升任市长，原来分管政法工作的副书记欧阳智改为分管党群工作，组织部长荣新发改任分管政法的副书记，原组织部常务副部长王新民任部长。另据小道消息说，常务副市长刘仙兰由于年龄偏大，在一线岗位提拔的可能性比较小，换届时可能会到市政协去担任主席一职。

长平市的政界人士都明白，这次可谓是皆大欢喜的人事调整，说明市委书记李云峰在长平有威望，在上面有分量，因而深得大家的一致好评，大家都觉得跟着这样的领导既有干头也有奔头。大家又想到，李云峰书记在这个岗位上也已待了三年有余，大家都希望像这样有能力有政声的好领导，也能在不远的将来再上一个台阶。

升迁虽然是件令人快乐的事，但朱泰来市长从接任之初就开始犯愁，因为长平市的财政状况不太理想，市里的财政收入除了完成上缴任务，留存部分只够勉强保证"刚性支出",因为"巧妇难为无米之炊",以致市里一些民生工程年初虽有计划,年中却无行动。为了实实在在地为老百姓办些实事,朱泰来决心狠抓一下财政收入"双过半"的工作。

朱泰来市长履新的第三天上午,长平市召开了全市财政收入工作会议,参加这次会议的不仅有各乡镇街道分管财贸的副职,而且行政主官也按照要求到会。会上通报了各个乡镇街办完成财政收入任务的进度,对进度落在后三名的乡镇街道,由行政主官上台表态。在会议的最后,朱泰来市长提出"决战五昼夜,实现双过半"的要求,由于朱泰来市长是从党群副书记的岗位升上来的,对全市的中层干部都很熟,现在被他这样一抓,那些任务完成不够理想的乡镇街道领导,全部感受到如山的压力。

当天晚上,枫岚乡召开了专题党政联席会,议题只有一个,就是如何对待财政收入"双过半"。在会议之初,乡长章汉杰传达了会议精神,然后由牟玉成副乡长将枫岚乡财政收入完成情况向大家做了一个大概的介绍,在目前的排序中,枫岚乡的财政收入完成进度处于全市倒数第五位,从枫岚乡税务所反映的情况来看,税务所通过在六月中下旬对企业进行全面的税收核查,已经完全做到"应收尽收",所以现在没有任何追缴余地。但由于排在全市最后三名的乡镇领导已经上台表了态,估计他们无论如何都会想办法强行实现"双过半",从这个情况来看,如果枫岚乡没有其他过硬的举措,很可能会在六月三十日的最后时刻落入全市新的倒数三名之列。

牟玉成介绍完了情况之后,周士毅叫大家发言,但是刚才牟玉成已经把话说死了,企业该缴交的税已经全部足额入库,所以大家也都一筹莫展。周士毅见大家都没有发言的意思,便面带微笑地将视线转向章汉杰。

章汉杰这时把双臂搁在会议桌的边沿,手里拿着钢笔转来转去,似乎在藉此理清思路。这时,他感觉到周士毅正朝他这边看过来,便以沉稳的口吻慢慢地说道:"我们这个班子哩,在春节前后做了一次很大的调整,从某种程度来说,也应该算是一个新班子了,按理说,新班子要有新气象,在财政收入方面,我们枫岚乡在市里连续坐了几年的'冷板凳',如果今年再落入后三名,我们这个新班子恐怕就不太好交账,所以哩,我觉得现在我们需要研究的问题并不是'要不要完成任务',而只能是'怎么完成任务'。"

章汉杰说到这里略作停顿,并神情淡然地看了看周士毅。周士毅觉得章汉杰的话说得入情入理,便点了点头以示肯定。章汉杰见周士毅认可了他的观点,于是就接着说道:"刚才老牟说了,企业的税款已经'应收尽收',这就意味着如果我们要想实现'双过半',就只能由乡里垫钱,是不是?我们在一季度进行的计划生育大清理,已经收到罚款二十六万元,我想是不是从这里拿钱充一下,先过了这一关再说。当然,这事只是我个人的一些不太成熟的想法，是不是可行，大家可以讨论。"

大家见章汉杰要把乡里自己的钱拿去交给国家，心里都有点舍不得，另外大家又都觉得兹事体大，也不知周士毅是个什么想法，所以都没有吭声。

周士毅见大家都很为难，不好发表什么见解，便说道："刚才汉杰同志就'双过半'的问题谈了自己的想法，我觉得讲得很好，我个人完全同意，我们作为乡镇干部，如果不能为市领导分忧解难，那我们就失职了。"

大家见周士毅居然也同意章汉杰的"馊主意"，都感到大惑不解，便一个个愣愣地看着周士毅，不知他是怎么想的。

周士毅接着说道："当然，我之所以会同意由乡里垫资完成财政收入任务，并不是盲目地对上负责，而是具有一定的思想基础。前几天，我和苗壮还有乡企办的何满发一道，就几个乡办企业进行了一次经营形势分析，我们认为由于乡办企业改革直到五月底才完成，所以酒厂和建筑公司这两个骨干企业今年上半年在利税方面是做不了多大贡献的。但是到了下半年就不同了，我们粗略地分析了一下，如果一切正常的话，由于酒厂和建筑公司的发展后劲都很足，我们今年的"工商各税"会有一个很大的增幅，就全年而言，我们的财政收入任务是很有希望完成的。所以说，我们现在充进去的钱，应该不会有去无回。"

大家听了周士毅的这番解释，心里都透亮了，于是，大家一个个都露出宽慰的微笑。章汉杰发觉在自己提议垫钱完成财政收入任务后，会议竟出现冷场的状况，心里既觉得不是滋味，同时也对自己这个似乎有违众意的思路产生了怀疑，现在听了周士毅的这番话，知道垫出去的钱还能回来，心里也觉得安稳了许多。

周士毅接着又说："我现在不是考虑这笔钱能不能垫，而是下半年收回之后怎么使用这笔钱的问题，我建议从现在开始，大家有空的时候不妨动动脑子，我相信只要集思广益，就肯定能有好的思路。"

杨树青说："乡干部年年都在增加，现有的宿舍已经有点吃紧了，前几天老牟和我聊到，今明两年如果有毕业生分下来，勉强还能腾出几间房子应付一下，但是到了后年，这事恐怕就有点难办了，我想啊，如果这笔钱可以用，我倒觉得不如将现在的办公楼改作宿舍，另外建一栋新的办公楼，这样既改善了办公条件落后的问题，也解决了干部宿舍紧张的问题。"

牟玉成见杨树青说出了他的心里话，很是高兴，便笑着对杨树青点了点头。宋慕贤和李秋云都是从办公室出来的人，他们对于分房难深有体会，所以都很赞同杨树青的这个提议。

章汉杰接口说道："上午我和老牟到市里开'双过半'的会，不巧在城东路口堵了车，结果看到好几个乡镇的吉普车一辆接一辆地钻了过去，但我们坐的那辆大客车因为车身大，挤不过去，就只能眼睁睁地停在那里。等后来路疏通了我们赶到会场时，会都开了一大半。坐在台上的朱市长见我们姗姗来迟，他又不知道我们的苦衷，还摆出一副很不高兴的样子，弄得我有苦难言。所以啊！现在既然有些钱，我建议干脆买辆吉普车，也改善一下出行的条件，这样大家以后出去开会办事也要方便一点，另外哩，如果下面遇到什么突发情况，也可以应应急。"

牟玉成就问道："那买辆吉普车要多少钱呢？"

章汉杰回道："我听人说过，如果是买'北京吉普'估计接近三万；如果是买我们江南消防车辆厂生产的吉普，应该是二万六七。"

话匣子打开以后，大家有的同意这种意见，有的赞同那种意见，场面顿时活跃起来了。牟玉成想了想，说："不管用这笔钱做什么事，我建议要做就快点，否则时间一久，这笔钱慢慢地就没了。"

大家听到牟玉成这么说，就都对他投过疑惑不解的眼神，在等待他的下文。

牟玉成说："大家也知道，上面拨给乡里的钱只能保证发工资和日常的办公开销，但现在各方面的来客越来越多了，少的一天一两桌，多的一天三四桌，有时候乡里坐不下还要安排到外面的饭店去吃，大家想想看，如果这笔钱没有用掉，慢慢地垫进接待开支里面，过得几年也就差不多了，所以我说不管办什么事，要办就要赶快。"

大家听了牟玉成的话，这才如梦初醒，一个个露出恍然大悟的样子。满平接着牟玉成的话，以半开玩笑半认真的口吻，说是与其慢慢吃掉，倒不如发点奖金来得实惠。

周士毅一直没有吭声，只是任大家各说各话，说了一会儿，大家觉得自己的意思大致表达得差不多了，于是就渐渐地消停下来。周士毅见场面上已经安静，便看了看大家，说道："各位，刚才我特别在意乡里将这笔钱垫出去还能不能回得来，并不仅仅是因为这笔钱数额很大，而是因为这笔钱性质特殊，是我们乡的计划生育罚款。我们知道，在收取这笔钱的时候，不仅乡村干部付出了极其艰辛的努力，而且作为罚款承担者的有关农户，由于目前大都并不富裕，所以他们在交付这笔钱时，几乎像是割他们身上的肉似的。我觉得，正是因为这笔钱来之不易，所以我们不仅要关心这笔钱的暂时去向，更要关注这笔钱的最终用途。

"鉴于这笔钱的来源是如此的特殊，我们在使用这笔钱时便须十分的谨慎，刚才大家都提了一些想法，而且都有一定的道理，但是，作为来之不易的计划生育罚款，如果就这样用于我们这些乡领导或乡干部，我真有点于心不忍。我的基本想法是，这笔钱，我们一不能建房子，二不能买车子，三不能炒盘子，四不能分票子，而是要'取之于民，用之于民'，要用它来做一件为枫岚老百姓造福的大实事、大好事。到底是做一件什么事？目前我还没有成熟的思路，我想请大家都来开动脑筋，好好地想一想，在秋收之前我们要做出决定，在秋收之后我们就将其付诸实施。

"再回到'双过半'这件事，我建议这件事由牟乡长牵头，苗壮同志配合，明天上午找税务所的洪所长将财政收入任务过半的差额最后核算一下，然后从乡里把这笔钱作为酒厂与建筑公司的预交税款垫出去，到了下半年，具体来说就是九月底以前，税务所收到酒厂与建筑公司的税款，再把这笔钱冲转回来。这件事由你们两个人负责到底，具体的账务处理问题，你们几个人一道商量着办。我对这件事大概就是这么一个想法，行不行，大家可以议一议，汉杰，你看呢？"

章汉杰和大家见周士毅不仅说得在理，而且说得具体，自然都是一致赞同。由于思路对头，措施得力，枫岚乡的财政收入自然成功地实现了"双过半"。

由于周士毅这个"班长""带班"有方，在"定位"、"明责"、"放权"三管齐下之后，枫岚乡党政班子成员的工作积极性被充分地调动起来了。

章汉杰在这段时间心里感到比较舒坦。以前龙飞和边锋在这里的时候，一个书记，一个乡长，总是压着自己，让自己这个"三把手"英雄无用武之地。想想那个时候的日子，真是苦不堪言，自己不做事吧，他们便说自己消极；自己做了事吧，他们又说自己出风头。不理他们吧，又说自己目无领导；跟他们多聊了几句吧，又说是挑拨离间。而现在自己是一乡之长，虽说是"协管全面"，但由于自己兼任农村工作科科长，这就等于农村这一块全归自己管了，枫岚乡有近四万人，绝大部分属于农村人口，他们都归自己管，尤其是走到下面各个村委会去，大家都知道自己就是直管他们的领导，因而对自己都是相当的尊重。章汉杰一想到自己有职有权，说话管用，他心里就格外地受用，尤其是想到日后很可能取周士毅而代之，他心里更是充满了激情。男人嘛！哪能总是屈居人下！章汉杰这样豪壮地想着。

苗壮虽然原来属于可提可不提的那类人，但他深明大义，知道周士毅那样处理人事问题是必然的选择，而且他也照顾到了自己的情绪，还亲自找自己谈心安抚，所以他对周士毅这位领导可谓是心悦诚服。武装工作他是驾轻就熟的，他现在只想把周士毅关于企业改革的方案落实好，以便在这方面助他一臂之力。李秋云和宋慕贤则属于得到提拔的人，他们目前都憋着一股劲，只想好好努力，要干出一番成绩来报答周士毅的栽培之恩。其他几个领导，年纪轻的，知道周士毅不仅是个明眼人，而且在上面也吃得开，只要自己卖力干，周士毅肯定是不会亏待自己的。而年龄大的，见周士毅为人挺好的，能体谅人、尊重人，而且他思路宽广，能力出众，觉得能够跟这样的领导共事一段时间，能同心协力地干一番事业，这也是人生的一大快事，因此，大家都是很上心地履行着自己的职责。

由于全体班子成员气顺心齐，所以周士毅在枫岚乡开展工作时，颇有一种得心应手、顺风顺水的感觉。

周士毅举办的企管夜校，苗壮是每次必到，他不仅听得认真，记得仔细，而且还注重消化，有些内容听了记了仍旧没有弄懂的，他还会利用业余时间专门向周士毅请教。而周士毅见苗壮这样用心学习，也乐意"授业解惑"。为了让苗壮在企业管理方面尽快上手，周士毅还利用休假的机会把自己读大学的专业课本带给苗壮，苗壮见周士毅借给他一整套企业管理的专业书，高兴得不得了，此后，他在业余时间里，只要一有空就如饥似渴地钻研这些知识，以致他的妻子都把他叫做"书呆子"。由于苗壮工作作风深入，企业领导干劲倍增，目前实行承包的几个企业都出现柳暗花明的大好形势。枫岚建筑公司在顺利地更名为"长平市广厦建筑工程有限公司"之后，由于管理机制活了，项目经理承接业务的积极性大了，他们在省城接二连三地承接了几个不小的建筑工程，仅从目前的情况来看，建筑公司要完成今年预定的上交利税的任务肯定不成问题，如果运作得好，很有可能要超额完成任务。

不过，枫岚酒厂在更名为"长平市醉仙酒厂"之后，其形势依旧不容乐观，除了规章制度得到规范和健全，干部职工的工作积极性得到提高之外，作为决定企业生死存亡的酒品勾兑技术并未获得突破性进展，酒厂允诺给以重奖，特意从外地请来多位勾兑技师进行技术攻关，但经过多次试验，在额定酒精度的前提下，酒品的口感总是差强人意，没有获得品酒专家团队的较高认可，面对这道难以逾越的技术障碍，周士毅不由得忧心忡忡。

为了突破这个技术难关，最近一段时间周士毅可谓是煞费苦心。他走访了省轻工业局和省酿酒行业协会，但他们都没有比较理想的人选推荐，那次他顺便去看望了就读金城大学时的班主任张老师，没想到"无心插柳柳成荫"，迟迟未能破解的难题竟然出现一线转机。那天张老师建议他到上海东吴轻工业学院去找余清平教授，说余教授是国内白酒勾兑技术的权威，国内几个知名白酒的勾兑师都是出自其门下。张老师还说余教授是他高中时很要好的同学，如果周士毅说是他推荐的，对方一定会接待的。临行前，张老师还给周士毅写了联系方式。后来通过电话沟通，周士毅与余清平教授约定了见面的时间与地点。

第十四章 生 悲

按照江南的农事规律，七月中下旬属于农村的"双抢"期。在将"双抢"期间的有关事项作了妥善安排之后，周士毅与酒厂的罗厂长一道登上了前往上海的列车，并在第二天如约见到了余清平教授。余教授在获悉了酒厂的大体情况之后，他说自己年纪大了，已经很久没有具体主持酒品勾兑的技术活了，但为了不负老同学的情谊，他推荐得意门生侯广发为醉仙酒厂主持技术攻关。他说侯广发是国内名酒"汉唐液"酿酒有限公司品质部的部长，技术很过硬。

其后，侯广发部长先后五次赶到醉仙酒厂，经过反复试验，终于成功确定了38度、42度和46度三种"醉仙酒"的勾兑配方，经过各方人士的品评，都觉得这些样酒酒香浓郁、酒味醇厚，其口感远胜从前。因此一举，醉仙酒厂终于把制约企业发展的"瓶颈"问题圆满解决了。为了有利于销售，苗壮又与酒厂领导共同商议，决定把38度的命名为"醉仙液"，42度的命名为"醉仙酿"，46度的命名为"醉仙醇"，然后每种酒又分别标出窖藏年份，并对应不同的价格。通过谋划和实施一系列的运营思路，在国庆节到来之前，醉仙酒厂以一个崭新的面貌强势崛起于江南白酒市场。当然这些都是后话。

那天周士毅带着罗厂长在与余清平教授谈妥了酒厂之事以后，本来可在次日踏上归程，但他几经考虑还是决定让罗厂长先回，他决定自己在上海多待一天，因为他考虑次日便是七月十九日，也就是以前自己和乔晓娜之间那个"两年之约"的日子。自从上次在乔晓娜门外见到她与一个男青年挽手同行后，虽然他当时依据两人的亲昵程度认定那个男青年应该就是她的男友，但他心底里多少还是有点不踏实，因为那毕竟只是他的一种猜测，而不是经过确认的事实。现在既然自己相隔九年再次来到上海，他就想重新察访一次，以解开心中的疑团。况且，就是乔晓娜真的和"小胡子"结婚了，自己哪怕能远远地看上乔晓娜一眼也是好的，毕竟当年的那份感情还珍藏在自己的心灵深处。周士毅这样想着，就在傍晚赶到乔家附近他曾经入住过的"春风旅社"。

吃过早饭，周士毅怀着忐忑不安的心情前往乔晓娜的家。一路上他的心情是忧郁而复杂的，出于他与乔晓娜之间极其深厚的感情，他很希望乔晓娜至今未嫁，这样乔晓娜就仍然是他的，至少在感情上是如此；但他又意识到这种愿望不仅不公平，也是极度自私的，因为自己毕竟早就成了家，为什么乔晓娜要为他坚守呢？因此，他又希望以前的判断是正确的，果真这样，那乔晓娜不仅有一个可以呵护他的男人，也拥有一个温馨的家庭，周士毅就这样纠结地一边赶路一边想着心事。不过，有一点周士毅是已经拿定主意的，就是不管结果如何，这次一定要见到乔晓娜，他要亲耳听她告知自己的事实真相。

上午八时许，周士毅终于来到乔晓娜家所在的街巷，由于这个片区的主体建筑"石库门"是政府立牌保护的"文物"，所以这里无论是建筑格局还是建筑外貌，与之前相比几乎都没有什么明显的变化。周士毅以前曾经到这里探访过，所以他毫不费力地便来到乔家门口。周士毅见大门虚掩着，便举手敲了敲门，周士毅见里面没有回应，稍稍等了一下，就又加重力度敲了几下，里面还是没有回应，周士毅便高声问道："里面有人吗？"话音未落，忽见大门半开，一位面容清癯的老者现出身子，并以探寻的目光看着周士毅问道："先生找谁？"

周士毅见了对方的性别、年龄和气质，觉得眼前的长者应该是乔晓娜的父亲，便亲切地问候道："您是乔教授吧！"

谁知这位老者听了周士毅的称呼不觉一愣，他迟疑了一下，然后神色平和地说道："你找'乔教授'？我是'鹿老师'啊。"

周士毅闻言有点懵了，他不解地问道："您真是'路'老师？"周士毅有点怀疑对方在与自己开玩笑，因为以"路"对"桥"（乔），以"老师"对"教授"，这不刚好对得啮丝合缝吗！

那位老者面露不满地反问道："怎么？是我姓得不对，还是职业不妥？"

周士毅见对方一脸严肃，知道对方真的不是姓'乔'，竟一时语塞。

老者说："'呦呦鹿鸣，食野之苹'你听过这个句子吗？"

周士毅本无心情谈论什么诗文，但对方既然问到这个问题，而自己又有求于他，只得应声吟道："'我有嘉宾，鼓瑟吹笙'。"

老者见周士毅应答无误，觉得对方不是背过《诗经》就是熟读《三国演义》，因而神色怡然地说："小伙子，我就是姓'呦呦鹿鸣'的'鹿'啊。"

周士毅这才知道自己刚才冒失了，就连连道歉。鹿老师见这个后生肚子里还有点墨水，也就显得和蔼多了。接着，周士毅就以一副非常谦恭的神色探问道："鹿老师，这里以前不是住着一户姓'乔'的人家么？"

鹿老师摸了摸下巴，似有追思地说："以前的业主嘛……嗯……好像是姓'乔'，但这房子我们已经买了好多年哩！"

周士毅闻言有点慌了，就问道："那他们现在搬到哪里去了呢？"

鹿老师说："这个就不清楚了，因为我是看到他们家贴在门口的售房小广告才接洽买卖的，在这前后彼此都没有打过交道。"

周士毅立刻意识到，如果说此前他没有联系乔晓娜，是基于对她婚恋状况的判断而做出的主动选择，那他从此以后再也无法联系乔晓娜，则是缘于客观变故而使他被动接受的现实。一想到这辈子将永远地与小乔天各一方无法谋面，周士毅就心疼得跟针扎似的。周士毅魂不守舍地对鹿老师略略点头致意，然后便噙着泪花，像个孤苦无依的孩子似的，高一脚低一脚地往"春风旅社"走去。

当他走到旅社门前时，旁人见他满脸泪水，都非常诧异地看着他，但周士毅对这些全然不管不顾，只是愣愣地站在门前。在他的潜意识里，似乎只要他这一脚踏进旅社，就会把他心爱的小乔永远零落在他无法把握的纷乱世界里。忽然，他心里一亮，他想，虽然鹿老师不知道乔家的去向，可自己为什么不去问问她的左近邻居呢？一想到这或许存在的一线希望，周士毅的精神就又振奋起来，他转身就往乔家原来的住所疾步走去。

周士毅虽然探访了左右多家邻居，但他们有的是近年迁居于此，乔家之事听都没有听过；有的虽然是老邻居，但他们却说时隔多年，对乔家的情况也不太清楚。屡屡的希望变成连连的失望，周士毅的心情一时痛苦莫名。周士毅还是不甘心，他又走到街巷的对面，去向那些上了些年纪的住户打听，几经周折，他终于在乔晓娜原来住宅左侧斜对面找到一位知情的老阿姨。

原来这户人家姓张，老阿姨姓朱，和乔晓娜母亲一样，娘家都是江南省金城市，因有同乡之谊，所以两家平时有些交往。当年张家的长子张文剑曾经下放到黑龙江的边境地区，乔晓娜的母亲为了女儿在下放时有些照顾，起初还想将乔晓娜下放到张文剑一块去，后因张文剑描述了他们这批知青在北部边陲极其艰难的生存状况，这才彻底改变了初衷。

朱阿姨见这位小伙子执意打听，便说，乔家卖掉房子以后的情况以及乔晓娜现在的住址她都不太清楚。周士毅就向她打听以前的情况。朱阿姨说，大约是在一九七七年的上半年，乔晓娜的父亲得了尿毒症，在实施换肾手术后，除了可报销的医药费，自家也因此背负重债，两年后，由于发生了严重的排异反应而人财两空。乔晓娜的母亲本就有冠心病，在久经拖累之后又失去了精神支柱，紧接着一病不起，此后虽然在医院住了将近一年的时间，最终还是跟着丈夫走了。可怜他们唯一的闺女，那段时间一边要上大学，一边还要抽空照看父母，在短短的几年时间里，把个漂漂亮亮的姑娘累得皮包骨头。在她父母相继离世之后，为了还清欠债，乔晓娜只得把自己的栖身之所卖了。

周士毅听了朱阿姨的述说，心里就像刀割一样的难受，记得乔晓娜在托他办户口迁移手续时，上面所写的回城理由明明是"父母重病"，而且还有医院的证明材料，可乔晓娜却故意在里面夹了张字条给他，说那是她为了便于获准回城而特意编的，叫他尽管放心。那时自己居然头脑简单，竟被她蒙了过去！周士毅一边听着，一边痛恨自己透顶的糊涂。

为了解开郁结了十年的那个疑问，周士毅就问在那段艰难的岁月里，乔晓娜的丈夫是否帮了她？朱阿姨对他这一提问大感诧异，她说，她从来都没听过乔晓娜谈过男朋友，更别说什么"丈夫"了。周士毅就问起与乔晓娜比较亲密的那个留着小胡子的高个男青年。朱阿姨解释说，那个读体校打篮球的小伙子，是乔晓娜姨妈的儿子，是她嫡亲的表弟，比她要小好几岁呢！

周士毅得知就里，顿时脸色煞白，但朱阿姨并未注意，她又说，七月十九日是她本人的生日，每年的这天她的子女都会过来为她庆生，让她觉得非常奇怪的是，在一九七九年底卖掉房子以后的一连七年，乔晓娜每年此日都会在她家里借个凳子，并坐在她家的门口看着她原来的房子，一直要守望到天黑才悻悻地离开，中午她也从不肯打扰老阿姨，只是吃些自己带的馒头什么的。朱阿姨说自己也曾问她守望什么，乔晓娜却不肯多讲，只是简单地说她在等个人。朱阿姨说，也不知是个怎样的人，竟然值得她痴心守望那么多年。

周士毅得知乔晓娜为了等他，竟然在卖掉房子以后，连续七年按照原先约定的日期来这里苦守，想到这么多年乔晓娜孤苦伶仃，周士毅不由得悲情难抑，涕泪横流，朱阿姨见周士毅如此动情，就问他是乔家的什么人，周士毅只得据实以告。

朱阿姨听后长长地叹息一声，话未出口，却泪如雨下，她说："小伙子，你这一失约，可害苦了晓娜这孩子啊！"

周士毅无法找到乔晓娜，只得在当天下午怀着深深的负罪感踏上归程。在路上，周士毅一直深深地责怪自己的粗心与武断，在乔晓娜最需要帮助的时候，她却孑然一身无依无靠，他觉得自己如此的糊涂透顶，真的是罪无可恕！

在回程的火车上，周士毅的思绪一直萦绕着乔晓娜，他觉得如果不是自己的主观武断，如果自己当年如约见到了小乔，两人一定会成为一对恩爱夫妻的。他又想，小乔已经连续三年没有到她原来的房子如期守候了，这是不是意味着她的婚恋之事……，他想，现在自己已为人夫，但愿小乔也能遇到可意之人，以便此生有个依靠。

其后，周士毅便想到自己夫妻关系的状况。他意识到，自己与高凤的感情似乎已经出现一丝明显的裂痕，原来只要隔了一两个星期没有回家心里就会非常思念，这次虽然隔了将近一个月，但心里的思念之情却好像淡漠了许多。周士毅想，他对高凤那种太强的攀比心和虚荣心，以及对丈夫的事业要求持续加码和不断施压的作法，自己最初只是有些反感，现在已经几近厌恶。但他又想道，自己作为一个已为人父的男人，为了能让儿子有个完整的家，就不宜让不满情绪长期郁积在心里，而要与妻子心平气和地交流思想，以消除双方在人生观方面的主要分歧，从而使夫妻关系保持和谐稳定的状态，这样才能有利于儿子的成长。想到这里，他打算今晚要和妻子好好地谈一次心。

周士毅认为，夫妻关系其实就像一棵树，如果在表皮哪个地方发现了虫蛀点，就须及时进行针对性处理，如果麻痹大意听之任之，到了一定的时候，尽管这棵树看起来挺立如故，但里面说不定已经蛀得不可收拾。到了那种地步，如果遇到一场意外的狂风暴雨，说不定这棵树瞬间就被摧折了。

周士毅的思绪继而又由自己的夫妻关系联想到章汉杰的夫妻关系，他觉得从章汉杰夫妻关系的现状来看，他们多半已经陷入了"准冷战"。周士毅觉得，夫妻之间如果确实有了大的矛盾，或者已经产生冲突，双方需要让彼此关系冷却个一两天甚至三五天，这些都是可以理解的，但是无论如何不能让短期"冷却"变成长期"冷战"。夫妻之间"冷战"或"准冷战"持续久了，只会使双方疏远感情，加深怨恨，在情感饥渴和心理脆弱日渐深化时，就很容易因其他因素的侵扰而导致夫妻关系的解体。周士毅认为，退一万步说，即使夫妻到了必须分手的时候，也应直面现实协商处理，而不能用"冷战"或"准冷战"的方式拖以待变。有问题不去积极面对而是消极对待，他觉得这是懦弱和愚蠢的"鸵鸟"做法，其结果只能两败俱伤，实为智者所不取。

周士毅将目光转向车窗外，由于正处"双抢"期间，田野里的农民都在自家的责任田里忙着抢收抢种。周士毅想，乡村干部的工作对象主要是农民，当农民埋头"双抢"时，乡村干部便没有太多的事可做，在这个阶段，乡镇通常都是安排值班人员到各村巡查，以便妥善调处农民为了灌溉而发生的争水纠纷，并及时发现和处理其他应急问题，其余没有轮到值班的人则处于集中休假状态，因为平时在开展计划生育等中心工作时，通常都会接连几个星期取消休假，所以此时的集中休假，既是对乡村干部的一种补偿，也有利于家在农村的乡干部料理自家的农活。周士毅想，这种灵活机动、张弛有度的有异于上级党政机关的作息安排，恐怕也是农村工作的一大特色。

从上海回程的路上，周士毅没有在长平下车，而是按照预先的安排，直接回尚州休几天假，以免改日又来回折腾。周士毅到达家里时，只有母亲和儿子在家，其后没过多久，父亲与高凤都先后下班了，他们骤然看见周士毅回家了，自然都很开心。因为以往周士毅从长平回家通常也是下午到达，周士毅为免节外生枝，所以也就没有言明是从上海回家的。

吃过晚饭，周父体恤儿子在乡下工作的辛苦，同时也为了给儿子儿媳一个相互温存的方便，他便没有与儿子交谈什么，而是带着孙子到自己的房间玩去了。周士毅洗漱已毕，特意倒了两杯凉开水端到房间，然后又提了两把椅子端了一个小方凳放到房间里，高凤在卫生间待的时间要长一些，待她回到房间时，发现两把椅子对面放着，中间的小方凳上放着两杯水，心里感觉有点怪怪的，就以探寻的目光看了周士毅一眼。

周士毅笑道："如果忙完了，我们就坐下聊聊天，行吗？"

"什么事啊？这么郑重其事的！"高凤面露诧异的神色。

"也没什么大事，就是想跟你聊聊。"周士毅轻描淡写地说。

高凤也就不说什么，淡然一笑地坐下了。

周士毅之所以会采用这种方式来跟高凤谈话，他是经过了一番考虑的。周士毅记得有句古话，说是"当堂教子，枕边教妻"，他认为这话既对也不对，如果夫妻之间只是存有一般性的矛盾或歧见，倒是比较适宜安排在夜晚就寝时交谈，因为此时双方处于深情款款的状态下，比较容易听取对方的不同意见，即使偶尔有些不快，也能在房事过后得以淡化甚至消除。不过，如果是就某个原则问题进行深层次探讨，甚至有可能引发激烈的思想交锋，这就不适宜"枕边教妻"了。譬如今天要跟高凤进行的谈话，他不仅想有效地消减高凤太过旺盛的虚荣心，同时也想借机把自己从高凤没有穷尽的督促鞭策下解脱出来。周士毅估计，以高凤比较要强的性格，今晚势必有一番激烈的观点"攻防战"，像这么严肃的话题如果放在床上谈，显然是很难达到目的的，为了有利于营造严肃的谈话氛围，并给妻子留下深刻的印象，所以周士毅便决定采用这种比较正式的谈话方式。

"最近怎么样？"周士毅见高凤已经落座，便貌似轻松地随意问道。

"什么怎么样？"高凤探询性地回道。

"譬如工作方面。"

"呵呵，你说这个啊，这就别提了，如果说起来真会笑死人！"高凤一边说，一边露出一副鄙夷不屑的神色。

"哦！"周士毅似乎表现出一定的兴趣。

"我总算把小杜这个人的本来面目看清楚了！"高凤说。

"哪个'小杜'？"

"我们农财科的杜娟呗！"

"怎么了？"

"有一次，我从外面办完事回办公室，在从楼梯间刚拐弯进入过道时，突然发现杜娟装模作样地拿着个夹了钢笔的笔记本，神神秘秘地从"一把手"的办公室开门出来。她出门后朝左右两边警惕地扫视着，猛然发现了我，一时慌得手忙脚乱。后来我注意观察并多次发现，只要龚谨科长和我到外面去办事，她就会假装谈工作似的，拿着个夹了钢笔的笔记本溜到曹局长那里去。有一次，我们科长出去了，我也假装出去办事，却在半路突然回来，我见杜娟又不在办公室，就估计她又是到曹局长那里去了。所以我就装作没事一样站在我们办公室的门口，一直盯着曹局长办公室的门，过了一会儿，小杜又慌慌张张地从曹局长那里出来了，她发现我正看向那边，就更是慌得手脚无措。"

"你为什么要这样做呢？"

"我就是要让杜娟知道我发现了她的秘密，免得她老是气焰嚣张。"

"那你觉得他们……"

"这还用说！她一个小科员，有什么事需要她越过科长和分管领导经常去接受局长的直接分工？龚科长三年以后就要退了，她这是在为三年以后提拔的事找靠山呢！"

"你跟杜娟的关系好像有点紧张？"

"不紧张才怪呢！这个心胸狭隘的女人，她总想压我一头！"

"如果我们既不跟她比，也不跟她争，只以平常心过日子，你看会怎么样？"

"我是不想跟她比，跟她争，但她总是撩拨我。而事实上，她老公和我老公虽然都是正科级，但她老公只管了三四个人，而我老公却管了三四万人，这本身就不是一个档次的。你说她总想压我一头，那我又怎么会服她呢！"

"但我们毕竟都是正科级嘛，只是岗位不同，这有什么值得骄傲的呢？"

"所以我就希望你早点提个副县级，让她无法相比、无话可说啊！但你上次不但不理解我，还那么严肃地批评我，现在你总该知道我心里有多委屈吧！"

周士毅见高凤自以为非常在理，便乘机开导说："高凤，我觉得你对职务高低的事不仅太过在意，而且想得过于急迫，我觉得就如钱多的还有钱更多的一样，官大的还有官更大的，要比永远都是比不完的。一个人活一辈子，如果总是在和别人比，要比别人强，这岂不是活得太累了？所以啊，我希望你能把这事看淡些，不要对我抱有过高的期盼，你看呢？"

高凤听了周士毅的这番暗含责备的劝说，不由得把脸涨得通红，周士毅话音刚落，她便眉毛一扬回应说："士毅，你这话就不对了！中国有句古话，说是'嫁汉嫁汉，穿衣吃饭'，现在暖衣饱食的生活水平都有了，作为一个有上进心的女人，自然会追求更高层次的目标，丈夫是经商的，妻子会期盼他的生意红红火火；丈夫是从政的，妻子则期盼他的职务步步高升。作为你的妻子，我之所以会支持你下到乡镇去，无疑是认为发展空间更大一些，我希望你在职务上不断进步，为我这个做妻子的带来一份荣光，你说这有什么错呢？"

周士毅本来认为凭着自己的口才，应该不需要费多大的力气就可以成功地说服高凤，没想到被她抢白一番之后，竟张口结舌，一下子找不出什么合适的话语应对。

周士毅这个表情被高凤敏锐地捕捉到了，为了"一战定乾坤"，彻底说服丈夫，高凤再接再厉，她以近乎凌厉的语气说道："俗话说，'嫁得夫好妻也贵'，只要有可能，哪个女人不做着'夫荣妻贵'的美梦？又有哪个女人不想追求美梦成真？我对你提些仕途上的要求和希望，这本来是完全正常的事，但在你看来，倒好像我这个女人多么不可理喻似的，这叫我……"高凤说到这里，现出一副非常委屈的样子，连眼眶都红了。

周士毅一边静静地听着，一边愣愣地看着，但没有做声。他见高凤打住了话头，就伸手端起方凳上的水杯，闷声不响地喝着水，他想借此理清自己的思路。

周士毅认为，高凤强烈的虚荣心，这是由深度自卑派生出来的，由于平时的聊天，周士毅得知高凤的一些情况，并由此探寻到造成她深度自卑的几个因素：一是高家几代都是男丁单传，所以在高凤出生后，她的爷爷奶奶常常说她不该是个女的，这让她幼小的心灵受到挫伤；二是她在读书时长相不错却成绩平平，而另外几个成绩较好的女生偏偏长相较差，因为双方不睦，常常受到她们的奚落，让她的自尊心受到很大的损伤；三是参加工作后遇到杜娟这样颇有心计且是非多端的同事，在言来语去的争斗中每每处于下风，让她心里倍感压抑。因为以上原因，使得高凤出人头地的欲望格外的迫切。

周士毅认为，作为一个心态积极的人，具有一定的上进心或虚荣心，这些都是无可厚非的，但是，如果这种上进心或虚荣心太过旺盛，甚至臻于病态，这就很危险了。譬如现在，高凤对丈夫仕途的发展总是层层加码、步步紧逼，好像她的虚荣心是个无法填满的洞穴。周士毅想，在这种情况下，如果自己能在仕途一帆风顺，步步高升，则一切都还好说，但古话说，"人无千日好，花无百日红"，人生在世，谁能保证自己没有意外之忧，如果日后偶有闪失，"潜力股"变成"垃圾股"，自己再也不能满足对方的虚荣心，那以后的事就很难说了。

周士毅已经意识到，高凤的虚荣心已经成为家庭稳定的重大隐患，要想维护好这个家，自己今天只能迎难而上，以求有效改变高凤急于求成的心态。但是他也知道，既然自己想说服对方，就一定要心平气和，而不能发脾气，因为要想解决重大分歧，只能靠说服而不能靠压服，压服的结果往往适得其反。

于是，周士毅抬起头，定定地看着高凤，一句一顿地说："高凤，俗话说，'人往高处走，水往低处流'，人都是有上进心的，但是，发财也好，升官也好，这不是谁急谁就能成。干事业，应该平和心态，自然发展，否则，心态急躁，作风漂浮，本职工作干不好，却这山望着那山高，其结果只能是'欲速则不达'。所以你不要指望我过个三年两载就又能得到提拔，这件事还真的急不得！"

高凤听了周士毅的开导，露出满脸不解甚至不屑的神色，她说："士毅，你怎么能这么意志消沉呢？国家不是也要制定'五年计划'么？我跟你提个时间要求，明确奋斗目标，这有什么错！我当年看上你，就是因为你出类拔萃、与众不同，认为你一定会有发展前途，但经过这么多年的历练，你怎么反倒丧失斗志了呢？"

周士毅原来觉得自己还是比较了解妻子的，但见了妻子今天这副伶牙俐齿、咄咄逼人的模样，他感觉对眼前这个女人似乎有点陌生了。他想，原来自己总认为高凤只是心性高傲而已，怎么竟然是这般的俗不可耐甚至是胡搅蛮缠呢？

周士毅发现高凤的观点似乎没有丝毫调和的余地，便觉得情况紧急了，他想，如果今天不能成功地说服高凤，那以后再要提起这件事来说服她，那就更加艰难了。于是，他就端正坐姿，提振精神，对高凤很认真地继续开导说："高凤，你希望我早日提拔个副县级，这个我知道，而且也能理解，我觉得，妻子对丈夫的事业有所期待，这是很正常的一件事，但作为聪明的女人，只要看到丈夫在发奋努力，就不会提出什么要求和期望。或者说，就是提了也不会提得那么具体。再退一步说，就是提具体了，也不会定下期限，显得那么急迫。聪明的女人既不会像地主收租那样层层加码，更不会像长官督战那样步步紧逼，而是给丈夫留下一些自由回旋的空间，让丈夫自己谋划，自求发展。"

周士毅见自己刚才的这番话似乎已经引起高凤的关注，又接着说道："你想'妻以夫贵'，你有美好梦想，不瞒你说，我自己也有同样的梦想呢！但是在这个问题上，你有所欠缺的是没有换位思考。作为一个男人来讲，谁不希望自己能让妻子引以为荣？

谁不希望通过自己的努力取得某种成就，以此为妻子奉献一份意外之喜。但男人最不愿意在妻子精神皮鞭的频频抽动下，背着一个沉重的思想负担艰难前行，因为这个过程对他们来说，不仅是枯燥无味的，也是非常痛苦的。譬如你希望我能在本届末期提拔为副县级领导，你知道这有多难吗？长平市乡镇街道加上市直机关，正科级领导就有上百人，而每一届可以提拔的机会本就不多，即使有几个名额，也未必全都会给乡镇书记们，因为市直机关那些核心部门的正科级干部，他们都属于可以提拔的对象，这样算下来，你说我还有多少能获得提拔的机会呢？"

周士毅一板一眼地分析着，高凤刚才还是盛气凌人的模样，现在听了周士毅的一番话，刚想抗辩几句，却又找不到合适的话语，犹豫片刻，竟然渐渐地蔫了。周士毅见自己的开导初见成效，又再接再厉，他说："再说了，即使换届时有个把两个提拔的机会落到乡镇街道，那么这里面又得排队了，你看，我所在的乡不是最大的，我当书记的资历不是最老的，我所作的贡献不是最大的，你看，你希望我在下次换届时提拔个副县级，这不是太过脱离实际么？"

高凤听了周士毅不急不躁的分析，脸上不由自主地浮现出失望的表情，高傲的头颅也渐渐地下垂了。

周士毅又说道："我刚才不是批评你，只是善意地提醒你，我觉得，做人不要心性太高，也不能性子太急，更不要有太强的攀比心。不瞒你说，我甚至认为，杜娟的老公提副县的机会可能比我还要大，我真是这样想的，所以我建议你要有足够的思想准备，从此把这件事放下来，在做好本职工作之余，一心一意地过好自己的日子。"

在听了周士毅的苦心开导之后，高凤露出近乎绝望的表情，她嗫嚅着说："既然这样，那你当初何必下去呢？"

周士毅说："当初下去这是我们自己的选择，当时既没有谁逼迫我们，也没有谁跟我们打包票可以在什么时间提拔到什么层次，我们只是怀着一份隐隐约约的远景期盼，不是么？"

高凤有点虚脱似的长长地叹了一口气，她说："唉……女人呢，说来也真是够可怜的，她们多半不够自信，总是把丈夫当做一棵可以倚靠的大树。其实在人生的道路上，尤其是在某些关键时刻，无论男人还是女人，或许都是孤独的旅行者，真的遇到某些重大问题，谁又能帮谁多少呢……譬如照你刚才的分析，以后你这棵树，也未必就能为我发挥多少遮风挡雨的作用，我自己的事，大体上还得靠我自己独自应对，是吧？"

高凤的这番"开悟"之语，就像一把锋利的精神匕首，把周士毅自尊的外衣剥得精光。周士毅的心被高凤冰凉直白的话语深深地刺痛了，他默然看着高凤神情凄然的模样，一时不知如何回答是好。

谈话到了这个程度，周士毅与高凤都是兴味索然，他们谁也没有看谁，只是默默地坐在那里，过了一会儿，高凤便起身上床去了。

周士毅依旧坐在那里没有动，他现在的心绪有点乱，他从刚才谈话的情况感觉到，高凤以后很可能再也不会涉及提拔之事，自己的耳根以后真的可以清静了。但是，当周士毅确实有了这种判断之后，他的内心却又惴惴不安了，他不知道今夜的夫妻对话，对自己此后的人生究竟意味着什么，以及会产生怎样的影响。

虽说高凤过度的虚荣心让人厌烦甚至厌恶，但毕竟是多年的夫妻，所以周士毅想来想去，对高凤还是不无怜惜之情。古人说，"哀莫大于心死"，自己刚才这番似乎成功的开导，让高凤从满怀希望变为彻底失望，这对高凤来说是不是太过残忍了？同时，他也认识到自己的幼稚与浅薄，自己明明知道，但凡植根已久的性格，如果没有重大事件触及其灵魂，是很难凭谁一番话就能轻易转变的，但自己居然希望一席话让其改弦易辙，这是何其愚蠢的想法啊！

周士毅又想，在夫妻分居两地的时候，自己作为一个丈夫，到底是应该由自己承受沉重的心理压力而让妻子抱着一份希望度日，还是为了给自己减压而让妻子陷入无望的精神泥沼？他心里不觉有些茫然。他忽然想到丈夫的"丈"字，在"丈"字旁边站个"人"，就是倚仗的"仗"，由此他觉得但凡做"丈"夫的"人"，总是让自己的女人作为倚"仗"的，妻子受虚荣心的驱使，念叨和催促自己在事业上再上"台阶"，不就是想倚仗得更踏实些吗？这有什么大不了的呢！他觉得自己刚才的谈话有失偏颇，自己只着重于自我减压，而没有顾及妻子的感受，因而对妻子造成了很大的挫伤，想到这里，他心里便充满了愧疚与自责。为了弥补对妻子的亏欠，周士毅准备到床上与妻子再作沟通，他想把困难与希望再进行一次对比式的分析，以便让妻子在心中保留一些希望的火种。

在撤掉坐具与杯具之后，周士毅来到床上。以前夫妻上床之初总是面对面地相拥而睡，但今天高凤却抱着双臂面朝里边，只把一个背对着他。周士毅知道高凤心里不高兴，就主动地去扳高凤的肩膀，但高凤似乎睡着了，没有顺着周士毅的意思回过身来，周士毅连着扳了几回都没有得到回应，只得作罢。他想，即使高凤此时回转身来，自己也未必就能让她的心情从冬入春，因为语言是苍白的，成果才有力度。周士毅想，自己回到枫岚之后，一定要好好地工作，要把五年工作规划努力落到实处，力争在回报领导信任与民众期待的同时，也早日实现自己所追逐的梦想，到了那个时候，他相信高凤肯定会笑逐颜开、心花怒放的。周士毅这样信心满满地想着。

第十五章　宽容与忍耐

在休了一天假之后，周士毅一路兼程赶到枫岚，却发现圩场地上一片狼藉，似乎是当过街的样子。周士毅心里便觉得有点纳闷，因为他知道，枫岚是每逢农历的一、四、七日当街，今天是农历的五月二十九日，不是枫岚当街的日子。为了弄清这个反常的现象，他就向旁边的人打听。原来乡里已经出了通告，要在以前每逢农历的一、四、七日当街的基础上，另将每逢"九"日增加为当街的日子。

周士毅回到乡里，正在值班的蒋智丰就陪伴他来到楼上的外间，随后介绍说，在周士毅走后的第二天，章乡长主持召开了一次专题党政联席会，自作主张地强行通过了这样一个据说可以'惠及子孙'的决议。蒋智丰说，大家估计章汉杰很可能是为了要在枫岚的历史上留下自己的印记，是想出名。

在蒋智丰述说这件事的时候，周士毅一边听一边思考着。经过这几年的历练，周士毅已经愈见沉稳，虽然他的涵养尚未练到凡事都能"喜怒不形于色"的程度，但在有思想准备的情况下，他要保持神情淡定大体还是做得到的。周士毅想，章汉杰利用自己外出之机急于研究这件事，其动机应该与蒋智丰的分析差不多。现在的问题是，自己面对章汉杰这样敢于争锋，急于表现的失当行为，是听之任之，不闻不问，还是挫其锋芒，给他来个急刹车？周士毅认为，从维护政府的权威来讲，这个事既然定了就不宜朝令夕改，因为毕竟已经出了通告。不过，周士毅心里对此也有一个评估，他认为在交易总量不变的情况下，当街的间隔期如果太密，会让群众增加交易的时间成本，这对群众显然是不利的，由于推行阻力不小，或许用不了多久此事就会不了了之的。真的到了那个时候，如果章汉杰还想借用党委政府的力量来强力推动，自己再稍加劝止也不为迟。而就当前这件事来说，自己最好是保持理性的宽容，不要小题大做，以免伤了章汉杰的面子而影响他的工作积极性。

周士毅又想，自己现在是大权在握的"一把手"，在日常工作中，如果遇见不对路的人或不顺心的事，一定要有点气量，切不可像匡厚明以前那样，犯小肚鸡肠、任性霸道的错误。周士毅觉得，无论是章汉杰还是其他班子成员，只要没有太过出格的言行，自己对其一般性的工作失误都应给予包容，对于工作中的不同意见，应该注重以理服人，而不是以势压人，这样才能将班子团结维护好，否则，班子成员之间面和心不和，肯定会影响大局的。

周士毅既已拿定主意，他见蒋智丰说完了，就没有顺着蒋智丰的意思进行评论。只是劝慰道："智丰，我认为任何事情都具有两面性，因为每个人看问题的角度不尽相同，所以对于同一事情见仁见智这是很正常的，现在这件事既然已经由政府正式推动了，那我们就无须过于担心，我觉得，只要这件事真的是顺民心，合民意的，以后在逢"九"当街的日子里，圩场上肯定会热热闹闹的，是吧？"

周士毅说到这里就打住话头，因为他觉得话不能说得太满，要留有余地，有些只能意会不可言传的观点，点到为止即可，剩下的内容不妨让对方自己去领会，如果把话说满了，反添"蛇足"之嫌。

蒋智丰是个很精明的人，他听了周士毅已经表达的意思，自然就知道接下来的潜台词是什么了，于是就对周士毅露出会心的微笑。

下午章汉杰过来了，他见了周士毅，问到此行的收获如何，周士毅便将情况做了大概的介绍，章汉杰听说酒厂进行勾兑技术攻关的事情有了眉目，便现出很高兴的样子。然后，章汉杰提到增加逢"九"当街这件事，周士毅对此并未显示特别的关注，只是轻描淡写了几句，不久就转到其他话题上去了。

按照农事规律，"双抢"还有一个星期就要结束了，周士毅外出十天，没有把握住"双抢"的脉搏，心里很没底，现在他比较担心那些弱智者家庭、残疾人家庭，以及伤病者家庭因为缺乏劳力而耽误农事，还牵挂秧苗余缺的调剂问题，所以在接下来的时间里，他便带了个同伴，骑着车在各村各组巡回走访和察看，所幸章汉杰工作抓得很到位，各片各村对此都有妥善安排，周士毅心里这才觉得安稳。

由于"老天爷"帮了忙，加上设立"农技专干"之后农技知识的普及宣传和普遍采用，今年的早稻不仅喜获丰收，而且增产幅度不小。周士毅这几天走村串户，访察民情，心里喜滋滋的。尽管上次到家与高凤产生了些许隔阂，但一己之忧比起万家欢乐来，这又算得了什么呢？周士毅每每这样宽慰自己。

自从到枫岚乡任职以来，通过全体班子成员的共同努力和全乡人民的大力支持，枫岚乡在社会治安、计划生育和科技兴农等方面都已取得明显的收效，而乡办企业通过分类施策也已别开生面。周士毅相信，枫岚乡的工作有了这样的开局，在接下来的时间里，其他预定的各项工作任务也必将稳步推进，枫岚人民的未来一定会更加美好，周士毅这样壮志满怀地畅想着。

次日上午上班时，办公室送来一个文件夹，里面是刚刚收到的一份市委组织部的通知，内容大致是，从八月十一日至十月十日，周士毅须到尚州地委党校参加为期两个月的"乡镇党委书记培训班"。

周士毅知道，按照惯例，每个新提拔的乡镇领导干部，通常都必须到地委党校接受一次为期两个月的系统性培训，即使是在同一个岗位上，每三年也得轮训一次。作为组织意图，就是想通过这样的例行培训，以贯彻执政党的指导思想，造就执政党的干部队伍，打好执政党的发展根基。周士毅知道，自己虽然在去年到地委党校参加了"乡镇长培训班"，但现在当了书记，岗位变了，自然还得重新参加培训，这是必有的工作程序。

那天上午，枫岚乡召开了班子会，主要是围绕"五年大动作"中所部署的重点工作细化思路。由于每个人都提前接到通知，都是有备而来的，大家发言的时间又比较充分，所以除了吃中饭，这次会议一直延续到下午四点半钟。

周士毅见大家的发言已经基本结束，就准备做一个总括性的发言，他端起水杯喝了一下，刚要开口，忽然苏爱莲来到门前请他下去接电话。周士毅便叫大家先休息几分钟，然后就下去了。

电话是他妻子高凤打来的，周士毅一听她的声音便有些不安，因为他曾经和高凤约定过，在正常情况下，他每个星期都会打一次电话回家，所以家里没有特别重要的事，就不要给他打电话，以免他因为外出没有接到电话而着急。高凤说，她实在忍不住，所以就打电话来向周士毅问清一件事。原来，个性强悍作风霸道的长平市财政局局长卫步青，因为省里那个亲戚发挥了作用，前天被提拔到地区财政局担任副局长，具体分管了高凤他们的农财科，今天上午卫步青到他们科里转了一下，闲聊了科里几个干部的家庭情况，高凤便说她的丈夫是谁谁谁，在什么地方担任什么职务，但卫步青听了高凤说的这些，居然只是爱理不理地淡淡地"哦"了一声，再没有其它反应，好像他根本不认识周士毅似的。当时杜娟看见这个场面，就对她投过一个鄙夷的微笑，好像她的丈夫在长平也不怎么吃得开。中午高凤憋了一肚子闷气，她不知是什么原因导致卫步青让她当场出丑，以致引得杜娟乘机奚落，让自己脸面荡然无存。高凤忍无可忍，所以现在就打电话过来核实一下，看看周士毅到底是不认识卫步青，还是跟卫步青有什么过节。

周士毅听得出，高凤虽然语调不高，但其冷冷的声音，掩饰不了责怪甚至是怨愤的意味。周士毅忍住性子听完电话，如果不是在办公室，不是办公室里有人，他肯定会气得呵斥她几句。周士毅愤愤地想道，他卫步青是个很了不起的人物吗？他提拔到地区财政局，他的傲慢无礼的表现，居然激得高凤打电话过来兴师问罪！因为是在工作场所，也因为办公室有人，所以周士毅便极力掩饰了愤怒的表情，并克制住了差点爆发的脾气。他表情淡然地缓言道，他跟姓卫的一共只见过两面，两个人说的话加起来不超过十句，情况就是这样，他说他现在正在开会，没有时间扯这些事，说着就气得径自把电话重重地挂了。

　　这次周士毅真的是气着了，以致他忘了自己这种激愤的表情不利于出现在公众场合，尤其是在今天这样召开"班子会"的场合。他怒火中烧地缓步回到楼上，这时党政班子成员都没有走远，大家见周士毅脸色如霜地回来了，也不知是怎么回事，就一个个神情严肃地重新坐回原位。周士毅见大家都已到齐，便定了定神，努力把脸色缓和下来，准备继续开会。

　　周士毅说："同志们，刚才大家都把各自在未来两个月的工作打算……"

　　周士毅话音未落，却见苏爱莲又快步上来，说是又来电话了。周士毅眉头紧蹙，脸上情不自禁地重新现出几分恼怒的神色，然后又闷声来到办公室，他刚接过话筒，里面就传来一通噼里啪啦的责骂声，高凤愤怒地说："周士毅，你帮不了我，这只怨我的命！但是你反而还要连累我，我一个弱女子，我扛得住么！你连累我倒也罢了，但我刚才又没有说你什么，你竟然还跟我要'大领导'脾气，'啪'的一声把电话挂了！你很有本事是么？要是真有本事，就别只在老婆面前作威作福，你就跟姓卫的那样提个副县给我看看，如果你真能提个副县，别说看你的脸色，就是让我跟你提鞋也行！"说罢，高凤也不容分说地也把电话'啪'的一声挂了。

　　高凤在打这通电话时就像打机关枪一样，噼里啪啦的，竟然让周士毅插不上一句话，由于语音很重，为了不让其他人听到电话内容，周士毅便将听筒紧紧地压在耳朵上。办公室里的人虽然没有听出电话的内容，但见周士毅放下话筒站在那里发愣，一个个紧张得大气都不敢出，一时都不知如何是好。

　　苏爱莲接听电话时已经知道来电的是周士毅的妻子，因为对方已经自报家门，但她是很个聪明的姑娘，她听出电话那头好像心情不太好，所以自始至终都没有跟谁说出对方是谁。现在她看见周士毅皱着眉头吐着长气，顿时从心底里涌出一份深深的怜惜和心疼的感觉。周士毅知道自己的神色已经引起了在场者的不安，但他既不解释什么，也没看谁，就咬着牙重新上楼。

周士毅走到楼梯口时，忽然停下脚步站了一会儿，然后向左转身，朝办公楼东头后面的厕所走去，他觉得自己这么一副怒容，不太合适立马进入会议室，他需要有个时间调整一下自己的情绪，于是他只好利用上厕所的时间做个缓冲。

　　待周士毅重新回到会议室时，他的情绪已经平复如初，大家见"阴天转晴"，虽然不知原因何在，但还是松了一口气。由于心境受到影响，周士毅此后说话不多，他只是概括性地对各项主要工作简要地提了一些要求，最后他交待说，在他走后的这两个月，由章汉杰乡长负责主持乡里的全面工作。

　　散会以后，周士毅回到住所，关上房门，在里面来回踱着步。他以前只知道高凤比较羡慕虚荣，但从今天所接的两通电话来看，高凤的性格竟然还相当强势，以前只是没有遇到触发点，没有显露出来而已。想到刚才的那一幕，周士毅已经清楚地意识到，高凤的羡慕虚荣已经近乎病态，由于这个问题已经成为他们之间不可调和的矛盾，所以自己与高凤的关系已经走到一个危险的十字路口，他想，看来自己对此必须要有足够的思想准备。

　　尽管周士毅去地委党校学习是市委组织部下的文件，市委领导都已阅知，但周士毅还是在下班前打电话向本片新任片长荣新发副书记和市委李书记分别做了报告，他觉得这既是不可或缺的程序，也是对领导应有的尊重。

第十六章　调校与调教

　　周士毅怀着忧郁的心情踏上归途，幸好这天列车并不拥挤，周士毅在长平一上了车就找到了座位。由于高凤已经在夫妻关系中展示了强势做派，所以周士毅的思路，便自然而然地进入到对男女在家庭角色定位问题的思考。

　　周士毅认为，社会进程塑造了社会环境与传统文化，人是无法脱离社会环境和无视传统文化而存在的。自从远古时代的男人承担了狩猎、捕鱼以及其它农牧业活动，成为家庭财产与社会财富主要创造者以来，男人重要的经济地位便决定了他的家庭地位与社会地位，使之成为一家之主和社会活动的主角，女人则是"家庭主妇"（意思是主人的老婆），人类社会也就从母系社会进入了父系社会，算起来，人类社会的这个重要转变，迄今已有四千多年了。

　　其实，世界各地之所以约定俗成男女角色的定位，即使撇开人类社会演进的原因，撇开早就成形的传统文化，仅从男女生理情况来看，这也是颇有道理的，男人的各项生理表征都说明男人富有阳刚之气，因而中国的传统文化便用"阳"来指代男人；而女人的生理表征则反之，古人认为女人有温柔之性，所以中国的传统文化便用"阴"来指代女人。譬如在八卦里，用于指代"阳"的"乾"卦也用于指代男人，而用于指代"阴"的"坤"卦也用之于指代女人。又譬如在命学理论里，在"取大运"方面，男人如果是阳年出生的大运编排就顺行，如果是阴年出生的大运编排就逆行，女人则反之。事实上，"男主女从"概念不仅在中国的传统文化里根深蒂固，而且在全世界都大抵如此，譬如西方女人在出嫁后在其姓名里还要在自己的父姓前冠以夫姓。

　　中国是个以儒家学说为主体文化的国家，从某个角度来说，儒家文化其实是一种"秩序文化"，儒家文化主张在"君臣"、"父子"、"夫妻"等相互对应的各组关系里，要明确主次，各安其位。俗话说"一山难容二虎"，其实在家庭生活中两强也难并立，如果每遇重大问题，夫妻在深入交换意见之后，仍旧各持己见，互不相让，争争吵吵，那观点的分歧势必导致矛盾的激化。更有甚者，如果在一个家庭里，父母与子女、丈夫与妻子、兄姐与弟妹，大家"麻袋装锥子，个个想出头"，谁都不服谁，谁也不让谁，不难想象，这样的家庭一年到头哪有几天太平的日子过！

周士毅认为，一个家庭只有主次定位了，有一个为全体家庭成员所认同与信服的"一家之主"，则这个家庭才能得以安稳和谐。具体到夫妻关系来讲，周士毅认为作为夫妻的相处之道，通常来说，须顺天理而正人伦，除了互敬互爱，具有阳刚之气的丈夫，要自觉地当好主角，要更多地关心温柔的妻子，注重妻子的感受，给妻子更多的安全感，以体现男人的责任与担当；而作为具有温柔之美的妻子，要自愿地当好配角，要更多地尊重阳刚的丈夫，要维护男人的尊严，给丈夫更多的自信心，以体现女人的贤淑与温婉。

周士毅观察纷乱的世相，常常觉得有些不可思议，譬如在处理夫妻日常关系时，有些女人性格要强不懂礼让，却又把自己看成是个弱女子，处处期盼丈夫的关心，事实上，丈夫看到妻子个性强悍，心里颇感厌恶或愤懑，哪里还会有心呵护？而有些男人精神懈怠不思进取，却又把自己看成是个大丈夫，时时指望妻子的尊重，妻子看到丈夫懦弱无能，心里很是无奈与不屑，哪里还会视作依靠？周士毅觉得，有些人在处理夫妻关系时不明道理，其结果自然是不言而喻的。

周士毅并非"夫权主义者"，他反对僵化的"男主女从"的夫妻关系。由于现代社会的复杂性，有些夫妻因为因缘际会的不同，做妻子的无论是历练的丰富程度还是能力的实际水平都要高于丈夫，此时如果做丈夫的还要端着个"大丈夫"的架子，遇事要当家作主，这就未免太没有底气了，在这种情况下，做丈夫的便应抱着实事求是的态度，将家庭事务的主导权"拱手相让"，由妻子担当"一家之主"，自己只起辅助作用，这样无论是对夫妻关系还是家庭氛围，抑或是家庭的发展，都是利大于弊的。

周士毅觉得，考虑到各个家庭实际情况的不同，每个家庭都要理性地调校好夫妻关系，要确定"孰主孰从"，形成一种"决策模式"或"决策惯例"，在决定重要事项时，首先必须充分协商，夫妻的任何一方都不能独断专行地搞"一言堂"，但在最后，决策权必须归属某一个人，由其拍板定案，而不能长期争执不休，否则，不仅会耽搁大事，甚至还会严重影响夫妻关系。

周士毅这样天马行空般地想了很久，随后，他的思绪又回到他与高凤的关系上来，他觉得高凤脾气很大，虚荣心很强，而自己与高凤之间的主次关系却混沌不清，高凤很喜欢做自己的"督导老师"，而自己却偏偏不认可，甚至很反感，所以夫妻关系才会出现现在这种乱象。他想，自己即使无法有效地调校夫妻关系，至少也要耐心地调校妻子的价值取向，如果不能有效地消减其过于旺盛的虚荣心，那无论是对方还是自己，以后都不会有舒心的日子过。

想到即将与高凤见面，周士毅便对他与高凤即将见面的场景进行分析，周士毅认为，人的情绪不像夏天的雷阵雨，来得快去得也快，而是像绵绵春雨那样，在由雨转晴时，有个阴天的缓冲期，或者说，有个延时效应。他估计，以高凤已经展露的强势性格来分析，以她昨天在电话里情绪激动的程度来推论，高凤今天不会这么快就完全消了气，所以今天见了面，很可能一时还拐不过弯来，会对自己冷脸相向。周士毅继而想道，平时倒是无所谓，但在这种特定情况下，自己一来不是昨天那场冲突的"始作俑者"，或者说，自己只是那场冲突的被动接受者；二来自己作为是在外地工作的丈夫，难道见了面还要自己先打招呼？周士毅进而又想道，高凤所展露的性格已是日益强悍，而且这次又是她挑起事端，所以从道理上来说，这次见面必须由她先打招呼，如果自己毫无原则的姑息退让，以后夫妻相处就没有章法了。

但是，他转而又想，如果两人见了面，高凤不吭声，自己不说话，第一天可以视为气氛冷淡，第二天可以称作情绪冷却，那第三天呢，第三天这就是情感冷战了，而冷战一旦打起来了，这就涉及到一个面子问题，最后很可能弄得谁都不愿后退一步，会造成冷战的长期化。周士毅认为，夫妻之间长期打冷战，这不仅会对夫妻关系造成实质性的损害，而且也将不利于孩子的成长。

一想到儿子，周士毅的心就有点乱了。他考虑，到底是明辨是非，坚持原则，如果高凤不知错改错，就坚决不作退让？还是看在孩子的份上，为了给儿子营造一个好的成长环境，自己气量大一些，主动跟她打个招呼？周士毅又想，即使自己愿意委曲求全，并且打算不究过往，如果高凤不懂进退呢？那在打过招呼之后，自己又该如何与她相处呢？一想到自己作为一个男子汉大丈夫，在分明占理的情况下，居然还得考虑是不是服软求和的问题，周士毅的心便有点凉飕飕的了。

大概是下午四点来钟，周士毅放下沉重的心情，换上愉快的面容，进入地区机械厂的家属区大院。周士毅不多时便来到自家门前，他知道今天是星期一，父亲和高凤应该都在上班，估计只有母亲带着康康在家。周士毅在门前站定之后，然后有规律地敲了两下门，周士毅等了一会儿，见里面没有动静，便又加重力度敲了三下门。不多时，就见母亲笑吟吟地抱着康康将门打开，原来他母亲刚才正在厨房炒菜，所以一开始没有听到敲门声。

周士毅跟母亲高高兴兴地打着招呼，然后将行李顺手放在进门右边的沙发上，再伸手接过他的儿子。周母见儿子这次只隔了半个月就又回家休假，不由得喜出望外，便问儿子这会儿怎么比较清闲。周士毅告诉母亲这次是到地委党校学习，时间有两个月。母亲顿时乐得合不拢嘴。

忽然母亲像是想起什么似的，她试探性地询问儿子，他们夫妻是不是闹了矛盾，她说，她这两天见儿媳妇有点不开心的样子。周士毅就打着马虎眼，周母也不知就里，只是劝儿子让着点，夫妻之间不要争强好胜，还说"好男不跟女斗"，如此等等。周士毅不想深谈这件事，就敷衍性地应承着。

儿子刚过两岁半，已经很有些懂事了，现在见了父亲，连半点犹豫都没有，立即投入父亲的怀抱，乐得周士毅在儿子脸上忘情地亲吻着。周士毅把儿子随即放在沙发上，从包里拿出一盒饼干拆开并交给儿子。康康接过饼干盒，就从里面拿了一块，乐颠颠地跑到厨房去送给奶奶吃，奶奶正在洗菜，两手湿漉漉的，见孙子送了饼干过来，忙张开口咬住，并含糊不清地说了声"谢谢"，康康见奶奶谢了自己，便露出开心的模样。康康随即又转身回到客厅，又拿了一块饼干送到父亲的口里，周士毅愉快地接过，也对儿子客客气气地说了声"谢谢"，康康见自己的善举得到奶奶和爸爸的一致赞赏，这才高高兴兴地拿了一块饼干塞进自己的小嘴里。

周士毅见儿子变得越来越懂事了，心里很是高兴。他觉得，为了儿子，自己就是吃点苦，受点委屈，也都认了，因为儿子不仅是他血脉的延续，也是他希望的寄托，别看他人在外地工作，其实他在儿子身上确实是花了不少的心血。

记得康康一岁半的时候，有一次周士毅刚好在家休假，他爷爷拿了几块饼干给康康吃，为了测试儿子的品行，周士毅便故意伸手向儿子讨要饼饼吃，可儿子虽然每每把"爸爸"二字叫得甜甜的，但当他爸爸问他讨饼饼吃时，他想都没想便把饼饼藏到自己怀里。周士毅见儿子不肯，就想进行进一步的测试。下午，周士毅见儿子午睡起来了，便主动地拿了四块饼干递给儿子，康康见到饼饼，非常开心地笑了。周士毅把饼饼递过去以后，随即又向康康讨要一块饼饼吃，康康稍微犹豫了一下，还是舍不得，他依旧把饼饼往怀里藏着。周士毅见儿子如此表现，就索性厚着脸皮讨，耐着性子求。康康被吵得难过，为了照顾父亲的情绪，便用指甲掐了一丁点的饼屑给父亲。

周士毅在这之前已经研究过人的性格，他觉得以康康目前的年龄来看，他的性格最天然、最率真，他的行为最容易表现人的本性，在康康看来，"饼饼"是有限的，而他这个时候还没有接受道德教育，没有仁义观念，不懂推己及人，从他的本意来讲，"我的固然是我的，你给我的也是我的"，所以即使是亲如父子他也不肯分出饼饼，即使是父亲给的饼饼，他在经过激烈的思想斗争以后，最多只能回报极小极小的一点点。因为他知道一个基本的事实，这就是如果他将饼饼分给别人，他所占有的饼饼就少了，事实上，就康康这个年龄层的孩子来说，康康这种"自私自利"与"不仁不义"行为，并不是个别现象，而是具有普遍性，因为这种"自私"是由人的自卑本性衍生出来的。

周士毅在研究人的性格时，对"自私"曾经有过一些具体的认知，他认为，一个人私心越重，对自己就越不利。私心很重的人，他们为了获利最大化，往往不讲情分、不论是非、不守分寸、不择手段，最后必然招致外因的强力反制，每每弄得事与愿违，得不偿失。由此周士毅进一步认识到，做人不能因为贪婪而使个人利益与他人利益或公众利益发生重大冲突，不能使自己成为他人或公众的对立面，而要有情有义，重仁重义。他想，一个人如果重仁重义，在对待名利时能推己及人，把握分寸，能把私心框定在一个无害的范围内，他反而会因为有良好的人际关系和理性的言行而有所成就。

周士毅明白这个道理，所以他就注重对康康的仁义道德教育，他想通过培养康康的仁义之心以对冲其自私之心，为此，他鼓励康康将手中的饼饼分给大人吃，并要求家人对于康康的善举一定要以"谢谢"进行鼓励。同时又建议家人，但凡康康送了饼饼过来，大人一定要真的吃掉，不能来假的，要让康康以"舍得"为常态，藉此培养康康的仁义之心。而康康送了饼饼，他不仅屡屡得到大人的"谢谢"，获得大人真诚地赞赏，偶尔还能因此得到意外的奖赏，比如给他更多的饼饼。康康因为自己的善举常常受到鼓励，于是他就每每高高兴兴地分饼饼，且常常乐此不疲。由于家教有方，慢慢地，康康就变得不那么自私了。

当然，这些都是在前几个月发生的事，现在的康康可乖了，他一会儿给奶奶送饼饼，一会儿给爸爸送饼饼，最后才自己吃。据说，有时候他还会很开心地到外面去把饼饼分给其他小朋友吃。周士毅看到儿子重仁义而轻私利，于是便把儿子抱在自己怀里，朝儿子的小脸蛋左亲一下，右亲一下，儿子快乐得咯咯咯的直笑，周士毅心里自然也感到非常的高兴。

若干年后，当周士毅看到"好孩子是夸出来的"这个非常流行的观点时，他认为这个观点有失偏颇，因为经验使他认识到，"好孩子是调教出来的"，夸赞只是调教孩子时的一种重要的辅助手段。在孩子的成长过程中，自卑乃至自私的本能必然会使他带有许多缺点，需要大人及时发现问题，并灌输正确的理念，使孩子沿着正确的方向健康成长。当孩子接受大人的调教并有了良好的表现时，大人此时便须对孩子多加夸赞，以固化孩子正确的理念，增添孩子的自信心。当然，父母在进行调教时不是想当然或率性而为，而是理性审慎的，以免对孩子的成长产生误导，甚至造成人格损害。

正当周士毅喜滋滋地抱着儿子享受天伦之乐时，入户门被敲响了，周士毅带着被康康引来的满脸笑意把门打开，却见高凤站在门前。周士毅来不及转换表情，依旧是一脸的灿烂。

高凤见周士毅满脸笑容，也就自然而然地笑道："回来了！"

周士毅应过，就把到地委党校参加两个月乡镇书记培训班的事说了一下，高凤高兴得笑了。周士毅感受到妻子发自内心的快乐，心里自然也就舒坦多了，先前在路上所作的种种设想和预案竟然一点都没有派上用场。不过周士毅倒有点纳闷，他不知道高凤为什么情绪转换得这么快。

其实，高凤昨天一怒之下给周士毅打了两通电话，发泄了心中的不满，但她心里的不快其实还没有完全消解掉，因为近段时间以来，她心里的郁闷越积越多，心理负担也越来越重。一直以来，周士毅在她心目中的印象都是人中俊杰，是她的骄傲和自豪，也是她的依靠和希望。但是上次周士毅坦陈自己提拔副县的希望竟然还不如杜娟老公大，这次卫步青听说周士毅是她的丈夫时竟是那样的不屑，而杜娟又跟着露出一副不以为然的样子，这些因素的叠加，使丈夫在她心目中那极好的形象迅速坍塌，她指望靠着丈夫出人头地的希望自然也就跟着破灭了。尽管那通意在发泄的电话已经过去了二十多个小时，但她心中的不快就像刚刚扑灭的山火，虽然明火不见，但灰烬尚有余温。不过，当她回到家里，看到周士毅乐呵呵地站在门口时，数年的夫妻情感还是冲散了残存在心中的那些不快，因为他们的心都还没散，他们那份真挚的情感还是一心一意地放在对方身上的。当然，假如当时站在门口的周士毅是另外一幅冷冰冰的模样，则两人会面的境况可能又须另当别论了，这或许就像人们所说的那样，人与人交往的表情具有"镜像效应"，一方的表情其实就是另一方表情的真实投射，一方笑了，另一方也会笑；一方不开心，另一方自然也不会开心。

夫妻之事也真是奇怪的很，如果平平淡淡过日子，夫妻之间的性需求好像也是平平稳稳、波澜不惊的，如果闹了矛盾而矛盾又得以消除，这时反而激发出更加旺盛的性欲。周士毅和高凤在坐了一次情感"过山车"之后，这天晚上，两人的性需求颇似干柴烈火一点就着。他们上到床上，就像古代小说常常描绘的那样——两员猛将相逢，免不了又是一场大战。

第十七章　艳　遇

从某种程度来说，党校的培训班既是一个学习的场所，也是一个社交的场所。周士毅这个班共有四十二名学员，来自全地区的各个县市，大家心里都知道，作为乡镇的党委书记，自然也都是当地的精英人士，从提拔的概率来说，在这四十二个学员里面，若干年后，肯定会产生好几名副县级甚至县级领导，有的说不定还会到达更高层次，但是，这些未来仕途的"幸运儿"究竟会是谁呢？此刻自然不得而知。

不过，能干到乡镇书记这个位置的人，多半有其过人之处，譬如现在，就有好些有心人拿着学员名册和座位表，在一一对应地搜寻着，如果经过综合判断，认为是很有潜力的，他们便会利用课余时间主动过去攀谈结交，他们觉得，如果彼此能够留下较深的印象，有了今日这层同学关系，说不定以后什么时候还能派上一些用场。

由于周士毅的文化程度填的是"本科"，其形象既儒雅又刚毅，而且年纪较轻，所以自然而然地成为大家关注的焦点，每当课余时间，他的身边往往会围着不少热心人与其闲聊。而周士毅一旦进入了话题，他那丰富的知识和不凡的见解，总会自然而然地博得大家的佩服，因此，他受同学关注的程度也就更高。不过，周士毅每当此时便会暗暗地警醒自己，不要夸夸其谈，不要贪慕虚荣，由于周士毅心里一直有个自律意识，所以他便常常有意识地把时间让给其他同学海侃神聊，自己则非常乐意地以悠闲的姿态倾听着。

长平市除了周士毅，另外还来了两个人，一个是傅家乡的党委书记钟声远，另一个是樟岗乡的党委书记卢新贵。尽管周士毅在报到时已经说明晚上不在党校睡，但负责报到的老师还是给他安排了一个床位，说是便于其午休，这样一来，长平来的三个人就刚好被安排在一个寝室里。

经过粗略地观察，周士毅觉得，四十开外的钟声远既沉稳干练，又很重情义，是个值得结交的人。他之所以会有这样的结论，是源于一个细节。周士毅一般中午在学校吃饭，在午休过后去教室去参加讨论时，周士毅偶尔会去厕所小解，钟声远每次都会在门外等他，周士毅由此觉得这个人待人很至诚。而年近四十的卢新贵往往是自顾自地提前走了，在周士毅看来，卢新贵是个性情粗犷，甚至有点放言无忌的人。

过了些日子，周士毅在婉拒无效的情况下，又分别有三个其他县市的同学把周士毅拉去参加餐会。为了回请同学并尽地主之谊，在结业之前，周士毅利用星期天的中午安排了一次家宴。长平来的钟声远和卢新贵两位同学无疑在受邀之列，去年同在"乡镇长培训班"学习的几位同学，以及今年已经邀请过自己的同学，当然也都受邀前来。

其时菜上五味，酒过三巡，卢新贵似乎略有醉意，他见周士毅的妻子长相俏丽，便梗着脖子红着脸开起玩笑来，他说："士毅老弟，你自己跑那么远，却把一个这么漂亮的老婆放在这边，你能放得下心？"一众宾客见卢新贵粗俗得可爱，又见正在传菜的高凤羞得满脸通红，便都乐得哈哈大笑起来。

周士毅的脸上虽然也浮现出一丝浅笑，但他心里还是被这句话刺得有点隐隐作痛，因为这个玩笑毕竟不是开在以前。好色之徒卫步青，现在已经成为高凤的顶头上司，在这种情况下，如果把各种因素凑在一起的话……一丝说不清道不明的隐忧，渐渐地袭上周士毅的心头。

周士毅觉得，在许多情况下，世人往往是理性之星昏昏而感性之火炎炎，对已经拥有的视如敝屣，而对难以企及的却爱若珍宝。高凤的虚荣心这么重，如果遇有位高权重的人向她伸出橄榄枝呢？周士毅想到这里，心里就像灌满了铅一般的沉重。不过，他随即又想道，还是抛开这些无法掌控的烦心事，说一千，道一万，把自己当下的工作做好了，这才是最基本也是最重要的，因为自己只有在事业上有所成就，才能有助于家庭的稳定。

周士毅刚到党校参加培训不几天，妹妹周士礼与她的男朋友薛东林在大学毕业后各自如约分回尚州，周士礼是分在尚州人民医院脑外科工作，薛东林则分在地区公安局工作，一件令大家颇觉操心的大事至此总算尘埃落定了。

两个月的培训时光静静地流逝过去，在这段时间里，周士毅与高凤之间的关系看起来是基本修复了，不过在上次的"电话风波"之后，周士毅总觉得夫妻之间似乎是淡了些亲情，多了些礼貌，再也没有以前那种亲密无间的感觉。

在此期间，高凤几次问到他在乡里是不是有女的缠住他，周士毅声言没有，但高凤就是不信。出于对卫步青过往作风问题的了解，周士毅很想问问高凤，卫步青到了地区财政局，成了她的顶头上司之后，是不是骚扰过她，但一来担心高凤曲解他的本意，二来出于一个男人的自尊而始终问不出口。

那次在家里吃饭时卢新贵的一句笑谈，就像一根刺扎进周士毅的心里，周士毅既拔不出又痛得慌，以目前这种若即若离的夫妻关系来看，他非常担心卢新贵"一语成谶"，果真如此，那这个家就真的要解体了。

地委党校的培训班是结业了，但缘于夫妻关系裂痕的忧思却不绝如缕缠绵不去，让周士毅心里觉得乱糟糟的。

在结束地委党校学习之后的次日上午，周士毅回到长平，中午在街上吃了一碗面，下午到市里几个涉农部门转了一下，然后才回到枫岚乡。这天是农历八月十九日，圩场上干干净净的，似乎没有当过街的迹象。周士毅记得他七月份去上海出差时，代理主持全面工作的章汉杰，曾别出心裁地将农历"逢九"增加为当街的日子，由于这个主意脱离实际需要，在此后的第三个"逢九"日，当街之事便不了了之。现在看见街上"逢九"之日冷冷清清，他触景生情，不由得想起往事，不过他相信章汉杰应该会从这件事上接受一些教训的。

周士毅继续往乡里走去，快到乡政府院子的大门时，忽然听到后面有个娇滴滴的女声在叫着"周书记……周书记……"。周士毅停下脚步回头一看，只见一个烫了大波浪卷发，化了浓妆，穿着红色高跟鞋，浑身像个"洋婆子"的年轻女子从后面追了上来，由于跑得有点急，胸前两只大大的乳房一颤一颤的，活像里面揣着两只活蹦乱跳的小兔子。

"哎呦！周书记，您走这么快做什么嘛！弄得人家想追您都追不上，您想把人家累死啊！""洋婆子"一边气喘吁吁地赶了过来，一边投过含笑带嗔的眼神。

周士毅颇为不解地问道："你找我？"

"可不是嘛！周书记，我不找您找谁呢？不瞒您说，我等您都等了一个多月了，人家越是盼着见您，就越是见不上您，真把人家急死了！"

"你是？"周士毅神态疑惑地问道。

"我是您下面的人！您不认识我这是正常的，不过，等我们做过深入交流，您以后就不会忘记我啦！"

周士毅见"洋婆子"始终说着不着边际的话，就直截了当地问道："你找我有什么事？"

"洋婆子"说："周书记啊！这事还真不是三言两语说得完的，要不我们还是到您房里去吧！这样也方便您对我这个人有个全面透彻的了解。"

周士毅听到这里不由得皱了皱眉头，他四处张望了一下，生怕这不荤不素的话语被别人听了产生误解。周士毅见四下无人，心里稍觉安宁，便回道："不瞒你说，我离开乡里已经两个月了，我今天有很多事要处理，根本没有时间接待你。"

"洋婆子"刚才见周士毅在打量四周时那副神神秘秘的样子，现在又听了周士毅的话，眼珠一转，便露出几分不好意思的模样，她说："周书记，我懂的，如果您今天确实没空的话，那就由您定个时间，您说什么就是什么，我全都听您的，行吗？"

周士毅觉得"洋婆子"的语义似乎非常的宽泛，就以果决的语气说道："我看是不是这样，你的事哩，该谁分管你就直接找谁，由他们定，这样也不会耽搁你的时间，就这么办，好吗？"周士毅虽然是一副征求意见的口吻，但他说完之后，也不等"洋婆子"表态，就径直走了。

周士毅走进乡政府大院，发现院里没有几个人走动，显得有点冷清。周士毅知道，今天是星期日，按照惯例，乡干部除了手头上有急事的，今天基本上都在休息。进了办公楼的门厅，他见地面一如往日，打扫得干干净净，令人看起来觉得很是舒爽。周士毅由此立马想起了苏爱莲，他觉得这丫头做事很负责，也很勤奋，她除了打字之外，不仅兼干了不少杂事，而且还都干得很不错，也真的难为她了。周士毅习惯性地到办公室门前走了一下，因为办公室里有电话机，所以办公室的门白天通常是不太关的，或许是值班者走动了，此时办公室里空无一人。

周士毅转身上楼，见楼梯的扶手擦得光溜溜的，楼梯台阶和过道也都一尘不染，不由得愈添愉悦。他上到二楼，往右刚一转身，却发现晦暗的过道里从北侧透出两道强光，原来他的两扇房门都是开着的，周士毅心里似乎明白了什么，便加快脚步朝房里走去，当他刚刚来到外间门口往左一转身，却迎面遇上急步来到门前的苏爱莲，不是两人同时收步后撤，竟差点碰了个满怀。原来苏爱莲掐准了今天是周士毅回乡的日子，所以特意过来打扫卫生和开门通风，刚才她听到过道里的脚步声，便急着出来看看。

"回来了！"苏爱莲欢欢喜喜地问道。

"回来了！"周士毅一边爽朗地回答，一边面带微笑地看着苏爱莲。苏爱莲今天穿了一件点缀着小白花的湖蓝色圆领连衣裙，头发也挽了一个别致的发型，颇像汉代美女发髻的样式，她的模样也好像变得更文静，更秀丽了，眼里泛出的波光就像一潭秋水那样纯净，真是"女大十八变"，仅仅两个月不见，这丫头竟然出落得愈见动人，周士毅心里这样赞叹道。

"怎么要学这么久啊！"苏爱莲抬起一双热辣辣的秀目，一边笑吟吟地看着周士毅，一边接过周士毅手上的行李。

周士毅说："不就是两个月吗？不算久吧！"

"还不久！我觉得好像比两年还要长呢！"苏爱莲说着，转身便将周士毅的行李放到卧室里。

周士毅不敢接话，因为苏爱莲这句话意味隽永，让周士毅颇感紧张。

自从上次因为意外原因两人有过贴身接触之后，周士毅心里对苏爱莲的感情好像发生了一些微妙的变化。周士毅也曾对此做过一些分析，他觉得这情形肯定没有恋人的意味，但也不像通常的上下级，总之就是觉得彼此好像更加亲近了一些。在党校学习的这两个月，当他看见打字员和服务员之类的人员时，竟然有好几回联想到苏爱莲，并常常因此带来一种甜甜的回味。

不过，苏爱莲刚才应对之中所表露的那种特别亲切的意味，却让周士毅心里有点惶悚不安。说实话，周士毅觉得自己对苏爱莲的感情仅仅是一种好感，至多说是一种亲切感，但绝对没参杂非分之想，自己一个堂堂男儿，不可能去搞什么"偷鸡摸狗"的事，更不要说去糟蹋这样一个好女孩的清白之身。再说了，就是自己真的如此无耻，人家苏爱莲这么一个待字闺中的女孩也不一定会同意呢！周士毅进而又想，既然自己没有不可告人的目的，他就不想让两人之间的关系弄成这种"不荤不素"和"不尴不尬"的状态，因为现在的人既聪明又敏感，稍稍有点可疑形迹，就难免让人捕风捉影，如果一旦这事真的让外界造成误解，那势必给双方都带来不必要的麻烦。通过刚才的这番思考，周士毅对这件事在大方向上已经想清楚了，只是一时还没有想好如何表达或暗示，所以便没有做声。

苏爱莲是个非常聪明的女孩，她从里面房间出来，见周士毅面如秋水没有回话，便知道了周士毅的心思，于是便重新回归"本色"，她神色恭谨且相当礼貌地说道："周书记，这边的事已经做好了，我就下去了！"

周士毅看见苏爱莲表情的转换和措辞的变化，知道苏爱莲已经猜到了自己的心思，反过来又觉得满怀歉意，人家或许只是出自对领导的尊重，自己却神经过敏，摆出一副"拒人于千里之外"的姿态，这也未免做得太过了一些。为了略作补偿，他忙笑道："丫头，辛苦你了，吃饭去吧！"

苏爱莲没有吱声，她脸上露出平淡而矜持的微笑。周士毅看得出，当她转身离去时，她的笑意里似乎带着一丝旁人难以觉察的苦涩的意味。

第十八章　提　奸

　　周士毅吃过晚饭，乡里几个班子成员都先后来看望分别两个月的"班长"，最后一批是李秋云拉着苏爱莲过来的，因为计生工作有点新情况，她想汇报一下。大伙这样来来去去的，直到十点半钟周士毅这才得以清静下来。

　　章汉杰也想来见个面，他想，周士毅临走之前毕竟委托自己代行主持全面工作，现在周士毅回来了，如果自己不及时过来做个形式上的汇报，不仅明显失礼，也会让周士毅察觉自己的不敬之心。不过，因为心底里存有对周士毅的抵触情绪，所以他又不愿委屈自己，这样纠纠结结地快到十一点钟，他才下决心赶往周士毅的住所。

　　他慢腾腾地上到二楼，见周士毅的住所不仅关着门，亮着灯，而且似乎有轻微的说话声。他迟疑了一下，暗忖道，这房里是不是关着个女人呢？他继而又想，如果是关着个女人，自己还要不要敲门呢？章汉杰心里紧张地一琢磨，马上就有主意了，他觉得今晚这个门是必须敲的，如果里面没有女的，他就把周士毅走后的有关情况做个汇报；如果有个女的他周士毅竟然把门关起来，这就被自己抓住了把柄，如果是衣衫不整狼狈不堪那就更好！他估计，假如里面有个女人的话，那十有八九就是李秋云！因为李秋云在庙山林场就和周士毅关系很好，而周士毅又对她有提拔之恩。章汉杰想到这里，倒像是自己在做见不得人的事一样，心里怦怦地跳个不停。他蹑手蹑脚地走近外间的房门，细心地听着里面的动静。这时，章汉杰面上忽然露出一丝惊喜的神色，因为里面那个房间果然传来一个低低的女声。章汉杰生怕情况有变，便不再犹豫了，他站在门前正了正姿势，然后举手不轻不重地敲了三下门，他听了一会，见里面没有动静，便有点着急了，他为了早点印证自己的猜测，便举起巴掌把门拍得砰砰作响。

　　周士毅似乎不悦地问了声"谁啊！"，然后把门打开一条缝，并把半张脸从里面探了出来。

　　章汉杰说："周书记，您回来啦！"

周士毅见是章汉杰，迟疑了一下，依旧没有开门迎客的意思，便说："哦！是汉杰啊！有事么？"

　　章汉杰说："是有事！怎么，还想把我拒之门外啊！"

　　周士毅："太晚了，有事明天谈行么？"

　　章汉杰心里这时已经有了十成的把握，只要把房门打开，李秋云这次就无路可逃了，便说，"让我进去吧！就耽搁您几分钟的时间。"

　　周士毅见章汉杰这样说，只好把房门全部打开。

　　章汉杰进得门内，假装嗅了一下，便道："嗯……这房间隔了两个月没住，有股子霉味。"说着，就要朝里面的房间走去。周士毅赶紧挡在章汉杰的前面，有点紧张的说："哦！汉杰，里面就不进去了，我们就在外面谈吧！"

　　章汉杰这下神气起来了，他大喇喇地笑道："怎么，不肯让我进去，莫非里面关着个女人！"

　　周士毅不解地说："你知道啦？"

　　章汉杰心里一阵狂喜，他神气活现地问道："我知道什么？"

　　周士毅说："我老婆来了！"

　　章汉杰是个颇有急智的人，他得知事实并非自己想象的那样，便立马哈哈一笑道："嫂夫人没睡吧！我得问个好啊！"

　　周士毅说::"刚准备睡呢！"

　　这时高凤已经穿好衣服从里面出来，章汉杰赶紧点头哈腰地问候道："嫂夫人好！"章汉杰一边打着招呼，一边看着高凤，因为这是他们的第一次见面。

　　高凤此前自然也是没有见过章汉杰的，因为章汉杰是一九七六年暑期离开庙山林场去读大学，而高凤刚好是在章汉杰走后下放到庙山林场的。周士毅便为他们两个相互介绍了一下。两人就又握手互致问候。章汉杰心里诧异道，这个女的这么漂亮，周士毅这小子还真艳福不浅哩！

　　章汉杰见是周士毅的妻子来了，并没有自己想象之中的嫌疑对象，只得赶紧告退，周士毅说："既然来了，就坐一会儿吧"

　　章汉杰说："在这说话会吵了嫂夫人，要不我们就到会议室去坐几分钟吧！"

　　章汉杰见周士毅没有反对，于是就告别高凤走向小会议室。周士毅转身跟高凤轻语了几句，便尾随章汉杰而去。

　　高凤随手将外间的房门关上，来到靠连通门的木椅上坐下。

　　自从周士毅下到乡镇工作以后，高凤就谋划着到周士毅工作的地方去看看，无奈先是有孕在身，后是孩子还小，所以她一直强压着心里的想法。现在孩子在上幼儿园，尤其是听过杜娟说的一个乡长同时搞三个女人的故事后，心里便一直不得安宁，她总想找个机会来实地察访一下，她要看看在她丈夫的工作生活环境里，是不是也有瓜葛女色的形迹。周士毅在党校学习了两个月，今天要回枫岚，这个她是知道的，她觉得如果丈夫在乡里真有情人，那么在久别重逢的今晚，应该就是重温旧梦的良机。为了抓住这个关键的时间点，所以她就提前请好假，等周士毅出发以后，她就坐了下一趟火车来到长平市，然后又买了一趟路过枫岚去谢家乡的最后一辆班车的票，直至傍晚时分才在枫岚下车。她暗暗拿定主意，要在夜深人静之时来个"突击抽查"。

之后，她在街上吃了一碗米粉，然后相继找到小学和中学的校园去转悠着打发时间，后来她看到中学的学生已经下了晚自习，寝室的灯光也已渐渐地暗了下来，觉得此时应该是她前往丈夫住所一探究竟的较好时机，于是缓步来到乡政府的院子里。当她进入大院的时候，只见院内已是灯火阑珊，人声悄然。高凤此前通过和周士毅聊天，对于周士毅住房的处所已有大概的印象，现在到了现场，稍加印证便一切了然。她无须问询便来到周士毅的住所，正当她上到二楼时，却听见两个女人正在叽叽喳喳地向周士毅说着告别的话，于是便赶紧退到没有灯光的会议室里，一直等两个女的下了楼，她才现身于周士毅的房门外面。周士毅送别两个女的之后回身入内，忽然听见门外有动静，他刚一转身，却见高凤似乎从天而降，不由得大吃一惊，竟然愣住了。当他回过神来接高凤手里的提包时，便询问这是怎么回事。高凤辩称他想给周士毅一个惊喜，所以坐了后一班火车赶来了，又说所搭乘的车出了故障，所以这么晚才到。周士毅将信将疑，但也不好多说什么，便说要为她找东西吃。高凤说她已经在外面吃过，不用操心。正当他们洗漱已毕准备就寝时，恰好章汉杰来了。

周士毅与章汉杰来到会议室坐下，章汉杰就把近段时间的工作做了个简要的汇报。由于高凤突然到来，周士毅心里有点乱，所以他也就只是听着，没有过多的插话，章汉杰说完之后，周士毅客气地说了声"这段时间辛苦你了"，然后提议次日上午例行点名之后开个班子会，把下一阶段的工作理一理。章汉杰满口应承过后，见夜已深了，而周士毅夫妻今天刚到，便知趣地起身走了。

在送别章汉杰之后，周士毅往房间走去。他想，高凤这次神神秘秘地这么晚现身枫岚，估计她十有八九是来"查岗"的，刚才李秋云走时肯定被高凤躲在哪个角落里看见了，他想，幸好李秋云来汇报工作时特意拉了苏爱莲过来作伴，如果不是这样，而是被高凤单独撞见，自己真的是跳到黄河都洗不清了，他心里这样不无庆幸地想着。

周士毅回到房内时，高凤正坐在木椅上发呆。对于杜娟所讲的故事，高凤现在算是有几分相信了，今天这么晚了居然还有两个女的来访，难道平时比这更晚就不会有一个女的单独过来？如果是一个女的来，在这夜深人静之时，孤男寡女独处一室，会不会发生什么事？高凤正这样忧愤不已地想着。

周士毅见高凤脸色不善，也就不想没事找事，他叫高凤早点睡去。高凤心里虽有不快，但还想继续搜集证据，所以也就隐忍不发。上床以后，周士毅本想献点温情，但高凤却没给面子，周士毅只好作罢，两人就这样一夜无话各自睡到天明。

第二天一早起来，周士毅发现高凤一脸的倦容，似乎一夜都没有睡好，心里好生疼惜，但看到高凤的神色比昨晚更显冷淡，心里又不禁有点窝火。周士毅想，你要"查岗"就"查岗"，但我并无任何过错，你又何必这样咄咄逼人？周士毅本想陪高凤去食堂用早餐，但看见高凤这副脸色如霜的样子，为了不让别人看笑话，便独自去把早餐买到房里来。

周士毅把早餐摆到小方桌上，然后请高凤用餐。高凤往小方桌上扫了一眼，就爱理不理地在喉管里"嗯"了一声，然后径自走到桌边坐下。周士毅发现，高凤只是浅浅地喝了一点稀饭，啃了一两口包子，馒头则根本没动，还有就是尝了一口青菜，这与其说是用了早餐，不如说只是做了个样子。

周士毅看得心里郁闷，但不好发作。他把自己的那份全部吃掉，看见时间已是七点五十分，便对已经走入里间的高凤说了声他去楼上点名，接着还要开个班子会，便关上外间的房门，径直到三楼的大会议室参加点名去了。

高凤见周士毅这般冷淡地对待自己，心里更是愤怒。从昨晚开始，她就期盼周士毅能就两个女人深夜来访的事作个解释，哪怕就是编个假话也好，因为就她的内心来说，她既想发现一些什么，却又怕真的发现什么，但周士毅却一声不吭，竟然像个没事人一样。如果说他昨晚还没有想好怎么解释的话，那他至少今天早上要给自己一个说法，但他又继续不作任何解释，从他理屈词穷的模样可以看出，他是无法自圆其说，于是就干脆什么都不说了。高凤越想越气，气得她从里间走到外间，又从外间走到里间。这样走了一会儿，她又想，自己昨天是突然袭击过来的，周士毅没有任何思想准备，现在既然他去开会了，自己何不趁此机会搜寻蛛丝马迹，她一拿定主意，跟着就忙碌开了。

她在里间找了一会儿，什么都没有发现，她想，如果周士毅真的有什么问题的话，凭他的精明是不可能留下什么物证的。正当她这样烦躁不安的时候，外间的房门突然"啪嗒"一声被打开了，高凤估计是周士毅作解释来了，便板着脸从里间来到外间，准备听取周士毅的"狡辩"。这时，她被眼前的情景惊呆了，那个拿钥匙将房门"啪嗒"

一声打开的竟然不是周士毅，而是一个年轻貌美、气质优雅的姑娘。苏爱莲看见从里间走出一个仪表不俗的少妇，心里也是大吃一惊，不过，她看见那个女的大模大样且神色傲然，心里立马就知道这是谁了，她就笑道："您好！"

高凤没有回礼，她板着脸，皱着眉，神色冷峻地问道："你是谁！你怎么会有这里的钥匙？"

苏爱莲被高凤如此凌厉地一问，竟噎得一下子张口结舌，答不出话来。

高凤看见对方无话可说，心里咯噔一下，她意识到这下终于逮住"狐狸尾巴"了，于是她的神色便愈见冷峻，又威严地吐出一个字："说！"

苏爱莲气得泪水直在眼眶里打转，她想，我又没做什么亏心事，你这样盛气凌人，难道我还怕你不成！憋了一会，她直视着高凤，一句一顿地昂然回道："我是办公室的打字员，我姓苏，为会议室和领导的工作场所打开水，是办公室领导分配给我的任务，在周书记没到枫岚之前，我就是这样工作的，你觉得这有什么不对吗？"

高凤见苏爱莲如此大义凛然地一答，竟然一下子无话可说了。而苏爱莲见她这副高人一等的模样，联想到上次她那么霸道地打电话给周士毅的事，便对高凤愈加反感，于是便不再搭理高凤，提起热水瓶径自去了。

高凤虽然觉得自己刚才的发问过于莽撞，但她心底里对于这个问题是存有极大疑虑的。首先，她觉得作为一个年轻男人单身在外，有一个如花似玉的姑娘为他贴身服务，他未必能够长期把持得了自己；其次，这个姓苏的不过就是一个小小的打字员，如果不是跟周士毅有比较密切的关系，她怎么敢如此倨傲地顶撞自己？高凤又联想到昨天那么晚居然会有两个女的从这里出去，她对于杜娟所讲的故事也就大体相信了。她估计，那个做乡长的尚且都有三个女人，他周士毅一旦越过雷池，只怕不会少于五个。高凤一边这样揣测着，一边走到门前将门关上，因为昨晚没有睡好，她觉得自己有点困倦，就想到里间去休息一会儿。

正在这时，外间的房门响起轻轻的敲击声，高凤没有动。不一会儿，外间的房门再次响起似显迟疑的敲击声，高凤顿感有异，便立即起身过去。房门开处，却见一个烫着大波浪，穿着高跟鞋，化着浓妆的少妇站在门前，高凤见了这个洋味十足的女子，就像遇见冤家对头一样十分的不爽，她不带好气地冷冰冰地问道："找谁！"

"洋婆子"被高凤的气势所慑，一时竟气短心虚，她结结巴巴地回道："我……我……周……周书记在不？"

"什么'我周书记'！"高凤见她一副做贼心虚的样子，气得把门"砰"的一声甩上。不是"洋婆子"退避及时，差点就被房门撞了脑袋。

高凤昨天深夜看到两个女人从这里出去，今日早饭后见一个女的用钥匙打开这边的房门，现在又有这样一个言辞闪烁骚劲十足的女人找上门来，自己在这里只不过十几个小时，她竟然发现三处重大嫌疑，从这个情况来推断，周士毅在这里所拥有的女人别说三个五个，只怕八个十个都有可能。一想到自己天天形单影只，夜夜独守空房，他却扎在女人堆里快活逍遥，高凤心里妒火中烧，一张脸竟气得通红。

周士毅散会以后来到门前，看见房门是关着的，心里觉得很是抱歉，让妻子一个人独自在这待着，她会觉得郁闷无聊，他在心里暗自责怪自己的粗疏。他想，如果开会前能请苏爱莲过来陪陪，或许情况要好得多。当然，这种懊悔也只是片刻之间的事，现在已经到了房前，只要夫妻见了面，一切都是可以解释和弥补的。他举起右手很有节奏地敲了两下房门，没有开，周士毅心里有点疑惑，他不知道高凤是在生闷气，还是在睡觉，稍等片刻，他又加重力度敲了三下门，等了一会儿，门还是没有开。周士毅心里觉得有些异样，便拿出钥匙打开房门，他见外间没人，立即来到里间，也没有人，他心里便有点着急了。他四周一打量，发现在外间的小方桌上放着一张字条，便赶快过去拿起来看，只见上面寥寥地写着几个字："明天还要上班，我走了。"

周士毅的脑袋一下子就懵了，他什么都来不及想，立即三步并作两步冲出房门下到一楼，接着又朝圩场西口跑去，当他气喘吁吁地来到公共汽车惯常停靠的地方，却见场地上空空如也。他抬起腕表一看，时间已是十一时四十五分，按照惯例，上一个班次的客车早在一个小时以前就开走了。

周士毅心事重重地往回走着，刚才见他如风疾跑的路人现在看见他失魂落魄的样子，一个个露出非常讶异的神色，都不知道发生了什么不测之事。周士毅并没有注意到周围的反应，只是低着头，拖着沉重的步履向乡政府大院走去。

他走到办公楼的门厅时恰好遇见章汉杰，章汉杰考虑周士毅的妻子第一次来，便豪爽地说："周书记，走！我陪您和嫂夫人去外面炒几个菜吃。"

周士毅在进入乡政府大院时就已调整好了心态，便笑道："不用了，她上午已经回去了！"

"回去了！怎么走得这么急呢？"

"明天还要上班呢！"

"哦！既然这样……那……我就回家了！"

"回去吧！"周士毅站在楼道口，微笑着目送章汉杰的离去。

当晚，周士毅打了个电话回家，出来接电话的是他的父亲。周父说，高凤说她刚从你那回来，但情绪好像不太好，刚才叫她接电话她推说自己不舒服。周父问他们夫妻是不是闹了什么矛盾。周士毅说只是没有陪好，问题不大，请父亲放心。

次日下午，苗壮带着为老丈人陪酒留下的醉态，步履蹒跚地来到乡里找周士毅，说是"何麻子"的儿媳妇，也就是那个外号叫"洋婆子"的女人，想要用双倍的租金租下手工业联社的店铺搞餐饮。还说她与周书记的关系很好，而且昨天中午已经找过周书记，并声言周书记说，只要分管领导同意就行。

周士毅记起昨天中午遇见"洋婆子"的事，为了让苗壮心里有底，就把时间、地点以及当时自己说的那几句话简单地述说了一下，并声言自己从来就不认识这个人。

苗壮听后这才松了一口气。原来早在两个月前这个"洋婆子"就找过他，当时他觉得那几间店铺在企业改革时已经分别租给原来的老职工，所以这个事已经不是租金高低的问题，而是乡政府的信誉问题。另外，即使乡里想把那几间店铺收回另租，那些老职工也不会同意，所以当时就一口回绝了她。不过今天中饭前那个"洋婆子"来找他时，信心满满地说她跟周书记关系很好，苗壮有点不知底细，也不知道她与领导是怎么个"好"法，所以仗着几分酒勇把这事提出来向周士毅当面求证一下。

周士毅听了苗壮的述说，充分肯定了苗壮的做法，同时也暗暗地给自己敲了一记警钟，他想，自己站在"一把手"这个位置上，以后处事千万要加倍的小心谨慎，切不可给别有用心的人钻了空子，譬如苗壮这次就差点造成误解。最后，周士毅又提醒苗壮以后要少喝点酒，尤其是在工作时间，更不能放开来喝，否则会有损自己的形象。

苗壮刚刚离去，长平市民族宗教事务局的边锋局长就接踵而至。原来，边锋此行是陪同中国佛教协会的常务理事，同时也是香港报恩寺现任方丈澄心大和尚，并偕同他的弟子明心与明性两位法师来枫岚乡洽谈正心寺重建之事。

在边锋做过开场白之后，澄心大和尚就提出请乡里将庙山林场所占用的正心寺原有庙产拨回寺庙的想法，并说这个项目已被中国佛教协会第五届代表大会列入了"百寺重光构想"，他们打算在一九九〇年八月十九日，也就是正心寺创寺八百周年之时，让正心寺得以重光盛世，再续法缘。

周士毅见边局长和澄心大和尚的说法所来有自，自然也表示了大力玉成的积极态度，并说会将市民宗局和佛协的意思提交乡党政联席会研究。

没隔几天，这件事被列入枫岚乡的党政联席会的议程，会议决定：正式撤销庙山林场，庙山林场的所有资产重新划归即将重建的正心寺所有；已经租赁给韩家村村民耕作的农田，则在秋收后交还给正心寺管业；建于正心寺遗存大雄宝殿前面东西两侧的原知青宿舍，也一并划归正心寺作为基建临时用房；饶青松作为乡办干部到乡企办工作；金月娥到乡计生办工作，年底增加计生专干指标时优先入编；在老区政府的二楼为其解决两间住房；饶青松的儿子转到枫岚乡中心小学读书。饶青松与金月娥夫妇见苦日子终于熬到了头，在很长一段时间里都有种喜不自胜的感觉。

　　由于乡里研究及时且配合得力，澄心大和尚便委派他的弟子明心与明性两位法师正式启动了正心寺的重建工程。

第十九章　大动作

　　周士毅回乡后的第四天，枫岚乡召开了"三农"工作回头看的专题党政联席会，在周士毅作过开场白后，杨树青发言道："周书记在上次的动员大会说过，'三农'工作的关键是'兴旺农业'，而'兴旺农业'则包括了'利用资源惠农'。近段时间以来，我们资源管理科按照"五年大动作"的规划要求，在谋划和推进山地资源和水体资源的开发利用方面进行了一次深入的调查研究，并形成了两个方面的思路，现在我就将这些思路向人家做个简要的汇报。"

　　杨树青说到这里，先是正了正姿势，然后接着说道："我们觉得，一是充分利用水体资源进行养殖。目前我们乡的山塘水库不是无产出就是低产出，大都忽略了对水体资源的高效利用，为了充分挖掘水体资源的潜力，我们准备聘请市畜牧水产局的专家来我们乡开办水体养殖技术讲座，重点传授网箱养鱼和珍珠养殖等方面的专业技术和经营知识，我们准备利用各个村小组的农技专刊发布办班信息，凡是对这方面技术感兴趣的全部免费学习。在这个基础上，不管是乡管的还是村管的，我们建议在秋收之后，对全部的山塘水库使用权进行竞标拍卖。二要充分利用土地资源进行植树造林。具体来说，首先是山上植树，我们建议今年要将全部荒山都栽上树，明年主抓残次林改造，后年则将所有没有成活的树苗进行高标准补栽。在树种的选择方面，我们建议山上以栽湿地松为主，因为湿地松是针叶林，建议适当点缀一些阔叶树种，使之形成混交林相，这样有利于抵抗病虫害；其次是田埂植树，为了既充分利用田间道路，又避免影响农作物生长，我们建议在田埂上栽种树冠较小，透光较好，喜湿速生的池杉；第三就是村庄植树。我们要提倡并督促各村小组在房前屋后多栽些风景林和果木林，这样不仅有利于'建设美丽乡村'和调节环境温度，还有利于增加村民收入。我们建议这项工作最好放在今年年底着手进行。"

　　听了杨树青的发言，周士毅高兴地点了点头，他说："汉杰，我觉得杨书记这个发言很有含金量，如果实施好了，我们枫岚老百姓就增加了好几个经济增长点，这很有意义。"说着，又将目光转向大家，"从总体来看，我觉得这个思路大方向是好的，但有些细节方面还需要大家进一步充实和完善，看看，谁先说……"

刘秋声看了看杨树青，迟疑了一下，然后吞吞吐吐地提问道："我们这边的山上……不是一直都栽马尾松吗？为什么现在要栽湿地松呢？"

杨树青说："我们讨教过市林业局的专家，他们说湿地松耐旱、耐瘠，树干直、成材快，抗病虫害的能力也很强，同时在砍伐之前还可以采集松油，增加收入。总的来说，湿地松是个速生丰产树种，比起我们这里传统的马尾松来，在经济价值方面要好得多。"

宋慕贤有点迟疑地自言自语道："我记得我们这边一般都是春天栽树，如果在冬季栽树，不知道成活率怎么样？"

章汉杰见宋慕贤一副不太踏实的样子，觉得这是塑造自己博学形象的极好机会，因而朗声笑道："关于老宋刚才所提的这个疑问，我想简单地说几句。我觉得老杨建议在冬季植树，这是完全可行的，因为冬季气温下降，水分的蒸发量降低，树木会因停止生长而进入休眠期，这样可以减少树体养分的流失，而当大量养分回流到树木的根部时，一到冬眠期结束，就能缩短缓苗过程，加速新根须的生长。如果我们能安排秋季整地，冬季造林，等植树完工，恰好临近土壤湿润的雨雪天气，这样就更加有利于树木的成活，综合以上因素，所以我认为资源管理科以上安排是完全可行的。另外说到形成'混交林相'的问题，我建议作为阔叶树种，可以优先考虑樟树、银杏、楠木、红豆杉、南酸枣、伯乐树、落叶木莲和深山含笑等树种，如果着眼长远，这些树种都可形成不错的用材林。

"另外，我建议在造林时，不能采用先'皆伐'后'炼山'的传统整地方式，这里我顺便解释一下，在林业部门的术语中，'皆伐'是指把整个计划造林的山体植被全部砍伐掉，'炼山'是指把这些砍伐物全部烧掉，采用这种传统的规模造林的方法，既会导致物种减少和水土流失，也会劣化土壤和影响水质，还会增加劳动强度和延缓工程进度，所以我们应该改而采用'带状整地'和'带状堆积'的方法。所谓'带状整地'，就是围绕山体砍伐出一条大约1米宽的植树带，并将这个条带的土地进行深翻整理，以便在种植苗木之后有利于苗木根须的生长；所谓'带状堆积'，就是将在'带状整地'时砍伐出来的柴草堆积在上下两侧，形成一条宽约1.5米的堆积带，这样从山体下部依次相间而上。由于'堆积带'是未经砍伐的，所以不仅有利于保持山体植被的多样性，还可以防止山体的水土流失，整地的劳动强度也降低了很多，所以说，'带状整地'与'带状堆积'相结合，这是一种经济实惠效果好的规模造林的方法。"

章汉杰说完，面露得色地看了看大家。大家见章汉杰说得相当专业，自然也都一个个露出相当钦佩的神色，章汉杰见此情景，心里颇觉受用。

纪检书记涂林茂说："资源管理科的这两项工作建议，提得很好，也很及时，这也从另外一个侧面说明周书记改变机关工作体制的思路是非常正确的，原来林业员也好，水产员也好，都是单打鼓，独划船，如今是一个科的人集思广益，这样对工作肯定是更加有利的。从现在到秋收结束还有十多天的时间，我觉得资源管理科的同志可以利用这段时间把工作做得更细一些，譬如，全乡一共有多少荒山，需要多少树苗，其中，湿地松和池杉各需要多少，各种阔叶树种各需要多少，这些树苗到哪里采购比较合算，这些都是需要预先做好周密安排的。另外，可以用来进行水产养殖的水面有多少处，总面积有多少亩，其中乡管的是多少，村管的是多少；不同的养殖项目成本是多少，年收入可以达到多少，年效益大致是多少，这些都需要在事前进行周密调查研究，以便在投标前做到心中有数。"

蒋智丰说："我还有个建议，我们枫岚乡有好几个村存在山地划界纠纷，到底是'分水为界'还是'合水为界'，公说公有理，婆说婆有理，我们政法工作科打算在植树造林之前，把各村的林地纠纷一次性理个清楚，把存在纠纷的几个村小组的组长、会计和理事会会长，一道带到市档案局去查找原始资料，当面确定土地权属，以便彻底挖掉导致纠纷的祸根。"

苗壮稍稍犹豫了一下，最后还是开腔了："我有个想法，也不知道对不对。关于水体经营权的投标问题，我觉得最好不要采用竞争投标的方式，因为搞竞争投标，大家把价格一轮一轮地往上抬，最后中标的人可能风险很大，毕竟大家以前搞这个都不是很在行。为了尽量降低投标人亏本的风险，我建议最好是在招标会上由几个相关人员临时议定三个能让投标人有利可图的标的，并做成'阄'，再用随机抽取的方式确定其中的一个，这个时候先不要打开，然后由大家来投，通过现场开标，谁最接近这个预设标的就算谁中标，这样既可以体现公平公正，让人信服，又可以降低中标人的经营风险，让人家有利可图。"

大家觉得这个方法能够最大限度地降低中标人的亏本风险，就纷纷赞同。

接着，牟玉成又以比较审慎的口气向周士毅问道："由于这次消灭荒山涉及面积很大，购买树苗款恐怕不是一笔小钱，不知道这笔钱是从哪里开支？我觉得如果可以的话，最好是谁受益谁负担，这样千斤担子众人挑，乡里就没有什么经济压力。"

李秋云以及那些还没有发言的人，觉得会议开到这里自己还没有吭声，似乎有过于消极的嫌疑，现在见牟玉成的意见确有几分道理，便都纷纷气概豪壮地表态赞同。

周士毅见大家基本上都已各抒己见，就准备进行一个总结式的发言，他说："刚才大家都就资源管理科的两项工作方案踊跃地发表了自己的意见，总体来说，对这两项工作提议都是持赞同态度的，我觉得都讲得很好，现在我想结合大家的发言讲几点意见，大家最后再议一下，看看行不行。"

大家见周士毅说得郑重其事，便都一个个神色庄重地拿起钢笔作记录状。

周士毅接着说道："我们先说说植树造林的事，第一，关于主要树种的安排问题。山上主要栽湿地松，田路上主要栽池杉，村庄的房前屋后以风景林和果木林相结合。第二，关于植树工程量的计算问题。为了对植树造林工作做到心中有数，农村工作科要在秋收完成之前对植树工程量进行比较确切的计算，同时要对树种与数量拿出具体的意见。第三，关于植树经费的开支问题。为了充分调动各方面的积极性，我建议，无论是山上的还是田埂上的，连续三年的购苗款全部在乡里以后的计生罚款里列支，村庄里购买树苗的款，乡里和受益者各负担一半，三年以后如果还需补栽树苗，按照谁受益谁负担的原则来处理。第四，关于植树的技术标准问题。一要定面积标准，这次凡是连片面积在一亩以上的荒山全部要栽上树；二要定挖坑标准，植树的坑挖得比较大比较深，有利于树苗的根须生长，但工程量也大，如果挖小了，虽然省力省事，但树苗的成活率不高，所以资源管理科要结合实际情况拿个具体意见；三要定工作标准，全体乡村干部在工程中途检查督促和在后面检查验收时，要注意'跑山顶'，以便扩宽视野；要注意'跑边界'，以便区分责任；要注意'跑死角'，以便杜绝遗漏，我认为只有严格抓好这'三跑'，这次植树造林才能避免劳民伤财，才能取得实效。另外，智丰同志所提的土地确权这是个大事，要及时有效地办妥。各位，由于植树造林这项工作既责任重大，又意义深远，所以我建议资源管理科要就以上事项形成一个书面材料，然后报章乡长审定，因为章乡长是学林业出身的，他在这方面是当之无愧的专家，譬如刚才他说的采用'带状整地'的好处，这就讲得很专业，很有实用价值。"

章汉杰听到周士毅这样夸他，面上便显出谦虚而矜持的笑意。

周士毅接着说道："现在我们再来说说水体资源利用的问题。第一，我认为开办水产养殖培训班是个好点子，希望谋划更细一些，动作更快一些，要把这项工作作为水体经营权投标的基础性工作来抓；第二，要做好各种水产养殖的效益评估，这样便于我们以后合理地设定标的；第三，不搞竞争投标，我们只采用一次性投标，以便确保经营者的积极性和合理收益。

"对于以上两项工作的开展思路，我在大家发言的基础上做了以上梳理，看看大家还有什么意见？"

大家听了周士毅以上条理分明的发言，觉得不仅把大家刚才发表的合理意见囊括其中，而且还做了补充完善，于是大家都纷纷表示"没意见！"

接着，周士毅又将话题引向关于如何使用春季计划生育罚款，以便为老百姓办件大好事大实事的问题。新的话题一经确立，大家便七嘴八舌地讨论开了。周士毅见大家的思路还是停留在这里修座桥，那里修条路的层面，没有新的突破性思路，便建议将这二十六万元的罚款用来扩建一个总占地面积为四万平方米的农贸市场。大家一听周士毅要用这么少的钱来扩建一个这么大的农贸市场，一个个开心地哈哈大笑起来。大家都觉得周士毅这个人尽管平时比较严肃，但这会却是相当的幽默，一个明摆着的玩笑，他却开得跟真的一样。

周士毅见所有的人没有一个相信他说的是真的，都在笑，他也不着急，就陪着大家笑，等大家都笑得差不多了，他就收起笑容，开始把自己的思路一层一层地给大家进行详细地介绍。刚才把周士毅的提议视作笑谈的人，这时见周士毅越说越深入，越说越有道理，便都转而一本正经地听着。过了一会儿，当周士毅将思路介绍得八九不离十的时候，一种非常神圣的感觉渐渐地浮现在大家的脸上，大家仿佛觉得，一个占地四万平方米，格局新颖，功能健全，容量超大，外观靓丽的农贸市场，已经非常清晰地展现在他们的面前。

考虑到即将到来的植树造林这场硬仗要持续一个多月，在那段时间乡干部基本上都没法休假，所以周士毅和章汉杰便根据乡镇工作的特点，决定在秋收期间让乡干部集中休息六天，顺便也把各自家里的事处理一下。当然，在这期间每天都安排了轮流值班人员处理突发事件。

在放假的时候，周士毅本来是不准备回尚州的，因为他从党校培训班结业回到乡里也才半个来月，但是他想到高凤上次来枫岚时是怄着一口气回去的，而且他上次打电话回家时，高凤还推说身体不舒服没接电话，所以周士毅心里颇觉不安，他想来想去，最后还是决定回家走一趟。不过，这次周士毅回家并没有看到高凤的好脸色，尽管周士毅耐着性子问她为什么不高兴，无奈高凤总是对他不假辞色，周士毅眼见短期内夫妻升温无望，觉得在家里久待也没有多大意思，于是他在到达家里的次日便离家回乡，父母见他来去匆匆，且有点郁郁寡欢的样子，想问又不太好问，弄得心里都是七上八下的。

当秋收冬种即将进入尾声的时候，刚刚享受了六天假期的乡干部们，也都如期返回乡里参加乡村干部大会。在这次会议上，先是由周士毅对本年度接下来的工作进行全盘安排，然后由章汉杰就如何整地、挖穴、植树以及后续阶段的幼林抚育进行了一次条理分明且重点突出的辅导讲座。次日，一场声势浩大的植树造林硬仗便正式打响了。根据党政联席会此前的安排，这次的植树造林工作系由农村工作科负责督促各片各村整地、挖穴和植树；由资源管理科负责采购和分配树苗，以及检查工程质量和督促工程进度。

周士毅尽管牵挂着高凤，但他一投入工作便呈现忘我状态。在这段时间里，周士毅常常带上宣新民骑着自行车在下面跑，有一天，他早出晚归，竟然跑遍二十个村委会。周士毅这段时间在下面巡回检查，主要是运用"跑山顶"、"跑边界"和"跑死角"的"三跑工作法"，以了解工程进度和督促工程质量。为了加强可操作性，他随身带了两样特制的工具，一是一根一米长的用于测定挖穴标准的长竹签，二是一条长十四米的绳子，他要以此作为圆半径来测定荒山面积是否超过一亩。因为周士毅工作作风既深入又严谨，他山山岭岭和边边角角都会跑去，所以各片各村为了不当反面典型，也纷纷采用周士毅所提出的"三跑工作法"在工程中进行自查自纠。

由于组织严密，措施得力，在一九八七年年末，一场耗时将近四十天的植树造林工程终于比预定安排提前三天胜利结束了。第二年年底，枫岚乡又用了一个多月的时间进行了高标准的残次林改造，第三年年底，枫岚乡不仅对前两年没有存活的树苗进行了高标准的补栽，还对以前遗留下来的小于一亩的小块荒地实行全面补植，让枫岚乡漫山遍野都披上了绿装。全体干群经此一役都意识到，这些林木每年将为枫岚的群众增加一笔非常可观的远景经济收益。

群众后来看见山上田间一片郁郁葱葱的林木，都高兴地说："人在床上睡，树在野外长，乡领导用了三年时间，带领群众造了一片片实实在在的'摇钱树'。"

次日，周士毅找到章汉杰、牟玉成、苗壮和税务所长，共同商定如何完成年度财政收入任务的问题。先前"双过半"时，由于乡办企业改革启动得比较晚，企业上缴的税收不足以支撑"双过半"，所以当时由乡政府垫了一笔钱，在形式上是以酒厂与建筑公司的名义预交了一部分税收，因此下半年全乡的实际纳税额在剔除了上半年预交部分之后，剩余部分仍然不足以完成任务。大家认为，去年因为乡领导班子不能正常运转，没有完成财政收入任务尚属情有可原，那今年班子配备齐全，准备时间充分，如果再不完成任务，就真的有点说不过去了，况且现在所欠的尾数也不大，而明年的企业税收必定有个较大幅度的增长，因此，大家便一致同意叫两个骨干企业自行出资预交一些税收，以免损害班子形象和拖了全市财政收入的后腿。

紧接着，牟乡长又提出了年终报表的问题，他说比较为难的是"工农业总产值"

和"农民人平纯收入"两项指标，因为这两项指标在评比乡镇"物质文明建设奖"的时候占有较大比分，现在几乎是所有乡镇都在掺"水分"上报，如果枫岚乡据实上报的话，很可能要在全市垫底，要当反面典型。

周士毅想，原来在荷塘当乡长时，这些指标都是匡厚明定调子，自己只要附和一下就可以了。现在自己是这里的"一把手"，在这个问题上，假如据实上报的话，枫岚乡的主要指标势必落在全市的后面，这样无论是对个人进步还是对乡里形象都很不利，但要自己主张造假，脸面上又有点下不来。

正当周士毅这样纠结时，章汉杰发言了，他说枫岚乡最好是按照中上游水平报，这样既可交差又不抢眼。还说他明天上午去找市统计局的同学了解一下内幕，以便有的放矢。

周士毅听了章汉杰的高见，心里甚觉宽慰，但他碍于面子并未急于表态，为了走好"过场"，他面带微笑地泛泛地征求了一下大家的意见，大家自然是踊跃附和，周士毅见时机成熟，便"从善如流"地将此事"拍板"了。

第二十章　惹　鬼

一九八八年的元旦过得倒是清闲，次日上午，枫岚乡的党政班子成员重点研究了两件事，一是当下就要着手的漕河西堤冬修工作，二是将在年底动工的农贸市场扩建工作。

会议首先讨论了漕河西堤冬修的事。漕河西堤的冬修是所来有自的。枫岚乡的地势总体偏高，域内的"高河"是条季节性的河流，虽然在主汛期波涛汹涌，但到了枯水季节常常是几近断流，这样一来，东南部山区的农田还可以依靠附近的山塘水库灌溉，而西北部农田的灌溉水源便常常成为一大难题。为了帮助枫岚摆脱这一旱年缺水的困境，六十年代初期，县里规划了一条从谢家乡东部边境的漕河南段引水，使之贯穿枫岚西北部全域的大型水渠——"谢（家）枫（岚）渠道"。

漕河是江南省两大主要河流之一，仅次于流经长平市区西侧的安江。漕河下游不仅人口稠密，而且在其西岸还有个军用机场，所以省地市三级水利部门对其安全度汛能力历来都高度重视。按照惯例，通常都是连续两年作为一个除险加固周期，之后又连续停工歇息两年。因为漕河是枫岚乡灌溉的水源河流，所以枫岚乡也得承担漕河西堤除险加固的水利工程任务。因为去年枫岚乡已经和谢家乡按照市里的要求将谢家乡境内漕河西堤的南部区段进行了加固，所以今年两个乡还得共同完成对北部区段的加固工程。经过水利员的测算，今年市水利冬修指挥部下达的工程量，如果按照奋战十八天计算的话，枫岚乡今年还得再上 7200 余名劳动力。

会议接着研究了农贸市场扩建的相关工作。在上次的党政联席会上，周士毅已经将其总体构想做了介绍，并与全体班子成员取得了共识。这次在劳动力的安排方面，周士毅拿出一个基本思路，他认为，漕河西堤土方工程量比较大，而农贸市场扩建工程施工场地不大，劳力展开不便，所以他建议安排十二个村委会上漕河西堤进行水利冬修，安排八个村委会参与农贸市场的扩建工程，这样也免得群众两面作战。在承担农贸市场扩建的八个村委会里，他提出安排三个负责开山采石和运输片石到农贸市场附近的马路边，一个负责安排辅工配合建筑公司的技工施工，四个负责土方工程。大家见周士毅说得有理，自然是一致赞同。

接下来是研究领导分工，由于漕河西堤冬修工程比较单一，不需要太多的领导上堤，而乡里的冬种工作还没有完全扫尾，所以周士毅建议上堤的领导不要安排太多。然后，周士毅便征询今年谁愿去负责指挥这项工程。大家见周士毅发问，由于没有理清思路，所以会议室里便出现了短暂的沉寂。

章汉杰想来想去，便先开口了，他慢条斯理地把去年的情况做了大体的介绍。原来去年漕河冬修时，龙飞在外面学习，边锋要坐镇乡里，所以边锋就派了他到漕河冬修工地任总指挥，当时参加这项工程的，还有分管水利工作的副乡长满平和水利员潘志新，办公室副主任唐杰明负责勤杂事务，炊事员吴长根负责料理生活。不过他最后又说，自己这几天有点低烧，人感觉不太舒服，所以表示今年自己不太想去负责漕河冬修。

周士毅闻言一想，在两位副书记里面，杨树青年龄偏大，明年就要退居二线，周士毅不忍心让他吃这份苦，而蒋智丰已经到地委党校参加培训班去了，自然也无法担当此事，周士毅见此情形，便主动提出今年由他来指挥这次漕河冬修。并说分管水利工作的副乡长满平和水利员潘志新自然是非去不可的，而唐杰明与吴长根轻车熟路，今年也就不要更换了。

接下来便是商议农贸市场扩建工程的领导分工。为了提高会议效率，周士毅就工作层面的事进行了总体部署，具体来说，就是由杨树青副书记和牟玉成副乡长负责征地，由纪检书记涂林茂和宣传委员刘秋声负责开山采石，由副乡长李秋云和组织委员宋慕贤负责农贸市场工地的土方工程，由武装部长苗壮和建筑公司的领导负责土建工程。会议还对开展各项工作在时间和方法上提出了一些具体要求。

周士毅最后强调说，留在家里的其他班子成员，一要按照分工继续抓好各村尚未完成的冬种和田间管理工作，二要在半个月之内完成农贸市场建设的前期准备工作，以便在漕河冬修结束之后，能够顺利地实现乡里工作重点的转移。并声言，在他参加漕河冬修期间，杨树青书记要穿插搞好水体养殖培训班和进行水体养殖招投标的实施，章汉杰负责对乡里其他工作的抓总，如果遇有重大问题可以随时和他取得联系。

会议结束后，周士毅留下满平，叫他与潘志新一道，利用中午的时间，按照"人田各半"的传统分摊办法拿出上堤劳力分配表，下午分别由在十二个上堤村委会蹲点的乡干部分头下达通知，相关村委会在明后两天做好上堤劳力的准备工作。在大后天，村书记、村会计和民兵营长负责带人上堤，村主任、农技专干和妇女主任以及蹲点乡干部则留在家里抓冬种扫尾和田间管理。

次日上午，周士毅便与其他四人各自骑着载了被服行李的自行车直奔漕河西堤管理站，去提前做好漕河西堤水利冬修工程的相关准备工作，因为在两天之后，七千多名群众将要浩浩荡荡地开赴漕河西堤冬修工地。

在漕河西堤下面有个名叫"横沙洲"的小街，是谢家乡的三个集市之一，长平市水电局所属的漕河西堤管理站便位于"横沙洲"靠近漕河西堤的一条简易公路边上。按照就近安排的原则，枫岚乡在为漕河西堤除险加固时，大量民工便要借住在横沙洲及其周边村庄。由于每隔两年便要到这里连续冬修两年，何村民工驻扎何处都已形成历史惯例，所以每到此时，只要提前一天派人前往打声招呼，那里的群众便会爽爽快快地把他们的闲房或阁楼腾出来，因为他们都知道，枫岚乡的民工到这里来为漕河除险加固，有利于汛期保障他们的生命财产安全，是为他们造福来了。

要有效组织七千多名民工有序投入漕河冬修工程，自然还得依靠乡村组三级管理架构，所以每到枫岚乡民工大规模开赴横沙洲的前两天，便要相应成立一个枫岚乡漕河冬修指挥部，以统筹协调各个村组推进土方工程。在指挥部成立的当天下午，他们要在大堤上召开一次例行的战地协调会议。负责此项工程的乡领导和水利员须将市里下达给乡里的全部土方工程任务，按照"人田各半"的办法，在施工现场分解给各个村委会，各个村委会随即沿用此法分解到各个村小组。待各个村小组都在大堤上用竹签和草绳将土方任务放出大样，并经市乡两级水利工程技术人员确认无误后，再由这些技术人员分别确定各村民工的取土地点，到了这个时候，这次冬修工程的准备工作才算是基本到位了。

按照惯例，枫岚乡漕河冬修指挥部就设在漕河西堤管理站内 。。这个管理站共有两栋建筑物，一栋是位于院子后面共有八个房间的老式平房，另一栋是前两年兴建的位于大院前面靠马路边的办公楼，由于新建的那栋两层小楼承载了管理站干部职工办公和生活的全部功能，后面那栋老旧的平房便成为放置杂物的闲房。管理站决定，从去年开始，以后每遇漕河西堤冬修，后面平房最东头的两间房便让给枫岚乡设置"指挥部"。其实，所谓"指挥部"也只是有此一说而已，因为参加水利冬修的枫岚乡的领导和工作人员，他们住宿、议事和开会都在东端那个只有床铺没有桌子的房间里，隔壁那个房间则用作厨房，所以名头响亮的"指挥部"实际上是名不副实的。

当周士毅一行五人风尘仆仆地赶到漕河西堤管理站时，已是上午十一点多钟。周士毅不慌不忙地将自行车推到雨篷下面卸解被服和行李，没想到其余四人一进入院内却将自行车急骑到拟设"指挥部"的房间前面，并一个个手忙脚乱地卸解被服和行李，快速奔入已经打开的那间空房，其神态紧张与动作敏捷的程度，丝毫不亚于在战场上抢占有利地形准备御敌的战士。周士毅看见大伙如此手忙脚乱的模样，便想，大不了就是抢占个好的床位而已，至于如此的急迫么？他被这些人的小家子气逗得暗自笑了。

当周士毅锁好自行车，提着被服和行李朝房门口走去时，副乡长满平，办公室副主任唐杰明和水利员潘志新等人，都像做了什么亏心事似的，一个个低着头红着脸走出房门，并抢着为他接过被服行李。周士毅也不客气，就让他们帮着搬取。周士毅一步步地朝房内走去，其他几个搬取东西的人便跟在后面蹒跚而行，当他站在开于右侧的房门口朝里看时，只见这个房间宽约三米有余，长约六米不足，南北两端各有一个窗户，中间过道的两边，两两相对摆放了四张床，床上都已摆放了各人的被服行李，只有进门左边窗户底下的那张打横摆放的床位是空着的，周士毅知道，这张剩下的床位应该就是自己的了。这时，他看见炊事员吴长根已经打了一盆水过来，要为他擦抹床上的灰尘，周士毅想自己动手，但吴长根坚决不肯，执意要帮着擦。周士毅觉得不好拂却他的好意，只好任他忙碌着。由于这边还在擦抹，满平、唐杰明和潘志新他们便将周士毅的东西分别暂时放在自己的行李上。

周士毅似乎察觉有杂沓的脚步声朝这边走来，而且已经来到门外。于是，周士毅转身来到门口，他看见三个陌生男子刚好到了"指挥部"门前的走廊上，周士毅料想他们是有事而来，便迎上前去笑问道："请问几位是……"

来者为首的是一个年近四十体态偏胖的人，此时他一边仔细打量着周士毅，一边郑重其事地问道："您……应该就是……周士毅周书记吧！"

周士毅正要答话，从门里出来的满平赶紧接话介绍说："杨站长，这位就是我们周书记，我们周书记虽然日理万机，但今年仍然在百忙之中抽空过来指挥冬修。"

周士毅虽然不喜欢听满平那夸张的恭维话，但也不好阻止，他知道来人是管理站的"杨站长"，便亲切地应道："您好杨站长，我是周士毅，给你们添麻烦来了！"

杨站长的笑眼立时眯成了一条缝，他豪爽地说："客气了，哪里谈得上添麻烦，你们这是支持我们的工作来了！"他话语稍顿又接着说道，"不过，周书记，不是我夸您，您刚才在门外一站，那份自然显现出来的气质，给人的感觉就很不一样！"

周士毅见杨站长这样夸赞自己，有点不太好意思地连连道着"过奖"。

客套过后，杨站长便言归正传，他说按照历年惯例，"枫岚乡漕河冬修指挥部"到位后的第一顿饭，因为指挥部来不及自办伙食，所以都是由管理站请客的。周士毅一来见是惯例，二来杨站长也确实非常的真诚，便欣然答应了。之后，满平他们几个人到门外将各自的自行车推向车棚，然后陪着站在场中的周士毅到管理站设在办公楼一楼的食堂去用餐。席间，杨站长提出周书记是不是到他们办公楼二楼的小客房去住，因为市水电局也有负责冬修的技术员住在那里。周士毅不肯，接着满平等人也力主周士毅过去住，但周士毅仍然不肯，他说他喜欢大家住在一块，这样商量事情要更加方便些，大家见周士毅执意拒绝，在相互交换了无奈的眼神之后，也就不好强人所难了。

按照既定程序，下午两点来钟，各个村委会的村书记和村会计都到大堤上参加"战地协调会"，去接受各自的土方工程任务，民兵营长则负责落实住所。当周士毅和满平、潘志新几个人分完土方任务回到指挥部时，唐杰明和吴长根两人已经把晚餐准备好了。晚饭过后，周士毅提出要和满平、唐杰明、潘志新几个人到各村委会的驻地巡察一遍。吴长根见周士毅没有点他的名，有点慌了，他就对周士毅表达了也想一道过去看看的意愿，周士毅觉得也没有什么不妥，便一口答应了。

转过一圈回来，时间到了晚上十点多钟。他们进了房间，就各自来到自己的床位前。周士毅一看，满平住在左侧的里面，唐杰明住在左侧的外面，吴长根住在右侧的里面，潘志新住在右侧的外面。他们几个人见周士毅这样依次打量着，就都扭扭捏捏地问周士毅，是不是换睡他们的床位，周士毅说他睡觉没有什么讲究，反正都是一张床，没有必要调换。大家见周士毅无意调换，也就求之不得，于是各自洗漱上床。

周士毅是上床最晚的一个，他一边钻进被窝，一边问大家可不可以关掉电灯。大家见周士毅征求意见，都从被窝里探出头来看着周士毅，一个个都是一副想说什么又不好说的样子。最后还是满平犹犹豫豫地说道："周书记，这灯啊！最好还是不要关！"

周士毅见满平说话时一副畏畏缩缩的样子，便打趣地地笑道："'不要关'？难道你们还怕鬼啊！"

满平见周士毅捅破了"窗户纸"，就战战兢兢地说："周书记，不瞒您说，这个房间真的有鬼！"

周士毅陡然一听这里有鬼，马上有一种毛骨悚然的感觉，他这才明白满平等人抢占里面床位的缘故。是啊，人性本恶，人一旦到了关键时刻，首先想到的多半还是自己，什么领导不领导的，人家才不管那么多呢！

虽然满平说这里有鬼，但周士毅毕竟是个很有主见而且胆子很大的人，他想了想，索性坐起身来，并把其他几个人都叫起来，他要让大家把这里怎样有鬼的来由讲个清楚。

结果，满平几个人只好相继披衣坐起，依次讲述了自己去年冬修晚上睡觉时被鬼压住的亲身体验，他们还说，去年章汉杰一共被鬼压了三次，把他给压怕了。尤其被大伙说得绘声绘色的，是去年冬修的一个中午，当时章汉杰他们几个人正一边打着扑克一边聊到最近几晚连续发生的鬼压人的怪事，这时正碰上枫岚村委会的书记"胖子"过来要向章汉杰汇报工程上的事，当"胖子"站在旁边听到有这样的怪事时，便忍不住爆了一句粗口，他骂道："世界上怎么会有鬼呢？老子卵都不信这个邪！"接着他又豪气冲天地说，"我现在就在这里睡个午觉，如果真的有鬼，就叫鬼来压我试试看！"说完便脱掉外衣，在现在周士毅那张床上睡起了午觉。大家都说"白天在这睡觉，房间里有这么多人打扑克，鬼哪里还敢来！这不算本事！"。"胖子"乐呵呵地笑着，也不辩解，便自顾自地睡了。"胖子"是个很容易入睡的人，他上床不久就打起呼噜，但打呼噜还不到三五分钟，便在睡梦中呜呜直叫，四个打扑克的人看见情形不对，便赶快把"胖子"摇醒，"胖子"正处在奋力挣扎却无法动弹的恐怖情境之中，忽然被人摇醒，便绝处逢生般地翻身坐起，之后，满脸煞白一头大汗的胖子呆呆地坐在那里，他一边喘着粗气，一边心有余悸地说："妈的！这里真有鬼！我刚才也被压了。"大家当时见这个鬼居然胆大妄为，敢在白天入室报复"大不敬者"，便都吓得不敢吭声。

周士毅听了大家你一言我一语的述说，觉得众人在睡梦中莫名被压这件事应该是确切无疑的，便问大家被压时有什么特别的感觉。大家都说人在刚刚入睡时，或是在似睡非睡时，忽然感觉有一团黑色的东西往身上"呼"的一下罩了过来，人就处于迷糊状态，就怎么都动不了了。周士毅又问大家是否和管理站的人说过这事。大家都说，当他们向管理站的人述说这件事时，管理站的人都笑了，他们说自己以前在后面房子住的时候也被压过，并说这栋平房的地基原是一片被平掉的坟场，可能阴间的鬼对阳间的人侵占他们的地盘心怀愤恨，所以便频频生事报复。

周士毅闻言有点毛发直竖的感觉，他略一踌躇，对大家说："好！我听大家的，今晚睡觉不关电灯，另外我睡在门口为大家把关，如果真的有鬼，就让他先来压我，所以大家只管安心睡觉就是了。"

大家一想，去年是吴长根睡在门口，他一个炊事员能抵挡得什么了呢？而今年是党委书记亲自为大家挡关，这个就大不一样了，他一个党委书记要管全乡好几万人，说不定一两只鬼还真的不敢近他呢！大家想到这里，心里都觉得踏实多了，于是便在表达了歉意或谢意之后，一个个钻进被窝各自睡了。

周士毅见情况已经明了，便也跟着躺进被窝。这时他心想，作为一个既有质感又有力气的人，怎么会怕一个虚幻的影像呢？这不是很可笑的么？他觉得人们之所以怕鬼，不外乎两个原因：一是因为人们不知"鬼"为何物，觉得很神秘，所以才会产生许多臆想；二是因为人们正气不足，心生畏惧，所以才会疑神疑鬼。周士毅进一步想，假如自己心里无鬼，或者在心里蔑视鬼，甚至只把鬼作为一种现象加以研究，则心怀凛然正气，所谓的"鬼"又可奈我何！

为了一探究竟，周士毅决心今晚要力争要让鬼压一次，他要藉此亲身感受一下鬼为何物。不过，周士毅立即意识到自己睡的方向不对，因为他此时是脚对着房门，这样很容易让鬼从他的脚边溜过去，会溜到里面去压其他的人。为了提高被鬼压住的概率，他重新起身，把头朝向房门这边，待做好了充分的思想准备之后，周士毅这才渐渐地安然入睡。

或许是晚饭后在巡察各村委会驻地时喝了不少的开水，周士毅睡到半夜以后被内急逼醒了，便披了衣物打开房门来到外面。时光已经进入农历的十一月十七，节气小寒，夜半时分，严霜遍地，周士毅出门时乍遇逼人的寒气，不由得打了一个冷战。他只身来到偏僻之处，一边小解，一边抬起朦胧睡眼远眺着，但见皓月当空，清辉如水，深邃的夜空里，点缀着许多闪烁的星辰，围墙外面那蜿蜒巍峨的河堤轮廓依稀可见，而远近偶尔响起的几声鸡鸣犬吠，不仅衬托出大地的深度寂静，也增添了冬夜的神秘氛围。

周士毅小解结束，猛然记起他一直期盼的那个鬼竟然迟迟未到，心里便有点着急了。他想，是不是因为房里亮着电灯，鬼不太方便进来？他转而又想道，反正大家都已睡熟了，他们也不知道这电灯到底是开的还是关的，所以他准备回房之后把电灯给关了，以便为鬼的进入提供一点方便。正当周士毅一边这样谋划着一边转身往回走的时候，在南方远处的夜空中，"嘎——"的一声，陡然响起嘶哑的"稚鹅"般的鸣叫声，周士毅觉得这正是民间传说中的鬼叫，不由得一个激灵，他意识到一个惊险时刻即将到来，便快步回房。当他还未进入屋檐下时，第二声嘶哑的鸣叫声竟快速趋近，似乎已经到了头顶的上空，周士毅头皮发麻，动作僵硬，他三步并作两步进入房间，随即反手关上房门，感觉中，那个鬼已经如影随形跟踪而至。周士毅心里突突乱跳，他赶快脱掉鞋子和外衣钻进被窝，同时毅然决然地关掉电灯，他在黑暗中振作精神，将头伸出被窝对着房门，他要迎接这次虽然恐怖却颇为期待的人鬼邂逅。

次日一早，指挥部里吵吵嚷嚷的，满平正在追问是谁这么大的胆子，昨天晚上竟然把电灯给关了，一点都不考虑周书记的人身安全！他说要是周书记有个什么闪失，我们怎么对得起人民对得起党！其他人见满平说话"上纲上线"，便一个个信誓旦旦地辩称自己没有关灯。争辩稍停，他们随即不约而同地都想到了鬼，他们担心这可能是鬼的恶作剧，于是都把目光投向周士毅那边。

熟睡中的周士毅被室内的争吵声闹醒了，他听到大家最后几句询问与辩解，便揉了揉惺忪的睡眼，问大家昨晚睡得怎么样。大家见周士毅不仅安然无恙，而且还提问了，便都声言自己昨晚没有被鬼压。周士毅一边坐起身来穿衣服，一边为大家揭开谜底，他说电灯是他半夜关掉的，并向大家解释了自己的想法。大家见周士毅不仅故意关掉灯，还故意把头朝向房门准备迎接鬼压，但他居然一晚无事，便一个个喜出望外。周士毅劝大家不要盲目乐观，他说昨晚鬼没进来，并不等于今晚也不会来；月明之夜没来，并不等于月黑之夜也不会来，他们与鬼的斗争可能还没有结束。

不过事情到了最后，却让周士毅大失所望，那个去年闹腾不休的鬼，非但第一天和第二天的晚上没有进来，在此后将近半个月的时间里也从未在此现身过。大家在讶异之余，便开动脑筋找原因：有的说，因为周士毅是党委书记，火焰高，正气压住了邪气，所以鬼再也不敢过来闹事；有的说，因为周士毅挡在门口，所以鬼无法进来，让他们几个人也都平安无事；还有的说，因为周士毅心里有正气，而他们又信赖周士毅，所以大家都不怕鬼，自然也就没有鬼。

周士毅是个只信因果不信鬼神的人，但这里以前频频闹鬼，这次却一直太平无事，对于这个古怪现象，周士毅却是百思不得其解。如果说所谓闹鬼其实是人的心理作用所致，可乡里去年来的几个人事先并不知道这里的屋基地以前是坟场；如果说所谓闹鬼其实是物理现象的反映，譬如这里地下有什么磁场扰乱人的神经功能，从而造成感知错觉，那为什么以前这种磁场会发生作用，而现在就失去这种作用呢？总之周士毅左想右想，实在无法解释这个神异现象出现与消逝的原因。

经过这件事，周士毅尽管仍然不信鬼神之说，但他在认知事物的态度方面更加慎重了，他意识到，大千世界万象纷纭，人们真正能够认知的其实是非常有限的，人们在对待未知世界的奥秘时，既不能迷信盲从，也不能自以为是，而要抱着谦逊与敬畏的态度，知之为知之，不知为不知，这样才有利于扩展与深化自己对外部世界的认知。

第二天吃过早饭，周士毅与满平等人来到漕河西堤，他看见已经出工的七千多名民工正黑压压地分布在长长的河堤上，一个个挑着装有满满土块的土箕，从坡下一步步奋力地登上河堤。他看着看着，眼眶不由得湿润了，他想，这些群众，他们一年到头辛辛苦苦、勤勤恳恳，除了干好自己的农活，完成上面下达的各项常规摊派任务，乡里说植树造林就二话不说整地挖坑；乡里说冬修水利就自办伙食上堤挑土，而且他们使用了灌渠的水还要按照规定上交水费，想到这里，他心里对这些父老乡亲不由得充满了温柔的怜惜与虔诚的敬意。他觉得，如果只是要求干部做好人民的公仆这是远远不够的，因为这里面只讲责任不带感情，他认为干部对于人民群众，既要像仆人对待主人那样忠诚，也要像父母对待子女那样怜爱，还要像子女对待父母那样敬重，要真正地视群众为亲人，自觉自愿地和群众打成一片。他想，反正各个村组的任务都已明确，也出不了什么乱子，于是他把抓工程进度和工程质量的事交给满平他们几个人，自己则融入人民群众之中，去和大家一起挑土，他要以此表达自己对于人民群众真挚感情。在此后的时间里，他只要得知哪个地方进度最慢，他就挑起土箕到哪个地方去帮着打突击。

周士毅虽然在离开庙山林场之后很少挑担，但因原来在兴修枫林水库时练就了扎实的"扁担功"，所以扁担一上肩，其超强的挑力还是让群众刮目相看。在工程接近尾声的后面几天，周士毅虽然因为老腰伤而倍感吃力，但一想到群众都是这样日复一日地挑着，所以自己也便咬咬牙硬抗了下来。群众看见周士毅作为一个党委书记，他不仅与群众平等相待，没有一点架子，而且他的挑力竟然如此出众，还能吃苦耐劳，天天和大家一样早出晚归，便一个个对周士毅大生好感。尤其联想起周士毅来到枫岚乡之后，先是有效稳定社会治安，后又大搞植树造林，为枫岚的老百姓办了不少实实在在的好事，所以大家不仅把周士毅看做是自己人，而且对周士毅敬佩有加。

周士毅帮助后进村组打突击这个做法，不仅让村组干部产生了很大的压力，同时也让群众很不忍心，为了不给周书记添麻烦，各个村委会和村小组的干群全都奋勇争先，结果本来预计十八天完成的土方工程量，只用了十五天就全部完成了任务，后来枫岚乡还被市里评为本年度的"水利冬修先进乡镇"。

农历的腊月初三，这天适逢"大寒"，吃过早饭，周士毅他们在整理好被服行囊，收拾好房间和各式用品，到前面的综合楼向杨站长等人道谢和告别之后，便正式结束"指挥部"的年度使命，各自骑着自行车兴冲冲地返回枫岚。

一路上，周士毅看见从冬修工地撤下来的数千民工，冒着严寒，一头挑着被服，一头挑着工具，络绎不绝地瑟缩行走在归途的寒风中，他心里顿时充满了一种复杂的感觉，他想，这是一群多么可怜、可爱而又可敬的老百姓啊！

第二十一章 受 辱

　　在枫岚乡来说，今年下半年可谓是任务繁重，因为不仅要完成工程造林，完成漕河西堤冬修，还得扩建农贸市场，所幸周士毅对此做了妥善安排，所以当周士毅带队奋战在漕河西堤的时候，农贸市场扩建的准备工作也在马不停蹄地依序进行着。

　　经过前两次党政联席会的详细阐述，所有班子成员都对即将动工兴建的农贸市场了然于心。按照周士毅的总体构想，原来的湖面留下三分之一，填掉三分之二。而留下的三分之一则挖深两倍，所挖取的泥土刚好可以填满周边三分之二的湖面。被填掉的湖面将其建成一个以铁栅栏围起来的正方形街心公园，街心公园的核心部位是个岸线蜿蜒的"曲湖"，为保证曲湖的水质，"谢枫渠道"的水流将以暗渠的形式引入并引出曲湖；曲湖的中央是座六角水上凉亭，凉亭与湖岸之间以一座造型别致的曲拱桥相连；公园里面不仅要栽植乔木和灌木，还将点缀各色花卉。街心公园的四周是一条两米宽的环园人行道，然后是个"回"字型的宽度为三十米的闭合式圩场，圩场四周是宽六米的内环路，再向外是四米宽的人行道，人行道的四周是进深为十二米底层设有商铺高约三至五层的楼房，楼房外面是八米宽的外环街道。按照这个规划，新建的农贸市场长宽各为两百米，总占地面积为四万平方米，其中用于交易的圩场面积相当于老圩场的三倍，因此一举，枫岚乡这个万人集市不仅名副其实，而且将焕发出巨大的活力。

　　准备新建的这个农贸市场总占地面积为六十亩，其中可利用的原玉盆湖水面大约十二亩，需向项目所涉的北部万家村、西部黎家村和南部朱家村三个村小组征用耕地大约三十八亩。考虑到征地工作难度较大，在上次的党政联席会上，周士毅特意安排人际关系较熟，工作经验丰富的杨树青副书记和牟玉成副乡长两位老同志担纲。在周士毅指挥漕河冬修期间，杨树青与牟玉成通过进行反复的思想工作，两人用了六天的时间就征地之事与三个村小组达成了两点共识：一是对被征用的玉盆湖的补偿，是将其水域面积按照三比一的比例折合成耕地计算；二是被征耕地的补偿办法，按照国家现行的有关征地补偿规定办理；三是今后农贸市场需要雇用各类管理与工作人员，优先从三个村小组按征地面积的比例选拔。双方议定的具体操作办法是：对农户的青苗补偿全部采用现金支付；征地补偿乡里不支付现金，而是通过调减各村小组相应额度的农业税进行抵补；三个村小组在次年春耕之前分别按照剩余农田和实际人口重新调整责任田的分配，使这次被征用了耕地的农户能及时获得土地。

在征地协议签订的当天，三个村小组分别领取了由乡财政先行垫付的青苗补偿款项。签订协议之后，牟玉成将全乡的公粮总数按照现在实际田亩总数重新分摊，发现每个农户只比以前增加了大约千分之一的公粮负担，通过这次试算，牟玉成这才发现周士毅"取之于民，用之于民"这个征地补偿思路确实是解决征地经费不足的妙招。

章汉杰见征地工作尘埃落定，就按照周士毅的要求，用了三天的时间将玉盆湖的水基本抽干，然后趁着天气干燥而让淤泥中的水分自然蒸发。

在周士毅他们从漕河西堤返回枫岚的时候，他特地将自行车骑到玉盆湖边，发现玉盆湖的淤泥还有点稀软，还不宜挖取和转运，便觉得还需要再晒上个三五天，一直到淤泥全部变得硬梆梆的裂开口子，这才方便开工。于是，他便确定了动工日期，并预计用一个星期左右的时间完成土方工程。

回到乡里的次日，周士毅主持召开了一次党政联席会，在会上，农贸市场扩建工程的"征地组"、"采石组"、"土方组"和"工程组"都分别将本组的任务完成情况或工作准备情况进行了汇报，然后周士毅又就有关事项提出了进一步的细化思路，并与大家达成了一致的意见。

散会时，章汉杰伺机与满平一同下楼，他向满平探问他们今年冬修是不是睡得还好。满平知道章汉杰其实是惦记着鬼压人的事，便以一种诧异的神色将今年不可思议的情形告知章汉杰。章汉杰见周士毅不仅把头对向房门口，还故意关了电灯，但他居然神鬼不侵，而且还保得其他人太平无事，章汉杰对此不由得大感诧异。

在接下来的几天时间里，周士毅在苗壮的陪同下对几个乡办企业进行了一番调研。他发现酒厂已是产销两旺利税俱增，而建筑公司也接连拿下几个大的建安工程，整个建筑队伍从以前的"吃不饱"变成现在的"吃不赢"。周士毅见骨干企业形势大好，心里觉得很是快慰。不过，苗壮告诉周士毅，由于醉仙酒厂三个牌子的酒在市场上名气大振，所以近段时间以来，一些市直机关的领导便纷纷应章汉杰的邀请到乡里来做客，章汉杰这个人又比较大方，他每逢来客，都要为他们每人送上一箱礼品酒，这笔不小的开销让酒厂领导不堪重负。酒厂提出将这些送出去的礼品酒抵扣上交给乡里的利润，章汉杰虽然有点含含糊糊，但牟玉成副乡长却没有答应，他说这件事没有经过党政联席会集体研究，他没法执行。周士毅听了苗壮的这番话，不由得沉默了半晌，他觉得这个事如果由自己提出来纠正，只怕会影响自己与章汉杰的关系，假如放任自流，则乡里又负担不起，因此他期盼能有一个合适的机会来解决这个问题。

那天上午，周士毅带领有关干部用竹签、石灰和草绳在现场放了一天的规划大样。根据此前的安排，由三个村委会负责开采和运输修筑街心公园湖岸挡土墙的片石，由一个村委会负责在修筑曲湖挡土墙与街心公园围护工程时帮助搬运片石和从事其他辅工，为了加快挖填土的工程进度，周士毅在划定四个村委会的土方工程区域时，同时也靠近湖心亭位置为乡机关划出一块。

吃中饭时，牟玉成副乡长找到周士毅，说是乡里操办这么一件流芳千古造福万民的大好事，最好搞个开工庆典，营造喜庆的氛围，给大家留下难忘的印象。周士毅觉得牟玉成的这个提议虽然符合惯例，但从另外一个方面来看，让领导在热烈的掌声中来到主席台，去慷慨激昂地说些冠冕堂皇的大话套话，这难免有些张扬显摆自吹自擂的意思，所以他就笑着婉拒了。

次日正是农历的腊八节，在三楼的大会议室点过名并作过简单的动员之后，上午八点半钟左右，周士毅便与一众班子成员以及乡干部一道，各自领取劳动工具，来到板结多日的玉盆湖，在预先划定的中心区域开始挖土和挑土。由于没有举办什么仪式，参与干活的人无须等待一个良辰吉时统一动土，所以一些离集镇比较近的村委会他们所安排的青壮劳力此时竟已陆陆续续地动工了。大约九点不到，各个村委会安排的劳力基本上都到了，整个工地显得人声鼎沸，热闹异常。周士毅一边挑着土，一边心想，在这个农贸市场的扩建工地上，人们虽然看不到"彩旗飘飘，锣鼓喧天，掌声雷动，鞭炮轰鸣"的开工庆典盛况，但在枫岚乡的历史上，在老百姓的心目中，今天注定是个值得特别纪念的日子，因为随着新的农贸市场这个"民心工程"的正式动工，枫岚乡即将彻底结束民众当街形同受罪的难堪岁月，一个规模大、功能全、格局新、环境美的崭新的农贸市场，通过两年的建设，必将以靓丽的姿态呈现在枫岚人民的面前。

这个冬季真是个便于干活的季节，前面六天都是大好晴天，使得移土工程进展顺利，但当整个土方工程还剩下两天的工程量时，老天爷似乎记起了冬季作物也需要一些雨水滋润似的，竟然下起了毛毛细雨。周士毅知道有久晴必有久雨的道理，他怕此后会遭遇较长时间的雨水甚至雨雪天气，所以决定整个工地都要冒雨赶工，不准停歇。

也多亏了周士毅部署有方，各位党政领导工作得力，各个工序居然衔接得相当流畅。除了乡干部的土方工程是划定在中心位置，其余四个村委会的挖土移土工程都是从外围向里面推进的，这样一来，经过前两天的赶工，在曲湖的里向边缘，已按照划线拉出了一条四米多宽的条带，所以在涂林茂和刘秋声安排运输过来的片石运到工地的马路边以后，苗壮安排的辅工便可及时将片石搬运到施工现场；加之了有足够的技工垒砌片石，因此到了下雨这天，作为曲湖四周护岸工程的浆砌片石挡土墙，已经全部砌到两米多高。明眼人都知道，护岸工程进展到了这个程度，可谓是大局已定，因为仅仅是下毛毛细雨根本不会影响挡土墙的施工，就是以后连续下起大雨，雨停之后天气晴稳，也仍然可以在已完工程的基础上接着施工。

不过，尽管下的是毛毛细雨，但因打滑，泥浆粘鞋，人们在挑土时无法迈开正常的步伐，所以肩上的扁担也就无法发挥弹性作用，人们只能承受着沉甸甸的担子艰难地缓步前行，由于体力消耗过大，时间一久，民工们都弄得一个个疲惫不堪。在这种情况下，那些既无思想高度，也缺视野广度的老百姓，自然会或多或少地产生一些怨言。周士毅在挑土时听到在附近挑土的农民那嘀嘀咕咕的埋怨声和骂骂咧咧的诅咒声，只得装聋作哑听之任之。

下午蒙蒙细雨依旧下个不停，当周士毅冒着雨挑着土，小心翼翼地往前走去时，忽然看见前面不远处有个身体瘦弱，年龄偏大的民工，一不小心滑了一跤，竟跌坐在泥水地上，整个裤子的后面都被弄脏打湿了。周士毅见状急忙迈着小碎步赶了过去，并迅速放下担子，把老人搀扶起来。

虽然时值"五九"，残冬将尽，但阴雨之日仍是寒气逼人。老人穿着被斜风细雨打湿的棉袄，站在寒风中瑟缩发抖，满脸都是凄苦恼怒的神色。他憋了一阵，然后发狠骂道："他娘的！先要群众上山打坑，如今又要群众挖土填湖，整个下半年累得大家七死八活，怎么就不会死掉这个周士毅哩！"

老人身后马上就有个暴凸眼睛的年轻人接口骂道："这个家伙，他只顾往自己脸上贴金，一点都不顾我们老百姓的死活。"

"凸眼睛"话音刚落，另一个露出两个大板牙的中年汉子也愤愤不平起来，他说："人家要是顾了你的死活，那人家还怎么往上爬呢！"

"大板牙"话音未落，旁边立马又有几个人抢着连声附和着。

周士毅本来踌躇满志地要为枫岚百姓办件足以流芳百世的大好事，为了使之具有纪念意义，他甚至不顾腰伤复发的疼痛，亲自率领乡领导和乡干部承担部分土方工程。对于党委政府正在实施的这个重大举措，周士毅很有信心地认为，老百姓即使谈不上赞不绝口，至少也不会有什么异议，现在情形陡转而横遭羞辱，他两块脸皮不由得憋得红一阵白一阵的，一时不知如何是好。

"放屁！"一声断喝在周士毅身后响起，"你们这些人的良心难道被狗吃了！人家周书记是个外地人，造了林，建了市场，他能搬走吗？还不是我们枫岚人受益和享福，以前的领导没有办什么事大家不满意，现在周书记带着大家干事业大家又不满意，这不是讲蛮话、讲屁话么！再者，别人说周书记这次在漕河西堤的工地上，和群众一样天天挑土，你们想想，我们枫岚有这样的好书记，你们还身在福中不知福，还要骂人家，你们说，这不是放屁是什么？"

　　周士毅觉得后面的呵斥声似乎比较熟悉，便转过身来，他抬头一看，原来这人竟是韩家的村小组长韩水根。这时，韩水根猛然间也发现了周士毅，便大吃一惊地招呼道："周书记，您……您……"他一边慌慌张张地招呼着，一边赶忙放下担子，手脚无措地走近周士毅，两块脸皮一下子臊得通红，好像刚才出言不逊辱骂领导的是他自己一样。

　　韩水根来到周士毅跟前，很难为情地说："周书记，对不起！对不起！唉！真的是对不起！我们村的这些群众啊，思想觉悟也确实是太低了！"

　　刚才几个过着嘴瘾的群众，见了声色俱厉的韩水根本就有点气馁，现在又发现身边这个人居然就是乡党委书记周士毅，更是惶悚不安，他们见韩水根正和周士毅说着话，便一个个挑起担子准备溜之大吉。

　　韩水根察觉了他们的动机，立即喝令"站住！"这真是"县官不如现管"，刚才还桀骜不驯的几个群众，现在见韩水根发了火，就一个个老老实实地不敢动弹。

　　韩水根说："你们一个个胡说八道完了，就想这样拍拍屁股走人？你们还不向周书记赔礼道歉！"

　　"水根，不要生气！他们也就是说着玩的哩！"周士毅说，"其实，水根啊！我不怪他们，今年的几件大事哩，也确实是安排得紧了一些，这个问题群众如果不说，我自己真的还没有意识到，我想啊，既然群众心里有苦，他们想骂就让他们骂几句吧！多骂几句，多消点气，大伙心里可能会舒服一些。"

　　周围的群众原认为这个搀扶老汉的人只是乡里的一般干部，他们只想对着乡干部发几句牢骚出出气，没想到这个人竟然就是乡里的"一把手"，是"打师书记"周士毅，刚才大家你一言我一语，"对着和尚骂秃子"，把人家一个党委书记结结实实地痛骂了一顿，可人家一个这么大的官，还有那么好的功夫，不仅没有发火，更没有把他们抓起来批斗、游街，而且为了让大伙心里舒服一些，还愿意让大家"多骂几句"，这人心都是肉长的，几个自知无礼的群众便一个个扭扭捏捏地对着周士毅满怀歉意地笑着。

　　韩水根见这帮人已然知错，便对周士毅说，"周书记，您千万不要往心里去啊，他们都是放屁哩！"

几个群众也就顺水推舟，一个个连声骂着自己："是啊，是啊，我们都是'放屁'哩！"

周士毅见群众的态度来了个180度的大转弯，赶忙说："大家快别这样说，我并没有责怪你们哩！"

正在这时，乡里的几个干部也挑着担子过来了，他们听了这事，都对周士毅充满了体恤与敬意。之后，周士毅便重新挑起担子，和大家一起朝前奔去。

晚上，周士毅躺在床上辗转难眠，白天当众受辱的情形此时又浮现在他的眼前，让他历历在目。当时面对民工们的破口大骂和冷嘲热讽，自己虽然委屈、痛心和愤怒交织于心，但身处其境，既无法忍耐，也不好溜走，更不能发作，真是又尴尬又痛苦，幸好韩水根及时过来为自己解了围，否则当时不仅无地自容，也会无法下台。他想，自己煞费苦心地为枫岚人民造福，但最后竟然好心没有得到好报，这件事看似非常无辜，但若平心而论，其原因并不是群众的自私、狭隘和无知，而在于最初决策时，只朝好的方面着想，而没有注重洞悉民心、了解民情和体恤民力，是谋事思想简单、办事操之过急，所以才会导致疲惫不堪的群众心怀怨愤。

通过这件看似匪夷所思的事，周士毅清醒地意识到，自己在工作上不仅不够成熟，甚至在某种程度上还相当的幼稚，他觉得这个教训是极其深刻的。周士毅由此又进一步想到，当年秦始皇修筑万里长城，虽然主要动机是为了捍卫自己的江山，但就这个工程本身而言，对老百姓的生产生活倒也不乏保护作用，但是因为秦始皇急于求成，过度地使用民力，最后激起民变，反而因此失去江山。现在老百姓并不富裕，如果当领导的不顾实情，片面地以为只要是为老百姓办事，老百姓应该可以理解甚至忍受，但当老百姓的财力或体力不堪重负时，即使是实施善政也会挨骂，如果遇到什么诱因，说不定什么时候还会来个情绪总爆炸，到了那个时候，一旦祸起萧墙，恐怕也就悔之晚矣！想到这里，周士毅不禁惊出一身的冷汗。

周士毅又想，如果明天继续阴雨绵绵，就干脆停工算了，大不了把工期推迟一些日子，要不然，老百姓在苦不堪言之余弄出点什么事来，那就大为不妙了。思路理清之后，周士毅心里也就随即释然了，他翻身看了看腕表，见时间已是子夜，便闭上眼睛沉沉睡去。

第二天一早，周士毅一觉醒来，发现窗户外面已是晴空万里，霞光满天，心里不由得一阵欢喜。他赶紧起身穿衣和洗漱，早餐过后临近八点，便到楼上点名，然后挑起土箕奔赴工地，他才走出老圩场的西街口，便看见已有几个村委会的群众开始干活了，周士毅心里不由得又是一阵感动。

由于昨天蒙蒙细雨给地面造成的湿滑还未完全消除，所以上午前半段的进度还是不够理想，但是到了半晌午以后，大家见地面已经干爽，便都发起狠劲，拼命地干了起来，尤其是到了最后那天，大家见土方工程已经进入尾声，都想提前一天完工，便都鼓起余勇你追我赶地比拼起来，整个工地由此呈现出一片热火朝天的氛围。

天将擦黑时，整个工地的土方工程已经全部胜利完工，周士毅看见一大片平整整的场地，心里觉得放松了一大截，他想，如果能再晴上个五六天，恐怕曲湖的挡土墙、湖心亭的基础和街心公园的铁栅栏都可基本竣工。也真是天从人愿，由于此后天气一直晴好，而铁栅栏的混凝土基础都是建在原来的耕地上，施工难度不大，加之又是分工明确的"大兵团"作战，所以在连续奋战了十三天之后，农贸市场扩建的前期关键工程终于全面竣工。其后，除了党政班子成员，枫岚乡所有的乡村干部全部放假一天。

竣工的次日，枫岚乡的党政班子成员参加了土建工程的分部分项验收，周士毅的意见是，已经全面完工的工程进行总体性综合验收，未完工程则按照形象进度进行阶段性验收，以此作为结算当期工程款的基础，好在这些工程都是由乡建筑公司承建的，既不存在偷工减料的质量问题，也没有确定单价方面大的异议，而工程量又是明摆着的，所以对工程量和工程款的核定都比较顺利。

在下午和晚上，枫岚乡召开了党政联席会，主要内容有：一是评定单项工作和综合工作的先进村委会和先进企业，二是评定乡村干部和企业干部的先进个人；三是确定年终奖的发放对象与发放标准；四是确定春节期间走访老党员、老干部、军烈属、特困户、孤寡老人的具体对象以及礼品金额；五是在春节期间乡领导和乡干部的值班安排问题；六是为农贸市场明年卖地宣传造势问题，另外还有一些其他琐碎事项。在结束了各项预定议程之后，周士毅提议次日进行相关会务准备，于后天召开年度总结表彰大会。

在会议结束前，已经从地委党校学习回乡的蒋智丰，考虑到自己是分管政法工作的领导，所以特意向周士毅征询今年是不是照旧在农历二十五日晚上组织一次抓赌，周士毅便说去年已经打草惊蛇，今年这招恐怕不再管用了。其实在周士毅的心里，他还有一句没有说出来的潜台词，由于今年乡办企业形势很好，全都足额完成了上缴利润的任务，乡里经济比较宽裕，所以这一名为抓赌实为敛财的招数便无须再用了。

农历的十二月二十四日，按照江南这边的习俗正值"小年"。这天上午，枫岚乡召开了由全体乡村干部和企业领导参加的年度总结表彰大会，大家辛苦拼搏了一年之后，工作努力且成绩显著者，大都评得层次不一的某项"先进"称谓，得到众人钦羡的目光。由于这种会议程序性比较强，不会发生临时加塞的内容，而且讲话者不仅有预定对象，说话也严谨紧凑，所以在上午十一时不到，会议便完成了各项预定程序。散会后，大家第一次如愿以偿地领取了一份颇堪欣慰的年终奖，然后一个个乐呵呵地各自散了。让他们喜不自胜的是，除了短暂的值班，他们将暂时告别繁忙的工作，过上十来天无忧无虑自由自在的日子，以便为明年的奋斗积蓄力量。

　　按照既定分工，周士毅下午进行了几项走访活动，晚上又和章汉杰和牟玉成一道赶到敬老院去和老人们共度小年夜，去把党和政府的温暖传递给各位长者。

第二十二章　尽　心

　　小年的次日，周士毅带着行囊返回尚州。算起来，距上次回家已经过了四十来天，加之春节临近，照理说，归途中的周士毅本该激动不已，然而此时他的心境却比较平静，由于前两次打电话到家里，高凤都以不同的理由推托不接，这种近乎寡情薄义的做法，让周士毅对家的眷念似乎不如以前那么深切，在周士毅看来，现在回家过年，其实只是在各方面尽点心意而已。

　　周士毅是下午四点来钟到达宿舍楼的，他拿出前不久配制的家里的钥匙打开房门，然后进入房内各处转了一遍，看见房内空无一人，他略一寻思，觉得父亲与高凤此时还没下班，母亲可能带康康出去了，而妹妹应该是在男朋友那边张罗着自己的新房，弟弟可能没有回来，因为家里没有看到他的衣物和行李。周士毅有点百无聊赖的感觉，便倒了一杯水，坐在沙发上围绕着这个家驰骋着思绪。周士毅想，父母为这个家操心了几十年，由于长期承受生活的重压，加之省吃俭用，他们的身体均已渐显老态，周士毅觉得自己身处外地，对父母关心得不够，心里常常为此产生对父母的亏欠感。弟弟周士信八八年七月份将获得北京大学经济学的博士学位，然后会落实就业单位，据悉他与北大图书馆的一个女孩子明确了恋爱关系，预计在今年国庆节结婚。妹妹周士礼毕业于上海医科大学，她的男朋友薛东林是她高中的同班同学，薛东林毕业于中国公安大学，两人为免分处两地，经过努力，都如愿以偿地分回了尚州。本来周士礼是打算等到二哥结婚之后她再结婚的，但一来薛东林家里催得很紧，二来周士信也坚决不肯让妹妹久等，另外还有一个重要原因，就是周母考虑尚州这边有个传统礼俗，说是一个家庭在一年之内不能连着做两件大喜事，所以综合各种情况，便将周士礼的婚期定在腊月二十八日，这样既错开了农历的年份，家里人也都能够到齐。想到弟弟妹妹的人生道路都走得比较顺，作为兄长，周士毅的心里既很欣慰也很踏实。

　　当周士毅想到儿子康康时，笑容顿时浮现在他的脸上，这个小家伙已经三周岁了，宅心仁厚，聪明可爱，这让周士毅很是快慰，尽管他说话还不失奶声奶气，但在自己的精心规划与爷爷的细心调教下，他不仅粗知事理，而且还能背诵《三字经》的部分内容。不过，周士毅根据自己对人性的理解，他对《三字经》的开篇之语"人之初，性本善。性相近，习相远。苟不教，性乃迁"，很有点不以为然，他觉得，如果真是"人之初，性本善"的话，虽有可能"性相近，习相远"，但应该不至于存在什么"苟不教，性乃迁"的问题，因为既然人是"性本善"的，那即使不教孩子，孩子的性格自然而然地发展，最终也坏不到哪里去。周士毅觉得，人们之所以必须注重对孩子的教育，其实就是因为人之初是"性本恶"的，在这种情况下，如果不注重对孩子的教育，孩子在长大成人以后，受其"性恶"的惯性影响，其行为必然多有过错。因为这个认知，周士毅曾对《三字经》的开篇之语试着做过一番斟酌，他认为这几句话最好改成——"人之初，性本恶。性相近，习相左。苟不教，必多过。"他想以此突出对孩子早期性格调教和理念灌输的重要性。当然，周士毅也意识到这只是自己在现阶段的一些初步认识，是耶非耶还有待深入探讨，所以目前还是让孩子依据原文照本宣科的好，等以后孩子大了，有辨析能力的时候，再和孩子探讨也不为迟。

周士毅又想道，在家庭成员中，最令彼此牵肠挂肚的本应是夫妻，因为他们之间不仅有性的吸引，而且还是相濡以沫相伴到老的命运共同体，周士毅甚至认为，相互无私且纯粹的夫妻感情，不仅是人们克服困难的精神支柱，也是人们奋然前行的力量源泉。同理，如果夫妻关系出现某些嫌隙，甚至产生明显裂痕，则人在奋斗的旅途中将倍感寂寥甚至凄苦，这就好像伤翅之鸟无疑飞得吃力，崴蹄之马必将跑得艰难。

周士毅清楚，他们夫妻之间的关系已经从冷淡变成冷漠。冷淡应该是始于他从上海回家的那次交心，其时面对妻子的步步紧逼，为了一劳永逸地解决妻子对他仕途进步无限加码的渴求，他将自己处境的不易和前途的渺茫坦陈给妻子，他以此番的直抒胸臆，亲手浇灭了妻子虚荣的烈焰；而他们夫妻之间的冷漠，则是在高凤到了枫岚之后，他估计高凤在实地观察了他的工作环境之后，或许不仅是失望，甚至还有不屑，因为除此之外，他实在没有什么过错可以让他们之间的感情这般快速降温的。

周士毅正这样思忖着，忽然高凤开门进来了，高凤进门的表情再次印证了他的悲观，因为他从高凤的脸上，只看出一丝转瞬即逝的礼节性的浅笑。

忙完周士礼的婚礼，转眼就到了除夕之夜。不过，今年周家过年的氛围与去年截然不同，去年可谓家人济济一堂，氛围热热闹闹，而今年，周士信因为协助导师赶做一个关于市场经济的课题研究而留在北京加班，别说回家过年，就连妹妹的婚礼他都无法参加。而周士礼因为已经"嫁作他人妇",自然也不会在娘家过年,因此种种,今年在家过大年夜的,包括康康这个小家伙也就只有五个人,加之周士毅夫妻不睦,所以家里过年的氛围较之去年就不免有点冷清。

虽然周士毅的春节假期比较充裕,但周士毅并没有安排太多的社交活动。

初二这天,按照江南这边"初一崽,初二郎"的礼俗,不仅作为女婿的周士毅理应和高凤到岳父家去拜年,而且这天也是周士礼出嫁之后第一次回娘家拜年的日子。妹妹与妹夫吃过早饭便来到周家拜年,周士毅特意留在家里陪聊到将近十一点钟,然后在向妹妹妹夫作过说明后,才和高凤一道赶到高家拜年。高凤虽然和周士毅不睦,但她此前并未将心里的不快透露给父母,因为她知道,小两口之间的事,即使有什么不快也只宜自己消化,如果草率地诉诸娘家,既解决不了问题,还徒增父母的烦恼,说不定还会使问题复杂化,最后弄得事态不可收拾。

高厂长夫妇见女儿女婿拜年来了,都高兴得忙碌起来。周士毅的小舅子高歌年前也回来了,只是因为过于挑剔,今年回家依旧是形单影只,现在他见姐姐姐夫到了,忙从房里出来打招呼。高家夫妇见儿子出来,又当着女儿女婿的面唠叨开了,周士毅见岳父母大过年的为此不悦,忙岔开话题帮小舅子解围。岳父作为企业领导,现在见了在长平市已是"一方诸侯"的女婿,自然会问些工作上的事,周士毅便报喜不报忧地简要说了些在乡里的工作情况。高凤为了在父母面前巧妙掩饰夫妻之间的情感裂痕,便刻意地时不时地与周士毅搞些小互动,周士毅自然也得装出一副亲密无间的样子加以配合,这样表演了几个回合下来,周士毅便觉得心里很累,所以饭后稍坐片刻就找了个理由告退了。

初三上午,周士毅陪同家人到妹妹家里做客。周士毅虽然和妹夫此前接触不多,但他觉得妹夫尽管出身贫寒之家,但有头脑,有能力,今后在事业上应该不无潜力。在妹妹家里,周士毅看见小两口在操持接待事务时,彼此心领神会配合默契,心里感到很是慰藉,因为这样心心相印的夫妻,这样和和美美的日子,这才是人生的第一幸事。周士毅由此想到自己与高凤结婚以来,在探讨一些事情时很难达成共识,更不要说在日常生活中达成什么默契了。而且一段时间以来,高凤在对自己的态度方面,也由以前的心理"仰视"逐渐下滑为心理"平视",现在差点就要变成心理"俯视"了,周士毅觉得,一个男人的智力、能力与成就,如果不能得到妻子一定程度的认可,甚至遇事总是互不服气争执不休,这对于男人来说不啻为一种悲哀。由此他每每反问自己,高凤的个性这么强,这么自以为是,当初自己为什么没有深入了解对方就一时冲动匆忙结婚,以致现在两人志既不同,道亦不合,在感情上渐渐地形同陌路。周士毅觉得自己在处理终身大事方面不无草率之嫌，而这种草率所带来的负面影响，又是他很难承受的。周士毅日渐担忧他与高凤在婚姻的道路上还能往前走多远，他想，如果有朝一日真的出现分道扬镳的结局，自己倒还扛得住，只是康康失去一个完整的家会影响他的健康成长。

初四上午，周士毅到范正聪主任家拜年，范主任见他在事业上稳步前进很是高兴。为了能让周士毅在以后的仕途上走得更加顺畅，老领导时而教导周士毅要善于当"班长"和"弹钢琴"，时而提醒周士毅要善于实施"民主集中制"，并说当"一把手"的人，如果不够民主容易堵塞言路，如果过于民主又会大权旁落，关键是要把握好一个度。然后又跟周士毅谈"政绩"与"政声"的关系，谈"决策"与"指挥"的奥妙，老人恨不能把自己的浑身解数倾囊相授。直至家人看见他说得太久而且有点累了，劝他先歇息一下，范主任这才笑着打住话头。不多时，范主任又告诉周士毅说，他年后就要到广州他儿子那里去，以后就在那里定居长住，考虑到以后很难见面，所以他巴不得对周士毅多点拨点拨，因为周士毅的成功，就是他的荣幸与快乐。老领导的一席话，说得周士毅热泪盈眶。周士毅想，作为一个年轻人来说，在人生的起步阶段，在社会经验还比较欠缺的时候，能得到这样一位"精神导师"的悉心指点，使自己少走弯路，少犯错误，这真是一件大幸事。尽管周士毅不想多做打搅，但在范主任和他家人的盛情挽留下，周士毅最后还是在范家吃了中饭才依依惜别地告辞回家。

从范主任家里出来，周士毅在半路上遇见当年在经委生产科的同事马千里，两人驻足说了些拜年的套话。周士毅离开地区经委已有三年多了，今日骤然一见，觉得马千里除了依旧是那么瘦，容貌似乎老了不少。马千里见了周士毅，似乎忘记了自己原来因为嫉妒周士毅而把周士毅当做冤家对头的事，竟然高兴得什么似的。他爽朗地打着哈哈，说是经委的那班老同事得知他在事业上一步一个脚印，如今已经当了乡里的党委书记，都为他感到非常的自豪。并说，如果周士毅今后当了"县长"、"市长"什么的，他就可以骄傲地对别人说，这位"周县长"或"周市长"，我们原来就坐在一个办公室里，而且还是面对面哩！说完，又眉眼生动地巧笑了。

周士毅见马千里说话依然是这副德性，心里暗自笑了。马千里话音已落，出于礼节，周士毅觉得自己也得应酬几句，他估计对方在事业上应该有所进步，便微笑地询问其目前是"副科长"还是"科长"。谁知马千里刚才还眉飞色舞的，这时竟支支吾吾地窘得满脸通红，稍定，他才颓然申明自己还是"原地踏步"。

周士毅得知马千里至今还是个科员，不由得一愣，遂问其缘由。以前周士毅在经委生产科当副科长时，马千里认为周士毅抢了本应属于他的位置，由此心生嫉妒，竟然与同样妒贤嫉能的胡天野科长一唱一和地排挤周士毅，必欲取而代之而后快。周士毅想，自己已经离开地区经委快四年了，马千里怎么还是"原地踏步"呢？

马千里见周士毅面露疑色，就激愤地打开了话匣子。他说，在周士毅走后的那年年底，范正聪主任退居二线，经委的新任领导决定在生产科重新产生一名副科长，在征求胡天野科长的意见时，这家伙居然昧着良心推举梁亦斌。马千里说，当年周士毅当副科长他是口服心服的，因为周士毅的文凭和本事摆在那里，想不佩服都不行！但梁亦斌和他都是中专文凭，论资格论能力又都不如他，胡天野却让这小子上了，你看这……。最后他愤然作了一个结论，他认为这件事只能说明一个问题，但凡当官的人，因为怕人家"声高盖主"或"功高震主"，所以他们只想用愿听话的奴才，不敢用能干事的人才。尽管周士毅并不认为马千里可以称之为"人才"，但见他气得双手发抖眼珠发红，只得对他劝慰几句。

周士毅对马千里的心情还是比较理解的，待在机关的人，如果到了老大一把年纪却连一个"副科长"都没混上，那也确实是令人颇为尴尬的。因为那样的话，就只能终身被人"小某"、"老某"地叫着，年轻时倒还无所谓，如果到了四五十岁甚至临近退休还被人这么叫着，脸上难免有点难为情的。尤其是当着亲朋好友的面被人家这般称呼，更是令人汗颜。还有那些过来办事的人，往往把年纪偏大的本无"官职"的人很礼貌地乱叫成这个"长"、那个"长"的，弄得本未成"长"的人应又不是，不应也不是，每当遇到这种情况，确实令人很是懊恼。

劝慰过后，周士毅觉得实在找不出其它话题，便与余怒未消的马千里握手告别了。

除了以上活动，周士毅在年前年后只是在家里安心陪伴父母和儿子，因为平时自己尽孝心和尽爱心的时间实在是太少了。其间，他本想去拜会一下其他几位朋友和同学，但因夫妻失和，他总觉得心里好像窝着些什么东西一样，让自己高兴不起来，所以想来想去，最后还是打消了这个念头。

初五晚上，周士毅躺在床上辗转难眠，想到自己明天就要返乡了，但渐行渐远的夫妻关系却在持续降温，他心里既痛苦又郁闷。此时的周士毅，根本不知道高凤在对丈夫事业失望之余，又叠加了对丈夫在枫岚有"几个女人"的担忧，他认为高凤此时的冷淡以致冷漠，都是因为他事业发展缺乏后劲所致，由此周士毅认为，如果夫妻之间赖以维持关系的只有"妻凭夫贵"的利用价值，那这种变质的夫妻关系只能是男人的悲哀。周士毅是个不乏自尊的男人，他不想为了留住对方那份待价而沽的感情去滥开什么"空头支票"，因为从长远来看，这种做法无异于饮鸩止渴。由于周士毅这种认知日渐清晰，所以在整个春节假期里，他与高凤之间除了两次草草收兵的象征性房事，并没有就彼此的分歧做深层次沟通。这时他想，自己明天一走，就又要分别几十天，全家人又将生活在闷闷不乐的氛围里，而高凤的心境持续消极低沉，不仅对其自身不利，也会影响孩子的心理健康。周士毅进一步想道，他与高凤的价值取向大不相同，感情基础也不扎实，本来不适宜做夫妻，但是既然已经阴错阳差地凑到一起了，而她除了个性和功利心太强了一点，并未出现对丈夫不忠的苗头，在这种情况下，无论是为了孩子还是为了这个家，自己都应该采取更为宽容的态度和更加积极的行动去改变目前这种濒临危机的夫妻关系，想到这里，周士毅便翻身扳转高凤以背相向的身子。起初几回高凤没有配合，周士毅便执着地又扳了几次，高凤这才不太情愿地转过身来。周士毅就看着高凤的眼睛，明知故问地问高凤为什么不开心，他想引出话题再作系统性的说服工作。高凤见丈夫执着地追问她不开心的原因，觉得丈夫到底还是在乎自己感受的，心里便开始有点松动了。一段时间以来，高凤觉得周士毅官当不大，人回不来，所以心里很不痛快。尤其是上次她到枫岚乡实地暗访，亲眼看见周士毅不管晚上还是白天都是美女环绕，结合杜娟讲述的故事，这让她产生了不小的危机感。她本来期望周士毅能给她一个合理的解释，让她打消疑虑，但他却装聋作哑不予澄清，现在见丈夫追问她不开心的原因，她忍了忍又想了想，便决定把周士毅难有进步的遗憾事放到一边，因为她知道这些事不仅是白说，还会徒添烦恼，于是她便将她上次到枫岚所遇见的不快和疑虑和盘托出，而且这事也确实是她当前的一块主要心病。

周士毅闻言，止不住"扑哧"一声笑了出来，原来导致夫妻长期失和的，竟然就是这么一件微不足道的小事。他躺在妻子左侧，右手搂着妻子，伸出左手的食指轻轻地刮了一下她的鼻子，并嘲笑她心眼太小，于是就将相关情况据实以告。起初高凤还坚决不信，但当他看见周士毅那副坦荡荡的神情，最后还是有点信了。其实不信又有什么办法呢？自己又没有办法在枫岚抓个"现场"，高凤这样想道。

由于心病基本得以缓解，两个人便都情绪陡涨，积压已久的性欲，其时便像遍山的干柴遇到强风烈火，猛然间便势不可挡地燃烧起来。这一晚的"鱼水之欢"，是他们夫妻许久以来最为投入、最为放肆也最为尽兴的一次。时近子夜，周母偶尔出来为丈夫倒杯开水，听见儿子房里那种动静特别大，而且儿媳妇那既痛苦又快乐的呻吟声依稀可辨，喜得她赶忙蹑手蹑脚地回到房里，立刻将这个特大的好消息报告给丈夫。一直提心吊胆的周父得知小两口已经"大战"起来，也是欢喜异常，久压在心里的那块"石头"终于就此落地。这一晚的下半夜，周家老少都美美地睡了一个久违的好觉。

初六清晨，周士毅提起妻子一早为自己收拾好的行囊，准备坐早一点的火车返回长平。高凤此时对丈夫已经减弱了当官的期盼，稀释了情变的疑虑，心里涌动的只有由昨夜延续的柔情，她站在门边，含情脉脉地看着即将远行的丈夫。周士毅见妻子一副不舍的模样，便放下已经提起的行李，双手抚住妻子的双肩深情款款地注视着。妻子也是三十岁的人啦，人言"男人三十一枝花，女人三十老妈妈"，而妻子此时皮肤同样白皙，容貌依旧动人，不仅没有半点"老妈妈"的迹象，而且与当年庙山林场的模样比起来，似乎容貌更俏，风韵更妙。周士毅从妻子身上体察到，成熟的少妇比起青涩的少女来，其实更加动人。

高凤经不住丈夫这样深情的审视，就有点不好意思了，她假装嗔怪地微皱眉头并羞涩地笑了。周士毅觉得妻子刚才这一嗔一笑，更是前所未见的美妙。他想到此去一别又是一个月的时间，为了补偿平时独守空房的妻子，便悄悄地锁上房门，紧紧地抱着妻子，随后又拉着妻子来到床边，不依不饶地要重燃战火。高凤本来担心家公家婆已经早起，觉得清晨"开战"未免欠雅，但此时已被丈夫撩得情欲勃发，也就顾不了那么多。他们来到床上之后，高凤便弃守为攻主动配合，为了尽量避免"不良影响"，两人便偷偷地不无压抑地对攻起来。由于这次有种"偷着乐"的意味，有种紧张感，所以高凤就更觉刺激，也更迅速地到达高潮。

高潮过后，高凤觉得四肢百骸都彻底地放松了，她体验到一种久违的极致的舒爽。稍停片刻，两人略略做过收拾便起身来到床下，高凤见丈夫的脸上和身上已经沁出一层细密的汗珠，便伸手为丈夫细心地擦拭，然后两人又先后进了一趟卫生间。好在父亲此时还在房间，母亲则在厨房忙着。待一切大体停当，母亲就将一碗"滚水蛋"端上餐桌。周士毅吃过之后，便神清气爽地来到父母房间吻别儿子，告别父母，然后左手提起行李，右手摸了摸妻子的脸颊，在妻子依依惜别的目光中动身前往火车站。

高凤回到客厅，再穿过南向的次卧来到阳台，从封闭的窗户里目送着渐行渐远的丈夫。她看着看着，忽然想到丈夫下乡已经将近四年了，人生的黄金时光，又有多少个四年啊！她在心里这样感叹道。她记得唐朝诗人王昌龄在《闺怨》里曾描述说，"闺中少妇不知愁，春日凝妆上翠楼。忽见陌头杨柳色，悔教夫婿觅封侯"，她觉得诗中那个"闺中少妇"的悔意，其实就是自己此时心境的写照。她进一步想道，世人为了"求官"与"求财"而导致夫妻长期分居两地，其实不仅是性生活的亏欠让彼此感到遗憾，对于"情变"甚至"婚变"的担忧也让人不堪其扰，譬如丈夫虽然信誓旦旦地说自己在生活作风上问心无愧，但像他这样年龄，连出门之前都还要再来一次的男人，在美女如云的环境里就真的能洁身自好？她甚至想，如果自己在这里苦苦煎熬，他却在那边与别的女人卿卿我我，那叫自己情何以堪！

第二十三章　理　念

　　周士毅来到火车站，看见站前小广场熙熙攘攘地挤满了出行者与到站者、送行者与接站者，不由得感叹改革开放对社会发展变化的巨大推动作用。他的车票是提前买好了的，所以他提着行李径直往候车室走去。忽然，他在嘈杂的人声中似乎听得有人在叫"周书记"，他只是略略一愣便继续朝前走去。他知道，在枫岚有人叫"周书记"，这基本上就是叫他；在长平街上有人叫"周书记"，那也很可能是叫他，但在尚州这个大地方，县级干部数百，科级干部上千，在这里有人叫"周书记"，那叫他的概率就极小了。基于这样的认知，周士毅将刚才的叫声付之一笑，继续朝候车室快步走去。

　　忽然，又一声"周书记"在他耳畔清晰地响起。他回头一看，原来是《尚州日报》记者秦月明，分别了一年多，秦月明显得更加成熟干练。两人在互致新年祝福之后，秦月明便说她是过来接站的。随后，秦月明提到她去年上半年曾经去过荷塘，没想到周士毅已经高升了，她当时想赶到枫岚去看他，因为时间安排不过来只好作罢。还说后来她虽然又去了两次长平，但因都是集体活动，无法自主，所以就这样一直延宕至今都未成行。周士毅见秦月明说得这般认真，就问秦月明是不是有什么事。秦月明说，自从上次在荷塘见面之后，她就觉得周士毅是个值得新闻工作者着意关注的人物，她认为周士毅有思想、有才华，有点子、有干劲，他所到之处，也必定会出成果、出经验，所以她想从他这里挖掘一些有价值的题材，并选择合适的角度写点有分量的稿子。周士毅赶忙表白自己不想出名，但秦月明说她写稿子不是为了吹嘘他，这纯粹是自己工作的需要，并期盼周士毅能够理解她和成全她。

　　说到关键处，秦月明非常执着地对周士毅说："周书记，不瞒你说，我在事业上有一个理念，这就是'做最好的自己'。我觉得作为一个记者，如果老是泡在上面或跟着领导，写点'豆腐块'那样的'会议消息'和'领导行踪'，或者是写一些'日偏食'、'月全食'之类的应景文章，每年不能拿出几篇有影响力的稿子，那不仅会被别的同行小看了，连自己都会瞧不起自己，而且在业务上也会渐渐地被边缘化。反之，如果一个记者能积极深入基层、主动贴近生活，能从火热的生活中去挖掘素材，并据此写出一些观点上有新意，内容上有深度、篇幅上有分量的文章，那就会产生一种职业上的成就感。"

秦月明说到这里，露出一副悠然神往的模样，她说："假如我有幸挖到一座素材'金矿'，能写出像魏巍的《谁是最可爱的人》、穆青的《县委书记的好榜样焦裕禄》、徐迟的《哥德巴赫猜想》那样的惊世之作，那就真的是不枉此生了！"

周士毅见秦月明不仅说得郑重其事，而且也是激情四射，便知道秦月明的采访意愿是真诚而强烈的，于是就解释说，他在枫岚的工作去年刚刚拉开序幕，今年只能稍见轮廓，明年才能初见成效，所以目前也看不出什么名堂。秦月明便说不同的工作阶段有不同的写作角度，这个她自有分寸。周士毅见秦月明这样说，就不置可否地笑了笑。秦月明还告诉他说，他的老同学谭清荷自从在《江南通讯》上发表了在荷塘采写的那篇稿子，便在《江南日报》社一举成名，如今已经提拔为新闻部的副主任了，周士毅闻言自是欢喜。

周士毅在长平下了火车直接赶往汽车站，他想在中午以前赶回枫岚。没想到在购票时却意外地遇到了荷塘乡的办公室主任孙际涯，并得知匡厚明前天在乡里值班时，因为陪客用餐突发脑溢血而在市医院抢救。周士毅听到这个消息大吃一惊，在问清了病房所在后立刻赶往长平市人民医院探视。

在成长的过程中，周父曾经给周士毅灌输了许多为人处世的重要理念，譬如做人既要注意"记人之好，报人之恩"，也要乐意"救人之急，解人之危"，周士毅对此深以为然，他觉得倘能如此，人生之路才能越走越宽。周士毅想，匡厚明虽然让他在一段时间里度日如年，但在自己以前提任乡长时人家终归帮过自己，所以自己在处理与匡厚明的关系时千万不能忘恩负义。

周士毅赶到医院找到病房，看见有个陌生的年轻女子站在病床旁边，他正要打听，恰好荷塘乡的副书记赵鑫从医生那里回到病房。周士毅在荷塘由副书记提任乡长时，赵鑫那时同步由党委委员提为副书记，两人关系一直不错，不过，现在因场所氛围所限，两人便都神情肃然地点了点头。周士毅来到病床边，只见匡厚明面色潮红，正发着烧，左边颜面给人一种近乎呆滞的感觉，而且意识淡漠、反映迟钝，当其目光接触到周士毅时，竟露出一副似曾相识的恍惚模样。

周士毅弯下身子用手抚摸着匡厚明的面颊，他一边叫着"匡书记"，一边柔声叮嘱他安心养病。匡厚明闻言，便目光迷离似懂非懂地微微点了点头。周士毅见了这个情况，便向赵鑫打听医生是怎么个说法，站在床对面的那个年轻女性见周士毅发问，就将自己所站的位置挪到周士毅的对面，作势要进行解释。赵鑫见他们相互之间似乎陌生，便为两人相互做了介绍，此时周士毅已经知道，站在他对面的原来是匡厚明的女儿匡春阳，在长平三小教书。匡春阳在致谢过后向周士毅介绍了他父亲的病情，她说，医生初步诊断她父亲的病为"脑丘出血"，而且有可能破入脑室。周士毅便问下一步准备怎么办，匡春阳说昨天和今天几位市领导都来医院探望了，医院的范院长在向领导汇报时，说是这里医疗技术有限，没法进行外科手术，只能进行内科保守治疗，主要目的在于消炎退烧、脱水降颅压、减轻脑水肿和调整血压，同时力争减轻血肿造成的继发性损害和防止并发症的产生。还说，现在他们家属既想转院做手术，又怕路上颠簸加重病情，所以进退两难。

周士毅听了介绍，觉得情况比较严重，他想，在这个节骨眼上，自己能不能为昔日的恩人提供点帮助呢？周士毅忽然想到自己的妹妹在尚州地区人民医院的脑外科工作，而且她以前在上海医科大学读书，以及在上海华生医院实习时，主攻的恰好是脑外科，她的实习指导老师据说还是该院的脑外科权威，他觉得如果妹妹能邀请这位专家来长平为匡书记进行外科诊治，则匡书记康复的可能性或许就要大得多了。周士毅想到这里，把自己的初步想法提出来跟大家商议。匡春阳见周士毅有这个思路，顿时露出绝处逢生般的惊喜表情。

其后，周士毅找到范院长办公室，将自己的想法征求范院长的意见，范院长闻言觉得值得一试。周士毅就借用他办公室的电话打到地区人民医院的外科住院部，恰好妹妹今天值班，周士毅就把大体情况与自己的想法跟妹妹作了沟通，妹妹见是哥哥的恩人有难，便立即允诺积极联系。下午，周士礼接通了她指导老师的电话，非常诚挚地表达了求助的愿望，老师见她话语诚恳，便答应立即联系购买火车票，争取尽快过来诊治。

周士毅下午赶回枫岚，当天夜晚，他接到妹妹的来电，说她的老师初八上午就会赶到长平。周士毅又电告市人民医院的范院长，并请他将这个消息转告匡春阳，请院方和家属做好有关准备工作。初八这天，周士毅一大早就赶往长平，与匡春阳共同张罗各种相关事宜，直至傍晚为专家封了谢仪，并把专家送上回程的火车，他才在第二天上午乘坐公共汽车回到枫岚。由于手术做得既及时又完美，匡书记此后的病情日见好转，不久就康复出院了。

一个月后，市委考虑到匡厚明的身体已经不能胜任艰苦繁重的农村工作，便将他调到市委农工部担任部长。匡厚明在市委组织部就此事征求他的意见时，摆出种种理由，力主吕海浪和赵鑫分别担任书记和乡长。为了利于达成目的，他还专门找到李云峰书记进行推荐。李书记虽然觉得吕海浪和赵鑫担任现职的时间都不太长，但见匡厚明的说词确实不无道理，便破格让他们两人在政坛各自再上一个"台阶"。与此相关的是，工作卖力的钱万千由副乡长改任副书记，成绩显著的柳塘片副片长李西平则提拔为副乡长。

　　周士毅在去枫岚之前的艰难处境荷塘的乡村干部都是知道的，这次周士毅能出手挽救匡厚明，这让荷塘人对周士毅大加赞叹，他们都夸周士毅是个宽宏大量有情有义的人。刚刚退居二线的原纪检书记蔡正明因此断言道，如果不是周士毅帮助匡厚明恢复健康，那荷塘班子的安排肯定不是现在这样的格局。由此荷塘乡人便善意地调侃说，周士毅是"人在枫岚，心系荷塘；一项善举，五人受益"。

　　年后返乡的那天，周士毅由于赶到市医院看望匡厚明，在医院待的时间比较长，所以一直至傍晚才回到枫岚。当他趁着苍茫暮色走进办公楼时，眼前的景象与平时相比竟然大相径庭，他心里不由得有点失落和忐忑。譬如自己以往出差或休假，苏爱莲似乎每次都会能掐准周士毅返乡的时间，总是在周士毅到达之前为其房间打开门窗通风透气，让周士毅置身其中感到相当的舒适和惬意。而现在年后返乡，不仅地面、楼道和扶手都比较脏，在走进房间之后，那薄薄的灰尘和淡淡的霉味，都让他感到一种莫名的惆怅。周士毅竟生出一种无地可立，无处可坐的彷徨感。周士毅想，苏爱莲一定是遇到什么难以克服的困难，否则以她的性格和为人，明天就要正式上班，今天肯定是不会这么懈怠的。

　　在周士毅的潜意识里，他在枫岚的住所也像是一个简易的"家"，因为他日常工作与生活的大部分时间都是依托于此。不过在这之前，他对这个"家"从来没有用心料理过，为此付出心血的只是苏爱莲。他想，苏爱莲这个丫头倒是挺能干的，尽管她每天只是在打字之余抽空来个一两次，每次待的时间都不长，但在他的这个"家"里却处处留着她的印记，譬如搞卫生和打开水，有时候他起床时来不及叠被子，这丫头还会顺手帮他做些整理。平心而论，这个环境假如没有苏爱莲的料理，他不知道自己的生活是否还能这样井然有序。

　　周士毅想，苏爱莲这个丫头，人虽然说不上有什么出奇的漂亮，但她自有一种端庄本色之美，她不仅性格善良淳朴，更为可贵的是，她还没有什么花花肠子和功利心，譬如她来到枫岚工作了这么久，却从来没有向自己提过解决个什么编制之类的问题。

通过这一年多的接触，周士毅认为这个丫头总体上是个容易相处的人，他觉得，以后哪个小伙子有幸娶她为妻，他们的小日子一定可以过得和和美美的。

以前天天能够见面，周士毅没觉得什么，现在没有看到苏爱莲，心里却有点乱。他想，苏爱莲到底遇上什么特殊情况呢？她是只晚来一些时候，还是从此就不会再来了呢？因为她毕竟只是个临时工。周士毅想到这些无法给出答案的问题，心里不由得七上八下的。

第二天上午集体点名和团拜之后，周士毅主持召开了班子会，部署了近一个阶段的工作，中途宣新民被叫下去接听电话，原来是苏爱莲来电请假，说是家里有些急事，要到农历初八或初九才能来上班，宣新民回到楼上顺便将此事在会上向几位领导说了一下。

初八一早，周士毅赶往市里帮着张罗匡书记的事，直至第二天上午才回到枫岚，当他进入办公楼，看见办公楼的环境卫生给人眼前一亮的感觉时，周士毅估计苏爱莲可能已经到了，他就带着不无期待的心情径直快步上楼。他上到二楼，往右一看，只见里间和外间的两扇房门都被打开，两道强光从房内直射向晦暗的过道，周士毅来到外间门前，只见苏爱莲也闻声迎了出来，两人在门边近身相遇了。

周士毅看着苏爱莲，欢喜而又急切地明知故问道："来了！"

苏爱莲脸色潮红地答道："来了！"说着，便往里退了两步。

周士毅来到室内，只见里间外间已是窗明几净一尘不染，不由得满心欢喜，便说："丫头，看起来我这个'家'还真的离不开你呢！"周士毅话刚出口，随即察觉这话存有很大的语病，但又觉得不宜再做解释，惶急之下，只好红着脸手足无措地站在那里。

苏爱莲并没有误解周士毅的语义，但是苏爱莲以前只见过周士毅沉稳刚毅的形象，从未见过他这般可爱的狼狈相，所以就忍俊不禁地笑了。苏爱莲越是这样笑着，周士毅便越是慌乱，情急之下，便赧颜走进里间，并从里间来到洗漱池，用冷水反复擦洗着面颊，稍后，他才恢复常态来到外间。

周士毅咳嗽一声以助镇定，然后神色严肃地问道："家里遇到急事？"

"一言难尽啊！"苏爱莲看着周士毅回答说。

"怎么回事？"周士毅吃了一惊。

苏爱莲便把自己在家里被迫相亲，并委婉推辞的事简单地叙述了一下。

周士毅一听，心里竟有几分很踏实的感觉，接着又问具体是怎么回事。

苏爱莲说："那个小伙子姓帅，他父亲是金城市委办主任，他本人是金城市文化局的干部，他姑姑是我家的隔壁邻居。经过他姑姑和我母亲暗中商议，结果我昨天被迫与专程赶来的对方见了面，这个姓帅的长相白白净净，神态斯斯文文，说话轻言细语，见面时，腼腆得跟个女孩子似的，像这样一个男儿，就是他家里有座金山银山又怎么样呢！"

周士毅似乎有点不解，就又问道："那你要的是怎么样的一个人呢？"

苏爱莲闻言沉默了一会儿，然后她看着周士毅，微笑地问道："如果我说得不对，您不许怪我哦！"

周士毅回道："傻丫头，我怎么可能怪你呢，你说吧！"

苏爱莲见周士毅"赦无罪"，便红着脸极其认真地说："周书记，我以前看过法国作家雨果的《巴黎圣母院》，我清楚地记得在这本小说的第二部第七章'新婚之夜'里，吉普赛女郎艾斯米拉达对心存爱意的剧作家格兰古瓦说，她所爱的人'必须是个男子汉'，是'有能力保护我的男子'，不瞒你说，这句话当时深深地打动了我，因为艾斯米拉达所说的，其实也就是我心里所期盼的。周书记，我今后所嫁的丈夫，他可以地位不高，也可以钱财不多，在特定情况下，甚至结过婚的也都可以考虑，但他必须具备一个不可或缺的条件，就是一定要像您这样，在精神气质方面，是个能给我安全感的顶天立地的男子汉！"

周士毅一听，两块脸唰的一下又红了，他没想到自己一不留意，倒成了苏爱莲心中的偶像。

苏爱莲接着说："我从小无父无兄，备受欺凌，我做梦都想有个坚强有力的男人做我的可靠后盾，您说，像姓帅的那样一介文弱书生，他能对我的路么？我记得你去年的这个时候曾祝福我说，'兔年找个好婆家，龙年生个胖娃娃'，我当时回答您'我才不找婆家哩'，我为什么会那样说呢？因为我知道我所设定的标准看起来很简单，其实又是相当高的。但是这有什么办法呢？如果在我的生命里从来没有遇到您，没有这样一个实实在在的参照标准，或许这辈子遇到一个过得去的男人也就嫁了，但我既然知道这个世界上确实存在我想追求的这种类型的男人，我又怎么忍心随便打发自己的一生呢？我不甘心啊！"

周士毅听了苏爱莲的真情告白，心里冰凉冰凉的，觉得自己罪孽深重。他想，自己前面害了一个乔晓娜，现在又害了一个苏爱莲，尽管自己对于苏爱莲的犯傻确实是既无心也无过，但毕竟在客观上造成了这样一个事实。他想，这个丫头再也不能留在这里了，得想个办法把她打发走，否则她这偏激的择偶观如果固化到无法挽回的地步，那就真的害了她了。

苏爱莲见周士毅面色冷冷的站在那里一动不动，就很委屈地说："周书记，是您答应了不怪我，我才实话实说的！"

周士毅知道自己刚才冷峻的表情可能吓着苏爱莲了，便缓和脸色说道："丫头，你误会了，我并没有怪你的意思。我是在想，像你这样牢牢守住一个僵化的标准，这是很不妥当的。譬如就说我吧，我也不是铁打的'金刚'啊，我也有人所不知的脆弱甚至无奈的一面。况且，即使你认为像我这种类型的男人最为符合你的理想，哲学家不是也说'世界上没有两片相同的树叶'么？那在茫茫人海里，又哪里去找那个与我完全一致或高度相似的人呢？所以你这样想问题，其实就是给自己出难题，最后也会误了自己终身大事的。"

苏爱莲黯然神伤地说："周书记，我承认你说得很有道理，但这个事不是个讲道理的事，我也没有办法，我就是喜欢像您这样既有正气又很硬气的男人，我无法改变自己的想法，如果要我将就，那我宁肯终身不嫁！"说着，她一双手提起衣角反复捏着折着，眼睛红红的，一副手脚无措的样子。

周士毅见苏爱莲意志坚决且心里很苦，自然而然地对她生出怜惜和同情的感觉。周士毅想，从苏爱莲的成长经历来看，她的这个择偶标准是可以理解的，只是偏执了一点而已。不过，苏爱莲的择偶理念似乎击中了他心里某个隐秘而脆弱的地方，周士毅认为，苏爱莲把精神需求看得重于物质需求，这虽然和高凤别无二致，但苏爱莲不慕虚荣，更加质朴，只重内心感受，不羡表面风光，在这一点上，则和高凤有天壤之别。他想，只要今后某个男士能得到苏爱莲的认可而步入婚姻殿堂，那个男士今后就不会因为"能不能当官"和"会不会发财"等问题而承受心理压力。

周士毅忽然发现自己竟不由自主地将苏爱莲与高凤相比，便觉得自己的这种比较不仅荒谬，也没有任何意义，于是拉回思绪。不过，他倒是比较认可苏爱莲"这个事不是个讲道理的事"的观点，因为择偶理念或曰择偶标准问题，这纯粹是一种内心感受的反映，而这种内心感受能不能得到满足，或者说其满足程度如何，将决定当事人一生的幸福程度。譬如就高凤而言，如果自己以后不能把官一步步地当得更大一些，她就会觉得自己并不幸福。

由此周士毅进一步认识到，人们在谈婚论嫁之前必须做好两门"功课"：首先必须确认自己在意的各项择偶要素究竟"孰重孰轻"，其次要确认自己对于或将与之偕老的人是否"相知相契"，前者有利于自己择偶时把握重点，后者有利于自己避免冲动而婚嫁非人。概言之，如果事前能把好这两道关，此后的夫妻生活才能具有比较扎实的基础，才会具有比较高的情感质量，才有可能避免夫妻在人生旅途中分道扬镳。

为了不让苏爱莲过于难受，已经收回思绪的周士毅遂以轻松的口气并一本正经地打趣说，"傻丫头，不要犯愁，我给你把时间放宽一点，我看要不然就这样，你'龙年找个好婆家，蛇年生个胖娃娃'，怎么样？"话刚出口，一下没有绷住，周士毅竟然把自己给逗笑了。

苏爱莲闻言却一撅小嘴，说："我才不生条小'蛇'呢！"话音未落，她也忍不住被自己的幽默逗得咯咯咯地笑了起来。这时，苏爱莲抬起头，大大方方地看着笑意未消的周士毅，一副深情款款的样子，两个眼角犹有淡淡的泪痕。苏爱莲这副坦诚而率真的模样，直把周士毅看得既心疼又不好意思。

第二十四章　村官难熬

元宵节的中午，枫岚乡三楼会议室被布置成围合形状，酝酿已久的"枫岚村干部贤内助茶话会"在这里召开。这次会议在枫岚乡受到了高度重视，会场的上首张贴了红底白字会标，会桌上摆放了茶水和点心，会场上还用录放机播放着音乐。受邀出席会议的有二十个村委会全体在编干部的家属，枫岚乡的党政班子成员也悉数出席了这次会议。按照预定安排，会议由章汉杰乡长主持，前面是由村干部的家属自由发言，后面由周士毅代表乡党委和乡政府讲话。

吃过早饭，这些应邀参加茶话会的家属们开始陆陆续续地进入会场，这些人平时大都操劳于田间地头和堂前厨房，并没有见过什么官方的大场面，所以当他们蹑手蹑脚地走进会场时，看见隆重热烈的会场氛围，既觉得新鲜好奇，又有点扭捏羞怯。大约是在上午八点五十分左右，宣新民统计了一下到会人数，发现还有两个人没有到会。章汉杰看见时间已近九点，觉得不宜再等，便和周士毅咬了一下耳朵，然后神情庄重地宣布开会。

对于这次会议的召开，章汉杰是充满了期盼的，因为章汉杰经常下乡，他知道村干部的家属对于他们的亲人过于忙碌的工作多有怨言，所以今天章汉杰便准备放纵这些家属"乱开炮"，最好要"放"得周士毅无法招架，让他出出洋相，免得他自我感觉太好。

章汉杰是个颇有口才的人，他的开场白不仅很有层次，而且也很有鼓动性，把参会的家属们说得情绪跌宕起伏，一愣一愣的，最后他说："……各位，我发自内心地认为，做乡干部难，做村干部更难，做村干部家属就难上加难，大家平时心里肯定有许多辛酸苦恼，觉得诉说无门，今天好啦！今天周士毅书记带领枫岚乡的全体党政班子成员都来到这里，就是想了解基层的情况，聆听大家的心声。所以说，大家今天可以放下顾虑，畅所欲言。我相信，大家的观点或者意见，一定可以成为我们乡党委乡政府今后改进工作的重要参考。在会议最后，周书记还会发表重要讲话，我相信稍后周书记的讲话，必将成为一把思想政治工作的"金钥匙"，会打开大家的心结，让大家心情舒畅的走出会场，走进未来……看看……谁先说……"说着，就以泰然自若的目光扫视着全场。

刚才这些家属全都在聚精会神地听着章汉杰的开场白，觉得这位章乡长很厉害，很有口才，现在见他的开场白已经结束，而且要找人发言，便一个个赶忙低下头，他们生怕被这位乡长逮住自己的目光，逼自己发言。坐在后排右边角落的一个女的不巧喉头发痒，为了不暴露身份，就埋下脑袋，用手捂住嘴，非常压抑地小声咳着，但因力度不够，没能解除喉头的痒感，无奈之下只得加重力度反复重咳，弄得折腾多时。

正在这时，会场的中间响起了一个清晰的男音，他说："各位领导，我来说几句吧！"

刚才一个个弯腰低头的参会者，现在见有人出头讲话了，觉得卸掉了身上的压力，顿时大感快慰，一个个如蒙大赦般的，立即神情轻松地直起腰来。周士毅顺着话音看去，见是韩家村委会妇女主任赵秀芝的丈夫，现任韩家小学的校长韩高义，前不久他为了饶青松儿子的事还在韩家小学与韩高义打过交道。周士毅看见韩校长的目光移到他这里，便向韩校长赞许地点了点头。

韩校长笑着说道："各位领导，听说今天要过来开会，我很高兴，但是在走进会场之后，我又觉得很尴尬，因为作为一个四十开外的男人，我参加会议的身份居然是个'贤内助'。"

大家"哄"的一声，全部大笑起来。周士毅也笑了，他回头看了看会标，觉得确实有点不妥，但现在木已成舟，想改都来不及了。

韩校长没料到这段自嘲的话语竟收到意外的喜剧效果，便越发来了精神，他接着说："我老婆当妇女主任快二十年了，周书记和章乡长当年在庙山林场的时候她就在生产大队当妇女主任。以前呢，我觉得她当得还比较轻松，每年多少有些收入，占用的时间也不多；但是从去年起就不同了。说老实话，自从周书记来了以后，由于工作一件接着一件，我老婆早出晚归，一天忙到晚；春夏秋冬，一年忙到头，家里就差点成了她的旅馆了，不要说田里的事她做不了多少，就连家务事都要靠我老娘和我来承担，说实话，我现在真的成了她的'贤内助'了。"

韩校长话音甫落，与会者顿又哄堂大笑，一些产生了强烈共鸣的"贤内助"，竟全然不管什么会场秩序，兴奋得与邻座之人叽叽喳喳地交谈起来。为了维护正常的会场秩序，章汉杰便重重地咳嗽一声以作警示。但这些参会者绝大多数都是农村妇女，素质并不太高，对于章汉杰的警示竟置若罔闻，章汉杰便不得不出言制止。

当会场重新安静下来时，韩校长这才接着说道："周书记，说实话，自从解放以来，枫岚还从来没有一位党委书记像您这样充满激情谋大事，踏踏实实抓工作。除了一年四季的各项常规工作越抓越实之外，您看今年下半年，先是大面积植树造林，现在又高标准扩建市场，这都是给枫岚人民造福啊！"

韩高义说到这里，下面便出现一片大表赞同的附和声。韩高义话锋一转，却又说道，"不过，周书记，从另外一个角度来说，这么高强度的工作，一件紧接着一件，作为一个靠田吃饭的村干部，是不是也有点太那个呢……嘿嘿……反正我也……"

"可不是嘛！"坐在后排的一个剪着短发的中年女人愤愤地说，"我家里那窝猪崽本来七八天前就该出窝的，现在食量忒大，吃得我心里发慌。大家都是当家理事的人，都知道猪崽长得太大了不仅不好卖，而且也卖不起价，前段时间我催着我老公赶紧去卖，但他总是今天推明天，明天推后天，天天都说没有空，最后还是我好说歹说地求着他哥哥才把这窝猪崽挑到街上卖掉，大家说这气人不气人！"刚才发言的是朱桥村委书记朱兴良的妻子。

"嫁给村干部做老婆就是命苦，女人要当男人用，因为他们村干部不是今天明天有事，忙完这几天就没事，而是一年到头都有事，我老公经常手里捏着一张纸，说是乡里发的，这张纸上已经提前一个月就把工作全部安排好了，我老公还说，乡里已经把后五年的重要工作全都想好了，自己要有'长期作战'的思想准备，你看这……"说话的是个年龄偏大的妇女，她是姚坪村委会的书记姚水生的妻子。

"是啊！"坐在前排右侧，心直口快的枫林村委会书记赵明辉的老婆接着说道，"这些村干部，和乡干部干的是一样的工作，但乡干部拿工资，村干部拿补贴，还当不了人家的零头，原来还好些，事情不多，现在弄得天天往外跑，不是我两个弟弟过来帮忙，我家里那几亩田恐怕都要荒了！"

"要我说啊，关键问题还不在这，现在各种摊派多，群众又不愿意，当村干部的为了完成任务动不动就要得罪人，现在大小是个'官'，是组织上的人，问题还不大，怕就怕以后得罪人多了，头上的'帽子'没了，组织上再也不拿眼睛瞧你了，那就只能长期忍气吞声地躲人家的白眼，受人家的怄气了！"刚才深表担忧的，是汤坊村委会书记汤四宝的老婆。

又有一个长得清秀一点的青年女子说道："我听有些群众说，现在当村干部的都是一些'二百五'。"

说话的是枫岚村委会书记"胖子"的老婆，大家一听这话，都大感诧异，便一齐静听下文。

"胖子"老婆接着说，"人家说，当村干部，太乖的人不行，因为太乖的人会出去赚大钱，他们不愿意干这种既辛苦又得罪人还不赚钱的事；太蠢的人也不行，因为太蠢的人没有能力，既做不了群众的工作，也完不成上面的任务；只有不蠢不乖或半蠢半乖的'二百五'才当得好村干部，因为他们既愿干事也能干事，还吃得起亏，不怕得罪人。"

　　"胖子"老婆的这番幽默，把大家都逗得吃吃地笑了。

　　这话立刻引起宋家村委会宋毛根书记老婆的共鸣，只见她嘟嘟囔囔地说："要说他们是'二百五'啊，这个一点都不假！以前呢，村委会还有点计划生育罚款可以用，现在乡里管得紧了，一来罚不到几个钱，二来就是罚到几个钱也全部被乡里收走了。村委会每天打开门来，多少总要用几个钱，譬如乡干部来了总要吃顿饭吧？譬如要上门去找'钉子户'做工作总要买包烟吧？但是现在呢，原来的老本用光了，而该花的钱还得花，怎么办呢？年前我家里杀了一头猪，本来准备办些正事的，但我家里那个'二百五'却说村里没有钱用，要把家里的钱先拿去垫着，弄得我跟那个'二百五'还吵了一架！"说完之后，宋毛根的老婆似乎犹有余怒，仍是气鼓鼓的。

　　大家一听，又都附和着说"是啊！是啊！"

　　在这之后，先前还躲躲闪闪怕发言的"贤内助"们，现在全都放开了思想顾虑，不再羞羞怯怯，一个个谈性大发。一些发了言的意犹未尽，还要时不时的补上几句，那些还没发言的便想一吐为快，往往自顾自地滔滔不绝，于是乎，大家就这个说几句，那个来几句，有时候又同时各说各的，会场上顿时叽叽喳喳的热闹异常。但总的来说，一次本意为交流思想联络感情的茶话会，到后来基本上变成一个发泄不满倾诉心声的"诉苦会"，章汉杰见意见多端，火力很猛，觉得已经基本达到了他的预期目的，心里暗自高兴，他想看看身边的这位"能人"今天将要如何收场，又该如何下台。

　　周士毅越听心里就越觉得沉甸甸的。自从到枫岚任职以来，自己只要下定决心想干的事，几乎都是心想事成，但在这些成功的背后，自己不仅没有思考过老百姓所承受的沉重压力，也没有细想过乡村干部为此付出的艰辛努力。他想，古代曾有"一将功成万骨枯"的说法，由此看来，今天主政者们看似显赫的政绩，其实后面也隐藏着许多不为人知的秘辛啊！自己在枫岚主政的这一年多，工作步步推进，自我感觉良好，如果没有聆听"贤内助"们今天的自由发言，自己是无论如何都想不到村干部及其家属在日常工作中竟然有如此之多的难处和苦衷，这说明自己在以前的工作中，不仅工作作风不够深入，而且思考问题也不够周全，在总体上还比较幼稚，存在好大喜功和急躁冒进的问题。他想，以后在安排工作时，一定要兼顾需要与可能，切不能急于求成而顾此失彼。但现在的问题是，面对满腹牢骚的这些"贤内助"，自己接下来又该说些什么呢？周士毅紧张地思忖着。

作为会议的主持者，章汉杰见大家的发言翻来覆去地说的大体也就是那么一些意思，当会议开到上午十一点钟时，便和周士毅小声议了几句，然后便清了清嗓子，振振有词地昂然说道："各位，刚才大家从不同的角度反映了自己的心声，大家讲得很全面，也讲得很好。我认为，大家的踊跃发言，既是对我们党委政府的高度信任，也是对我们今后工作所寄予的殷切期望，我们枫岚乡的党政班子成员，刚才不仅听得入脑入心，而且大都很有感触。接下来，周书记将代表乡党委和乡政府，就大家的发言做一个总的回应，下面，就让我们以热烈的掌声，请周书记给大家做重要讲话，大家欢迎！"

下面随之响起稀稀拉拉的掌声，因为这些家属对于鼓掌这类的事还不太适应，就是鼓了掌的，因为不懂技巧，也鼓得不够响亮。

周士毅当然并不在意这些，他一边回应了几下掌声，一边长长地舒了一口气，然后以低沉的声调和缓慢的语速说道："同志们，今天召开这种类型的茶话会，据说在我们枫岚乡是第一次，之所以要召开这样一个前所未有的会议，我们的本意是这样的，大家平时对亲人在村委会的工作支持很大，自己也很辛苦，所以请大家过来见见面，聊聊天，然后吃顿饭，再发点纪念品，以便对村干部的家属们表示亲切的慰问和衷心的感谢。但是刚才大家的发言，却让我大大地出乎意料，我的心情感到很沉重。"说完，便神情忧郁地扫视着大家。

韩高义校长根本没有料到自己的发言会引来大家这么多的牢骚，他在大家自由发言的过程中就隐隐觉得有些不妙，也很着急，但是他又无法扭转由他导致的会议发言的方向，现在周书记说他听了发言'心情感到很沉重'，这就充分印证了自己的担忧是正确的，如果领导要较真的话，自己刚才的发言不仅是思想认识问题，也可以认定为政治立场问题，这样一来，自己这顶"校长"帽子恐怕就未必保得住了，想到这里，他心里一急，额头上止不住沁出一层汗珠。

其他刚才发过言的人也被吓住了，他们一个个觉得自己刚才真是昏了头，竟然放言无忌地给党委书记提意见，而且大家都看到周书记已经把自己的发言用本子记上了。大家想，如果周书记真要因此搞个"秋后算账"，谁的家属不满就摘掉谁的"帽子"，这麻烦也就大了。别看大伙刚才发言一个个像是吃了多大的亏似的，如果真要摘掉他们的亲人头上那顶"帽子"，他们毕竟还是舍不得的，因为在这个根生土养的地方，村干部大小也算是个说话硬梆梆的"官"，走出去还是很有点面子的！

在这忐忑不安的氛围里，大家又听得周士毅继续说道："如果将大家的发言归纳起来，大体可以分为四类意见：一是工作太多，弄得没有时间照顾家里的事；二是报酬太低，没有反映村干部的工作价值；三是运作太难，村委会没有收入，难以维持正常运转；四是缺乏保障，存在退职以后的后顾之忧。当然，还有就是关于村干部是不是'二百五'的问题……"

周士毅说到这里，自己也忍不住笑了。大家一看到周士毅笑了，一个个喜出望外，因为这意味着周书记并没有真的生气，或者说至少是没有生很大的气，于是大家就都附和着周士毅一齐夸张地哈哈大笑起来。

周士毅憋了憋，在驱退了笑意之后接着说道："说我们的村干部是'二百五'，这纯粹是开玩笑，我觉得，能当好村干部的人，他就一定能当好乡干部，能当好村书记的人，我估计他要坐在我这个位置上也会干得不错，因为村委会的工作难度比乡里要大得多哩！"

"贤内助"们一听周士毅这样评价自己的亲人，都觉得脸上有光，非常欣慰，于是他们都满怀期待地看着周士毅，想从他这里听到更多更中听的话。

周士毅又说："我们回到前面的四个问题，首先是'工作太多'的问题。我觉得这件事大家提的意见是正确的，不瞒大家说，我们以前在安排工作时，真的忽视了村干部家里有田有地，也需要时间打理，致使村干部忙了工作上的事，耽搁了家里的事，在这方面，我要真诚地向大家表示歉意。在以后安排工作时，我们一定会尽量注意这个问题，力争不让你们的亲人再顾此失彼，两头为难。"

大家见周士毅这样的通情达理，一个个露出欣慰的笑容。

周士毅又说道："其次是'报酬太低'的问题。首先，我承认大家的意见也是对的。但这是一个体制问题，乡干部大部分是国家干部，也有一些是事业编制干部，这些乡干部是上面拨款发工资的，但是村干部国家就管不了了，这一来是因为村委会是村民自治组织；二来是因为国家没有能力发这么多人的工资，当然，这个问题不是我们长平市或江南省的问题，全国各地其实都是这样的。虽然我们枫岚乡无法从根本上解决这个问题，但是我在这里表个态，就是说，通过大家的发言，我们已经开始关注到这个问题了。至于以后怎么办，我们枫岚乡自己是不是能通过什么途径使村干部的报酬能有适当的提高，这个要通过召开乡党政联席会做进一步研究。

"第三个问题如果说白了，其实就是村委会没有钱用的问题。在这方面一要节约开支，不该花的钱坚决不花，二要增加收入，要积极发展村办企业，努力增加村级收入。现在不少地方的村办企业办得不错，这应该是我们今后努力的方向。再说了，只要村办企业发展好了，自己有钱了，到时候村干部合理增加一些收入也不是不可能的。至于说到计划生育罚款的事，首先我们不应该将这笔钱作为主要的收入来源，其次才是这笔钱怎么处置比较合理的问题，由于这件事关系重大，不仅涉及到基本国策，也涉及到我们今后的工作思路，所以也需要放到党政联席会进行集体研究，所以我暂时还无法给大家一个明确的答复。不过，我会记下这件事的。

"至于最后一个问题，也就是村干部的后顾之忧问题，我觉得确实应该引起我们党委政府的重视。我们不能让那些曾经为我们党的农村工作做过贡献的老同志在离开工作岗位之后去承受不应有的委屈，以后，我们要建立老党员和老干部的走访慰问机制，一定要采取切实可行的措施，最大限度地保障他们的合法权益和人格尊严，要让他们的晚年过得幸福快乐！"

大家听到这里，一个个备受感动，全部自发地使劲地鼓起掌来。

周士毅最后说："各位，村级组织是我们国家政权的基石，村干部是我们党和政府联系人民群众的纽带，因此，村干部决不是谁想当谁就能当得到的，或者说是真的是'二百五'可以胜任的。我们在任用村干部的时候，是要进行严格考察的。在我们眼里，凡是能当村干部的人都是优秀人才，都要受到党委和政府的重视，同样的道理，作为是村干部的家属，大家也应该为此感到骄傲和自豪。"

这些家属们听见周士毅对村干部做了这么高的评价，都觉得脸上有光，一个个咧开嘴得意地笑了。

周士毅最后说道："不过，这里我要补充几句，我们去年工作安排确实是紧了一些，但这种苦和累也是很有意义的事。以前我下放在庙山林场的时候，我带了'知青突击队'参加了枫林水库的建设，一九七四年'小雪'那天上工地，在工地上足足干了两个月，当时也真是够苦的了，但是现在回过头来一看，枫林水库下面那几千亩农田不都是用这里的水么？大家想一想，如果当年我们不咬咬牙把枫林水库建起来，现在下面这些农田不就是'望天收'？哪里还谈得上什么稳产高产呢？我们去年造了林，建了农贸市场，大家吃了些苦，受了些累，但是当我们以后从中受益的时候，是不是也会觉得去年承受的那些苦和累也是很有价值的呢？"

大家刚才听到周书记以前还挑过两个月的枫林水库，就已经相当的服他了，现在又见他又说得入情入理，大家还能说什么呢？

韩高义本来担心周士毅会打击报复，后来见他听取意见通情达理，表达观点以理服人，便对周士毅大为赞叹和敬佩，现在见周士毅以枫林水库的例子来说明适度开展重大工程的必要性，就激动得情不自禁地站起身来，他爽朗地说道："周书记，刚才我说的那些话只想到问题的一个方面，其实还是有点糊涂，你们领导看问题总比我们更远些，也更周到些。譬如那个新农贸市场，如果建好了，我们枫岚的子子孙孙当街就再也不用挤得汗流浃背了，是不？所以啊，如果今后确实因为工作需要，村干部必须多吃点苦，多做点牺牲时，只要领导交代下来了，我们作为村干部的家属，保证不拉后腿就是了，大家说是不是啊？"

众人闻言纷纷表态，有的说"对啊"；有的说"不会拉后腿"；有的说"我们也是这样想的"，一时间，整个会场倒好像是重大工程开工前的誓师大会。

周士毅面对这群通情达理的"贤内助"，见了这群情激昂的感人场面，不由得激动地站起身来，他一边动情地说着"谢谢"，一边对着大家深深地鞠了一躬。大家见周书记这样谦恭，又情不自禁地热烈地鼓起掌来，会场的氛围一下子达到高潮。周士毅随后又说了几句结束语，但会议氛围一直保持积极向上的基调。

章汉杰见自己的如意盘算落空了，心里充满了失落感，通过这件事他进一步加深了对周士毅的认识，面对这个总体素质不高的人群，面对今天这样不易驾驭的场面，周士毅竟然可以"四两拨千斤"，让大家被他牵着鼻子跑，他觉得周士毅真不是个等闲之辈，看来自己以后需要打起精神米认真应对。

周士毅下放在庙山林场时，与韩家小学的方正老师交情甚好，后来为了生计各奔东西而失去联系。他来枫岚工作后，曾经去韩家小学找过方正老师一次，并得知方正老师因为"顶替"早就离开了，具体情况却不甚了了。散会后，周士毅特意来到韩高义身边打听起方正老师的情况。

韩校长说，方正老师的父亲是邻县一个钨矿的工人，一九七七年下半年退休时，方正老师见当民办老师也不是个长久之计，便"顶替"去了。听说他在钨矿发展得还好，先是在子弟学校教书，然后做了矿团委书记，后来还到省冶金工业干部学校进修，据说现在又提拔了。韩校长又说，方正老师全家早就全部迁出去了，而且平时也很少回来，所以不容易碰到面。

周士毅便拜托韩校长，说是如果今后发现方正老师回来了，请务必将自己渴求一见的心情转告他。韩校长自然是满口应承下来，同时也不忘作个声明，意思就是方正是方家村人，离他们韩家村隔了两里多路，有时候就是他偶尔回家也不一定知道。

吃饭时，党政班子成员分开陪餐，周士毅邀请章汉杰一道，到每一桌都象征性地敬了酒。大家见书记、乡长都过来敬酒，一个个受宠若惊，即使是酒量不行的，也心甘情愿地将自己满满地灌上一杯。饭后，参加会议的全体村干部家属们每人得到一对大枕巾，两个没有到会的，她们的礼品也让人给带了过去。然后，大家带着纪念品兴高采烈地回家了。多年以后，当他们提起这次会议时，依旧难掩无比激动的心情。

在这次会议召开不久，枫岚乡就村干部家属所提意见召开了一次专题党政联席会，会议最后形成了八条工作意见：一是以后安排工作要注意张弛相宜，不能把两件耗时较长费力较大的工作安排得过于接近，要让村干部有时间料理自己的家事；二是鼓励各个村委会发展各类小型果园场、养殖场和加工厂，以便发展村级经济，增加村级收入；三是以后乡干部无事不再下乡，有事下乡能返乡吃饭的尽量返乡吃饭，必须在下面吃饭的，要从农村工作科开出派餐单，村委会再安排到党员干部家里吃工作派饭，村委会再按规定向负责接待用餐的家庭垫付补助款，到了月末再拿派餐单到乡里结账；四是村委会以后一律不能开办伙食，不准买烟酒用作招待；五是计划生育罚款以后每季度全乡加总，乡村各得一半，各村委会按人口平分，以避免村委会为了多得罚款分成而以罚代管；六是以后发年终奖时，乡村干部额度一致，村干部的奖金由乡里贴补三分之一，其余部分由村委会自筹；七是实行"年度村级工作百分考核制"，对全年各项主要工作设置具体分值分别予以考核，全乡二十个村委会评选得分在前六名的为先进，这六个先进村委会的年终奖再由乡里贴补三分之一；八是凡是连续五年评得先进的村书记和村主任，解决一个子女进乡办企业工作，如果乡办企业进不了时，再一次性颁发较大额度的"突出贡献奖"。为了提高上述意见的执行效力，枫岚乡还据此形成了一份《中共枫岚乡党委枫岚乡人民政府关于进一步改进村级工作的决定》，这份文件在下发到各村委会的同时，还抄报到市委组织部。

由于枫岚乡党委政府思路对头，力度很大，枫岚乡的全体村干部的工作积极性空前高涨起来，对工作产生强有力的推动作用，使得各项工作出现你追我赶的生动局面。

第二十五章 思 路

　　三月上旬，在枫岚乡正在扩建的农贸市场里，除了各项土建工程进展顺利，街心花园的绿化工程也已开始实施。在街心花园蜿蜒伸展的游步道两旁，不仅有灌木与乔木，而且有花卉与草地，花园面积虽然不是很大，但因规划合理，布置巧妙，这座微型街心花园，竟然深得江南园林的精髓，产生了小中见大和曲径通幽的理想效果。

　　到了三月底，曲湖四向的洗衣台阶和四周的围栏，曲湖中间的湖心亭和曲拱桥，街心花园部分地面的硬化和游憩设施的配置，花园四周的铁栅栏和东西两向的艺术门洞等工程都已渐次完工。尤其是凌波直立飞檐流丹的湖心亭，显得既气派又美观。在湖心亭中间的地面上，设置了一个花岗岩独脚圆桌，配有四个花岗岩鼓形石墩，以作游客休憩之用；两级红色围栏分别设置于湖心亭周边坐椅以及下部连廊之上，上部的围栏兼作围椅的靠背，下部围栏用作连廊的安全保障。这种构思不仅彰显了完善的休憩功能，也让湖心亭拥有丰富的视觉层次。

　　这段时间，一些已经退休的老干部、老教师和老职工，只要不下雨，他们每天都会来到街心花园工地见证工程进度，有的为了中午不用回家吃饭，还自带干粮出来。那些到枫岚当街的群众，也都会抽空来到施工现场驻足观赏一阵以求先睹为快，因为他们都对枫岚乡建国以来最大的土建工程项目充满了热切的期盼。

　　在整个农贸市场全面完工之后，无论是当时的围观者还是后来的参观者，大家都有一个共识，他们认为，如果说农贸市场是枫岚乡的民心工程，那么街心花园则是整个农贸市场的点睛之笔。不言而喻，如果没有街心花园的点缀，则农贸市场无疑大为失色；如果没有街心花园项目的撬动，则农贸市场的启动便会艰难许多。看着眼前这座匠心独运且日新月异的在建工程，许多枫岚人不仅以此为荣，而且都对周士毅的巧思大表赞叹。

　　周士毅因此一举在枫岚乡广受赞誉，章汉杰心里很不受用，不过他觉得，周士毅的风光是暂时的，他的厄运即将到来，因为街心花园工程的结束，就意味着市场四周建房地基即将开始拍卖，作为大权在握的枫岚乡的"一把手"，这里面将蕴含巨大的不法获利之机，他周士毅不是不食人间烟火的神仙，他是不可能放过这种发财致富机会的，要不然他花这么大的心血干什么？俗话不是说"人无利益，谁肯早起"么？看来自己得睁大眼睛仔细审视，以便掌握蛛丝马迹，在必要时加以利用。

在工程接近尾声时，周士毅考虑到今年的四月四日是清明节，枫岚乡许多在外地工作的人士都会回老家扫墓祭祖，为了使他们及时获得信息，周士毅决定三月三十日在枫岚集镇的各个主要街口以及其他人流密集之处张贴农贸市场建房地基发售公告。而在这之前，乡里必须将农贸市场四周所有建房地基分块确定售价。周士毅认为，整个市场四周可划出六十多栋建房地基，其中既有靠近主入口的好地块，也有人气适中的一般地块，还有近期可能人气稍低的较差地块，因此，确定各发售地块的地价，不仅关联重大利益，也将引得万众瞩目。那么怎么处理这件事呢？周士毅对此进行了深入地思考。他认为如果就事论事，作为一个"一把手"来说，在处理这件事时通常会有三种思路：一是亲自把关，弹性操作，让地块的定价和出售具有较高的灵活性；二是叫别人牵头负责，自己偶尔介入，这样进退自如，保持适度的灵活性；三是叫别人负责，自己只负责制定与督促实施操作规则，以确保整个流程公开、公平和公正，而在具体事务上自己则不予介入。不言而喻，采用第一种方式，"一把手"大权在握，其他领导就很难发挥监督作用；采用第二种方式，则"一把手"既有开明之名，又得变通之便；采用第三种方式，则是完全透明，绝无猫腻。

经过上次陶善国送礼的事，周士毅业已理清了思路，自己栖身政界，必须公正清廉，不可以权谋私，如果突破底线铸成大错，必将遗恨终生。周士毅想，为了避免"瓜田李下"之嫌，须成立一个临时机构，并通过集体把关的方式，将所有地块全部民主定价并公开发布。为了顺畅操作此事，周士毅在党政联席会上提议成立"农贸市场土地发售工作领导小组"，领导小组由章汉杰牵头负责，由杨树青、蒋智丰、牟玉成和苗壮共同参与。为避免工作失误，他还提出了确保这项工作公开、公平、公正的具体操作方法。具体来说，就是各宗地块全部经党政联席会集体商议定价，再由领导小组面对社会公开标价，四月六日上午九时，领导小组再行启动公开发售，如果同一地块多人报名时，则采用抓阄之法确定买主。

周士毅在会上说，他之所以这样安排，不仅可以发挥事前指导和事中监督的作用，而且在外界有所疑虑时，自己还可以在关键时刻站出来说几句硬话，以澄清误解和保护干部。

章汉杰见周士毅头脑如此清醒，思虑如此周密，既感到意外，又不免失望。不过，他觉得事情可能不会这么简单，他估计周士毅很可能让他们在前面挡着，以后在个别问题上免不了要暗中调遣并从中渔利，这样就免得惹上嫌疑和承担责任。他想，反正整个地块都掌握在他们这个领导小组手中，到时候周士毅想搞任何小动作都是逃不过自己眼睛的，自己走着瞧就是了。

　　周士毅把土地的售卖权交给章汉杰牵头掌控，班子成员都认为周士毅境界很高，都对他由衷地佩服。

　　土地发售工作领导小组的人员组成、工作流程、工作纪律，以及所有地块的发售价格正式公布之后，报名者纷至沓来络绎不绝，弄得领导小组成员和工作人员忙得不亦乐乎。不过这件事真的是让章汉杰失望了，因为在整个地块出售过程中，周士毅始终严守纪律，没有对市场地块的定价和出售之事做过任何干预。其间不管是市直机关的领导找周士毅为亲戚购地求情关照，还是某些老板拿着红包意图疏通，周士毅都对其耐心解释并一一婉拒。这些事后来曲曲折折地传到社会上，枫岚的党政班子成员和社会公众都对周士毅的一身正气感佩不已。

　　自然，既然有找书记说项的，也必然会有找乡长求情的，其实在土地售卖过程中，章汉杰也感觉很爽地拒绝过一次"求情"。

　　市政协外侨民宗委的主任甘为牛，他的妻子是枫岚乡刘家村人，他的内弟这些年在外面做生意赚了些钱，所以很想在街上买块地做栋房子，下面两层用作商铺，上面三层作为住宅。他的内弟认为姐夫在政界这么多年，路子上熟人多，因此就请他到枫岚去出个面，看看能不能在价格不变的前提下优先拿块地。甘为牛虽然与周士毅不太熟，但他知道是章汉杰负责此事，他认为自己曾经是章汉杰父亲的秘书，是看着章汉杰长大的，他想，虽然很多年没有见面，假如自己提出这层关系，求点关照应该问题不大，所以便在准备正式发售的前一天，也就是四月五日的一大早，他便和妻子与内弟兴冲冲地从市里赶到枫岚。

　　他们一行三人来到乡里，看见章汉杰神色凛然地坐在一楼的农村工作科，正在对几个乡干部交代工作。甘为牛一见氛围不对，便站在门口不远处等待见面的机会。章汉杰一边跟部属说着话，一边感觉有几个人站在门外不远处，就快速地瞥了一眼。这时他忽然眼前一亮，觉得其中一个年龄偏大的人似乎是十多年未见的甘为牛，章汉杰心里一转，估计对方是来求自己办事的，否则也不会恭恭敬敬地候在那里。他想起自己在一九七六年六月份去找甘为牛，想请他向枫岚公社的邱正良书记出面协调推荐选拔上大学的事，当时他以一句"我这个岗位很敏感，不方便协调这个事"作为借口，断然拒绝了自己的请求，当时自己真是万念俱灰。现在风水轮流转，也轮到他上门来求自己了，也好，不妨见个面，且看他有何想法，到时候再随机应变就是了。

章汉杰想到这里，他便对站在他对面的几个乡干部说："这样的，这个事我们就先说到这里，你们去协调一下，有什么困难再来找我，好吗？"那几个乡干部见有人来找乡长，知道他还有事，便连声称"是"地走了。

甘为牛见办公室里只剩下章汉杰一个人，觉得时机到了，便一边快步上前一边热情地叫道："章乡长！"

章汉杰重新将头转向门外，愣愣地看着眼前的两男一女，神色迟疑状似陌生地问道："你们是……"

"啊呀！章乡长，您不认识我啦？我是老甘，甘为牛啊！我以前不是跟你父亲章书记当过秘书么？"

章汉杰便恍然大悟似的起身上前与他们一一握手，并把甘为牛几个人迎进里面让座。甘为牛见自己一亮牌子便立马产生积极效应，登时得意地看着妻子与内弟，其意思似乎是只要自己真的出了马还是挺有面子的。

他的内弟在外面跑了多年的生意，察言观色自然是一流的，他见姐夫不无得意的神色，便笑着对姐夫连连点头以示钦佩。

章汉杰在问过其他两位的身份之后，连声道着"欢迎"，样子极其恭敬。苏爱莲刚才见章汉杰这边来了三个穿戴整齐的陌生人，估计是乡长的朋友，便泡了三杯茶端了过来，甘为牛见受到足够的礼遇，就神色怡然地连声道着谢。

过场已毕，章汉杰故作不知地对甘为牛笑道："甘叔叔，你现在是在哪个部门高就啊？"

甘为牛见问就有点不好意思了，他讪笑着说，由于年龄偏大，所以前两年被安排到市政协的外侨民宗委担任主任，不过职务上同样还是正科级。章汉杰一听这话便有点愤愤不平了，他说，组织上这样安排也真是太屈才了，像甘叔叔这样能力强，原则性也强的人，早就应该安排个政协副主席干干，怎么能拿个同级闲职随便打发人呢！他还说，这个"外侨民宗委"的主任，虽然同样是个正科级，其实也就是个虚职，在社会上是没有什么影响力的。甘为牛只听得脸上红一阵白一阵，觉得在妻子和内弟面前很没有面子，额头上竟渐渐地冒出汗来，但因为章汉杰的打抱不平毕竟是一番好意，所以也不好辩解。

章汉杰觉得第一个话题已经聊得差不多了，便转入第二个话题，他问"甘叔叔"今天来找他到底"有何贵干"。甘为牛见话题转换，心里便如释重负，他就介绍了自己的来意，并请求章汉杰的关照。

章汉杰一听，长叹一声，他说："甘叔叔，您也知道，处在我这个岗位也是'很敏感'的啊，大家都盯着，所以根本没有办法去协调这个事哩！"

刚才甘为牛见章汉杰既热情相待，又仗义执言，心里还认为章汉杰颇重情义，觉得今天这趟不会白跑，现在一听章汉杰的这个调门，顿时就有点傻眼了，情急之下，他语不成句地说："不是啊……这个……"

"我的这个苦衷哩……一般人是很难理解的，但您甘叔叔就不同了，您也曾经是手握实权的人，我相信您会理解我的，"章汉杰非常诚恳地看着甘为牛，又进一步解释说，"这就譬如一九七六年那会儿，我下放在庙山林场，当时为了寻找一条出路，我曾经因为推荐选拔上大学的事去求您，想请您跟枫岚公社的党委书记协调一下，您当初不也是说自己岗位敏感不便出面吗？"

甘为牛一听这话，心里赶紧一番搜索，便依稀记起此事。

章汉杰又说："说实话，我当初还很不理解您呢，因为您在那么年轻的时候就被我父亲推举为粮食局的副局长，但是到了我为了前途和命运的大事去求你，而你那时身为县人事局局长，竟然大义凛然不念旧情，当时我确实是很不理解的，不过现在我自己也处在这样的敏感岗位，这才知道您当年的难处啊！"说着，他一边直勾勾地看着甘为牛，一边还连连摇头叹气。

甘为牛听了章汉杰刚才这番转弯抹角的话，这才知道章汉杰早就对自己记仇怀恨，前面问自己"高就"的话，其实并不是真的出于什么义愤，而是故意借机羞辱自己。他觉得这趟来找章汉杰，无异于自投罗网，自取其辱。情况既然明了，他心里反而淡定了。甘为牛见章汉杰气量这样小，报复心这样重，也不多说什么，他面色如霜地站起身来，转身朝门口走去。他的妻子和内弟见情况有变，也跟着起身来到门外。

章汉杰见甘为牛要走，便也跟着起身，同时还貌似殷勤地说："甘叔叔，事情办不成，但饭还是要吃的啊！您这么急着走，不会是生我的气吧！"

甘为牛毕竟是久历官场之人，他既然对章汉杰不抱任何奢望，心里便升起一股豪壮之气。他见章汉杰还在拿自己打趣，便在门口回转身正眼看着章汉杰，脸色铁青地对章汉杰说："章乡长，作为你父亲的老部下，我还是要送你一句话——前途漫漫，好自为之！"说完，就偕同神情错愕的妻子和内弟，头也不回地愤然离去。

眼见愤然离去的甘为牛渐行渐远，章汉杰站在门前立定脚步不肯相送。他知道，甘为牛在长平政坛已经日薄西山，而自己却如旭日渐起，未来无疑是在自己这边。望着远去的故人，章汉杰的脸上掠过一丝轻蔑的阴翳，口里同时发出哼哼连声的冷笑，憋在心头多年的愤怒今天终于借题发泄了，他心里直觉得非常的舒畅。

章汉杰通过他与邱正良以及甘为牛彼此关系的演变，似乎悟到一个简单而又深刻的道理：人生在世，赌气不如赌志，一个处在社会底层的人，只有咬紧牙关矢志前行，并再接再厉不断进步，当其取得的成就在社会上具有足够分量时，别人才会认可、尊重甚至倚靠你，否则，就只能永远看人脸色甚至仰人鼻息，就根本谈不上什么平等交往和人格尊严。

章汉杰继而想道，有生以来，有四个人让他最伤自尊，邱正良、韩鼎诚和甘为牛是自己有求于他而被伤了脸面。邱正良因为作风问题被就地免职时，自己作为枫岚公社管委会的副主任，在他调入县城前曾经折辱过他两次。后来自己又利用"严打"之机让韩鼎诚吃了一回苦头，出了多年郁积在心的窝囊气。这次自己又对甘为牛还以牙眼，挽回了自己的尊严。章汉杰想，现在就只剩周士毅了，周士毅屡屡抢了自己的位置，并迫使自己对他低头，这是一个伤他最重，也最让他不能释怀的人。章汉杰又想，古人云，"君子报仇，十年不晚"，就让时间作证吧，自己总有一天要从周士毅那里加倍夺回做人的尊严，章汉杰这样恨恨地想着。

五月上旬，由于入夏以来天气持续的高温晴热，致使去年的造林地块杂草矮灌蔓延疯长，给新植苗木的存活带来严重威胁。为了改善林木生长条件，加快幼苗成林速度，枫岚乡党委政府安排在五月上中旬集中开展幼林的除杂抚育工作。这段时间，周士毅每天都带着办公室的唐杰明和有关蹲片蹲点干部到去年造林山地进行幼林抚育工作的巡查。由于干部工作得力，群众乐意卖力，所到之处，周士毅看到抚育质量都是挺高的，这让他感到相当的欣慰。

江南的五月天，已经入夏的太阳很有些热力，周士毅和唐杰明骑车跑了一个上午，待他临近中午时分回到集镇时，他和唐杰明都已浑身是汗。他们是从西边的腾云岭那边过来的，当他们路过新农贸市场，看到下水道工程已经开工，周士毅便暗自庆幸自己当初头脑清醒，没有采用竞争投标的办法出售建房地块，因为现在地块出售尚且不到40%，如果是搞竞争投标抬高地价，那恐怕连30%都卖不掉，果真如此，那就势必延缓整个工程的进展。

在前些天的班子会上，大家合计了一下，这次收到的卖地款，在清偿青苗补偿的垫付款之后所剩无几，大家一致同意先把市场四周的下水道和马路工程做好，等下一步卖地款入账之后，再来循序渐进地开展地面硬化工程。大家觉得这样安排其实也是挺好的，因为农贸市场有些地段是去年新填土方，所以无论如何都要经过一个雨季的沉降，这样的话，当下半年或明年再作地面硬化时，市场地面就不容易塌陷开裂了。

这天是农历四月初一，正好是当街之日，周士毅与唐杰明经过在建的新市场来到老市场，发现一位土改参加工作的退休老干部坐在圩场的饭摊上吃饭。原来，虽然昨天是发工资的日子，但为了方便上街吃饭，他特意拖到今天才过来领工资。

周士毅将心比心地想了想，然后在一次党政联席会上做了一项提议，就是以后每个月发工资那天，都由办公室为退休干部统一安排接待用餐。打这以后，枫岚乡无论是哪位领导主政，都一直沿用了这个深受老干部赞誉的善举。

第二十六章　初现端倪

　　周士毅自从春节和妻子重归于好之后，总是照例每月回家一次，去享受让人眷念的夫妻之情和弥足珍贵的天伦之乐。不过好景不长，在七月份他回家时，却发现高凤眉头微锁，情绪低落；到了八月份，情况就愈发让人心里不安，有时他似乎发现妻子想向他诉说什么，但每每话到口边却欲言又止。周士毅几次问她原因，但高凤却总是以寥寥数语敷衍着他，高凤这种反常的表现让周士毅心里七上八下的很不踏实。

　　弟弟周士信毕业以后被分配在中央直属机关工作，由于公务繁忙，他自己无法抽出更多的时间回家筹办婚事。好在周士毅已经提前得知这个情况，所以他特意将假期挪至九月底，以便为弟弟操办好喜事。归途中的周士毅一想到妻子的精神状态就忐忑不安，他不知道在妻子内心世界到底隐藏了什么让她排解不开的心事。

　　其实，这段时间高凤之所以心境不好，并不是周士毅明白无误地断了她"妻凭夫贵"的念想，而是另有两个深层次的原因：一是那天周士毅临出门前还与高凤来了一次"强攻"，她想丈夫这么强的性欲，他作为"一把手"在乡里，身边有那么多的"草"，这"兔子"饥饿日久，又怎么能始终如一地老实规矩？其次是来自她单位的事，因为她还想不出什么主意有效应对，以致心乱如麻甚是烦恼。卫步青是去年八月份调到地区财政局担任副局长并分管他们农财科的，卫步青到位以后，第一年情况还好，反正他有什么事就交代龚科长，然后龚科长就把事情交代给她和杜娟做，她作为一个小科员，与卫步青基本上没有什么直接的工作联系。不过，卫步青偶尔也会到他们科里站上一会儿，和龚科长说点什么，在这过程中，他常常会以比较严肃的神情地盯住高凤看一会儿，好像要刻意显示自己的威严。高凤可不管这些，自从上次自己提到丈夫是周士毅而卫步青露出不以为然的神情，让自己在杜娟面前很没面子之后，她便拿定主意尽量不和这样傲慢无礼的人打交道，所以每当卫步青盯着她看的时候，她就板着脸不理不睬。但自从七月份以来，情况却发生了很大的变化，这个卫步青不知吃错了什么药，竟然一反常态，不讲究"层级管理"的原则，无论大事小事，都把龚瑾科长甩在一边，直接把她或是杜娟找到他的办公室去交代工作。更令人气恼的是，他对杜娟好像大体还行，唯独对她格格不入，无论她工作干得有多卖力，事情办得有多妥帖，但在卫步青那里永远都是不满意的，总会给她挑出一些问题并加以训斥。高凤后来分析，自己与卫步青以前素不相识，后来也没有什么地方得罪对方，他认为卫步青之所以和她过不去，这应该是周士毅不会做人，在长平得罪甚至伤害过卫步青，所以卫步青在财政局站稳脚跟之后，便开始在她身上报复，而原来老是严肃地盯住自己，应是他的隐忍不发。高凤思来想去，觉得自己这种分析是很有道理的。但是卫步青与丈夫之间到底有什么过节呢？她去年专门打电话向丈夫探寻这件事时，丈夫不仅矢口否认，反而还恼羞成怒，上次尚且如此，如果现在再问此事，难道丈夫还会用这次的诚实来证明自己上次的虚伪吗？以丈夫那种倔强的个性，那是绝对不可能的。高凤想，既然无法求证，便无需重蹈覆辙了，况且就是问清楚了来龙去脉也于事无补，事情到了最后，还得靠自己默默地硬抗下来。因为周士毅只是一个小小的科级干部，他能拿卫步青有什么办法？人家卫步青毕竟是副县级，"官大一级压死人"呢！在孤立无援且不堪重负的情况下，高凤几经考虑，在前不久的一个周末回娘家时，她还是忍不住将心里的痛苦向父母倾诉了。父亲曾听说此人在省里有棵"大树"，所以也觉得无可奈何。而她母亲作为一个妇道人家，自然只是陪着长吁短叹，泪水涟涟。尽管对付卫步青苦无良策，但有一点他们倒是取得了共识，就是以前期盼给大家带来荣光与幸福的周士毅，现在光环褪去，带给大家的只有是非与烦恼。

周士毅回到家里，紧锣密鼓地张罗起弟弟的婚事，好在妹妹妹夫都请假过来帮忙，所以各项事宜都能有条不紊地依序完成。次日上午，周士信偕同他法律上的妻子和民俗上的未婚妻王莉，在接站的妹妹妹夫陪同下高高兴兴地到了家。周家父母见老二两口子回来了，高兴得了不得，周母拉着王莉的手，笑得合不拢嘴。周士毅夫妇正在新房做最后的完善，这时听见外面的动静，也赶忙出来相见。高凤尽管心里有事，但表面礼节还是没有疏忽，她陪王莉说着话，夸她比照片上还要漂亮好多。王莉虽然出身京官家庭，却性格朴实，为人和善，她见嫂子这么夸着自己，又是高兴又是害羞，一时满脸通红。王莉忽然见到一个三岁多的小宝宝站在桌子旁边看热闹，知道这是小侄子康康，便走过去要抱他。康康见来了个好漂亮的阿姨，远远地看着乐着，现在见这个漂亮阿姨要抱他，便也落落大方地任她抱起。大家见康康居然这么乖，都乐得哈哈大笑起来。高凤又赶忙叮嘱康康叫"婶婶"，康康也不懂"婶婶"是什么意思，见母亲这么要求他，而大家又都非常期盼地看着他，便按照母亲的发音依样画葫芦地羞答答地叫了一声，结果又把大家乐得哄堂大笑起来。

国庆节这天，周士信与王莉的婚礼虽然程序简单，却是气氛热烈。在尚州饭店的宴会厅，周家一共摆了一十八桌酒席，整个大厅可谓灯火辉煌、人声鼎沸，喜庆氛围十分浓厚。周父之所以乐意放手操办，是考虑长子和女儿结婚都是只请了亲戚没有惊动朋友和同事，现在小儿子结婚，这是他们周家在他手上操办的最后一件大喜事，所以凡是以前办喜事请过他的朋友和同事，他全都送了一张请柬过去。本来按照计划中午只要摆设一十五桌就可以了，让他出乎意料的是，有些平时本来没有喜庆往来的熟人，得知欣欣向荣的周家举办次子婚礼，竟然也有不少人送了礼来。按照礼规，这事又是不能推辞的，所以就把婚宴规模搞得超计划了。此外，也多亏了周士信夫妻听从了王莉父亲的叮嘱，没有在家里透露王莉爷爷的身份，否则尚州地委和行署的官员一旦得到风声，只怕连周家的门槛都要踩破了。

由于中午多了一桌预备酒席，所以这天晚上周家就到尚州饭店二楼的包厢开了一次家宴。周家父母居中而坐，三对小夫妻各自成对，康康则坐了一张儿童椅位于父母中间，一家人意气风发谈笑风生，共同享受着不可多得的天伦之乐。下午，周士信和妻子到街上转了一下，为家里买了一台小尺寸的彩电，他说父母和兄嫂为这个家操心太多了，他们给家里买台电视机表表心意。当晚，全家人围坐在电视机前看着电视，周家那个小客厅，不仅挤满了"观众"，也充盈着欢乐。

第二天上午，周士信夫妻辞别家人返回北京，因为王莉的娘家也要举办婚宴。周士毅见家里喜事已经办妥，在做了些善后工作之后，也于三日上午返回枫岚。临行的前夜，周士毅又向高凤探问她不高兴的原因，但这次高凤并没有像上次那样给出明确的说法，而是神情黯然地一味搪塞。周士毅见问不出个所以然，只得悻悻作罢。由于心情都不太好，两人连夫妻例行之事竟都免了。

周士毅坐在返程的火车上，想到高凤接续发生的冷落表现，心里倍感压抑。他想，所幸高凤在弟弟婚礼期间还做了适当的掩饰，没有让不良情绪外溢而影响婚庆氛围，否则真让人脸面无存。

周家父母从长子夫妻之间不冷不热的相处状态里似乎也看出了一些不良苗头，周父曾利用单独与长子相处之机向儿子打听缘由。周士毅一来自己也说不出个所以然，二来觉得这事并未发展到不可收拾的地步，此外，他觉得父母打理这个家也不容易，他不想让父母过多地操心，所以便轻描淡写地敷衍了过去。不过周士毅在内心已经有个判断，他觉得他们的夫妻关系已经出现了一道深深的裂缝，以后的走势恐怕不容乐观。

秋收过后，枫岚乡按照预先安排，开始了对残次林的改造，与此同时，由于在"双抢"前已经完成了下水道工程，剩余地基又出卖过半，所以农贸市场四周道路的修筑工程以及市场里的地面硬化工程便相继启动了。

十一月下旬，农贸市场南向道路作为最后的道路工程已经浇筑了靠近市场内侧的一半。考虑到这里既是农贸市场之内的道路，同时也是枫岚老街通向长平市的主干道，路上行人很多，而次日又是枫岚集市当街的日子，为了防止当街的群众踩踏尚未凝固结实的路面，半下午时，周士毅便安排两个年轻的乡干部负责现场防护。这两个年轻人，个头结实一点的叫做姜春荣，身材单薄一点的叫做黎汉生，他们都是应届大学毕业生。

次日凌晨时分，周士毅在梦中忽然警觉地醒来，他一睁开眼，心里就有一种很不踏实的感觉，因为他想到现在新市场还未建好，老百姓还是在老市场当街，而大伙为了抢占一个好位置方便买卖，往往凌晨三四点钟就会挑着担或推着车赶到街上来。他想，如果那两个小伙子晚上没有安排轮流值班，当街的老百姓晚上又看不真切，见有了一条修好的马路，就肯定会踩踏上去，这样一来，这条路就很可能被弄毁了。想到这里，周士毅心里一紧，一个翻身坐了起来。他快速穿好衣服，稍事洗漱便往现场赶去。他一边走一边想，如果现场真的无人值守，自己就要把这事暂时顶起来，因为报毁了一条路，就是浪费了一大笔钱，这可不是小事！周士毅又想，从这件事来看，自己的工作还有粗疏之处，首先，让新手负责这样重要的工作，自己当时却没有交待具体的工作要求；其次，自己也没有指定由谁牵头负责，如果这次真的出了问题，这在很大程度上是自己的责任。想到这里，周士毅就打算上午重新布置这件事，而且他还暗暗地警醒自己，以后在工作上要从严过细，千万不可粗心大意。

周士毅踏着薄薄的白霜走出乡政府大院，这时月近西山，晨光熹微，朦胧之中，似乎依稀可见街上稀疏的人影。时令恰逢"小雪"，白天气温尚可，而霜天之夜的户外确实是寒气逼人，街上不时传来着凉的赶街者压抑的咳嗽声。

周士毅并不畏寒，他振作精神，大步流星地朝西街口赶去。这时，他远远地看见一个形体很胖的人在新修的马路边走来走去，他从身形来看估计是姜春荣。不过，周士毅稍一捉摸又觉得不太可能，因为在他的印象中，姜春荣这个小伙子目光无主，步伐凌乱，姿势懈怠，平时坐没个坐像，站没个站像，像这样慵懒散漫的人是不会有这份责任感来自觉地辛苦守夜的。他觉得这很可能是身体单薄的黎汉生穿了件厚棉衣，因为黎汉生做事积极主动，执着认真。

周士毅渐渐地走近那个守护马路的人，他发现事情果然不出自己所料，守夜之人正是裹了一件厚厚的军大衣的黎汉生。黎汉生见周士毅到了，大感意外，因为凌晨时分万籁俱寂，在这样的氛围里，黎汉生便压低声音向周士毅打着招呼。周士毅拍了拍他的肩膀，也轻声地询问他们俩是不是分上半夜和下半夜轮流值班。黎汉生说这个夜晚一直是自己一个人值班，周士毅对此情况虽然觉得不出意外，但还是追问了原因，但黎汉生却支支吾吾不肯实说。周士毅知道黎汉生本性厚道，不肯吐露实情。但他估计姜春荣或许认为一来领导没有要求晚上值班，二来领导也不知道晚上他们是不是值了班，所以就不肯晚上过来顶寒熬夜，而黎汉生因为责任感比较强，担心晚上被人踩坏了新修的马路，所以就只好一个人坚守在这里了。

　　周士毅心里已经知道了是怎么回事，自然而然地疼爱起这个瘦瘦的小伙子，便叫他回去休息，说是自己在这里接替他。起初黎汉生还不好意思让党委书记为自己替班，但见周士毅态度坚决只好从命。临行前他要把大衣留下，周士毅坚决不肯，因为这个小伙子的身体过于单薄，已经在户外冷了一夜，这时如果脱掉大衣回去，非得冷出个感冒不可。黎汉生见周士毅执意拒绝，只好怀着一颗温暖的心往回走，由于一夜未睡，他的脚步看起来似乎有点踉跄。

　　周士毅在朦胧的淡雾中看着黎汉生远去的背影，他由这个小伙子的表现引发了一些联想和感慨，他想起自己家里前面小街上那个"一新理发店"里的张师傅。张师傅理发店前面两侧的门柱上，常年挂着一副老祖宗传下来的意带自豪而又诙谐的木刻楹联，道是"虽为毫末技艺，却是顶上功夫"。张师傅五十来岁，从十几岁开始理发，这门手艺已经做了将近四十年，但他从未对这门单调的手艺感到厌烦，不管是上午刚刚开门还是晚上接近打烊，不管来理发的是成年男女还是少年儿童，也不管来者似有身份还是普通百姓，他为每一个人理发时，总是以不变的流程和严谨的态度认真对待。周士毅发现张师傅理发时，他常常会在最后关头停下手来，神情专注地从后面对着镜子认真端详着顾客的发型。其一丝不苟的模样，就像一位严格的质检员在检查一件重要的产品，或是工艺师在认真审视着自己接近完工的心血之作。在仔细端详过后，他会胸有成竹地以娴熟的动作这里剪一下，那里刮一下，一直修整到自己完全满意为止。在这过程中，他所展现的那份从容与执着，那份自信与满足，仿佛他所从事的并不是一门赖以养家糊口的手艺，而是一门非常高雅的艺术。周士毅每次看见张师傅对自己的职业如此的投入，心里总是满怀敬意。

　　周士毅由此想到，一个人不管他从事什么工作，只有投入初恋般的热情和怀抱宗教般的虔诚，其间既不懈怠更不厌烦，而是孜孜不倦以此为乐，他的工作才可能有所成就。周士毅还觉得，但凡职场中的人，工作态度比工作能力更为重要，因为工作能力强的人如果工作态度不积极，其职业贡献与职业成就也不会好到哪里去；而一个人即使工作能力暂时不太理想，假如他工作积极，善于钻研，稍假时日，他的工作能力肯定会获得有效提升，他的职业贡献与职业成就无疑也会让人刮目相看的。

周士毅又想，现在姜春荣和黎汉生两个人由于性格大相径庭，其对待工作的态度也是截然不同的，他们一个是懈怠而马虎，一个是积极而严谨。周士毅预感到，其因不同，其果必异，他们两人未来的事业成就也一定会高下分明的。后来事情的发展充分证明周士毅当初的判断果真没错，若干年后，当周士毅到枫岚乡旧地重游时，听说那个工作态度素来积极，工作作风一贯严谨，工作能力不断提升的黎汉生，已经屡升为谢家乡的党委书记；而那个懈怠成性，马虎了事，而且工作能力与工作态度全都乏善可陈的姜春明，在枫岚乡依旧是个无足轻重的一般干部。因为他对工作一直是拈轻怕重，怕累怕吃亏，所以组织上自然就不会给他压副什么"担子"而让他累着。

经历过这件以小见大的事，周士毅不仅对于"天道酬勤"的箴言有了更为具体而深刻的认知，而且对于"性格决定命运"的说法也多了几分稍带保留的认可。

第二十七章　乡官难当

整个四季度，周士毅都过得很压抑。

十月上旬，市里召开了"冬种油菜专题工作会"，会议由农业局局长艾新福主持，由分管农业的汤国庆副市长部署工作，各乡镇的乡镇长与分管农业的副乡镇长一同到会。在这次会议上，汤国庆副市长要求利用两至三年的时间，在全市农村全面推广具有高产抗病优点的甘蓝型油菜的种植。为了起到示范作用，汤市长要求全市各个乡镇都必须在公路沿线要搞一个示范区，会上还明确了三点要求：一是为了扩大示范影响，每个示范区连片种植甘蓝型油菜都要在 1000 亩以上；二是为了提高观赏效果，油菜示范区中间不准出现"插花田"；三是为了便于群众观摩，示范区必须安排在集镇附近。会议要求今年试点示范，明年扩大试种，后年全面推广。

散会以后，章汉杰与分管农业的副乡长满平一道向周士毅做了汇报，周士毅听了以后觉得头都大了。

去年市里要求搞 1000 亩连片的玉米种植示范区，当时虽然没有要求安排在集镇附近的公路沿线，但因农民没有种植玉米的习惯，所以几乎所有的村组都不愿接受，后来好说歹说，终于精心挑选了三个大一点的村庄，把他们之间相邻的田地进行强制性调剂，然后集中起来种植玉米，使其规模达到一千亩。但有关农户待到秋后一算账，发现种植玉米的收益竟然不如种植水稻，就很不高兴，许多种植玉米的农户多次到乡里交涉，要求乡里补偿他们的损失。有些农民纠缠许久达不到目的，就编了一段顺口溜骂周士毅，说是"狗官周士毅，强迫种玉米。不种他要逼，亏了他不理"。这事后来传到周士毅耳朵里，弄得他很长时间心里都是梗梗的。现在不仅又是"千亩连片"示范区，还要求安排在集镇附近的公路沿线，而集镇附近靠近公路的几个村庄都不大，如果要搞千亩连片，就必须安排两三个村庄将其稻田全部用来种植甘蓝型油菜。这样一来，他们明年早稻的秧田和平时的蔬菜田就都无法保障了，这在实行了农业生产责任制的当下根本就行不通。后来通过会议研究作出了两点决定，一是不搞连片种植，改由全乡的乡村组三级干部和全体党员分户带头试种；二是种植的总面积安排为一千二百亩。周士毅想，虽然甘蓝型油菜的集中连片没有放在集镇附近的公路旁边，但总面积有所突破，这样"将功补过"，市领导见此情况或许不会责怪。

不料汤国庆副市长得知这一消息后很不高兴，他亲自赶到枫岚乡，督促周士毅纠正错误做法。并说，如果枫岚乡能够按照要求开展工作，他可以安排到枫岚来开"现场会"。但周士毅没有同意，他把实际困难向汤市长耐心做了汇报，最后他解释说，连片种植虽然在形式上好看一些，但实际效果不如分散种植，因为分散种植，全乡所有的村小组都有甘蓝型油菜的种植点，大家都看得到，如果产量高，效益好，就更有利于新品种的普及推广。

汤国庆前三个月找了周士毅，想让枫林村的一个远房表弟到村委会当村主任。周士毅经过考察，得知此人好吃懒做，影响不好，便将这个情况向汤市长做了专题汇报。汤国庆认为这是周士毅婉拒的表示，当场就把脸拉得老长。上次是私事不给面子也就罢了，但这次纯粹是公事，周士毅不仅自行其是，还含沙射影地指责自己在搞"形式主义"，汤国庆想到这里，气得当场拂袖而去。

一波未平，一波又起。十月下旬，分管乡企工作的副市长鲁明到枫岚乡搞督查。鲁市长说，枫岚乡这几年一直在吃老本，没有新上乡办企业，问枫岚乡在近期是不是能有突破性的思路。周士毅坦言，枫岚乡这两年确实没有新上企业，这一来是因为没有找到合适的项目，二来乡里也不敢因为乱上项目而加重负担。周士毅又汇报道，不过，乡里这两年致力于企业管理的改革与挖潜，而且也见了一些成效，譬如酒厂，以前是产能高而产量低，现在的产能已经充分发挥出来了，建筑公司的建安产值也增加了两倍。并说通过前期的努力，乡里其他企业也都实现了扭亏增盈，乡办企业的财税贡献比起两年前已经翻了一番多，这从某种程度来看，枫岚在发展乡办企业方面还是有所作为的。

鲁市长见周士毅不仅没有接受自己的批评，而且还自我表功，便有点不高兴了。他顿了顿，便向枫岚乡提出两条工作要求，枫岚乡可以任选一条：一是在年底之前新上一个投资五十万元以上的企业；二是在年底之前将现有的酒厂进行技术改造，使产能实现翻番。如果这两条连一条都做不到，就要和其他无所作为的乡镇一样进行通报批评，相反，假如能按照刚才的要求办理，年底很有可能被评为发展乡办企业的先进单位，到时候市里还会给书记乡长颁发数额不小的奖金。

周士毅听了鲁市长的话，憋了一会儿，回道：年前新上乡办企业肯定是无法做到的，因为急于求成地为了完成任务而新上乡办企业，很可能让乡里背上沉重的经济包袱，他不想这样做；关于酒厂技术改造的事，他说自己已经有了这方面的考虑，但马上就到年底了，正是酒厂的销售旺季，现在停产搞技改恐怕未必合适，他觉得等过了八九年的端午节，到了白酒的销售淡季再搞，这样或许更好些。至于产能扩大多少，是否需要翻番，他觉得还得认真研究，因为用过多的负债换取不合理的扩张，很可能使企业陷入亏损的泥潭，所以说到底该如何搞，现在还无法预下定论。

鲁市长听了周士毅的话，气得脸色铁青，连饭都不肯吃就要走。他来到车子旁边，扭转头对一再挽留他的周士毅哼哼冷笑两声，然后挖苦道："士毅同志，你的水平比我还高，我很佩服你！我明年就要退居二线了，我觉得你接我的班比较合适！"次日，市政府办就对几个发展乡办企业滞后的乡镇进行了通报批评，其中枫岚乡的名字就赫然在列。

那天周士毅坐在住所外间的木椅上，在看完市政府颁发的通报批评文件之后，心里觉得很是压抑，不由得抬起头长长地舒了一口闷气。这时，他的目光在不经意间投向挂在对面墙上的《赤壁赋》。去年春节返乡后他应邀去章汉杰家里吃饭时，看到章汉杰家的墙壁上所挂的两幅字，觉得很有点意思，回来以后也就附庸风雅，跟着用楷书体试写了一副。这时周士毅想排解心头的不快，便起身站在字幅的前面，《赤壁赋》随即清晰地映入眼帘：

壬戌之秋，七月既望，苏子与客泛舟游于赤壁之下。清风徐来，水波不兴。举酒属客，诵明月之诗，歌窈窕之章。少焉，月出于东山之上，徘徊于斗牛之间。白露横江，水光接天。纵一苇之所如，凌万顷之茫然。浩浩乎如冯虚御风，而不知其所止；飘飘乎如遗世独立，羽化而登仙。

于是饮酒乐甚，扣舷而歌之。歌曰："桂棹兮兰桨，击空明兮溯流光。渺渺兮予怀，望美人兮天一方。"客有吹洞箫者，倚歌而和之，其声呜呜然：如怨如慕，如泣如诉；余音袅袅，不绝如缕；舞幽壑之潜蛟，泣孤舟之嫠妇。

苏子愀然，正襟危坐，而问客曰："何为其然也？"客曰："月明星稀，乌鹊南飞，此非曹孟德之诗乎？西望夏口，东望武昌。山川相缪，郁乎苍苍；此非孟德之困于周郎者乎？方其破荆州，下江陵，顺流而东也，舳舻千里，旌旗蔽空，酾酒临江，横槊赋诗；固一世之雄也，而今安在哉？况吾与子，渔樵于江渚之上，侣鱼虾而友麋鹿，驾一叶之扁舟，举匏樽以相属；寄蜉蝣于天地，渺沧海之一粟。哀吾生之须臾，羡长江之无穷；挟飞仙以遨游，抱明月而长终；知不可乎骤得，托遗响于悲风。”

苏子曰："客亦知夫水与月乎？逝者如斯，而未尝往也；盈虚者如彼，而卒莫消长也。盖将自其变者而观之，则天地曾不能一瞬；自其不变者而观之，则物于我皆无尽也。而又何羡乎？且夫天地之间，物各有主。苟非吾之所有，虽一毫而莫取。惟江上之清风，与山间之明月，耳得之而为声，目遇之而成色。取之无禁，用之不竭。是造物者之无尽藏也，而吾与子之所共适。"

客喜而笑，洗盏更酌，肴核既尽，杯盘狼藉。相与枕藉乎舟中，不知东方之既白

周士毅的注意力最后聚焦于"物各有主"，"苟非吾之所有，虽一毫而莫取"，他继而想道，就当下而言，要获取冬种油菜召开"现场会"之"名"，则须以群众的不便与不满为代价，而要获取发展乡办企业奖金之"利"，便需以乡镇承担无效投资的负担为代价，自己身为枫岚的主政者，怎能为了追求名利而昧着良心办事？诚如苏轼所言，"物各有主"，既然这份"名""利"受之有愧，自己只能拒绝而无法通融。接着，他又想起林则徐的那句名言，"苟利国家生死以，岂因祸福避趋之"，他觉得，"国家"是载体，"民众"是核心，既然明知自己的做法对民众有利，自己还有什么可纠结的呢？他想，自己这种想法与做法虽然离"副县级"之梦渐行渐远，但这又有什么大不了的呢？这比昧着良心往上爬，内心深处却常常为此惴惴不安总要好些，周士毅这样豁达地想道。

周士毅心里的波浪刚刚平复，对其内心世界一场更大的冲击跟着又发生了。十一月十六日，长平市召开了由乡镇书记、乡镇长和分管计生工作的副乡镇长参加的"'纯女户'结扎紧急动员会"，一场为期一个月的震慑人心的"纯女户"结扎在长平市就此拉开了序幕。

有的乡镇见事早，行动快，他们下午在市里开了动员会，一回去就召开乡村干部的闭门紧急会议，在圈定具体对象之后，当天晚上就上户包围民房，然后强行闯入，把生育了两个以上女孩的农妇抓到乡卫生院去强行结扎。结果在市里召开动员会的当天晚上，就有六个乡镇突破了"纯女户"结扎手续。而更多的乡镇则是按部就班地"依葫芦画瓢"，他们也在第二天召开"紧急动员会"，然后再确定对象，展开行动，由于前一天晚上少数乡镇展开了行动，消息不胫而走，其他乡镇的那些"纯女户"便开始

了一场极其迅速的"大逃亡"，所以当其他乡镇展开行动时，结果全都扑了空，枫岚乡自然也是如此。

市里为了加大督促力度，尽快扩大战果，计生委除了每两天编发一期简报，每五天召开一次交账会，市计生委和市里的分管领导以及蹲片领导，还会到没有突破"纯女户"结扎的乡镇进行巡回督查。枫岚乡直至二十三日都没有突破一例，周士毅、章汉杰和分管计生工作的李秋云等人一时感到如山的压力。

为了取得"纯女户"结扎的零的突破，有的乡镇在收取押金无效的情况下，如果发现有亲属在本乡镇或本市工作的，便通过行政手段停止其工作，然后责成其限期找出计生对象。有的乡镇还以拆掉计生对象的住房相威胁，最后仍然没有效果的，便狠下一条心动手拆房。结果许多"纯女户"为了保住安身之所而被迫现身就范。周士毅无法狠起心肠，他始终不忍祭出拆房的"辣招"，所以枫岚乡便成为没有突破"纯女户"的五个乡镇之一。

十一月二十四日，市里又召开了一次促进会，周士毅作为后进乡的党委书记参加了这次会议。市委常委、分管计生工作的副市长马华，在会上对后进乡镇进行了严肃批评，他说，在计划生育这个大是大非问题面前，作为乡镇的主要领导，既不准心存犹豫，也不能抱有幻想，市委希望"多换思想少换人"，但是，假如确实有人心存抵触，那就只能"不换思想就换人"。开会回来的路上，周士毅陷入了沉思，他在农村下放过三年半，他知道在农村要建成一栋房子是多么的艰难，有些农户甚至祖孙三代都难圆建房之梦，如果要自己一声令下，将人家遮风避雨的房子夷为平地，自己实在是于心不忍，想来想去，周士毅怎么都下不了这个狠心。

周士毅想到近期的一些事情，不由得忧心忡忡。前些时候因为不肯提拔他的亲戚和没有千亩连片种油菜而得罪了汤国庆副市长；不久又因乡办企业的事惹恼了鲁明副市长；其后政府办的时运来主任为其在打架纠纷中明显欠理的亲戚出面要关照，自己又坚持原则驳了他的面子；现在又因"纯女户"结扎落后而被马华副市长敲打，周士毅觉得自己好像越来越不太适应吃官场这碗饭。

周士毅很苦恼，也很矛盾。譬如：他支持市里推广甘蓝型油菜，因为这个品种抗病虫害的能力强，产量高，但不理解会造成农民连秧田和菜地都保不住的"千亩连片"的做法，他不认为政府可以恣意剥夺农民的种植自主权，他觉得这是徒增干群的对立情绪；他理解市里促进乡办企业发展的用心，但不同意只重视新办企业而忽视既有企业，因为这会导致只求新上企业数量，不顾已有企业效益的不良风气；他赞同搞计划生育，但不认同这种以损毁私有财产为抓手的粗暴做法，国家因经济发展落后而控制人口增长，老百姓应该配合，但因老百姓并不是国家经济落后的责任主体，所以作为地方官员不应对其痛下辣招。而汤国庆和时运来为亲戚出面的事，虽然情有可原，但没有达到目的就给脸色这就太过强势了。

尤其是"纯女户"结扎的无从突破，这让周士毅有种走投无路的感觉，他想到马华副市长"不换思想就换人"这句话，于是便在党政联席会上流露出辞职的念头。章汉杰听说周士毅考虑辞职，表面上劝慰着，心中却是暗喜，其他人则纷纷大义凛然出言劝止。李秋云想了想，神情淡然地起身表态说，她不同意周士毅辞职，因为自己是乡里分管计划生育的领导，万一无法可想，要不就把她给扎了，这样就实现了"纯女户"结扎零的突破。周士毅知道李秋云的丈夫并无兄弟姐妹，而他们夫妻又只生了一个女儿，就坚决不肯。

这时，牟玉成慢悠悠地亮出个点子。他说，传宗接代的思想在中国是根深蒂固的，要让那些还有生育能力的"纯女户"去结扎，让人家断了念想，这无疑比登天还难，但是，假如转换一下思路，去找几个已经绝了月经的纯女户结扎，让她们得到一笔不小的奖金，这事恐怕就简单多了。大伙一听，顿觉眼前一亮，都说这是个妙招。但周士毅却不认同这个主意，他说，拿明知没有月经的女人去挨刀，这不是个办法。

牟玉成一计不成又生一计，他接着想了个"分步拆房"的思路。他说，圈定几个生女儿最多的"纯女户"，不要像其他乡镇那样一开始就拆掉他们的房子，而是循序渐进地损毁，直至把计生对象逼出来为止。他进而分析道，在巨大的压力下，很可能会有"纯女户"被迫就范，而只要有一户"纯女户"带头扎了，其他人也就好办了。

周士毅想来想去，觉得这不失为一种没有办法的办法，不过，他随后便做了两点补充：一是对结扎的"纯女户"加大奖励力度。二是无论如何都不准损毁房子的梁柱，而且撞墙不准撞坏墙角，只能在墙的中间破个洞；撞板壁不准在中间破洞，只能从四个角上将其撞得脱落，以便于今后修复。他还提出，最好是在房间里面用板凳撞柱子，这样在外面听起来惊天动地，很有威慑作用，但实际上对农户的房屋却没有造成实质性的损毁。

会议快要结束时，没想到韩家小学校长韩高义竟陪同他的妻子赵秀芝到乡里找周士毅来了，并声言有非常着急的事。周士毅见情况蹊跷，随即宣布休息十分钟，随后他将韩高义夫妻领到他住所坐下。韩高义说，他们夫妻考虑了很久，决定在计划生育方面跟周书记解个难。周士毅闻言大感诧异，问他有什么办法。赵秀芝就说，她今年四十二岁，她只有一个二十一岁的女儿，但她这么多年一直怀不上第二胎，现在已经出现停经的兆头，而自己估计即使再等几个月也不会有多大的希望，他们夫妻想来想去，决定干脆自己报名挨了这一刀，帮助乡里实现"纯女户"结扎零的突破，免得周书记犯难。周士毅一听，激动得眼眶都湿润了。

就在赵秀芝结扎的第二天，中学的刘老师也主动找到李秋云，他说他们夫妻只生了一个女儿，但他妻子多次宫外怀孕，差一点送了命，所以他们夫妻自愿结扎。但他提了个条件，说他的妻子在农村，如果他们自愿结扎，乡里要给她妻子解决一个乡办企业做工的指标。周士毅闻讯临时召开书记碰头会，马上答应了这件事。两例"纯女户"结扎的消息马上就被传播开来，而且他们两家还都是只生了一个女儿，这对全乡的"纯女户"震动很大。

那些"纯女户"都不知道内幕原因，大家见已经带头结扎的两个人都只生了一个女儿，觉得自己已经生了几个女儿，估计终究还是逃不了的，再说长期躲在外面也不是个办法，而且听说乡里也准备拆房子，许多"纯女户"想来想去，最终还是决定出来扎了拉倒。由于榜样作用的引领，加之补救措施得力，在全市这项中心工作结束时，枫岚乡的"纯女户"结扎进度终于进入到全市三十三个乡镇街道的第十一位。不过，就计划生育工作的总成绩而言，枫岚乡依旧处于全市的领先水平，为此，市领导还把枫岚乡作为先进典型进行了表扬。

在"纯女户"结扎正如火如荼进行的时候，有一天，市计生办的范秀明主任来到枫岚乡，在接待室里，她笑着看了看周士毅，说，"老弟，人们常说，'老大难，老大难，老大重视就不难'，看起来这句话真的是很有道理啊！"

周士毅苦笑了一下，然后长叹道："大姐，不瞒你说，我内心苦得很呢！"

范秀明闻言一愣，颇为讶异地看着周士毅。

周士毅说："我身为枫岚乡的党委书记，想到自己的职责，我无论是在台上还是在台下，都必须坚定不移地抓计划生育。但是，我虽然表面上理直气壮，甚至气壮如牛，但我内心却常常在政策与情感之间挣扎，每当我们以行政手段强行干涉老百姓的生育意愿，面对因强迫就范而嘤嘤哭泣的妇女时，我确实是相当的于心不忍。尤其是在扎"纯女户"时，当我看到即将结扎的妇女们，那副因为无法传宗接代而绝望得歇斯底里的模样时，我就更是相当的痛心！不瞒大姐说，在计划生育这个问题上，我既要执行国家政策，又对百姓充满同情，我的内心深处常常有种负疚甚至负罪的感觉，唉！大姐，我在心理上事实上成了个'两面人，我是天天在火上烤啊！"

范秀明沉默了一会儿，然后说道："老弟，我很理解你的心情，其实将心比心，我们这些计生干部的心情又何尝不是这样呢？我老公和我儿子已经是两代单传，而我儿子却生了一个女儿，按照行政企事业单位现行的独生子女政策，一对夫妇只能生一个孩子，这就意味着我儿子以后不能再生了，我婆婆每当想起这事就泪流满面，说这个家传不下去了。我亲家是做生意的，而且做得很好，他提议让女儿女婿丢掉工作超生一个，以后就跟着他去做生意。但我思前想后，最后没有同意，因为我总不能对别人'马列主义'，对自己'自由主义'，是不！我觉得人在官场，身不由己！我们既然端了这个碗，就必须狠下心肠执行政策？我们这些专业干部和基层干部，必须对国家的未来发展，对人民的长远利益负责啊！"

周士毅不解地问道："大姐，计划生育是要搞，但是不是需要下这样让群众撕心裂肺的'猛药'，我是不无疑虑的。你想想看，在若干年后，就整个社会而言，一对独生子女夫妇的劳动成果，除了要供养自身，下要供养一个子女，上要供养四个退休的父母辈和若干个祖父母辈。如果到了那个时候政策又松动了一些，允许他们生育第二胎的话，这样一来，就意味着一对独生子女夫妇的生产成果，要供包括他们自己在内的十几个人消费。在那个时候，社会上黑发人少而白发人多，工作者少而退休者多，能够照看人的少而被照看者多，这样的社会，又会有多少活力可言呢？国家劳力不足，又如何谈得上经济发展呢？况且那些不幸'失独'的家庭，还存在老人晚景凄凉孤苦无依的心理安全问题。

"鉴于独生子女政策对国家对家庭将会带来诸多负面影响，因此，我认为这种'下猛药'似的人口政策是不可能持久的。大姐，我觉得无论是个人还是家庭，生育问题都是一件非常大的事情，所以作为国家的人口政策，应该具有一定的预见性、稳定性与长效性，而不能急收急放，不能现在急踩'刹车'，以后又猛加'油门'，你说是么？"

范秀明闻言不觉默然，一下子不知如何应对。

一九八九年元旦的前两天，市委李云峰书记的秘书曹新荣打电话给周士毅，说是李书记下午会到枫岚来，并且在枫岚吃晚饭，并声言伙食标准从简。曹新荣还特意叮嘱，晚上陪餐的人不要太多。周士毅脑子里立马转了一下，就将自己的打算向曹新荣征求意见，说是下午由全体班子成员参加工作汇报，晚上则由书记乡长和两个副书记参加陪餐。曹新荣觉得汇报工作还是书记为主乡长补充，副书记参加也行，其他班子成员就免了，并说他觉得场面太嘈杂了不太好。周士毅则说，乡镇的一般班子成员平时没有机会近距离见到市委主要领导，现在既然李书记到了乡里，还是让大家跟领导见个面的好，否则大家可能会失望的。曹新荣见周士毅坚持，也就不好多说什么。

接完电话，周士毅便召开了书记碰头会，把这事以及自己的安排和几个书记说了一下，并提出下午的工作汇报由自己担纲，乡长和两个副书记进行补充，其他班子成员想说几句也可以。章汉杰、杨树青和蒋智丰自然都表示赞同，不一会，碰头会也就散了。办公室的宣新民主任随后便将此事通知了全体班子成员，并组织机关干部把各处的卫生彻底搞了一下，然后又根据周士毅的意思到食堂做了郑重其事的交待。这天恰好是枫岚当街的日子，食堂便按照宣新民的交待到街上去备办食材。

下午上班时，除了周士毅和章汉杰在楼下接待室守候市委李书记外，其余班子成员都带着本子和钢笔来到二楼小会议室，大家都怀着激动的心情等候着李书记的光临，因为他们中的绝大多数人还从来没有与李书记近距离地接触过。周士毅对人的心理已有相当程度的研究，他知道，人们因为"自卑"心理的影响，在面对权威或名人时，常常产生一种攀龙附凤的虚荣心，正是因为这点，所以他才执意安排全体班子成员参与汇报。

下午三点不到，周士毅听见乡政府大院外响起小车的喇叭声，便立即起身和章汉杰来到办公楼前的场地上，不多时，一辆越野车来到近前停下。周士毅赶忙来到后排右座，这时李书记的秘书曹新荣已从副驾驶座下来为李书记打开车门。但李书记并未下车，他对已经来到面前的周士毅和章汉杰点点头，然后对周士毅说："这样吧，我就先不下去了，士毅你陪我到山上去看看植树造林的情况，回来时再看看农贸市场，有时间的话再看看酒厂，然后再吃晚饭，汉杰你就在乡里等我。"

章汉杰听了李书记的吩咐，就连连点头笑眯眯地应承着。周士毅先是愣了一下，然后便对李书记笑道："李书记，这个……我本来以为您来了以后，先在乡里听汇报，然后再到现场去看看，所以呢，我就自作主张地将班子成员都召集拢来了，现在大家都在楼上的会议室里候着呢！李书记，您看是不是先跟大家见个面，然后再……"

"见面就免了吧！我们不要搞这种形式！"李云峰不容置疑地说。

周士毅见李书记不肯下车，稍一迟疑，就又说道："李书记，我们这些班子成员这两年工作都很卖力，您就给我一个面子，见见他们吧！"

"哦……既然这样……那就先见个面吧！"李书记笑着看了看周士毅，一边这样回应，一边就下了车。

周士毅见李书记同意了他的请求，便满怀喜悦地和章汉杰陪伴李书记朝二楼走去。曹新荣则为李书记端着杯子拿着提抱紧随其后。

不一会，李书记便在周士毅的导引下来到二楼的小会议室，大家听见李书记等人上到楼梯口时，都兴奋地赶紧提前站起身来，会议室里顿时响起一片椅子的挪动声。

李书记来到会议室的门前，见大家一个个笑容可掬神态恭谨地站立守候着，便面带微笑地朝大家做了个往下按的手势，口里同时说："坐，大家坐！"大家自然都没有坐，直到李书记在周士毅的引导下在周士毅惯常坐的那个位置就座，而周士毅和章汉杰也在其两侧分别落座，大家这才相继坐下。

李书记说："我本来准备拉着士毅同志陪我直接去山上看看植树造林的情况，然后再看看农贸市场，有空再顺便看看酒厂，所以就想把这个'汇报'环节免了，但你们这位'班长'却和我讨价还价，说是大家都在这里等着，一定要我上来和大家先见个面，我拗他不过，只好按他的意思办了。"说着便呵呵呵地笑了起来。

大家原来都知道市委李书记是个不苟言笑非常严肃的领导，如今见他平易近人，谈笑风生，不由得大觉快慰，便都跟着笑了。

"士毅同志的心情我是能够理解的，既然来了，那我就认认大家吧！"

曹新荣听了这话，赶忙从公文包里拿出一个绿皮本子和一支钢笔放到李书记面前。李云峰翻到其中的某页，认真地看了一下，便说："书记乡长就不用说了，老杨我们也见过面，现在我来认认其他班子成员吧！"

其他班子成员见李书记要一个一个地认认大家，全部振作精神，连坐姿也都英挺了许多。李书记定了定神，然后就按照本子里的顺序，连姓名带职务地一个一个点着名，他每点一个就相应地看一下那个从座位上起身站立的人，有的人由于被李书记神情专注地看着，不仅神情扭捏，而且在笑的时候，连脸上的肌肉都有点僵硬的样子，显得很不自然。

待李云峰点到龙细萍的名字时，周士毅忙解释道："龙细萍病了两年多，一直没有上班。"

"哦……"李书记闻言出神地想了一会儿，然后便回过神来，继续点着名，认着人。点名完毕，李书记说道："各位，刚才我们大家都已经相互认识了，现在我再接着说几句吧。"

大家见李书记还有重要讲话，一个个极其恭谨地打开笔记本，神情专注地看着李书记。

李书记见大家都拉开了认真记录的架势，笑道："大家不用记录，我只是和大家随便聊聊而已……我这个人呢，有个工作习惯，通常在换届的第一年，我会到心里不太踏实的地方去走一下，以便鼓鼓劲、打打气；在换届的第二年，我会全面跑一遍，以便了解情况，心中有数；到临近届末，则会抓两种'典型'，就是跑一跑比较先进的和比较落后的乡镇，以便抓两头促中间。不过，无论是什么时候，像刚才这样把班子成员全部认个遍，这还是第一次。我之所以会打破常规，是因为我很喜欢你们这个班子。我觉得，虽说乡官难当，但只要精神振奋，锐意进取，情况就会大不一样，在车子刚才进了大院以后，我看到对面墙上那条振奋人心的标语——卧薪尝胆，励精图治，团结奋进，振兴枫岚。各位，有了这样一股子劲头，又有了比较到位的思路，譬如你们拟定的'五年大动作'，要让枫岚乡旧貌换新颜这肯定是很有希望的。我从你们荣新发片长那里了解到，枫岚乡这两年为老百姓干了很多大实事、大好事，而且取得了显著的成绩，这说明不仅周士毅这个'班长'当得好，而且整个党政班子都干得好，说实话，对这样能干事，愿干事，而且还干成事的班子，我是非常欣赏的。"

周士毅见李书记这样鞭策激励枫岚乡的党政班子成员，便说："谢谢李书记的关心和鼓励"，说着带头鼓起掌来，大家见周士毅鼓掌，一齐反应过来，都热烈地鼓着掌，会议室里一时激情澎湃，热闹异常。

李书记做了个手势，意思是叫大家不要鼓掌，等掌声停歇下来，李书记又说："俗话说，'耳听为虚，眼见为实'，为了得到第一手的感性材料，所以我今天就想到现场去看看，我们就先聊这些，好不好？"

大家又都陆续应着，然后一齐兴高采烈地簇拥着李书记往楼下走去。

按照李书记的安排，周士毅就陪李书记先到附近几个山头看了看。路上李书记说，他听说周士毅前段时间工作压力很大，也很痛苦，他认为这是一个人成长过程中必须经历的重要阶段，这不是坏事。

李书记又进一步劝慰道，"艰难困苦，玉汝于成"，人这一生要想有所成就，必定要与物质上或精神上的艰难困苦进行不懈的斗争。如果把生活比作一条湍急的河流，我们平时所遇到的各种困难就是河流里的波浪，就像波浪可以托起泳者击水前行一样，困难也可以让克服困难者锻炼成长。

周士毅深以为然地点了点头，他说，他并不相信所谓的"天命"，他很赞同"人必先自助而后天助"和"天道酬勤"这些观点。他还说，不管何时何地，不管境况如何，"凭良心做人"与"尽能力做事"，这是他始终秉持的人生信念，以前他是这么走过来的，以后他还会这样走下去，请领导放心。

闲聊中，李书记始终没有点到诸如冬种油菜、乡办企业等具体事项，因为他相信周士毅在工作中会有理智的判断和妥善的处置。

回到农贸市场时，李书记与周士毅就和已经候在这里的章汉杰、杨树青、蒋智丰汇作一处，李书记看了看眼前这个街心花园，然后信步走向湖心亭。他看见亭子正面的匾额题着"仰高亭"三个字，两边的柱子上则阴刻着一副楹联，上下联分别是："帝王颁诏，诚求英才扶社稷；太守下榻，感佩高风化世民。"李书记默默地品鉴了一会儿，觉得这副包含了历史故事的对联不无可取之处。之后又四面打量了一会儿，他见这个农贸市场既大气又高雅，在规划上可谓是别具一格。当他听到杨树青说这全部是周士毅的思路时，不由得赞赏有加。在看过与问过之后，他们就又驱车赶到酒厂去，章汉杰三个人便各自骑着自行车跟了过去，在酒厂待了大约半个小时，大家就回到乡里用餐。

用餐时，酒量本就比较大的李书记，今天心里一高兴就更加放开了一些量。章汉杰为了给李书记留下一个尊敬领导的好印象，陪酒陪得格外卖力。周士毅出于对李书记的尊敬与感恩，见章汉杰殷勤劝酒，自然也是"舍命陪君子"。

进餐中途，李书记见周士毅有点不胜酒力的样子，便劝周士毅少喝一些，但周士毅激情满怀，依然豪壮地敬着、喝着，到了李书记要踏上归程时，周士毅的酒力其实到了临界点，他完全是凭着自己坚强的毅力憋住酒力强自撑着。待李书记的车子一开走，周士毅便蹲在地上几次三番地大吐不止，杨树青和蒋智丰分别站在两边照看，章汉杰不好意思立即离开，也站在那里看着。

周士毅吐得肚子里空空如也，觉得心里舒服多了，便站起身来准备回房。扶在两边的杨树青和蒋智丰打算送其上楼，但周士毅知道自己只要吐过便无大碍，就坚决谢绝了他们的好意。章汉杰、杨树青和蒋智丰见无事可做，就各自散了。

第二十八章　离愁别绪

　　周士毅回到房里，他在靠门的木椅上坐了下来，他想稍微歇息一会儿，然后再去打水擦洗一下。不多时，忽然听见楼梯上响起急促而轻盈的脚步声，周士毅还没回过神来，却见苏爱莲满脸关切地来到门前。原来苏爱莲知道今天市委书记在枫岚吃晚饭，她担心周士毅酒量小，面子薄，很可能会醉，所以一直从旁留意此事。到了周士毅刚才在下面吐过上楼之后，苏爱莲站在远处迟疑了一会儿，随后还是跟了过来，她想看看自己是不是还要为周士毅做点什么，再说，她正好有话要对周士毅说。

　　苏爱莲到外间拿了脸盆到洗漱池打了一盆水端回房里，在试着掺了一些热水之后，将毛巾在水里反复搓着，然后打上香皂，递给周士毅。周士毅虽然觉得有些不好意思，但还是笑着接过擦起脸来。

　　苏爱莲说："周书记，您以后可不能这么喝酒了，再喝醉了，就没有人照看您了。"

　　周士毅一听这话觉得不对，警觉地问道："怎么回事！"

　　"我明天上午递交了辞职报告就要走了。"

　　"你要走了！你怎么要走了呢？"周士毅闻言竟不由自主地从座位上站起身来，神情严肃地看着苏爱莲，好像要从她身上找出什么不对似的。

　　苏爱莲从周士毅手里接过毛巾，一边到脸盆里重新搓着，一边继续说道："今天下午接到我母亲的电话，说是家里有位远方亲戚要来，叫我明天赶回去帮着接待，并说他会为我另外找份事做，以后就不用再到这边来了，所以明天我办好辞职手续就走。"说完，将搓好的毛巾重又递给周士毅。

　　周士毅接过毛巾，擦了几下就停止了，他好像一时适应不了这种瞬间巨变，便问："你到其他地方做事？难道这里不好吗！"

　　"不是不好，只是待在这里也不是长久之计呀？"

　　周士毅听了这话默然无语，心里只觉得空落落的，外间一时格外沉寂，只有西边的宿舍楼里，传来谁播放磁带音乐的声音。

自从年后返乡，苏爱莲明白无误地阐述了她的择偶标准，周士毅为了避免因为自己的因素而影响苏爱莲的终身大事，当时曾经考虑要想个办法把她打发走。他本来想去市直机关为她找个打字员的临时工岗位，但自己却又老是拖拖拉拉的，没把这事当做一件大事来办，而将她辞退又没有充分的理由，再说也狠不下这个心，所以这事便这么一直拖了下来。现在忽然听到苏爱莲要辞职，自己反而吃了一惊。直至这时，周士毅这才察觉出自己的一个秘密，就是在对待苏爱莲的态度上，自己的内心深处其实是相互矛盾的，说白了，就是既想她走又舍不得她走。对于自己竟然会有这种奇怪的想法，他不由得感到有些纳闷，于是便在脑海里认真地做了一番梳理。虽说去年打雷时两人之间有过一次亲密接触，但那纯粹是无意之举，不能代表什么，不过有一点似乎是确切无疑的，那就是自己平时与这丫头虽然说话不多，但不知怎么回事，自己就是觉得这丫头不仅懂自己，而且也很对自己的路，彼此很默契。自己在与她接触时，心里觉得很舒服，很温馨，也很踏实，与她相遇或相处，心里总有一种甜甜的感觉。也许正是这个原因，所以现在听到苏爱莲即将离去时，竟会产生不小的心理冲击。

苏爱莲见周士毅那失魂落魄的样子，心里只觉得很疼。她是个很聪明的姑娘，尽管周士毅平时对自己老是摆出一副道貌岸然的模样，但她心里隐隐约约地觉得周士毅应该是喜欢自己的，只是因为他是已婚之人，在婚恋大事上没有回旋余地而已。苏爱莲之所以心中有数，是始于周士毅初来枫岚夜醉的那一次。那次她为醉酒躺在床上的周士毅清洗污物和擦拭面庞时，就读懂了周士毅对自己那惊慌一瞥的眼神。但她并不浅薄，她只是把自己所捕获的这个信息深深地埋在心里。

周士毅想道，丫头这话也是对的，她不是在编人员，而且也二十一岁了，她待在这里确实'不是长久之计'，她既有权也有必要重新安排自己的未来。自己舍不得她走，自己凭什么舍不得她走？自己能有把握给她什么？想到这里，周士毅便看着苏爱莲缓言道："丫头，说实话，尽管这边有点离不开你，但我还是理解你的想法，而且也支持你的做法。"说完，很勉强地笑了笑。

苏爱莲从周士毅手里接过毛巾，在脸盆里搓洗拧干，并将水倒掉之后，接着便在小方桌靠门那边的凳子上坐下。这时她坦然而真诚地看着周士毅，轻声细语地说："周书记，我明天就要离开枫岚了，在离开之前，我心里有几个问题想向您请问，只是不知道会不会冒犯您或难为您。"

周士毅坦荡荡地说："丫头，有什么'冒犯'或'难为'的，我事无不可以对人言，有什么事你问就是，坐下说吧！"说着自己也在沙发上重新坐下。

苏爱莲依言在小方桌旁坐下，然后神色庄重地说："既然周书记不怪我冒昧，那我就斗胆问了，"苏爱莲说罢就正色问道，"上次您妻子到枫岚来，我们已经见过面，我觉得您妻子是个比较注重自我感觉的人，我想请问，您和您妻子相处得快乐吗？"

周士毅见苏爱莲问起这个，便如实回道："曾经比较快乐，现在不太快乐。"

苏爱莲紧接着又问道："以目前的情况来推论，您对和您妻子白头到老的信心程度可以打多少分？"

"很难说，"周士毅忧心忡忡地答道。

"假如，"苏爱莲郑重其事地解释道，"我说的是'假如'，你们的感情不幸走到尽头，作为您的下任妻子，您现在有优先考虑的对象吗？"

周士毅听到这里，便低下头默不作声了。

苏爱莲见周士毅心情似乎很沉重，便说："周书记您不用觉得为难，我只希望您说真心话，而不要有其他的顾虑。"

周士毅不由得长叹一声，他抬起头，就把自己与乔晓娜的情感经历原原本本地述说了一遍，最后他说："我当年因为武断地认为乔晓娜已经有了男友，所以就放弃了第二天的'两年之约'，以致害得她此后苦苦守望了七年；现在高凤与我只是出现了一些情感裂痕，如果我又先入为主地认为我们今后会如何如何，这对高凤无疑是很不负责的。我想，我不能两次栽在同一个坑里，不能再犯主观武断的错误！"

苏爱莲闻言一边缓缓地点点头，一边止不住泫然涕下，稍后便细语嘤嘤地说："高凤这样强势的女人，你居然可以这样待她……高凤，命真好！"

双方都沉默了一会儿，然后苏爱莲说："周书记，我与您很有默契地相处了两年，说实话，这是我人生最快乐、最充实的两年。这对我来说，是一笔非常丰厚的精神财富。我明天就要离开您了，有些话我今天不说，就很可能这一辈子都没有机会说了，所以，无论如何，我都得把我埋藏在心里的那几句话跟您说了，免得以后后悔一辈子。"说到这里，苏爱莲满脸通红，双目含泪，鼓了股劲，动情地说道，"士毅哥，我……我真的非常非常地爱您，如果我能嫁您为妻，我就是和你种一辈子的田，吃一辈子的苦我都乐意。但是刚才听了您的真情告白，我知道这种可能性真的是微乎其微的了。不过，临行之前我还是要斗胆地说一句，士毅哥，如果您不嫌弃我的话，您今晚就要了我吧！如果您能要了我，就能给我一个真真切切的回忆，一个长长久久的念想，即使今后我不能做您的妻子，我都可以凭这点温馨的回忆甜甜蜜蜜地过上一辈子。当然，如果今夜能有幸得到一个孩子，那我就真是这个世界上最幸福的人了。"说罢，苏爱莲缓缓地站起身来，只见她双目含情，激情涌动，连呼吸都变得急促了。

周士毅听到这里，心里受到极大的震撼，他没有料到这丫头居然对自己用情如此之深。他仔细地端详着苏爱莲，只见这丫头今晚明眸传情，面如桃花，一件粉红色的紧身羊毛衫，被丰满的胸脯顶得老高，整个人就像一枝风姿绰约的莲花。周士毅虽然看得有些心醉神摇，但转瞬之间，他的心神就定了下来，渐渐地静如止水。他说："丫头，我是个有血有肉的男人，我怎么会不知道你对我的好呢？你芙蓉出水的秀丽，你善良率真的性子和淡薄名利的品德，这都很对我的路，我甚至可以坦率地对你说，曾经有那么一个瞬间，你甚至进入了我的内心，这个我不否认。但我毕竟是有家室的人了，我不能害你。况且从当前的情况来讲，我的妻子虽然与我在情感上有些隔阂，但我相信我们之间并没有出现将要危及婚姻稳定的大问题，如果我今晚跨越'雷池'，这不仅对我妻子很不公平，而且也有违我做人的基本原则。"

　　周士毅顿了一下，又说道"丫头，如果我今晚真的把你给要了，我们之间无疑会得到一种刻骨铭心的快乐。但只要过了今晚，不仅给我留下永远的愧疚，而且也将带给你很大的伤害，你今后就很难全身心地投入婚恋，新婚之夜也很难坦然面对那个将要与你相伴终身的男人，这会害了你一辈子的，丫头，你懂吗？"

　　苏爱莲听了周士毅的肺腑之言，见周士毅既严以自律，更为自己着想，觉得这真是世上难见的奇男子，心里更是深受感动，她就对周士毅痴痴地说："士毅哥，要不，你就吻我一下，好吗？"

　　周士毅想了一想，然后毅然决然地回道："丫头，情爱大事，是则是，非则非，不能有灰色地带，请理解我！"

　　苏爱莲一时面红耳赤地愣在那里，她迟疑了一下，就情不自禁地猛然扑向周士毅。将两只手穿过周士毅下垂的双臂，把周士毅紧紧地抱住，并把头贴在周士毅的宽阔厚实的胸脯上。周士毅本想拒绝苏爱莲示爱的举动，但他是个秉性善良的人，面对苏爱莲如此的痴情又很不忍心，所以只好木然不动地任她抱着。

　　此时，苏爱莲紧闭双目，委屈得像个相当失落的孩子似的，在嘴唇抽搐的同时，止不住潸然泪下，少许满足中夹杂着更多失望的复杂表情，一览无余地写在她的脸上。

　　过了一会儿，周士毅掰开苏爱莲的双手，将脸盆里尚有余温的湿毛巾拿来递给苏爱莲。苏爱莲一边擦着面颊，一边用朦胧的泪眼看着周士毅，她在用心享受着周士毅这未越"雷池"的温情。

　　良久，苏爱莲终于平复了自己的心境，她对周士毅说："士毅哥，我明天就不上来和您告别了，我怕我忍不住会哭，我们今天就此别过吧！"

　　周士毅注视着苏爱莲，像一个大哥哥叮嘱小妹妹似的说道："丫头，好好找个男人，过好以后的日子，好吗？"

苏爱莲听懂了周士毅话语中的潜台词，但她没有表态，只是含情脉脉地嫣然一笑。

苏爱莲的眼睛忽闪了一下，像是记起什么似的，便从腰带上解下周士毅外间那把金灿灿的铜质钥匙，非常认真地对周士毅说："士毅哥，我想和您交换外间的这把钥匙，并把它带走，行吗？"

周士毅知道苏爱莲想将自己用过的外间钥匙留作纪念之物，就朝苏爱莲笑着点了点头。苏爱莲在和周士毅互换钥匙之后，再次深情地看了周士毅一眼，然后便退出房门，迈着轻盈的脚步走了。

第二天上午九时许，苏爱莲向宣新民主任提交了辞职报告，结算了工资，然后便推着一辆搭载了全部行李的紫罗兰色的斜杠女式自行车向院子外面走去，跟在身边相送的，是今年新分配过来而且是与她住在同一房间的大专毕业生南山秀，两人虽然相处不久，但情谊深厚宛如姐妹。

在走过写有"五年大动作"的那堵大墙下面时，苏爱莲似乎无意间对办公楼方向回望了一下，她看见周士毅外间的窗户已经打开，周士毅正站在窗户里面朝自己这边默默地注视着。苏爱莲心里一暖，含笑对着那个方向微微地点了点头，接着握别未曾经意的南山秀，然后灵巧地跨上自行车，朝着前方迅捷地奔去……

若干年后，当周士毅再次见到苏爱莲时，其令人匪夷所思的的境况，竟让周士毅不敢相信自己的眼睛。

下 卷

惊心动魄

第二十九章　筹　谋

一阵脚步声从楼梯间响了过来，周士毅收回远眺的视线，慢慢地回转身来，不一会儿，就看见宣新民来到门前。宣新民说："周书记，苏爱莲刚才说她家里有急事，交了辞职报告，我想做她的工作，但她说已经跟您汇报过，现在已经结了工资走了！"

周士毅平静地说："我知道。"

"哦，那就好，那我再去招个人。"宣新民说。

"你们招吧，不过啊，以后就不要安排人给我这里打开水、搞卫生什么的，因为这点事我自己做得了，不用那么麻烦。"

"那怎么行呢！这点小事还用劳您亲自动手！"宣新民认为这是领导的客套话，就一本正经地表达了自己的不同意见。

周士毅说："就这么定吧，这个事不要讨论了。另外啊，年底了，有些工作需要安排一下，你通知一下班子成员，今天下午三点钟召开班子会。"

宣新民见周士毅"不要安排人"的说法并非客套，就一边点头应承着，一边下楼下通知去了。

从职务的重要程度来说，宣新民觉得这事首先应该通知章汉杰，于是他到农村工作科看了一下，发现章汉杰不在，便立即骑上自行车到章汉杰家里去。宣新民骑车出了大院来到街上，忽然远远地看见章汉杰与苏爱莲站在街上说话，可能是刚好说完了，苏爱莲就重新骑上车走了。

原来，章汉杰正要到乡里去，忽然见苏爱莲骑着车带着大大的行李卷从乡政府方向骑行过来，他觉得情况有异，便向来到近前的苏爱莲打了个招呼。待苏爱莲下了车，这才知道苏爱莲是辞职回家。于是，章汉杰就警觉地追问原因，因为在他的潜意识里，这事或许跟周士毅有关，譬如周士毅行为不轨，苏爱莲不堪忍受而愤然辞职，假如真是这样，自己在这个关键时刻陡然出手，那周士毅不仅别想提拔，而且现在的位置能不能保住都将是个极大的未知数。为了捞出内幕消息，章汉杰就雄赳赳地对苏爱莲打起"保票"，他说，如果有谁欺负她，让她不开心，不管这个人是谁，他都会为她做主的。谁知苏爱莲闻言却露出讶异的神色，她说自己之所以辞职，是有亲戚要帮她另行安排工作，而不是因为其他原因。

由于事情的起因让人大失所望，章汉杰只好听任苏爱莲重新上路。眼看着又让周士毅"躲过一劫"，章汉杰带着十分懊恼的心情朝乡里走去。忽然，他似乎听见宣新民的招呼声，他停下脚步四处搜寻着，随即看到宣新民已骑着自行车来到近前，向他通知下午开会的事。

下午三时，枫岚乡的党政联席会在周士毅的提议下按时召开了，会议安排了农贸市场建设的后续工作，冬季计划生育工作，春节前乡村环境卫生整治以及其他各项常规工作。在将这些工作全都做了梳理之后，会议进入到最后一个议程，就是年底如何完成财政收入任务的事。考虑到这事必须要税务所长参加，所以周士毅预先交待宣新民提前叫税务所的洪所长在下面的接待室候会。宣新民见其他议题都已结束，便到楼下把洪所长叫上来列席党政联席会。

已经在门前一个空位置上坐定的洪所长，根据周士毅的要求，将今年截至现在为止的纳税情况做了一个介绍。洪所长说，农业税是相对固定的，农林特产税变化不大，集市贸易的征税比去年略有增长，其他几个企业也经营得比较平稳，但酒厂大幅增产，建筑公司业务火爆，所以预计今年枫岚乡已经入库的税收和应该入库的税收加起来，要超出市里下达的财政收入任务一大块。基于这样的认知，洪所长进一步提出，现在需要决策的问题，不是如何弥补窟窿完成任务，而是到时候打算超额多少完成任务。

在讨论阶段出现了两种意见，洪所长建议应收尽收并足额入库，而牟玉成则主张卖掉一部分税。周士毅明白，洪所长的方案，有利于税务所过宽松日子，因为市税务局除了给基层税务所下拨额定的工作经费外，还会按照超额完成任务的情况增拨一部分公用经费以资鼓励，所以洪所长才会提出应收尽收足额入库的主张。周士毅同时也知道，牟玉成的方案则是有利于增加乡政府的可用财力，因为卖税，其实就是将本乡镇完成任务有余的税收转让给那些完不成任务的乡镇，在操作层面，就是将买税乡镇的税票拿到卖税乡镇的企业去开，然后按双方谈好的提成比例，买税乡镇按照实收税金计算提成额，拿出现金给卖税的乡镇。假如枫岚乡的企业为其他乡镇开了二十万元的税票，按照50%的提成比例，则枫岚乡可以从买税的乡镇得到十万元的提成款，这笔钱就成为枫岚乡可以机动使用的财力，就可以办许多实事。周士毅认为，按照大道理来说，牟玉成的主张只能悄悄地操作，是端不上台面的，而洪所长的主张无疑是冠冕堂皇更站得住脚的。

周士毅见两个人的意见争执不下，便征求章汉杰的意见。章汉杰想了想，说道："市里在对乡镇'物质文明建设'的百分考核里，'财政收入'这一块的得分占比很重，如果今年我们乡的税收足额入库，不仅税务所的日子好过，就是乡里今年恐怕也很有把握得到'物质文明建设'的先进单位。由于我们乡在'精神文明建设'方面得分也比较高，这样的话，就很有可能在两个文明建设方面同时获得先进乡镇的光荣称号。不过呢，老牟这个想法也是可以理解的，乡里能多有一些可用财力，就可以改善乡干部的办公条件和居住条件，这样就有利于解决一些实际问题。所以说，到底采用哪种意见，我真的一时还把不准，周书记，您的眼界比我们看得宽一些，还是您定吧！"

周士毅见章汉杰在对两种意见表面上都摸了一下之后，又用"太极推手"把这个问题推回来了，便转而征求大家的意见。众人见两种意见都有道理，一下子也拿不定主意。周士毅见大家没有新的观点，便说："去年我们愁的是如何完成任务，今年我们愁的是如何使用超额纳税能力，这个翻身仗打得叫人心情舒畅。不过，对于今年纳税的事，我有个与牟乡长和洪所长都不相同的意见，就是今年既不卖税，也不全部缴纳。从市里的操作惯例来看，如果哪个乡镇今年完成财政收入任务比较多，明年市里给这个乡镇下达财政收入任务的增长额度便会更大。而我们酒厂目前是销售能力强而生产能力弱，有点供不应求，所以我想安排酒厂在明年的端午节后进行技术改造，如果这样的话，恐怕明年就要耽搁将近两个月的生产时间，所以明年酒厂的实际纳税能力和今年相比会大致持平。如果我们今年'应收尽收，足额入库'，明年完成财政收入任务增幅又比较大的话，则明年完成任务的压力就会相当大，会弄得乡政府和税务所都不好交账。"

洪所长是个悟性很高但性子很急的人，他听了周士毅的"上文"就立马悟出了"下文"，于是便接口说："哦……我懂了，周书记的意思哩，是要我们今年只是适当超额完成一点点任务，在纳税方面为明年打点埋伏，这样明年酒厂就是停产两个月进行技术改造，对于乡里完成财政收入任务也影响不大。"

说到这里，洪所长想了想，又自言自语地说："不过这样也好，免得今年当'英雄'，明年做'狗熊'。"

大家见洪所长不仅把话说透了，而且还生动有趣，便一齐哈哈大笑起来。

章汉杰装出一副恍然大悟的样子，他说："如果是这样的话，那肯定是周书记这个思路是比较稳妥的。否则的话，明年还要弄得去买税，那不仅浪费钱，很麻烦，而且也会让人笑话的。"

众人听到这里，一齐跟着附和起来。

满平非常认真地看着周士毅，他大为感佩地说："周书记，您一个脑袋要胜过我们所有的脑袋，你轻轻松松能想到的事，我们想破脑壳都想不出，这个真的让人不得不佩服！"

大家见满平拍马屁时机抓得越来越准，措辞越来越有水平，又都哈哈大笑起来。

一九八九年的元月下旬。两年多来一直处在治病与养病状态的党委委员兼妇女主任龙细萍，由于再也无法正常履行职责，市里便劝其办了病退手续。

眼看春节将到，为了搞好走访工作，周士毅将党政班子成员进行了一次临时分工。这期间，周士毅和章汉杰分别负责对土改以前入党的老党员和原级别在副科级以上的退休老干部进行走访，其他班子成员则分工负责对被圈定的乡村老党员和老干部进行走访慰问。在与章汉杰和牟玉成一道走访探视了敬老院的老人之后，周士毅便于腊月二十三日踏上回家过年的旅程。

这年的春节假期，周士毅的弟弟周士信由于岳母生病住院而没有回尚州。周士毅与高凤之间既没有往日的温情，更没有恋爱时的激情，但周士毅不仅是个好儿也是个好父亲，他既不愿让父母为自己的事过于担忧，也不肯让儿子生活在冷冰冰的家庭氛围里，于是周士毅就保持了与高凤必须有的低度交往，而没有让夫妻关系滑向互不理睬的"冷战"。

大年初二，周士毅与妻子去岳父家拜年，尽管周士毅并未刻意地察言观色，但他还是感觉到一些异常。他从岳父欲言又止的模样和岳母郁郁寡欢的神态里，隐隐约约地猜到高凤应该在娘家对父母说了些什么，否则，女婿上门拜年不应该是这番不冷不热的模样。但周士毅明知有异也不以为意，面对高凤的冷淡以致冷漠，他既不想探究深层原因，也不想多做解释，因为经过几番折腾，他已经没有了这份心劲。由于心情不佳，加之范正聪主任又已到广州他儿子那里定居，所以周士毅在春节期间的走访活动除了到岳父家，后来也只是到妹妹家去了一次。

索然无味的春节假期好不容易熬到初六，周士毅迫不及待地返回枫岚。周士毅在火车上细细地梳理了一下他与高凤结婚以来的情感经历，同时也对自己与高凤当前的感情走势有了一个大体的判断，虽然他并不知晓具体原因、爆发时间以及影响程度，但他凭借自己的直觉已经隐约意识到，一次严重的夫妻情感危机正在悄然向他袭来，而这件事或许跟卫步青不无关联。不过周士毅转而想道，人生在世，免不了要经历一些坎坎坷坷和风风雨雨，不管前面等待自己的是什么，自己以不变而应万变，果真事到临头，自己妥善应对就是了。

周士毅是正月初六中午返乡的，周士毅走进乡政府大院时，基本上没有见到几个人，因为大部分干部都是当地的，他们要么就是下午来，要么就是明天一早来，反正不耽搁明天上午的团拜会就行了。

周士毅在食堂吃过中饭休息了一会儿，下午起床时，陆陆续续有返乡的领导和干部过来拜年，其中有好几个人要拉周士毅到他们家去吃晚饭，但周士毅全都拒绝了。他觉得自己身为枫岚的"一把手"，如果去这家不去那家，就难免给人厚此薄彼的误解，所以他就干脆一概拒绝，这样就省事多了。周士毅想，官职越大的人，由于重责在身，顾忌太多，在某种程度上个人行动的自由度反而越小，难怪古代有"士大夫无私交"的说法。

次日上午，在三楼的会议室里，枫岚乡的党政领导和全体乡干部们都在喜气洋洋地相互拜着年，大家不管是出于真心还是客套，反正都预祝对方官职越当越大，财源越发越广，身体越来越好，日子越过越美，如此等等。大约到了九点半钟，坐家的牟玉成副乡长主持点了名，周士毅和章汉杰分别作了简短的新年致辞，然后这次团拜活动就算圆满结束了。

周士毅本来打算下午开个班子会，把开春以后的工作安排一下，但是涂林茂过来请假，说是他家里有点急事要等着处理，要明天中午才能回到乡里来，所以周士毅在与章汉杰商议之后，决定干脆明天下午开会。

下午，周士毅接到市委组织部江水丰副部长的电话，告知了市委在年前作出的一项人事任免的决定，由于此前龙细萍已被免去党委委员职务，所以市委随后又任命了一位从市政府办下派来的名叫朱丹的女干部来枫岚乡接替龙细萍的职务，并说明天上午他会陪同朱丹过来报到上班。

周士毅接到电话有点郁闷，因为从龙细萍办妥病退手续到市直机关放假过年也就只有个把星期的时间，他当时认为市里在这么短的时间里不可能研究人事问题，所以就没有把接替这个职务的人选问题提上议事日程，没想到"吃斋碰到月大"，市里居然在年前就开了这么一次研究人事的常委会，竟然这么快就将枫岚乡空出的职数补上，弄得周士毅措手不及。

周士毅知道，作为一个乡镇的主要领导，为了调动干部的工作积极性，最好是能在内部多提拔几个干部，或是往外面多推举几个干部，这样大家就会认为他们的主官不仅在上面的活动能力很强，也非常关心干部的成长进步，在这种情况下，大家觉得有奔头，这支队伍才能保持足够的活力。反之，如果本乡镇一旦领导职数出了空缺，这个空缺却被外面调进来的人所填充，这就让本乡镇的干部失去上升的希望，很显然，乡镇"一把手"难免会因此承受很大的压力。周士毅想，现在龙细萍的职数被那个叫做"朱丹"的女的顶了，而这事居然只在市委常委做了决定以后才告知自己，周士毅不知道上面这是出于什么考虑。现在见生米已经煮成熟饭，只好自认晦气。于是，叫办公室将这个事告知章汉杰、杨树青和蒋智丰，并叫他们明天上午点过名在乡里候着。

次日上午十一时许，一辆北京吉普轻捷地驶至办公楼前的沙土场地，当车子刚刚停稳时，周士毅和章汉杰以及另外两个副书记便都相继来到小车旁边。从后排右座下来的是江水丰副部长，周士毅和章汉杰分别热情地和江部长握手打招呼。与此同时，从后排左座下来一位从容大气且容光照人的女青年。江水丰招呼道："朱丹，过来认识一下。"那个名叫"朱丹"的女青年便面带微笑地从车后绕到江水丰的跟前站定。

江水丰指着周士毅说："朱丹，这位是枫岚乡党委的周士毅书记。"朱丹温和地笑道："周书记，久仰大名，能在您的领导下工作，这是我的荣幸，以后还请周书记多加指教。"说话间，她以她亲切而柔和的目光大大方方地看着周士毅。

周士毅伸过手与朱丹握了握，然后连声道着"过谦了"。周士毅发现，这个朱丹中等身材，五官匀称，长相漂亮而又端庄，举止大方而又稳重，说话不快不慢，口齿清晰，显得比较干练。

紧接着，江水丰又向朱丹次第介绍了章汉杰、杨树青和蒋智丰，朱丹又跟大家一一握过手，同时彼此自然又是一番客套话。

见面过后，大家来到接待室坐下，江水丰说："周书记、章乡长、各位，这次对朱丹同志的任命来得有点突然，事前也来不及征求你们的意见，是在研究其他重要人事问题时临时动议的。但是，我敢很有把握地说，市委的这项任命，是对枫岚乡的一份厚爱，因为朱丹同志本人的条件确实是比较优秀的。"江水丰说到这里，又看了一下朱丹，然后接着说道，"朱丹同志是去年从江南农大毕业的，在校学习期间，朱丹不仅担任过校团委副书记和校学生会主席，而且在全省大学生演讲比赛、辩论比赛和征文比赛等许多活动中多次获奖。进入市政府办工作以后，工作积极，表现出色，深得领导好评，但是为了将自己的青春岁月奉献给'三农'事业，她在年前向组织递交了报告，要求下到基层工作，所以才有了这次临时动议的人事安排。"

江水丰把朱丹的基本情况以及这次人事安排的来龙去脉介绍清楚之后，又接着说道，"朱丹同志进入枫岚乡的领导班子，将可进一步强化枫岚乡的领导力量。当然，在周士毅这样一个优秀'班长'的领导下，在这样一个坚强有力党政班子里工作，也必将有益于朱丹同志的成长与进步。"

听了江水丰的这番言语，周士毅这才疑虑尽释。最后江水丰又说，从全市各乡镇班子成员的文化结构来看，枫岚乡是文化程度最高的一个乡镇，并说希望枫岚乡的党政班子成员要同心协力，在各项工作中出成绩、出经验，为长平市的乡镇工作开好路，带好头。

在江水丰讲过之后，朱丹简明扼要地谈了自己的打算，并期盼能得到书记乡长、两位副书记和全体同事的帮助和指教。最后周士毅代表枫岚的党政班子表示了热忱欢迎的态度。通过简短的交谈，枫岚乡的四位领导都觉得朱丹果真不同凡响，她年龄看起来像个小妹妹，但气度上有时候却像个大姐姐，让人无法将她当做个小女孩看待。而且他们后来还发现朱丹要静静得下，要动动得起，既沉稳又爽朗，性格似乎具有很大的可塑性，因此，大家都认为朱丹确实是做农村工作的一块好料。

周士毅见几个主要领导都在，便提议在四月份以前朱丹不担任具体事务，让她先熟悉一下全乡的情况，从五月一日开始，接替章汉杰所兼任的枫岚片片长，这样在以后开展工作时，朱丹就不用下到偏远的地方去。江水丰也认为周士毅考虑得非常周到，朱丹闻言自然是表示感谢，三个副书记也一致表示赞同。

饭后，江水丰踏上归程，办公室的几个人则将朱丹的铺盖行李拿到为她安排的住所，朱丹的人生由此进入一段全新的里程。

在回家的路上，章汉杰反复思考着朱丹到枫岚任职这件事，他认为这应该是周士毅在年前向市里提出用人申请，市里则顺水推舟安排了朱丹，因为自己在提拔为乡长之前，周士毅也是利用年前的时间到市里报表打招呼的，他觉得江水丰刚才的讲话只是为周士毅年前的人事运作打马虎眼而已。

章汉杰不屑地想道，尽管周士毅现在耍手腕的技巧可谓是炉火纯青，可终究难逃自己这双火眼金睛。不过，章汉杰弄不清朱丹跟周士毅究竟有什么渊源，以至于让他独断专行办了这事。他记得上次郭春萍退居二线时，自己本来想推举徐巧英接替这个职务，没想到却被周士毅拆了台，让李秋云上了。章汉杰后来自想自解，官大一级压死人，这也就算了。但这次龙细萍办了病退，这个党委委员的职数无论如何都应轮到徐巧英了，因为且不论现在枫岚的计划生育在全市各乡镇里名列前茅，就是论个人的学历、资历与能力，徐巧英与乡里其他的女干部相比，这次都可谓是当仁不让的。

章汉杰继而想道，尽管徐巧英从来没有向自己开口要什么关照，自己也从来没有承诺要给徐巧英什么，但徐巧英对自己如此一往情深，如果自己不能为她争得应有的政治待遇，那自己于心何安？

章汉杰又想，在毫无征兆的情况下，周士毅忽然从外面弄个女的过来，将自己打了个措手不及，这明的是压着徐巧英，实际上却是给自己的难堪！他联想到自己在提拔乡长过程中的曲折与委屈，更想到以前荷塘那个乡长之职被其捷足先登，章汉杰心里就觉得特别的憋屈。尤其是此后当他得知朱丹竟是李云峰书记的外甥女时，他对周士毅压制部属讨好上级的做法就更是愤懑不已，他恨恨地想，走着瞧吧，总有一天自己会出了这口恶气的！

第三十章　针锋相对

初八下午，枫岚乡依据惯例召开了春节之后的班子会。由于枫岚乡又增添了一位高学历的美女型领导，而且还是从市政府办下来的，大家都显得很兴奋。朱丹第一次参加枫岚乡的党政联席会，心里既有一种新鲜感，同时也感到一种莫名的激动。她想，听说周士毅是个水平很高、能力出众的乡党委书记，自己现在已经成为枫岚乡党政班子的一员，今后可以近距离地观察和学习，要看看周士毅是如何凝聚人心、掌控局面和部署工作的。

会议开始以后，一众班子成员分别阐述了自己分管的工作在开春以后的大体开展思路。牟玉成在发言时提出必须解决住房紧张的问题，他说今年肯定还要分下干部来，由于实在是无房可安，到时候真不知道如何是好。大家一听，觉得这也确实是个事情，便都齐声附和，认为一定要想办法解决这个问题。

周士毅一边听一边默默地想着，他觉得如果新建一栋办公楼，然后把这栋办公楼用作宿舍，这当然是最好的了，但目前乡里还没有足够的财力来办这件事，他想来想去，觉得还是将现有办公楼东侧两层副楼全部加至三层，使其与西边的会议室平齐，这样的话便可增加六个房间，考虑到还会有几个老同志退休，那三四年之内的住宿安排应该没有问题。想到这里，他就把自己的想法提出来和大家沟通，大家一听都觉得有道理，便一致通过了周士毅的提议。

随后，周士毅进一步提到，既然刚才议到了改善乡干部的住宿条件，我们索性把好事做得更好一点，一是在办公楼前建一个混凝土地面的标准篮球场，二是在三楼的会议室里购置一台大屏彩电，让单身乡干部在业余时间多一些娱乐消遣的方式。由于这两项提议合情合理，大家自然又纷纷表示赞同。

牟玉成是坐家理财的领导，周士毅见他没有就这些事表态，就向牟玉成征求意见。牟玉成颇显持重地说道："如果要把东边三楼的房子盖起来，或者再买一台大彩电，我估计在财力上勉强还是可以的，但是要再建一个标准篮球场，我觉得资金上可能会有点问题。"

周士毅闻言顿了顿，随后追问道："我们去年年初是搞过预算的，如果各个企业的上缴利润全部完成任务，这笔钱现在应该是拿得出的啊？"

牟玉成说："虽然各个企业上缴利润的任务都完成了，但是酒厂只是名义上缴清了，实际上他们只缴了利润的大约70%，因为他们结算了一下，说乡里从酒厂拿的酒要占酒厂应交利润的41%。所以他们上缴的的利润就不到60%了。"

周士毅联想到苗壮以前和他提起的章汉杰大量对外送酒的事，觉得现在正是解决这个棘手问题的良机，于是，他故意沉吟了一下，然后自言自语地说："去年乡里接客是比前年多一些，但是大热天和大冷天以及刮风下雨的天气一般很少来客，其他日子一般有一桌或两桌，这样全年平均打下来，我就算每天一桌半，每桌平均用两瓶酒，一年也只有千把瓶酒，这个数量应该不到酒厂应交利润的10%，怎么会占到酒厂40%的利润呢……"

牟玉成解释道："他们说，除了乡办公室从他们那里提取的用来招待客人的酒，乡领导还在他们那里拿了很多酒。"

周士毅闻言又顿了顿，然后皱起眉头问道："乡领导拿了酒？哪几个乡领导？拿了多少酒？"

这时苗壮说道："周书记，我来解释一下，你在地委党校学习期间，市乡镇企业局的甘兴文副局长带了一个科长和一个司机到我们这里来考察酒厂的生产经营情况，他说他们现在有一笔乡镇企业技术改造配套资金，可以对有发展后劲的乡镇企业进行资金扶助，我当时觉得我们酒厂的技改以后可能需要他们的关照，所以就打算给他们每人送一箱"醉仙酿"。当时章乡长下乡去了，我就和牟乡长商量了一下，最后由牟乡长交待办公室开条子，我凭条子到酒厂提了三箱酒，情况就是这样的。除了这个以外，我没有到酒厂拿过一瓶酒。老实说，我个人平时喝的都是在街上买的谷酒呢！"

杨树青说："上次组织部党建科的唐科长到我们乡座谈党建方面的情况，吃饭时，他反复赞扬我们的酒质量很好，名气很大，我当时知道他们的意思，但是这个事我觉得不好提出来商议，所以装作没听懂，就把话给岔开了。"

蒋智丰说："说实话，我们乡除了收取一些罚款，可用财力主要来源就是靠企业的这些上交利润，所以我也没有从酒厂拿过一瓶酒送人，这个不是说好听的，大家可以去查。"其他人都附和起来，都说自己没有从酒厂拿过一瓶酒，并且都说可以查证。

周士毅便现出不满的神色，他说："除了苗壮送出三箱酒之外，大家都说没有拿酒，既然这样，那酒厂怎么能这样瞎编呢？牟乡长，苗壮，你们两个人明天去跟他们仔细地对一下账，要把这个事彻底搞清楚，如果真的有乡领导在那里拿了酒打人情，你们叫他们把表列出来，下次开党政联席会时就摆到桌面上来；如果他们瞎说，想耍滑头，少交利润，要狠狠地批评他们。"

牟玉成便说："瞎说倒没有瞎说，刚才我上来开会时，恰好碰到酒厂的会计送了一份乡里拿酒的表格过来，单子上有'时间'、'领酒人'、'酒名'、'数量'、'单价'、'金额'，只是'用途'那一栏有的写了，有的就没写。"说着，从本子里抽出一份在左上角钉了装订针的表格。

周士毅见牟玉成表格在手，便说："大家刚才都说自己没有拿酒，现在表格都出来了，你们自己看看吧！看看自己到底是拿了还是没拿！"说着，便叫牟玉成按逆时针方向传阅过来，同时还特意言明，朱丹虽然今天刚来上班，但了解一下情况也没有什么坏处，建议她也将这份表格看看，朱丹一边应了一声，一边朝周士毅点了点头。

大家依次浏览着，但每个翻看过这份表格的人，都会不约而同地将异样的目光投向章汉杰。

从牟玉成把话题引到酒厂利润这件事开始，章汉杰就有点坐不住了，他的两块脸皮便红一阵白一阵，显得相当激动和气愤。当大家次第看过那张单子，都将异样的目光投向他时，章汉杰先是如坐针毡，继而恼羞成怒。在表格传递到他手中时，他板起脸，快速地翻看了一下，然后很不耐烦地把表格朝周士毅面前一丢。

周士毅见章汉杰明知自己有错，竟然当着大家的面如此失礼，觉得自己的自尊心受到很大的损伤，面上的肌肉便猛地抽搐了一下，他满脸憋得通红，刚要发作，转而又淡定下来，因为他不想与乡长撕破脸皮，弄得以后很难相处。于是，他拿起表格翻过来扑在桌面上，然后神情镇定地说："这样的，这份表格等散会以后我再仔细看看，我先就这个事谈个基本态度，对事不对人。"

不料章汉杰却并不领情，他朝右扭转身子，面对周士毅愤然说道："周书记，既然你们已经列出了这份表，既然这份表大家都已看过了，我们不妨索性把话挑明了讲，老牟不用明的做人，暗中做鬼，你也不用和老牟躲躲闪闪地唱什么'双簧'，君子坦荡荡，这不是更好么！"章汉杰说到这里，目光灼然地盯着周士毅。

周士毅见章汉杰摆出一副"破罐子破摔"的较量姿态，刚才按下去的那股火气重又升腾起来，他想，前不久苗壮在和自己谈到这事时，自己因为没有遇到合适的机会，也不想搞坏两个人之间的关系，所以一直没有触及此事，没想到章汉杰先前是公权私用、行为出格，现在被揭开此事，居然还气壮如牛，他想，如果今天不能打下他的这股嚣张气焰，那以后枫岚的事就不好管了。想到这里，他将手中的钢笔拧好往桌上一放，将身子转向左侧的章汉杰，脸色如霜地问道："汉杰同志，你刚才说……"

"周书记，还是让我先说几句吧！"牟玉成平时总是一副气定神闲老谋深算的神态，现在被章汉杰骂他"明的做人，暗中做鬼"，说他在和周士毅"唱双簧"，他觉得自己的自尊心受到很大的损伤，由于心情激动，他那白净脸皮竟泛起鲜艳的红色。

周士毅很理解牟玉成此时的心情，见他要先发言，便朝他点了点头。

朱丹见会议氛围连番变化，心里不由得暗自吃惊，她默不作声地静观着事态的进一步发展。

牟玉成见周士毅允诺他发言，就定了定神，然后神态从容地说道："各位，今年下半年我就要退居二线了，因此我在政界已经是无所求了，俗话说，'人到无求品自高'，所以我既不用拍谁的马屁，也无须在意谁对我的态度，我现在要讲几句真话和硬话，如果我这几句话得罪了谁，谁要是不服，明天我可以跟他到市委组织部去，请上级评评理，我不知道这个意思表达清楚了没有？"说着，便用带有挑战意味的目光狠狠地逼视了章汉杰一眼。

被牟玉成这充满正气的目光所逼，章汉杰的心里产生一丝恐惧感，他想，如果自己真的跟牟玉成现场斗了起来，明天这个老家伙真的把事情闹到市里去，甚至把一些敏感事项到处张扬，那自己就真的麻烦了。章汉杰想到这里，他的心理防线便开始动摇了，为了躲避牟玉成的视线，便慢慢地将头偏向一侧。不过，他为了维护自己的脸面，他还是故意夸张地显露出一副桀骜不驯的神色。

牟玉成继续说道："章汉杰，你刚才说我'明的做人，暗中做鬼'，又说周书记和我是在唱什么'双簧'，这个事我得跟你说个清楚。去年年底，酒厂本来就要和乡里结清上缴利润的，但是一来他们有很多货款没有收到，二来会计的老婆病了，他请了一段时间的假，所以直拖到年后才来结账。既然要结账，那乡里在他们那里拿了多少酒，这个底他们肯定是要拿出来的，要不然他们就要按乡里下达的任务足额缴清利润，所以这份单子在今天开会前就自然而然地送到乡里，对不对？而周书记作为枫岚乡的当家人，一年收多少钱，用多少钱，过年之后还有多少备用钱，这些大数目他肯定是心中有数的，所以刚才在研究办公楼加层的问题时，周书记觉得乡里还有钱，就提出了要建篮球场和买大彩电的事，而我作为坐家的领导，接到酒厂交来的结算单，我心里知道乡里没有钱支撑这些开支，所以我只能将实际情况给大家作个交代，说明这钱到底是用到哪里去了，对不对？

"章汉杰，我有话明着讲，只是没有替你遮瞒私下送酒打人情的事，这怎么成了'明的做人，暗中做鬼'？单子是刚才送过来的，我还来不及向周书记汇报这件事，这怎么又成了'唱双簧'呢？这两点你倒是跟我解释解释！"

牟玉成理直气壮地看着章汉杰，摆出一副准备交锋的架势。

章汉杰见牟玉成盯住自己，只得勉强迎战，他说："不错，我是送了一些酒给有关部门的领导，人家单位的领导找上门来，想要几瓶酒，我总不能不给点面子吧！这怎么能叫私人'打人情'呢！"章汉杰虽然自知理亏，但为了脸面只得勉强自辩。

牟玉成听了这话火气就更大了，他训斥说："章汉杰，你这话说得让我觉得不可思议了，什么'人家单位的领导找上门来'？说穿了，还不都是你打电话叫人家来的么？而且凡是周书记外出，尤其是时间长一点的外出，乡里的来客就一拨接着一拨，连食堂的炊事员都累得够呛。有一次，政府办的一位副主任……算了，我这里就不点名，他到乡里没有找到你，就在办公楼前发牢骚说，'这个章汉杰，打电话叫我来，自己又不在这里等'，还好，他话音刚落你就来了，这个事你记得不！就是周书记刚去地委党校学习的那几天！"

章汉杰这下被戳到痛处，便铁青着脸，怒道："牟玉成，仅凭这么点鸡毛蒜皮的事你就想整倒我，真是笑话！"

牟玉成见章汉杰摆出一副"死猪不怕开水烫"的架势，便声色俱厉地批评道："章汉杰，你这话就不对了！如果你只是偶尔拿了几瓶酒送人，你可以说这是一件'鸡毛蒜皮'的小事，但你自己看看刚才那份单子，上面除了苗壮提到的那件事，其余的酒全部是你一个人送的，长平市的要害部门和单位，你几乎都送遍了。"

牟玉成见章汉杰渐渐地低下头，接着又穷追猛打地斥责道："你一打电话叫他们过来，他们一车就来好几个人，凡是来了的人，就每人一扎酒，十二瓶，没来的领导，你也委托来的人带酒去。另外，这些来的人拿了酒还要吃饭，有些人还讨要其它土特产品，你拿公家的钱去打私人的人情，拉私人的关系，弄得乡里经费紧张，办不了事，你怎么还能说这只是个'鸡毛蒜皮'的小事呢……真是岂有此理！"

周士毅听到这里，便拿起刚才放在桌上的表格认真地翻阅起来。

章汉杰见牟玉成已经摆出一副豁出来的架势来和自己作对，自知不是对手，便转向周士毅发难，他说："周书记，我当时是这样想的，市直部门的领导来了，虽然我个人并不求他们什么，但是作为一乡之长，作为枫岚乡的法人代表，我必须考虑枫岚乡和他们的关系，因为枫岚乡说不定什么时候要求上他们，这就是我送酒给他们的出发点，我不知道这样做到底有没有错！这个事你必须表个态！"

周士毅见章汉杰不仅突出自己是"一乡之长"，标榜自己是枫岚乡的"法人代表"，而且大有自重身价一较高低的意味，心里便迅速忖度了一下。他觉得在明知理亏的情况下，章汉杰竟然如此态度骄横，如果今天自己息事宁人，不把章汉杰的嚣张气焰打下去，那以后在枫岚就真的会邪气压倒正气了。想到这，周士毅把表格往桌上一丢，身子转向章汉杰，以低沉而威严的语音说道："章汉杰同志，我问你……"

刚说到这里，杨树青便出声打断了周士毅的话，杨树青说："周书记，请允许我先说几句好吗？"

周士毅被杨树青打断话头，先是一愣，随即知道了杨树青的良苦用心。因为杨树青看见自己动了怒，怕把局面搞僵，弄得不好收场，所以便抢先发言，以便让自己多些回旋余地。周士毅既已估摸出杨树青的意图，便平和心态朝他点了点头。

杨树青慢悠悠地开腔了，他说道："人们常说做人要'外圆内方'，意思就是，为人处世要外表不带棱角，处事圆滑老到，而内心则有是非观念，不会随波逐流。但在事实上，一个说话办事惯于世故圆滑的人，他们心中其实只有不敢表达观点的懦夫之'方'，到了关键时刻，所谓的'外圆内方'，往往异化成'有圆无方'。各位，我觉得人生一世，身上要有几根硬骨头，如果在关键时刻或关键问题上，老是畏首畏尾，唯唯诺诺，不敢亮观点，说真话，这样的人，不仅别人会瞧他不起，自己也会觉得活得很窝囊。"

说到这里，杨树青正了正坐姿，又昂然说道，"我这个人所信奉的处世方法不是'外圆内方'，而是'有圆有方'，我认为在细枝末节问题上能圆则圆，要有宽容的胸怀和通融的态度，不要刚愎自用或斤斤计较；而在大是大非问题上该方则方，要敢于亮出观点，敢于坚持原则，而不能随波逐流或听之任之。

"就今天这件事而言，汉杰同志明知自己有错，反而以咄咄逼人的姿态公然挑战党委书记的权威，作为党政班子的一员，我必须旗帜鲜明地亮出自己的观点。大家知道，所有乡镇在明确党政领导的分工时，都会明明白白地写着党委书记'主持全面工作'，乡镇长'协管全面工作'，这就意味着党委书记才是乡镇的"一把手"，乡镇长只是'二把手'，是党委书记的助手，这在政界是个尽人皆知的基本常识，而汉杰同志却因为自己是'一乡之长'与'法人代表'，便觉得自己在枫岚乡是与党委书记并驾齐驱的领导，我觉得汉杰同志这种认识，严重违背了组织原则，是极其错误的！

"汉杰同志，我说句实话，你是碰到周书记这样的好领导，如果你是碰到修养稍差一点，作风霸道一点的领导，像你这样大手大脚地拿公家的东西打人情，严重地损害乡里的利益，而且还用这么粗暴的态度对待党委书记，那想也想得到会是个什么结果，对不对！"

章汉杰听到这里，见两员老将都护着周士毅，自知不敌，便悻悻然低头看着身前的本子。

　　杨树青见章汉杰软了，便进一步说道："汉杰同志，你想想看，周书记不仅职位比你高，处事公道正派，而且能力魄力都很大，你看，他连'孽龙'那样横行霸道人见人怕的地痞都可以接连打倒他三次，他还会怕你？你要与周书记对着干，你看看班子成员，有几个人会支持你，你这不是自己孤立自己，自己跟自己过不去吗？本来呢，这些得罪人的话我是可以不说的，但是你刚才那个态度也太过嚣张了，如果我不站出来说你几句，那我做人就太过圆滑世故了，我自己都会瞧不起自己，是不是！"

　　杨树青见章汉杰已经完全没有了那副"斗公鸡"的亢奋模样，进一步开解道："当然，各位同仁，汉杰同志毕竟是个聪明人，我相信他不仅会认真反思自己刚才的表现，也会重新端正自己的态度，对于这一点，我还是有些信心的。好了，我就先说这些，说得对不对，大家可以评判。"

　　苗壮这时也忍不住发话了，他说："汉杰同志平时倒是个不错的人，但是刚才确实是太冲动，太不像话了！"

　　李秋云本来想表个态，但她斟酌了一下，觉得大家都知道自己因为乔晓娜的关系与周士毅走得比较近，如果自己在研究问题时，每次都像在庙山林场那样"冲锋在前"护着周士毅，也未免太难看了一些，现在她见大局已定，便没有急着吭声。

　　蒋智丰、涂林茂、宋慕贤以及其他班子成员都觉得两位老同志讲得有礼有节，大义凛然，而且苗壮也已亮明观点，便都纷纷明确了批评章汉杰的态度。李秋云见大家都表了态，也表示赞同。

　　朱丹看了看大家，然后比较委婉地说道："我觉得，如果平心而论的话，章乡长这个事确实是有值得反思的地方，如果大家都这样大手大脚，那乡里的开销就未免太大了，是不是？不过哩，作为我们这一级组织，工作上也有值得改进之处。我想，如果我们能早点就这个问题建章立制，恐怕章乡长也就不至于犯这个错误，对不对？"

　　章汉杰见朱丹说话一分为二，让自己有个台阶下，不由得对朱丹投过感激的眼神。而周士毅见朱丹故意提出个"建章立制"的话头，觉得朱丹倒是为自己待会儿要讲的话提前点了个题，所以也对朱丹投过赞许的目光。刘秋声因为是章汉杰的亲戚，在这当口左也不是右也不是，便装着躬下身子抓痒，巧妙地回避了表态的尴尬。

　　接连遭到牟玉成和杨树青的有力批驳，又被大家齐声批评，本就理亏心虚的章汉杰此时已是斗志全无，他心里紧张地一盘算，觉得会场上的人心基本上都是一边倒的，刘秋声即使出面来挺自己，也起不了什么作用，更何况他现在也是一副明哲保身的样子。他想，好汉不吃眼前亏，如果现在不及时转弯，真的与周士毅撕破了脸，大家又都站在他那一边，那自己别说以后提拔，就是目前在这里站脚都站不稳。想到这里，他为自己刚才的浮躁和莽撞深感懊悔与痛心。为了及时修复关系，他便朝右扭转身，对着周士毅哈哈一笑，继而拉长声调说道："周书记……你们误会我的意思了！我所说的什么'一乡之长'和'法人代表'，并不是我头脑发昏，竟然认为自己是枫岚的'一把手'，我不是这个意思，我也没有这么糊涂！我的意思是，假如周书记不在乡里时，而市里又来了客人，我作为一个乡长，一个理论上的'法人代表'，我有责任有义务代替周书记出面应酬，我认为这是理所当然的事，不能算作越权出格的行为，我是这个意思。当然，我刚才觉得受了些委屈，情绪有点激动，表达得也不太准确，所以引起大家的误会。如果真是这样的话，周书记，我当着各位的面，在这里正式地向您道个歉！"说着，就作势要起身向周士毅鞠躬，但周士毅眼明手快，一把就把章汉杰给按住了。

章汉杰接着说："刚才大家在发言的时候，我也认真地想了一下，我觉得之所以会送出这么多的酒，大致有这么四个方面的原因，一是我这个人太喜欢吹牛，我走到那里就都说我们的醉仙酒是怎样怎样的好，这样就很自然地勾起了人家的胃口，所以一些部门的领导便来我们乡里伸手；二是我觉得市里对乡镇所评的'精神文明建设'与'物质文明建设'两项大奖，很多部门都有打分的权力，我认为周书记领导我们辛辛苦苦地干，要是能两个'文明建设'都拿到奖，那才没有辜负周书记的一番心血，所以我就把这些部门看得过重了一些，因此也就多送出了一些酒；三是有些与我们的工作关联本来不大的部门领导来了，他们说要买几瓶酒，我这个人面子比较薄，不好意思真的收他们的钱，所以最后还是吃了哑巴亏，只得送些酒打发他们；四是我这个人既重感情但原则性又不强，所以偶尔也有两三回是打了私人的人情，这个我不回避遮掩，譬如我母亲上回因为心脏病在人民医院住了一个多月的院——也就是市委安排我去地委党校学习没去成的那次——因为人民医院的范院长给我提供了不少帮助，后来他和他老婆过来一次，我也给他送了两箱酒。我原来在零零星星地处理这些问题时还不太觉得，刚才我看了单子，说实话，我心里确实也不好过，觉得自己没有把握好分寸。"章汉杰说到这里，声调变小了，语速也变慢了，现出一副心情非常沉重的样子。

稍稍停顿了一下，章汉杰又接着说："尤其糊涂的是，我明明自己错了，但是一开始我却误以为是周书记联合牟乡长故意拿自己出丑，我当时想，自己与周书记的关系又不是不好，平时工作也不是没努力，我如果做错了什么，完全可以找我当面批评指正，为什么要绕这么大一个弯子呢！因为觉得自己受了委屈，情急之下，所以就说了几句情绪话，现在想起来真是糊涂得可以，唉！真是令人汗颜啊！"说着，便把头慢慢地低了下去。

过了片刻，章汉杰抬起头来果决地说："这样的，以后哩，我尽量不揽这档子事，如果有什么特殊情况，我会及时请示周书记，周书记说可以送，我就送；周书记说不宜送，我绝不会送一瓶酒出去，周书记，我就说这些，您看呢？"

周士毅一开始看见章汉杰那副要发起挑战的强势姿态，心里也很生气，他本来准备正面应对，要挫一挫他的嚣张气焰，但经过牟玉成的正面交锋与杨树青的严肃批评，章汉杰不仅知道自己所谓的"唱双簧"是个误解，也明白由此引发的急躁表现是个错误。周士毅想，既然他的思想态度已经得到端正了，也知道自己错怪人了，那就放他一马吧！古人说，"饶人不是痴汉，痴汉不会饶人"，说实话，如果不是到了无法可想的地步，自己是不愿与乡长把关系搞僵的，因为两人弄得以后无法相处，其实在某种程度上是丢了自己的人，说明自己没有率领班子和驾驭局面的能力。再说，党政两位主官关系闹到水火不相容的地步，往往是个两败俱伤的结果，不会有纯粹的赢家。不过，周士毅觉得自己的观点还是要明确一下，否则以后在班子里就不易伸张正气了。

周士毅想到这里，严肃地看着章汉杰，说道："汉杰同志，我必须明确地指出，你的送酒行为是相当离谱的，如果其他班子成员都像你这样放开手来送酒，那我们不要说办什么事，连工资都会发不出哩，是不是！当然，'人非圣贤，孰能无过'，但人犯了错误不能文过饰非，而要有错认错，知错改错，这样才可以避免栽大跟斗。

"以前我们在开'民主生活会'时，多半流于形式，效果并不理想。归纳起来，通常是谈成绩的多，谈缺点的少；谈困难的多，谈思路的少；谈现象的多，谈原因的少；作表扬的多，作批评的少。有时候就是开展了一些批评，要不就是蜻蜓点水，缺乏观点交锋；要不就是形似批评，实为表扬，总之，是把'民主生活会'形式化甚至是游戏化。刚才杨书记和牟乡长，他们能抱着'惩前毖后，治病救人'的态度，对汉杰同志的错误缺点既严肃地批评，又诚恳地帮助，这让我很受感动。

"各位，我觉得无论是一个单位还是一个班子，都需要树立正气，两位老同志还有几个月就要相继退居二线了，他们今天坦坦荡荡地亮明观点，一身正气地坚持原则，我觉得这是为我们这些年轻同志上了一堂生动的党课，希望大家要虚心地向老同志学习，当然，我也要借此机会，向两位老同志表示由衷的感谢和深深的敬意！"说着，便向杨树青和牟玉成分别点头致意。

杨树青和牟玉成两人见周士毅说得真情流露，都很受感动，他们都为能与周士毅这样的领导共事几年而深感欣慰。而在关键时刻犹犹豫豫、患得患失的其他班子成员，听了周士毅的话语，想想自己表现，大都脸上不无赧色。章汉杰则强忍愤懑如坐针毡，他在盘算以后如何挽回局面的问题。

第三十一章　迎刃而解

　　周士毅在说了那段话之后，拿起水杯小喝了一口，稍停，他举目扫视了一下场面继而说道："大家知道，上面只按人头数下拨工资和少量的办公经费，实际上这些钱是根本不够用的。而乡镇要想把日子过下去，只能是自力更生扩展财源。有些乡镇在无法可想的情况下，就通过在计划生育和建房用地方面开点'口子'，然后再以执行政策法规为由去收取罚款，或者是通过放任下面出点具有可控性的小乱子，然后再举办法制学习班收点罚款。但是我们没有那样做，在我们乡，计划生育卡得很紧，建房用地管得很严，社会治安管得很好，所以根本就没法指望靠这块不正当收入过日子，我们所能依靠的，就只有办好乡办企业，收取额定利润。"

　　周士毅说到这里，静静地看了大家一眼，见大家都若有所思，又说道："各位，我们给乡办企业下达的利润指标，既要考虑乡里的资金缺口，更要考虑企业的发展需要，所以就不能杀鸡取卵，而要留有余地。既然这样，企业上缴的利润就只能满足乡里的基本需要，在某种程度上来说，这些钱就是我们活命过日子的钱，我们谁都无权擅自乱用。上次我在市里开会，听说有些乡镇来了客连买菜的钱都没有，原来他们的食堂管理员还可以顶着乡政府的名头到街上去赊点账，由于没有及时归还旧欠，到后来连账都赊不到了，那些卖肉卖鱼的人见了乡政府的食堂管理员就远远地躲着，弄得乡政府在市面上一点信誉度都没有。再到后来，甚至出现群众债主跑到乡里去'收旧欠'的怪现象。"

　　大家听到"收旧欠"的新版本，都止不住被逗得"吃吃"地笑了。

　　周士毅因势利导地说："各位，为了避免有朝一日枫岚的群众反过来向我们'收旧欠'，我们就必须厉行节约，反对浪费。为了有效解决接待费用居高不下的难题，这里我提出六点建议：一要改变陪客方式。以前乡里陪客有个不好的习惯，有时候只来了一两个客人，结果陪客的人倒去了五六个甚至七八个，一年到头，这是一笔很大的浪费。我建议以后要限定陪客人数，要依据级别对等、人员对口的原则，每个方面的陪客人员原则上不得超过两个。二要改变接待方式。以后各方面的来客都要报告办公室，由办公室安排并桌接待，不要一个方面开一桌。三要缩小酒杯容量。目前我们的酒杯实在太大了，八钱一杯，有的没有喝完就剩在那里，很可惜，我建议以后改用三钱的杯子，这样就是主客双方来来往往多陪几杯，也用不了多少酒。四要改变陪酒风气。我们以前陪酒太过热情了，大家轮番上阵陪酒，而且逼着人家喝酒，弄得客人都招架不住，以后我提倡一个新的陪酒规则，这就是——举杯自由，喝酒自愿，能干则干，少喝不劝。五要明确送酒规定。以后如果确实是因为公务交往需要送酒的，要由当事人填写申请单，由坐家领导和分管企业的领导共同签字，最后加盖办公室的公章，酒厂以此作为提取礼品酒的依据。办公室每个月末将汇总单分别送给书记乡长签阅，并在党政联席会上送给大家传阅。六要设计礼品酒盒。建议酒厂设计一种专用的比较漂亮的礼品酒盒，每份礼品酒盒里面只装两瓶酒，这样不仅可以减轻送酒的负担，而且也显出档次，这个事由苗壮同志负责督促。"

周士毅这样一条一条地侃侃而谈，大家都在认真地记着，通过这次会议，大家都说周士毅是用管理企业的办法来管理政府机关，既管得细致也管得卓有成效。

周士毅最后说道："篮球场还是与三楼加层一块搞，由建筑公司先垫资，苗壮你去做一做工作，在双过半时再平账。大屏彩电还是要买的，牟乡长想办法挤一挤，年轻人没有一些娱乐活动也是不行的。"

乡政府要搞建设，乡建筑公司自然是全力配合，到了三月中旬，周士毅的这些安排便都陆续到了位。办公楼东侧的三楼由于建起了宿舍，现在在高度上已经和西侧的会议室齐平，这样在主观上可以缓解近几年的住房紧缺状况，在客观上也使得这栋办公楼观感更好。由于新加楼层上有隔热层，里面吊了顶，较好地解决了隔热的问题。而住在这里的人平时点名、开会和看电视都很方便，所以这些新增添的宿舍在枫岚乡便成了炙手可热的"香饽饽"。

朱丹来了不久就碰上了春季计划生育，这个女孩子果真很不简单，在那段时间几乎没太闲着。她主动联系章汉杰和各个片长，分别到各个片和各个村委会去参与计生工作。整个春季计划生育期间，她跑东跑西，忙这忙那，一点也不嫌农村工作的琐碎和辛苦。

依据工作惯例，周士毅通常是在乡里坐镇指挥，哪里有久攻不下的计生"钉子户"，他就会应邀到哪里去帮着"打突击"。每当此时，朱丹总会主动要求和周士毅一块下乡，以便近距离地从中学到一些东西。"打突击"时，除了本片的三四个乡干部，本村的五六个村干部，再有就是周士毅临时带去几个乡干部，通常都有十几个人，很有点高压态势。

为了使乡干部得到锻炼，朱丹发现，每逢此时，周士毅便会提前指定某个乡干部临时负责这次突击活动，自己则完全听命于这个人。同时周士毅还会老生常谈地提出两项要求，一是要求负责此项活动的人尽量采取说服教育的方式，力争让群众心甘情愿地服从计划生育；二是必须采取强制手段时，大家要尽可能地爱护群众的房子，可以把动静搞大一些，但不要造成太大的损坏。其时，领命担纲的乡干部，既会因为责任重大而神态俨然，又因要"指挥"党委书记而颇觉激动。在开展工作时，他们往往会绞尽脑汁软硬兼施地劝说计生对象的家长交出人来，在确实劝说无效时，只要这个干部一声令下，周士毅便会像其他干部一样服从指挥。每当此时，由于里面虚张声势，闹得动静很大、场面激烈，站在外面的计生对象的家人在无法承受巨大心理压力的情况下，往往会被迫就范交出人来。让朱丹啧啧称奇的是，在整个打突击的过程中，群众根本不知道在上门的乡村干部里竟然有个党委书记在里面暗中押阵。当然，如果真的出了麻烦，周士毅便会挺身而出主持解决，但不到万不得已的时候，他通常还不亮明自己党委书记的身份，因为他只想说服对方，而不愿凭借"党委书记"的牌子去压服群众。

朱丹又发现，周士毅不愧为是个"解难高手"，在日常工作中，不管遇到什么急难险重的问题，只要周士毅出了面，总是有办法迎刃而解的，由此朱丹心里对周士毅充满了敬佩之情。为了使自己的工作尽快上手，朱丹经常会主动向周士毅讨教，周士毅自然也乐意为之点拨，朱丹因此学到了许多从事农村工作的思路与方法，所以朱丹有时候就半开玩笑半认真地将周士毅称作"师傅"。让朱丹不得不佩服的是，由于周士毅有"临阵点将"这一招，所以迫使那些乡干部平时要认真地钻研计划生育的政策与规定，要琢磨思想工作的方法与技巧，以便在被周士毅点名担纲之后能出色地完成任务，这样一来，就在无形之中把乡干部的工作水平与工作能力提升到一个新的层次。朱丹想，自己这位"师傅"虽然年纪比较轻，但他的领导能力在各个乡镇里无疑是出类拔萃的，而这次自己下到枫岚来，跟着"师傅"练，有利于丰富农村工作经验和提升农村工作能力，这对加快自己的成长进步确实是很有帮助的。

当然，朱丹对周士毅的了解还不止这些。有一次，周士毅去韩家村打突击，在完成任务之后，他便抽出时间去看望负责与正心寺复建工程对口联系的韩鼎诚老场长，然后又提出与老场长一道去正心寺的复建工地看看，朱丹那次也恰好与之随行。到了工地，负责实施项目的明性与明智两位法师得知周士毅前来了解工程进度，赶忙过来接待。周士毅看见正心寺规模初现，心里很是快慰。之后，他又这里走走，那里看看，有时似乎触景生情面露笑意，有时又驻足不前若有所思。在盘桓多时之后，周士毅这才依依不舍地踏上归程。

在回乡的路上，朱丹说她觉得周士毅对于这项佛教工程的关心程度好像超出常理，仿佛对这个地方深有感情似的。

周士毅见朱丹心中好奇，便把他们当年下放在这里的事简略地介绍了一下。朱丹这才知道，原来不仅眼前这间大雄宝殿是历史遗存之物，而且这块地域竟然曾经用作知青点。朱丹稍后又得寸进尺地问道，在那样无助无望的岁月里，她的"师傅"是不是在这里发生过催人泪下的恋爱故事，如今的"师母"是否就是当年的初恋情人。周士毅是个不愿说谎的人，见朱丹问到点子上，略略沉吟了一会儿，便将大致情况据实以告，当然，他并没有涉及到自己与高凤新近发生的那些情感纠结。朱丹见周士毅、章汉杰和李秋云他们在这里曾经有过那样一段艰苦岁月，而周士毅的初恋情人和如今的配偶都与此地颇有渊源，不由得颇为感慨。

朱丹是个喜欢思考的人，她曾经将周士毅与章汉杰作过比对，她觉得周士毅气量宽宏，性格刚毅；而章汉杰则有些锱铢必较，且色厉内荏。由于她对两个人的成长经历缺乏充分的了解，个人的阅历也不够丰富，所以对于两人性格的成因，她自然是知其然而不知其所以然。

尽管在朱丹最初的总体印象中章汉杰与她"师傅"相去甚远，但她不久便发现章汉杰的篮球技艺比他"师傅"要好很多。其实朱丹不知道，章汉杰的篮球技艺让周士毅望尘莫及，这在当年庙山林场的知青中早就形成定论。

篮球场的建成，解决了乡里的青年干部没有活动场所的难题，这件事不仅让年轻干部欢呼雀跃，章汉杰也由此找到了一个可以充分表现自己精湛球艺的平台，所以他打篮球的兴致比起其他人要格外地高。在他的发起下，枫岚乡共组织了乡政府队、中学教工队、小学教工队、供销社队、集镇联队五支球队，在此后的业余时间里，五支球队经常进行交互比赛，以致把气氛搞得热闹异常。而每当篮球比赛时，章汉杰的号召力与凝聚力便得到充分显现，其时他那副意气风发的样子，似乎就是枫岚乡独一无二的"青年领袖"，这让章汉杰常常自我感觉良好。

第三十二章　命悬一线

去年一冬基本无雨，今春雨量也比往年同期明显偏少，周士毅担心今年入夏会有大的汛情发生。为了做到心中有数，五月中旬，周士毅找到分管水利的副乡长满平和水利员潘志新，责成他们对全乡的山塘水库进行一次隐患普查，同时，周士毅致电市水电局的白世清局长，请他安排有关职能股室的负责人和工程师，来枫岚乡对几个主要水库的安全度汛能力进行检查。没过几天，与周士毅已有交谊的白世清局长，亲自带了两名工程技术人员来到枫岚，在周士毅、满平和潘志新的陪同下，他们重点察看了库容量较大的枫林水库、龙源水库和韩家水库。经过现场察看与分析，水电局的工程技术人员认为，龙源水库和韩家水库应该问题不大，而枫林水库无论是坝体还是溢洪道都存在一定的安全隐患，在即将到来的汛期需要特别留意。周士毅记得当年修筑枫林水库是在隆冬季节，当时为了赶进度，有些冻土可能未经严格的压实，从而影响了坝体的坚固程度；另外筑坝的泥土里有些树根树干都未完全清掉，这就为产生蚁害埋下隐患；而修建溢洪道时遇上天寒地冻的低温天气，这也对混凝土的质量形成一定的负面影响，加之建成后的十五年来一直没有进行过高标准的整修，所以局部坝体存有纵深蚁缝。此外，溢洪道底层平铺的石块也多有松动。后来双方经过商议并达成共识，在处理险情隐患方面分两步走：首先由枫岚乡对一些显而易见的隐患抓住晴好天气进行应急处理；其次是由枫岚乡立即呈报坝体整修项目，由市水电局尽快立项，为枫林水库拨付一笔翻修改造的"除险"经费，力争在今年秋季展开护坡除险工程。

在白世清局长走后的第二天，枫岚乡召开班子会，就今年可能出现严峻的防汛形势进行了审慎评估，并就如何确保安全度汛问题进行了对策性研究。在讨论中，大家认为今年形势不容乐观的不仅有枫林水库，更为危险的还有西北部的高河，因为多年未能彻底清淤，这条季节性内河已经成为一条地上悬河。枫岚乡东南山区雨季的地表水，大都会从这条河道流向穿过望城乡境内的江南省的母亲河安江，而高河两边的堤挡又年久失修比较单薄，如果今年真的来一场数十年未遇的高强度降雨，那这个地方的防洪形势将会相当的严峻。

通过充分讨论，会议最后通过了周士毅提出的四点意见：一是关于枫林水库的安全度汛问题。周士毅认为，鉴于枫林水库业已存在安全隐患，今年汛期要比往年降低三米的蓄水位，以减少实际库容对大坝形成的巨大压力，由于这样处理减少了蓄水量，势必影响对二季晚稻的灌溉，所以建议在枫林水库的灌溉区域内，将四分之一的二晚水稻面积改种其他耐旱作物。二是防汛物质的准备问题。周士毅提议，按照谁受益谁负责的原则，所有水库和高河沿岸的村委会都要备足草袋、塑料编织袋和沙土，以备关键时刻护坡和压制泡泉之用，具体数目由水利员会同片长和蹲村干部以及村干部一道测算，数量只能多不能少。三是明确责任分工问题。通过征求意见，章汉杰愿意负责南线片区，重点抓好山塘水库的防汛度汛；周士毅则负责北线片区，着重抓好高河的防汛度汛。除了牟玉成负责总的后勤服务，其余班子成员和大部分乡干部全都分到南北两线的相关区段参加抗洪抢险。四是防汛准备工作的时间要求。为了有效应对可能出现的汛期早、强度大、持续时间长的最坏情况，周士毅要求在五月底之前，各地段的防汛工作做到防汛预案与防汛物质两个到位，确保一旦提前进入主汛期并遭遇恶劣气候，所有地段的防汛工作都能全面有效展开，并能稳扎稳打和决战决胜。散会之后，各个防汛区段的责任人立即闻风而动，全都投入到开展应急工程整治、做好度汛应急预案和准备防汛物质等各项工作中去。

两个星期后，市里召开了由朱泰来市长亲自主持的防汛工作紧急会议，各乡镇的乡镇长和分管水利的副乡镇长参加了这次会议。在会上，市气象局的赵局长分析了今年将要面临的严峻气候形势，他说，根据中央气象台的预测，今年将有一连串的热带风暴生成，届时将出现强降雨、强雷电、大风甚至冰雹等强对流恶劣天气，而且很可能生成早、来势猛、影响范围大、持续时间长、致灾程度重。他还说，中央气象台根据近日的卫星云图作了分析，今年的第一次热带风暴很可能近几天就会从东南沿海登陆并侵入内地。赵局长说完之后，朱泰来市长以非常严肃的口气强调了三点：一是各乡镇组成防汛抗灾指挥部，作为同属第一责任人的乡镇书记和乡镇长，必须将主要工作精力转移到防汛工作上来，同时要到一线指挥防汛工作；二是做好人员准备、物质准备和资金准备，以及其他突发情况的应急准备，要确保水利设施和人民群众生命财产的安全；三是从现在开始，要二十四小时安排值班，要保证电话畅通和政令畅通，发生重要灾情要及时反映和有效处置，如果哪个地方出了大问题，同时又瞒报漏报或处置不当的，要从严追究相关领导的责任。最后朱市长要求大家在散会之后，立即赶回去传达会议精神，动员干部群众立即投入到防汛抗灾工作中去。

由于需要大家立即回去传达会议精神，所以市里没有安排会议用餐。散会以后，章汉杰见情况紧急，便与满平在路上各买了两个馒头，然后大步流星地赶往汽车站。两人一回到乡里便马上将会议精神向周士毅作了汇报，周士毅尽管对此已有充分的思想准备，但是真的听了传达，得知形势如此严峻，心里还是不免暗暗吃惊。他想，幸好自己提前十几天就做了严密部署，否则事到如今才仓促应战，那也真是够呛的了。

为了及时传达市里的会议精神，使全体乡村干部进一步提高认识和做好准备，周士毅决定下午召开班子会，明天上午召开全体乡村干部防汛抗灾紧急动员大会，下午南北两个片区分头开会进行具体部署，从后天开始，全乡立即全面进入防汛的临战状态。

高河在流出山区进入平缓地带之后，其在枫岚乡境内长约三千六百来米，南岸处在枫岚片的范围内，北岸处在霍家片的范围内，出了枫岚乡，高河便挨着荷塘乡的边上进入望城乡的地界，然后经过望城乡流入安江。

高河宽约三十米，深约八、九米，主要有两个特征：一是它的河床只比两边农田低两米多，所以在汛期它基本上就是一条地上悬河；二是它在枯水季节水深通常不足一米，旱情严重时甚至干涸见底，所以它又是一条季节性小河。正是因为高河水量多寡悬殊，所以为了灌溉之需，枫岚乡才会修建"谢（家）枫（岚）渠道"，从谢家乡东部的漕河引水过来。

尽管高河平时貌不惊人，不过在连续发生强降雨的主汛期，高河的情况那就是另外一回事了，其时急流直下，浊浪翻滚，那个气势倒也是够吓人的。高河两侧有大片稻田，一旦溃堤不仅当季颗粒无收，而且被洪水裹挟而至的泥沙，将把这些稻田变成砂石之丘，弄不好几年都难恢复原貌。民国二十二年的那次南岸溃堤，就给南岸人民造成了遗患多年的深重灾难，所以每逢集中强降雨的季节，当地百姓丝毫不敢怠慢了它。

按照此前的分工，高河北侧大堤，由霍家片片长满平负责，另从机关工作科抽调李秋云作为助手，由他们带领霍家片的四个乡干部和四个村委会书记组成北岸防汛指挥所；南岸由苗壮负责，由已经接任枫岚片片长的朱丹作为助手，由他们带领枫岚片的四个乡干部和四个村委会书记组成南岸防汛指挥所；周士毅则负责两岸的游动巡查和应急处置，由唐杰明作为联络员。为了便于沟通情况，也为了给上堤干部提供一个临时休息的处所，在"谢（家）枫（岚）公路大桥"的两端，各搭建了一个用竹木做支架，用农家晒谷用的篾簟作覆盖物的简易雨棚，作为两岸的防汛指挥所之用。

六月二日下午，作为高河防汛总指挥的周士毅，主持了高河防汛第一次战地会议，将南北两岸全线分段划给各个村委会。其后，各相关村委会又将所承担的任务划给各村小组，每个村小组又将全部劳力分成两个组，到时候视防汛需要再决定是轮流上堤还是全部上堤。

六月五日中午过后，呜呜的东南风如期而至，而且一阵紧接一阵，越刮越见猛烈。到了下午三四点钟，似乎憋屈已久的瓢泼大雨，乘着黑压压的云层呼啸扑来，不多时，白茫茫的雨幕便把天地浑然连为一体。

在昨天乡里召开的防汛专题会议上，杨树青告诉周士毅，因为去冬今春土地干涸已久，初期降雨多半会被地面吸纳，而后面的降雨又会被引水渠道导入大大小小的山塘水库，只有等那些山塘水库开始泄洪，流入高河的水量才会骤然增多。他还说，高河水位超过警戒线时，犹如脱缰野马的河水才会开始肆虐起来，但以现在高河和各个水库的水量情况来推测，按照历史经验，即使是连续性的强降雨，高河的水位通常也要在三天之后才会达到警戒线位置。

由于有了上述认知，另外考虑到这次防汛可能是一场迁延多日的疲劳战，而这些村庄离大堤的路程近的不过几分钟，远的也只要十几分钟，全都方便上堤，为了避免过早地打疲劳战，所以周士毅暂时只安排一半劳力上堤，让他们用草袋和塑料编织袋装入已经提前运至这里的沙土备用。参加高河抗洪的乡村干部自然也相应地分作两组，轮到值班的人，一方面组织群众将沙土装包，一方面关注水位的变化情况，而没有轮到值班的便在临时搭建于堤下的雨棚里休息。

六月八日晚上，风狂雨骤，声势骇人。由于河水已经逼近警戒线，参加抗洪抢险的乡村干部一个个神色凛然如临大敌，除了轮到休息的待在雨棚里，其余的乡村干部都在河堤的责任地段上异常警觉地来回巡查着。各村委会也让拉上大堤的劳力分段守护着各处薄弱环节。

这天是农历的端午节，即使是晴好天气，晚上的能见度也极低，按照周士毅先前的布置，入夜以后的大堤，但凡薄弱地段便会点燃一盏具有防风遮雨功能的"马灯"作为照明之用，以便在关键时刻方便抗洪抢险。

周士毅在上堤之前安排办公室买了十一支装有三节电池的手电筒，南北两线各发了五支，自带了一支，周士毅认为这样有利于及时发现险情。周士毅带着手电筒与唐杰明一道先从南岸大堤开始巡视，周士毅觉得在关键时刻的关键事项上，不能靠听汇报而瞎指挥，只有深入抗洪一线才能做到心中有数。

借助高河两岸星星点点的微弱灯光，周士毅看见乡村干部都在顶风冒雨地巡视着自己管辖的责任地段，忠实地履行着自己的职责，心里顿时涌动着一股暖流，他为枫岚乡能拥有这样一支优秀的恪尽职守的乡村干部队伍而感到欣慰。周士毅由此想到，作为一个领导者，如果他想在事业上有所成就，一支骨干力量的强力支撑和广大民众的真心拥戴是必不可少的，否则，不管他的层次有多高，能力有多强，都将一事无成。

高河在枫岚乡境内只有从枫岚到谢家乡去的那座可以通行大型客车的公路桥，而枫岚乡与望城乡交界处附近则没有桥梁，所以周士毅无论是巡查南岸还是北岸，都得走回头路。当周士毅在巡查到南岸大堤的西部末端时，看见朱丹身穿雨衣，脚穿雨靴，正与枫岚村委会的一名民兵营长从与望城乡的交界处往回走来，周士毅走近朱丹时，立定脚步看了看朱丹，见朱丹的脸上淌着雨水，眼睛都有些睁不开，周士毅便特意叮嘱了一番，大意是她刚到农村工作，适应艰苦的环境得有个过程，叫她适当注意休息。朱丹见党委书记这般关心爱护她，心里不觉一暖，她嫣然一笑，说是请"师傅"放心，不要紧，她会适应的。

周士毅一路上走走看看，有时还与值班巡查人员交谈，了解薄弱环节及其防护措施，所以待他巡查到北岸的西段时，时间已过午夜。周士毅途中遇到了值下半夜班的满平，满平把情况作了简要的汇报，周士毅点了点头，另提了一些具体要求。周士毅带着唐杰明继续往前走着，当他们沿途做好安排然后回到北岸靠近大桥的雨棚里时，他到里面看了一下，只见雨棚上面的篾篷，水滴这里一点那里一点地往下滴个不停，十几个没有轮到值班的乡村干部，都穿着雨衣横七竖八地躺倒在铺在地上的湿漉漉的稻草上，各自发出粗细不一的鼾声。李秋云睡在右侧里向，一张秀气的脸上露出倦怠不堪的模样，已经进入梦乡的她正在无意识地咂吧着嘴巴。周士毅想起在乡镇干部里流行的一句自嘲的"顺口溜"，说是在乡镇工作，每当遇到中心工作或关键时刻，总是"女人要当男人用，男人要当牲口用"，他觉得，作为国家政权基石的乡镇，全靠这批任劳任怨尽心尽责的干部作为支撑。

周士毅出了北岸指挥所来到南岸指挥所，看了看腕表，见时间快到凌晨两点，觉得疲惫不支，考虑到明天还要面对更为严峻的情势，便开始四处找寻着合适的安身之处。这时他发现朱丹身边还有一条窄窄的地块，便做了一个手势叫唐杰明过去睡，唐杰明却回了一个让周士毅过去睡的手势。周士毅又固执地将唐杰明指向那里，唐杰明见周士毅一副不容不从的严肃神态，稍稍犹豫了一下，只得过去侧身躺下。周士毅看到唐杰明已经睡下了，这才在靠近门边左侧一小块沾满泥巴的湿漉漉的稻草上和衣屈身躺下，不一会，早就鼾声大作的雨棚里，又增加了两个并不协调的和音。

睡了一会儿，周士毅由于心里有事而醒了过来，他想到今天将要进入抗洪抢险的关键期，就毅然决然地翻身站起。这时他发现雨声渐歇，只有星星点点的雨滴打在棚顶上。他来到棚外四向一看，原来经过三天半的尽情宣泄，老天爷的情绪已经稍好转。天色虽然依旧晦暗，但渐次收兵的雨已经撤退到云层之后，对于要不要再发淫威似乎还没拿定主意。在周士毅简单漱洗的同时，雨棚里其他的人也都相继醒来，好在大家昨夜都是穿着雨衣睡觉，所以便都省略了穿衣这个环节。周士毅看见朱丹这时也蔫蔫地揉着眼睛起来了。

随着炊事员吴长根的一声吆喝，一担清香扑鼻的稀饭馒头被送进门来。这是牟玉成的精心安排，机关工作科已经在大桥东侧的祁家村借用民居开设了一个专门为守堤干部服务的临时食堂。

吃过早饭，周士毅来到大桥的南桥头，他顺着台阶逐级而下，到了一个平台处，看见河水离标刻在桥墩上的水位警戒线还有两公分的距离，而此时天气又出现好转的迹象，周士毅觉得大堤暂无大碍，心里便稍觉安定。为了强化部署，他叫唐杰明通知南北两线指挥所的全体成员，在上午九点钟到南线指挥所开个短会。

上午九点钟，南线指挥所里挤满了参会的人，大家零零乱乱地席地而坐，苗壮和朱丹、满平和李秋云由于都是指挥所的主副领导，所以他们都坐在靠近周士毅处。由于是抗洪战地会议，所以周士毅也没有什么开场白，根据大雨过后的新情况直截了当地提了四点要求：一是马上将新出现的薄弱地段用沙包进行内外加固，尽快把隐患消除在萌芽状态；二是将多余劳力全部撤下大堤待命，以养精蓄锐准备应对后面可能到来的下一场恶仗；三是严密监视天气与汛情，必要时再视实际情况的需要将民工拉上大堤；四是各村委会要督促各村小组搞好民工的后勤保障，以确保民工有充沛的体力投入抗洪抢险。

九日深夜，在人们猝不及防的情况下，停歇多时的雷雨又乘着狂风突然降临，而且较之前几日，雨势更大、声威更猛，仿佛前几日的大雨，只是为这场更大的降雨做了个铺垫似的。乡里看守大门的席师傅是市气象局的兼职气象监测员，据他报告说，在其后两日的降雨，都超过了历史同期的日平均降雨量的两成以上。在第二轮强降雨之前，高河水位距警戒线本来回落了二十多公分，此时水位竟然超出警戒线十二公分，抗洪形势十分严峻。也多亏有了白天战地会议的第一条安排，各处薄弱地段得到了及时的加固，所以到目前为止，高河抗洪还处在有惊无险的状态。

十一日上午雨势略有减小，让抗洪抢险的人们得以喘了一口气，但从下午开始，心存犹豫的老天爷再次和人们较上了劲，先是乌云四合，狂风嘶鸣，雷声滚滚，然后以前所未有的强度持续降下倾盆大雨，只落得天地之间莽莽苍苍混沌一片。周士毅见情况紧急，便命令所有民工全部上堤死守，到了十二日上午，河水已经上升至警戒线以上的四十公分处，河堤露出水面的高度不足一米，整个大堤处在全线告急状态。

周士毅觉得这次溃堤很可能只是早晚之间的事，便叫李秋云和朱丹两个女同志撤回到乡里去。但李秋云和朱丹似乎是商议好了一样，她们都说自己身为乡领导，这个时候决不能临阵退缩，周士毅见劝说无效，只得叮嘱她们多加小心不得蛮干。

十三日傍晚，周士毅带着唐杰明巡查过北岸之后又来到南岸巡查，路上遇到朱丹，三人便并做一处走着。周士毅他们一边快速前行，一边敏锐地用手电筒照射和察看着河堤外部下面的泡泉。周士毅知道，凡是有清水从堤体往外流出的，说明这是老的裂隙在渗水，这个多半问题不大；凡是有浑水从堤体往外面流出的，说明河堤出现新的穿孔，而且正在扩大，如果不及时有效地进行堵漏，很可能会有溃堤的危险。

周士毅他们走到南岸西部的中间区段时，突然发现堤下有大股浊流汩汩涌出，而且呈快速扩大之势。他迅即来到河内寻找相应的穿孔口，这时，他赫然发现堤内已经形成一个与堤外浊流具有明显对应性的大漩涡。周士毅知道，穿孔已经形成，只需三五分钟，这里的堤垱必垮无疑，下面的万亩农田与十几个村庄也将因此陷入灭顶之灾。面对十万火急，周士毅朝远方守堤的人群大吼道："这边河堤穿孔了！"无奈其时风狂雨骤，周士毅见自己的喊叫声根本传不出去，便叫唐杰明跑去叫人。

周士毅话音未落就向四周扫视，他见堤外下边田里种了豇豆，便急跑下去，把攀附在桩棍、草绳上的豇豆藤蔓拔了一大捆，然后火速抱到堤内水边。朱丹见状也赶忙仿效。

周士毅面朝穿洞的位置，右脚踩住下面嵌入堤垱的一块石头，然后探下身子，将藤蔓和桩棍朝着漩涡下面那个穿洞口使劲一插，由于位置找得大致得当，被藤蔓所阻，漩涡之势顿见减弱。周士毅正要转身上堤继续去拔，恰好朱丹也抱了一大捆送了过来，周士毅赶忙接住，然后又往穿洞口插了下去。有了两捆藤蔓的阻隔，穿洞口的大涡流顿见缩小，周士毅心里大觉快慰。当周士毅将已经插好的藤蔓桩棍使劲往深里按插时，朱丹又抱了一个大捆，踩着泥泞歪歪斜斜地来到他的身边，她想将藤蔓尽可能送得下一点，便将右脚往下探了探，结果脚下一打滑，整个身子竟然呼的一下滑入湍急的水流之中。千钧一发之际，说时迟，那时快，周士毅迅即探下身子，他左手指抠住堤岸，右手抓住朱丹的手臂，随着一声"上"字喝出，他猛一发力，竟一把将朱丹从水里扯起并送上堤垱。朱丹经此一吓，不由得花容失色，坐在堤垱上直喘粗气。这时，周士毅看见已经插入水中的藤蔓还有一部分漂浮在水面，为了将其彻底踩入洞口，以进一步减缓水流下穿之势，便试着深入水中。谁知他刚一下去，右脚就被湍急的下穿水流紧紧地吸进洞口。原来刚才两捆桩藤只堵住洞口的三分之二，剩下的洞口依旧吸力惊人。周士毅觉得整个身子眼看着就要被湍急的涡流吸扯进去，命悬一线之际，他情不自禁地轻呼一声"不好"，他随即一边用左脚拼命地勾住插在洞口的桩棍，以此稳住身子不被完全拖入洞穴，一边用双手抠住坝体的草根，同时奋力往上一点点地挪动身躯，以求扯出吸入洞穴的右脚。朱丹见周士毅情况危急，直吓得心里怦怦直跳。她立即从地上爬过来，探下身子抓住周士毅的雨衣领子，同时竭尽全力将周士毅一点一点地往上拖。在两个人合力之下，周士毅终于往上挪动了十来公分，周士毅见自己的手已经可以够着上面那棵小树的根部，便一把牢牢地抓住。由于这时有了方便着力之处，周士毅就顺着朱丹的拖力奋力往上一耸，整个身子这才从湍急的漩涡中成功摆脱出来。

狂风依旧呼啸，雨鞭仍在猛抽，周士毅与朱丹两个劫后余生之人，此时都软软地坐在泥泞之中，他们既为彼此的生死救援而感动，也为都能逃过大难而庆幸，尽管两人刚才遇险与脱险的过程只有短短的两三分钟，但他们在闯过那个生死关头之后，都有几分再世为人的感觉。

周士毅正准备从地上爬起来继续消除险情，恰好唐杰明带着远处增援的干群急奔而至，周士毅带着浑身的泥水，一边抱起朱丹遗落在堤垱上的那捆桩蔓重新插向洞口，一边指挥群众用沙包严严实实地压住堤垱下面水流渐小的泡泉，然后又在堤垱的穿洞口垒上层层叠叠的沙包。经过一场激烈的奋战，一场惊心动魄的抢险才终告成功。

六月十四日清晨，晴空万里，一碧如洗，冉冉升起的朝日，仿佛在向世人宣告江南地区一九八九年的主汛期到此基本结束。考虑到堤垱被洪水浸泡日久，为了防止退水时的溃堤危险，周士毅责令所有劳力全部上堤严加防范。两天后，高河终于恢复到正常水位，周士毅这才下令民工全部撤退。

如果说周士毅搏命堵洞是高河抗洪抢险成功的主要标志，那么章汉杰将枫林水库蓄水多降一米便是稳中求稳的万全策略，枫岚的史书可以记载，经过这场艰苦卓绝的奋战，枫岚人民终于彻底打赢了这场数十年未遇的抗洪抢险的恶仗。

第三十三章　征　象

　　七月上旬的一天，周士毅将相关工作做了妥善安排之后，启程回尚州休假。尽管夫妻感情每况愈下，但周士毅对家还是有份思念的，因为家里除了那个在情感上渐行渐远的妻子，毕竟还有让他常常牵挂的父母与寄托希望的儿子，周士毅对他们的思念依旧是很深很深的。

　　到了长平，他故意买了下午去尚州的车票，因为他准备先到李云峰书记那里坐坐。自从去年年底李书记到枫岚去过一次，自己已有半年多没有向李书记单独汇报过工作，他觉得自己这次再不去拜见一下领导，也未免太不像话了。

　　一想起自己许久未能与李书记联系，周士毅就觉得自己在这方面存有很大的缺陷，因为按照常理来说，作为一个乡镇党委书记，最好是每个季度能跟市委书记单独见个面，以便把自己前一个阶段的工作情况和下一个阶段的工作思路向领导做个简要的汇报，因为这样不仅能让领导及时了解下情，便于指导下级工作，也能让领导感受到下级对他尊重和亲近。反之，如果下级粗疏失礼，只是在下面埋头苦干，而在领导那里却鲜有走动，上下级关系时近时远，若即若离，让领导产生隔膜甚至失控的感觉。作为这样的下级，即使他的工作干得再好，领导也可能会因其失礼与失敬而存有看法。

　　另外，周士毅觉得自己不仅是在联系领导方面多有欠缺，就是对待领导的态度也不无问题。他记得自己以前在读李白《梦游天姥吟留别》这首诗时，诗中结尾处的"安能摧眉折腰事权贵，使我不得开心颜"，就曾猛然撞开自己的心扉，自己对于李白这种超脱得近乎孤傲的态度就立即产生了共鸣，其时他就近乎执拗地认定——人的地位虽有高低，但人格却是平等的。自此以后，他就感觉自己身上仿佛生出几根傲骨似的，每当面对上级官员时，在心理上就只会平视而不会仰视，即使是遇到官职很大的领导，自己所表现出来的也只是一种不致失礼的尊重，对于确实在能力与品德方面让自己钦佩的领导，或者是对自己有恩的领导，所表现出来的也只是一种由衷的敬重或感激，但无论何时何地或者面对何人，那种让许多上级官员感觉良好的唯唯诺诺的顺从，阿谀奉承的谄媚，乃至诚惶诚恐的敬畏，他是无论如何都表现不出来的。

周士毅知道，但凡会把上级当"主子"看待的人，他在下级面前也一定会摆出"主子"的威仪；反过来说，但凡在下级面前比较谦和的人，他与上级相处也一定会不失自重，因为这是一枚硬币的两面，不可能有此无彼，或有彼无此。自己在下级面前从来端不出"主子"的架势，所以在自己心目中自然不会把领导当"主子"看待。自己这种不失自重的表现，势必让某些领导无法找到"人上之人"的感觉，譬如汤国庆与鲁明两位副市长，自己此前在他们作出指示时没有唯唯诺诺，在他们表现不爽时也没有诚惶诚恐，自己这种有违常理的做法就曾经惹恼了他们。周士毅并不是个糊涂人，他知道这种不愿屈节事上的态度，这与中国几千年的官场文化是格格不入的。他由此觉得当年张平瑞对自己的评价应该是不无道理的，自己在为人处事方面，不仅有几分木讷，也确实有几分迂腐。

除此之外，周士毅还意识到自己对待名利的态度也不无问题，他虽然认为追名逐利是人的本能，而且无可厚非，但他只愿取之以"道"，而不屑谋之以"术"，所以他对待名利的获取就不愿意主动出击，而是有点守株待兔的意思。具体来说，虽然他的仕途之梦是想当个县级干部，但他只想通过努力工作以获领导青睐，而不是通过攀附高枝而得到提携。他意识到自己这种做法的不智，因为这种做法，如果是在官场风气比较清正的情况下倒还问题不大，自己只要努力工作，而且确有成绩，领导终归是会关注并认可自己的，但是现在的"伯乐"似乎不太愿意主动去发现"千里马"，而是期盼有心之"马"自己找上门来，因为这样的话，这匹"马"就成了"伯乐"厩中会感激"伯乐"并供"伯乐"驱驰的私"马"，至于这匹马到底是"百里马"还是"千里马"，他门倒多半不太在意。

周士毅知道自己存在清高自许的不足，但他无意改变自己为人处世的理念，所以他始终不愿主动地去攀附"伯乐"们。周士毅已经清楚地意识到，长此以往，自己在仕途上恐怕其行不远，因为现在像李云峰书记、朱泰来市长、荣新发副书记这样完全出自公心的"伯乐"毕竟日渐减少，现在许多领导开始讲究"实际"了，他们开始奉行"人无利益，谁肯早起"的理念。

周士毅还知道，山野的路是靠人走出来的，人生的"路"则是靠自己铺出来的，如果自己平时不注意"路"的扩展与延伸，一旦到了某个关键时刻，恐怕就会无"路"可走了。

周士毅觉得自己不仅对领导执敬有亏，不仅不会去攀附领导，就是对于正常的工作汇报也都常常觉得很难为情，他只愿意殚精竭虑埋头苦干，而不喜欢在融洽感情和铺垫关系方面下功夫。在这个方面他知道有人做得很好，但他硬是学不来。譬如沙岗乡的党委书记孟志高，这个人看似形象粗犷，却是心思细密，他虽然政绩并不显著，能力也不拔尖，但情商很高，很会做人。他不仅在市里常常出这门进那门，与上级领导的关系处理得非常妥帖，而且与关键的市直部门以及颇具潜力的乡镇领导也都铺垫了关系。在孟书记的再三邀请下，上个月自己还利用周末到他乡里窜了个门子，并得了他两包上好的藕粉。反观自己，别说在荷塘当副书记和乡长那会儿，就是在枫岚当这两年多的书记，自己在领导那里也很少走动，更别说是与市直部门和兄弟乡镇主要领导的彼此联络了。

　　由此周士毅也曾反思自己到底是不是块当官的料，适不适合在政界发展。周士毅觉得官场生态的变化趋势，似乎越来越适宜孟志高这类情商很高的人。后来的事实也充分证实了周士毅的预见，在此后的二十来年里，当周士毅依旧我行我素地坎坷于崎岖仕途的时候，人家孟志高在官场顺风顺水步步高升，已经踌躇满志地升任为省发改委主任，成为权倾一时的正厅级官员，在那里一本正经地谋划着经世济民的大事。

　　周士毅此时正走在前往李书记办公室的廊道上。李书记的办公室他自然是知道的，但是让他心里犯怵的是李书记的办公室设在市委办公楼三楼东边的尽头，而楼梯却偏偏设在三楼的最西头，他要到李书记那里去，便须依次经过几个常委和副书记办公室的门口。当然，这些领导平时即使是在里面办公，房门也是关着的，但是，假如不巧碰到他们那里有人进出而把门打开，而自己刚好又在门前经过，那就不免有些尴尬了。因为对方已经看见自己刚才是过其门而不入，自己这时即使过去打个招呼握个手，对方虽然也会春风满脸，但其心里还是会认为自己是虚情假意的。当然，如果每个门都依次去敲两下，然后逐个见个面，寒暄几句，这自然是比较稳妥的，但这又显得过于庸俗，这不是自己这种性格做得来的，他这几年之所以到李书记这里来得少，恐怕这也是一个重要的原因。好在李书记对周士毅的失礼并不在意，或者说，周士毅这种至诚实在的性格倒刚好对了他的路，所以李书记对周士毅依旧关爱有加，并未因此而减损周士毅在其心目中的分量。

　　为了便于领导的差遣，李书记办公室外的候见室里，靠里向新添了一张临时办公桌，李书记的秘书曹新荣此时正在伏案工作。可能是他察觉有人来了，便抬头看了一下。这时他见周士毅来到近前，马上站起身来，对周士毅非常谦和地微微一笑，并轻声问道："过来了？"

　　曹新荣之所以对周士毅如此的礼遇与亲近，不仅因为周士毅是长平市的"一方诸侯"，更多的倒是他知道李书记对周士毅的喜爱。周士毅不好多讲话，他怕打搅左近的领导，便笑着点了点头，并抬手指了指里面，作了个询问是否方便进去的手势。曹新荣便也笑着点了点头。他们随即来到连通门边，曹新荣轻轻地敲了两下门。"进来！"里面传出李书记威严的声音，曹新荣便进去传递消息。随即，曹新荣退了出来并示意周士毅进去。

周士毅多时未见李书记，心里着实很是想念，这时他来到李书记的办公桌前，喜悦与真诚已经自然而然地写在脸上。李云峰笑着指了指他办公桌前的座椅，周士毅神态恭谨地坐了下来。

李云峰看着眼前这位"爱徒"，心疼地说："上次抗洪抢险，你吃了很多苦啊！"

周士毅笑道："做农村工作，这是难免的！"

李云峰神情严肃地说："太过冒险的事，以后一定要小心点，千万不能大意！"说着，将手中的《江南日报》放在桌上。周士毅看到，李书记刚才看的是第三版，上面一行熟悉的标题赫然在目——只顾良田不顾身；副标题是——枫岚乡党委书记周士毅搏命抗洪事迹追记。原来唐杰明虽然没有看到周士毅在穿洞口生死交关的那一幕，但当他看到周士毅满身湿透，而且脸色煞白的那个瞬间，他已估计到刚才发生了什么，所以在合理想象的基础上，进行了入情入理的虚构，于是就写出了那篇歪打正着，而且既有分量又很感人的报道。

周士毅看到报纸止不住又有点生气了，他说："这个唐杰明真是没有名堂，竟然偷偷地写了这么一篇东西，前天让我狠狠地批评了一通！"

李书记笑道："你又在担心'树大招风'吧？"

周士毅记得，自己曾经跟李书记说过在地区经委工作那会儿，因表现出色而被马千里等人嫉妒以至度日如年的故事，便也跟着笑了。

李云峰正色说道："士毅啊，什么事都不是绝对的，我们看问题不能就事论事，而要将其放到一个坐标体系里进行分析，譬如对一个干部的宣传报道，就要分析这个对象是不是值得报道，这件事情是不是真实感人，这个时机是不是恰到好处，我个人觉得这篇报道写得还是挺不错的！类似这样的报道，或者是更全面一些的报道，就是多一两篇也没有什么不可以的。"

周士毅看见李书记这样说，便不好争辩，只得笑笑作罢。

之后，他们又随意聊了些工作上的事。最后李书记叮嘱周士毅说，已经开了头的工作，力争在年底收好尾，最好不要跨年度；必须跨年度的，要创造条件加速推进，尽量使已经开局的工作在以后能够有始有终。李书记的话，让周士毅听得有些云里雾里的，感觉上面好像又要将自己调到哪个乡镇去啃"硬骨头"似的，对于刚才的这个揣摩他也不便深究，只是出于对领导的礼貌笑着点了点头，然后就告别李书记前往火车站。

他在市委办公楼的大门口，恰好遇到迎面而来的孟志高。孟志高非常热情地握着周士毅的手，相当诚恳地邀请周士毅去他家吃饭，周士毅由于已经买好了火车票，自然是客客气气地婉拒了。

不过事隔多年之后，当失意多时的周士毅因故去找时任省发改委主任的孟志高时，孟志高却没有当年的那般客气。那天孟志高坐在一张大大的办公桌前，摆出一副不苟言笑特显庄重的模样。其时，周士毅看见骤感陌生的孟志高，心里不免涌出一丝酸酸的感觉。他想，就当年长平市的乡镇书记而言，能力与政绩好于孟志高的恐怕不在少数，如果这些人能顺风顺水逐级而上，而今日担当重任的不是孟志高而是这些人，就改善民生和发展经济的谋划水平而言，恐怕只会有过之而无不及。周士毅随即想到新近流行的所谓"良币""劣币"的说法，心里不由得颇为感慨。

第三十四章　逆　转

周士毅傍晚回到家里，母亲告诉他，说高凤前天晚上发烧，头很疼，昨天周士礼回来得知这一情况，就强迫她嫂子到地区人民医院住院检查，现在人还在医院里。周士毅闻言吃了一惊，随即赶往医院，当他到达病房时，看见高凤正在抽抽噎噎地哭着。原来周士礼见她高烧伴有头痛，便为她做了一个磁共振和一个CT，结果发现她头部的颞骨处有个肿块。高凤一听脑袋里面有个肿块，吓得两腿发软，周士礼和护士只得奋力将她搀扶回病房，这时刚好周士毅赶到。

周士毅在病房里安慰了一会高凤，便来到医生办公室。因为周士礼自己就是脑外科医生，所以周士毅就向妹妹询问病情。周士礼说，这个肿瘤的位置很不好，是在颞骨处，假如是良性肿瘤倒问题还不大，如果是恶性肿瘤就麻烦了，因为这个部位很难做手术。周士毅问，怎么才能断定究竟是良性的还是恶性的。周士礼又说，颞骨肿瘤隐匿的位置很深，不便进行切片检查，所以很难进行病理分析，只有在肿瘤造成健康恶化时，才考虑进行手术切除。不过，由于这个位置无法使用常规的手术刀，只能用伽马射线进行肿瘤切除。同时她还解释说，使用伽马射线切除肿瘤时，最大的危险就是怕伤到脑干，如果真的发生那种情况，即使不会因癌症送命，恐怕也会有全身瘫痪的危险。这时，尾随至门外偷听的高凤得知自己的病情竟然这样凶险，不由得悲从中来，她一下没有忍住，竟呜呜地哭了起来。周士毅依稀听到妻子的哭声，赶忙来到门外，见高凤已瘫坐在地，便立即俯身将其抱起放回到病床上。

周士礼向哥嫂解释说，他们医院的设备精确度不行，分辨率不高，现在还无法确定里面到底是囊肿还是瘤子，所以建议嫂子到省第一附属医院去检查确诊。周士毅认为妹妹言之有理，他说不管情况怎么样，都必须尽快确诊。

当天晚上，高凤因为心理负担过重，一直哭哭睡睡，睡睡哭哭。周士毅知道妻子既是个很要强的人，又是个很脆弱的人，如今骤然遭受到这样大的打击，她的内心不知有多么的悲伤呢。周士毅想到高凤嫁给自己不久，自己便下到乡镇，这几年来，自己每月只能回家一次，让妻子承受那么多的寂寞和担忧，而自己竟然连妻子那份赖以作为精神支撑的期盼都给她断掉了，想起这些，周士毅觉得自己亏欠妻子真是太多。由于有了这些认知，周士毅便噙着泪水坐在妻子的病床前，不停地安慰和劝解着。

在不算短的一个时期里，高凤一来不满丈夫缺乏上进心，二来担心丈夫有外遇，三来因为自己在单位受压丈夫却帮不上忙，让自己既无奈又失望，所以她一直对丈夫冷冷淡淡的，由于她的冷漠和偏执，夫妻关系几乎已经走到尽头。高凤想，现在自己身患绝症，丈夫居然不计前嫌，依旧这么关心和疼爱自己，他这么刚强的一个人，竟然眼含热泪，她思前想后，心里不由得生出一份不绝如缕的感动，由于心里有了温情的支撑，半夜过后，她的哭声也就慢慢地停歇下来。

周士毅担心高凤哭久了会口渴，就将妹妹买来的香蕉剥了皮，送到高凤嘴边。高凤一边抹着眼泪，一边说自己有点闹肚子，不敢吃。周士毅闻言又去外面敲开水果店的门买了苹果来，然后又洗净削皮，并切成小块送到高凤嘴里。高凤一边吃着，一边流着眼泪，周士毅时不时地为她擦拭着泪水。由于晚上在打退烧的点滴，为了服侍好高凤，周士毅基本上通宵未睡。

高凤凌晨醒来，见丈夫依旧强打精神在那里熬着，心里更加觉得愧疚。她想，其实丈夫孤身在外也是挺不容易的，他能当多大的官，这个事又不是他自己能做得了主的；他是否有外遇，也只是自己的担忧；而自己单位上的事，也未必与他有什么关联，但自己平时蛮不讲理，竟然对他屡屡冷脸相向，她想来想去，觉得自己似乎做得太过了一些！

第二天一早，满眼血丝的周士毅便和妹妹一道，陪同高凤坐火车到省第一附属医院作进一步检查。在路上，高凤看见满脸倦色的丈夫，心里想，从周士毅着急的神情和服侍的态度来看，不像是有外遇的样子，假如有外遇，他巴不得自己有个三长两短呢！哪里还会这么在乎自己，会这么细心地呵护？这样想着，心里便又好受了一点。

到了省第一附属医院，高凤又分别做了一次磁共振和CT，结果出来以后，周士礼和医生共同比对着看了片子，他们都觉得受检体密度不高，很像是颚骨囊肿，但对于囊肿的成因和发展趋势都有点拿不准。于是，周士礼建议哥嫂到湖南湘雅医院去做进一步的诊断。高凤见疑点还没有完全解除，又急得哭了起来。周士毅虽然忧从中来双目含泪，却变着法子宽慰高凤，哄高凤开心。高凤见丈夫对自己这么好，暗自责怪自己以前的粗心，居然身在福中不知福。她想，如果自己真的得了恶性肿瘤，那自己这辈子能享受丈夫关爱的日子就不多了。她又想，自己以前总是由着性子来，竟然让丈夫受了那么多的委屈，如果自己这次能平安无事，以后一定要好好地对待丈夫。

隔日，周士毅和周士礼又陪着高凤来到湖南湘雅医院，在分别做了一次磁共振和CT之后，经过详细问诊，最后接诊医生认为这很可能是一个先天性的颞骨囊肿，依据通常情况来看，他估计不会有什么问题。

周士毅夫妻听了这个结论，全都高兴得跳了起来，周士毅高兴得泪流满面，他禁不住得意忘形，一把抱起高凤，在医生办公室外呼呼呼地打起转来，把在场的医生和护士全都感染得哈哈大笑起来。看见周士毅那由衷高兴的表情，当时高凤就在内心深处下了一个定论——丈夫绝无外遇，否则不可能与自己这么亲，对自己这么在乎。接着，周士礼提出，为了便于比对确诊，最好三个月以后再过来复查一次。接诊医生认为如果脑袋没有不间断地持续加重的疼痛，也可以不要复查。高凤听了这话，心里就更加有底了。

回程中，在精神上经过了一次"生死轮回"的高凤，忽然想通了一些事，她觉得一个人只能活一辈子，而这一辈子能活多少年谁也说不定，所以只要问心无愧，就不用太过委屈自己，以前卫步青总是骑在自己头上作威作福，以后决不能一味地迁就忍让，反正自己又没有什么过错捏在卫步青手里，怕他什么呢！

这次高凤患病几天到处检查，她父母居然毫不知情，等到雨过天晴时，他们都还蒙在鼓中。高凤的父母得知女儿不仅是虚惊一场，而且女儿女婿也已尽弃前嫌，都觉得大为宽慰，自然，周家父母看到儿子儿媳重归于好，心里那块石头也算是落了地。

闲聊时，周士毅便问妻子前段时间为什么总是冷冰冰的，高凤便诉说了自己在单位受卫步青压制的事。周士毅听得火冒三丈，高凤见丈夫动了怒，知道丈夫是心疼自己，便劝慰丈夫。她说自己以前只是息事宁人，一再忍让，所以卫步青就自以为了不起，越来越放肆，但经过这次死里逃生，她已经想开了，自己再也不会毫无底线地受人家的窝囊气了，并说她会保护自己，请丈夫放心。周士毅听了妻子如此这般地一番劝解，才把这事稍稍放下。

卫步青是去年八月上旬成为地区财政局的副局长，并分管高凤所在农财科的，当他上任的第一天到自己分管的"领地"巡视时，他以自己对异性特有的敏锐目光，非常惊异发现了高凤不同寻常的美。他以前在乡镇工作时虽然也有"红颜知己"，但那只是"矮子里面拔长子"，从严格意义来说那根本算不上什么美女。后来调到长平市财政局工作，虽然办公室有一个姿色不错的女人，但是听说那个女人的小叔子是市公安局刑警大队的副大队长，这虽然不是什么大不了的官，只是那人生得身材魁伟性格强悍，卫步青想，如果自己真的与其嫂子发生点什么，后来又不幸被对方知道了，那肯定会闹得惊天动地的，如果弄出个现实版的"武松斗杀西门庆"来，那就真的大为不妙了，正当自己为是否下手举棋不定时，后来便调到尚州来了。

　　刚开始，卫步青为了弄到高凤，也曾隔三差五地到农财科转转，为了不在高凤面前掉分，他常常故作威严，以睥睨天下的气概看着高凤。不过高凤却没有理会这些，常常连正眼也不看他一下，因为在卫步青第一次到农财科的那天，他听说周士毅是她丈夫时表现得那般的不屑，让她丢了人，所以她一直心存不爽。眼看着就过了一年，卫步青却与高凤一点边都搭不上，卫步青在反思自己的失败的原因时，终于悟到中间隔着个龚瑾科长，弄得自己没有多少机会与高凤接触。在后来的工作中，他便干脆撇开龚瑾，直接向杜娟和高凤分工。起初本性高傲的高凤还摆出一副不卑不亢的姿态，让卫步青找不到多少心理优势，后来卫步青索性一不做二不休，他横下一条心，决心先彻底打垮高凤的精神，然后再来收服她的肉体，于是卫步青对高凤的工作开始横挑鼻子竖挑眼，常常把她贬得一文不值，骂得狗血喷头。面对卫步青变态般的强势，高凤在忍无可忍的情况下曾想愤然反抗，但每当她看见卫步青那霸道的气势，想到他后面还有棵"大树"，她心中残存的那点与之抗争的念头就烟消云散了。因为她觉得，与这样强悍自大很有背景的领导对着干，其结果只能是更多更深地自取其辱。自从她打消了奋起抗争的念头之后，由于心理防线的崩溃，她在卫步青面前，便产生一种望而生畏的恐惧感。

　　卫步青见高凤在自己前面常常有种惴惴不安的感觉，知道自己实施的高压策略已经凑效，便等待机会扩大战果。就在高凤过了那次健康"过山车"之后的大约一个月，他带着高凤到富康县去出差。晚餐时，由于县里几个主要领导都知道卫步青后面"有人"，为了联络感情便一齐过来殷勤作陪。卫步青自我感觉良好，便与大家开怀豪饮。高凤以前陪领导下乡时常常被迫喝酒，这次虽然县领导殷勤相劝，卫步青也苦苦相逼，但高凤就是坚持不喝，因为经过上次的"死里逃生"，她已经不愿意过于委屈自己了。

　　晚上回到宾馆，高凤洗漱过后换上睡衣，准备上床就寝，不料外面却响起急促的敲门声。高凤从门窥镜里看见是卫步青，便打开一条门缝问有什么事，卫步青满脸严肃地说，他下午有几个数据没有记全，要进来核对一下。高凤见卫步青说得一本正经，同时也慑于他平时的积威，只得打开房门放他进来。谁知卫步青一进房门就打上小锁，继而色眼迷离地露出一脸坏笑，他一边将笔记本和钢笔丢到床上，一边朝已经退到写字台边的高凤步步进逼。高凤心知不妙，但为了自保只得故作镇静。谁知卫步青没有什么过渡程序，他一走近高凤，便如饿狼扑食般地一把将高凤抱住，随即将一张满含浓重烟酒气息的大嘴往她嘴上凑过去。高凤手脚并用奋力挣扎，弄得卫步青老是遂不了心愿。

卫步青恼怒道："你这个蠢货，你在这里为姓周的守贞洁，但那个姓周的说不定这个时候正抱着别的女人作乐呢！你这样苦了自己值么！"

在上次的"癌症"危机中，高凤深切地感受到丈夫对自己的一片真情，由此她不仅对丈夫出轨的疑虑烟消云散，而且爱丈夫甚至胜过爱自己的生命。此刻，当她发现卫步青要对自己图谋不轨，并恶毒侮辱自己丈夫的人格时，不禁气得柳眉倒竖，怒目圆睁，她奋力挣脱出一只手，然后猛然往桌面一拍，同时高声怒喝道："姓卫的，你要是敢打我的主意，敢侮辱我丈夫，我就拿命跟你拼了！"说着，就顺手抓起桌上的一只空茶杯，摆出一副作势要砸的样子。

卫步青见高凤猛地扬起杯子，不由自主地闪避了一下。他本以为自己已经在精神上打垮了高凤，现在要得到她的肉体已是易如反掌，没想到自己误判了形势，这个平时看似逆来顺受的高凤，到了关键时刻竟然以命相搏抵死不从，卫步青觉得无计可施，竟站在那里发起呆来。

高凤见卫步青发愣，又厉声高喝道："你滚不滚！不滚我要叫人了！"

卫步青见高凤极为愤怒，而且声音又那么大，生怕闹出大事甚至惹来保安，吓得赶紧灰溜溜地走了。

由于卫步青有见不得人的把柄抓在高凤手里，从此以后，他对高凤再也不敢装腔作势和作威作福了，高凤在财政局的处境，也因之发生了意想不到的大逆转。

第三十五章　超　脱

　　一九八九年的七月中旬，枫岚乡不仅根据工作需要设立了工业服务公司和农业服务公司，而且枫岚乡的领导班子也迎来了一个较大的变化。在牟玉成与杨树青次第退居二线之后，一批新人也跟着顶了上来。蒋智丰位置朝前挪了一下，由分管政法的副书记改任分管党群的副书记，同时兼管土地、林业、畜牧水产等工作，并兼任资源管理科科长；苗壮因为分管乡办企业有功，被提拔为分管政法的副书记，为了有利于乡办企业的稳定和发展，继续兼管乡办企业；满平接替牟玉成，担任坐家的副乡长，分管财政、贸易、民政、交通工作，兼任机关工作科科长；宣新民提拔为副乡长，接替满平那摊子，分管农业工作与水利工作，兼任霍家片片长；另外提拔了公安特派员吴楠为党委委员、武装部部长，协助章汉杰抓农村工作科的工作；而唐杰明则接替宣新民，担任办公室主任。

　　杨树青和牟玉成两位老同志的退居二线，让周士毅着实有些不舍，在单位的"一把手"看来，那些富有经验与正义感的老同志堪称为单位的宝贵财富。譬如那次"送酒风波"，如果不是两位老同志仗义执言，自己当时很可能就要被迫和章汉杰正面交锋，如果那样的话，就会让自己从此和章汉杰撕破脸皮，变得很难相处了。所以在两位老同志退居二线时，除了乡里先后召开的欢送茶话会，周士毅还分别找他们谈心。其时，周士毅不仅向他们表达了感激之情，并向他们征求了自己以后改进工作的意见和建议。

　　因为两位老同志即将离开工作岗位，已经甚少顾忌，比较超脱，故而讲了不少知心话。杨树青书记在谈心时说，周士毅在开展工作时，好像有点过于在乎章汉杰的感受，弄得有点受制于人的味道，他认为作为"一把手"，虽然应该注重两位主官以及班子成员之间的团结，但这事过犹不及，需要把握好这个度。他认为，"一把手"要多一些硬朗之气，该碰硬的时候还是要敢于碰硬，因为在实际工作中，往往是以斗争求团结则团结存，以迁就求团结则团结亡。

牟乡长在谈心时则说，周士毅在"掌舵"时，似乎对于"民主集中制"理解和应用得不是很好，在日常工作中，似乎有些"民主"过头，"集中"不足，以致许多事讨论得过多过细，浪费了时间。譬如以前一开党政联席会就拖到深更半夜，让大家都累得受不了，以后可以适当加快会议节奏，当断则断，以提高工作效率。

　　周士毅认为两位老同志的意见都很中肯，以后在工作中应该加以注意。通过谈话周士毅还了解到，牟玉成乡长倒没有什么后顾之忧，他女儿出嫁了，儿子在部队也干得挺好的，只是杨树青书记的儿子前年摔了一跤，左腿落下残疾，从事体力劳动多有不便。周士毅想，杨树青同志兢兢业业工作几十年，现在"船到码头车到站"，如果组织上不能为其解决一些后顾之忧，那作为这个组织的负责人就未免有点失职了。想到这里，他便起了一个念头，想把杨树青书记的儿子安排进乡政府农业服务公司下面的种子门市部，他觉得这样一来，杨树青书记才能过上一个幸福的晚年。

　　因为有了这个念头，他便分别找几个主要班子成员单独做工作，水到渠成之后，才正式拿到会上讨论。由于周士毅把前期工作做得很扎实，所以章汉杰虽然心里很不情愿，但因众寡不敌，也只得违心地表示赞同。

　　自从上次李云峰书记丢给他那个"未解之谜"之后，周士毅便估计自己年底就要调到其他乡镇去了，所以从八月中旬开始，周士毅便以一种超然物外的目光来审视自己此前开展的工作，他在暗中遵照李书记的叮嘱，注重将已经开局的工作妥善收尾。

　　这期间，他通过仔细地梳理此前的工作获得了一些新的认知。他觉得虽然三年来他和他的同事们一年累到头，年年都在累，虽然自己也曾标榜什么"五年大动作"，但真正能惠及子孙的"大动作"似乎只有两件半事：一是大面积植树造林，二是高标准扩建市场，而搞活乡办企业只能算半件，因为企业的经营前景往往存在一定的变数。至于社会治安、计划生育和财政收入打翻身仗，以及增设"农技专干"、开办水产养殖培训班和拍卖水体养殖权等等，这些都是属于事务性的工作，虽然忙了累了，有进步有变化，但不会产生什么深远的影响。

　　前几天，他带着苗壮和唐杰明深入各个乡办企业现场办公，以便把握企业运营脉搏，帮助企业解决问题，结果收获不小。他发现，酒厂经过技术改造，现在年生产能力提升了将近65%，开始出现流动资金不足的问题，希望乡里能出面协调解决。于是，他便带着苗壮和酒厂的罗厂长去找市信用社领导协调。功夫不负有心人，通过好说歹说，总算争取到一笔比较理想的贷款额度，从而解决了酒厂的燃眉之急。他继而发现，建筑公司在金城纺织厂的建筑业务竞争中遭遇危机，已经稳操胜券的三栋宿舍工程，在就要签订合同时被半路杀出的"程咬金"夺去了。为了虎口拔牙，便又带着苗壮和建筑公司的负责人到金城市，通过理清思路疏通关系，终于从金城市三建公司手中拿回了一栋宿舍工程。

八月下旬，周士毅花了将近一个星期的时间，带着唐杰明、夏冬生和相关各片各村的蹲点干部，全面跑了一遍植树造林的山地、栽了池杉的农田，以及重点绿化的村庄，以检查苗木的成活率，他发现由于幼林抚育工作跟进及时，总体情况还是比较理想的，如果年底再适当进行补植的话，那这件造福百姓的实事好事就算大功告成了。

八月底，周士毅集中精力放到促进农贸市场的建设上来。到目前为止，整个市场的建房地基只有三个栋位没有卖出去，由于售地收入已经大部分入账，乡政府在农贸市场的配套工程也就有了资金保障。到现在为止，街心公园以内的全部工程以及市场地面硬化工程都已完工，道路工程也只剩下北边人行道砖的铺贴工程，下水道也只剩下市场以外的末端工程有待扫尾。作为市场四周的房屋建设工程，已经完工的大约占总数的80%，其余的正处于赶工状态。在街心公园里，曲湖四个方向的大台阶早就为枫岚集镇妇女洗衣提供了方便，当时有个人想承包曲湖水面养鱼，被周士毅坚决地制止了，因为只要里面被人承包养鱼了，就会下饲料，甚至还会投进人畜粪便，这里的水质就会过于营养化，就没法保持清洁。根据总体工程进度的进展情况，周士毅在党政联席会上提出国庆节举办竣工开业典礼的建议，并得到大家的一致赞同。

在八月中旬还发生了一个小插曲，有一天，他正在外间签阅文件，忽然看见原来荷塘中学的副校长翁俊文笑眯眯地站在他的门口，原来在他离开荷塘不久，翁俊文就因原来的校长退休而正式接任荷塘中学的校长，因为这几年治校有功，这个学期就被市教育局重用到省重点中学枫岚中学挑大梁来了。自从上次在荷塘乡凹塘村收旧欠现场别过翁俊文，两人已隔了好几年没见面，此时重逢，别有一种亲切的感觉。翁俊文和周士毅闲聊了一会儿，忽然记起什么似的，就正色"批评"周士毅，他说，枫岚中学每年拿了十五个初升高的名额给乡里相机使用，但是他查了一下，他发现这些条子竟然都是由乡长批的，书记为什么要放掉这个权呢？书记可是乡里的"一把手"啊！书记就是不想从中捞得好处，也可以做做人情啊！

翁俊文的这些贴心话把周士毅逗得笑了，他觉得自己并不是个很糊涂的人，他哪里会不知道这是个有点滋味的"权"呢？但他认为，在领导之间必须妥善分权，"一把手"不能把什么权都抓在自己手上，而让"二把手"或其他副职纯粹只做个陪衬，如果"一把手"过于贪婪霸道，久而久之就会成为孤家寡人。但凡当副职或助手的人，主官能让他有职有权，整天让他忙忙碌碌，他就会觉得日子过得很充实，很有滋味，就会自觉自愿地配合"一把手"的工作。反之，如果让他无所事事，他们就会心生怨忿，进而无事生非。

周士毅想，面对权力的分配，自己的志趣是只要做事的权，不要牟利的权，所以从他来到枫岚的一九八七年开始，他就明确将这个进入枫岚中学批条子的权力归属给章汉杰乡长。他觉得这样处理，既可以让乡长产生受信任、受尊重的温馨感，同时还能得到使用权利的舒爽感，这样有利于融洽双方的关系，而自己又可以从这些繁杂的事务中解脱出来，能以比较超脱的姿态投入其他更重要的工作。当然，对于翁俊文的好心提醒，周士毅自然是表示了感谢，不过他也说明这是自己经过思考所做的安排。翁俊文见周士毅居然有权不用，直觉得不可思议。

考虑到九月下旬要开展秋季计划生育，周士毅在九月上旬的中间时段便回家休了几天假。那天下午他回到家里时，康康刚好被奶奶从幼儿园接回来，周母见儿子回来了，自然高兴得很。康康见父亲回家了，也高兴得跳了起来，竟抱着父亲使劲地亲了几口。

因为夫妻之间已经消弭了隔阂，融洽了感情，所以周士毅这次回家休假，感觉到前所未有的的愉悦。周士毅觉得一个男人在前方打拼，如果没有一个稳固的后方，其前行的步伐势必十分的艰难，由此他想到自己此前长期抑郁的心境，真不知自己当时是怎么熬过来的。

周士毅又想，自己夫妻之所以会从"山重水复疑无路"，到"柳暗花明又一村"，没想到全是拜尚州人民医院的一次误诊所赐，他觉得世界上的事真是奇怪得很，怪不得老子会在《道德经》里提炼出"祸兮福之所倚，福兮祸之所伏"这样的哲学观点呢！

第三十六章　声名赫赫

到了九月中旬，农贸市场的扩建工程接近尾声，枫岚乡拟在国庆节的前一天，也就是农历的九月初一这天，将农贸市场正式投入使用。为了给农贸市场开业庆典增添喜庆氛围，在章汉杰的提议下，朱丹忙里偷闲，发起中学、小学、卫生院、供销社，以及其他单位部门，共同排练了一台国庆文艺晚会。在排练的那段时间里，把个枫岚乡搅得沸沸扬扬热热闹闹的，尤其是演出当晚，章汉杰演奏二胡独奏曲《赛马》，朱丹登台高歌了充满感情的《我的祖国》，两人的精彩演出，竟把演出氛围推向高潮。

李秋云本来嗓音不错，以前在庙山林场清唱新疆民歌《阿拉木汗》，曾因嗓音圆润而名噪一时，但这次因感冒多日嗓子沙哑而未能登台献艺。周士毅在文艺方面一无所长，所以只能在台下为献演之人鼓掌助兴。

新的农贸市场如期开业了，由于满平的提前联系，在九月三十日、十月一日和十月二日，市供销社在枫岚农贸市场组织了连续三天的物资交流大会，以致农贸市场开业的那几天，因为邻近乡镇大量群众都赶到枫岚来当街，枫岚集镇人山人海，热闹非凡，成了一个名副其实的"万人集市"。当然，一个规模大、格局新、设施好、景观美的大型农贸市场，也利用开业之机向全市人民做了一次活广告。

不日，章汉杰接到市委组织部的培训通知，原来市里去年曾安排章汉杰去地委党校学习，但那次因他母亲患心脏病住院，他要忙着张罗照看，故而请假未去。这次市委组织部又做了安排，时间是十月五日至十一月二十日。尽管这段时间乡里工作任务繁重，章汉杰的家里也有些事，但章汉杰这次是推无可推了，因为这是本届的最后一批面对乡镇长的培训学习。

周士毅见章汉杰要去学习一个半月，便将四季度的工作提出来和章汉杰通了个气，周士毅联想到今年高河抗洪抢险的情形，上次对造林的巡视情况，以及秋季计划生育所出现的新情况，提议在下一阶段着手抓好"两除""两补"工程。所谓"两除"，就是两处除险，一是以枫林水库堤内护坡和溢洪道全面整修为主要内容的除险整修工程；二是高河两岸的各村委会开展高河外堤除险加固工程。所谓"两补",一是对已经造林的山地、田埂以及村庄安排补苗;二是对计划生育后进村委会进行补火。章汉杰自然没有什么不同意见,这一来是因为周士毅工作思路比较细致,二来也是因为章汉杰确实对通盘工作思考不多。

章汉杰去地委党校学习的前一天晚上,周士毅将他与章汉杰碰过头的四季度工作提到班子会上讨论,同时明确在章汉杰离职学习期间,农村工作科的工作由党委副书记蒋智丰负总责。其后,按照上次党政联席会的统筹安排,枫岚乡的班子成员各负其责,各尽其力,由于士气高昂,将工作推进得有条不紊,在章汉杰学习期满回到枫岚时,原来预定的各项工作大都接近"鸣金收兵"。

在章汉杰外出学习后的大约一个星期,周士毅接到市委常委、宣传部部长古汉风的电话,他说市里认为枫岚乡这几年的工作有声有色,市委李书记希望枫岚出成绩、出经验,因此市委宣传部就决定邀请《尚州日报》的资深记者秦月明到枫岚乡进行深度采访,希望周士毅予以支持和配合。同时还强调说,如果这次采访能发现好的素材,写成好的文章,产生好的反响,这不仅是枫岚党政班子的光荣,也是枫岚乡全体干群的光荣,还是长平市的光荣。周士毅见古部长把话说到这份上,只好应承一定支持配合好这次采访。

下午秦月明到了,她找到周士毅,短暂的寒暄过后,她首先以一副公事公办的架势,很客气地请问周士毅是不是接到古部长的电话,周士毅坦率地说自己上午已经接到了。秦月明便说她这次来是要挖"金矿"的,因为她考虑到周士毅到枫岚工作已经三年了,许多工作应该可以看到实实在在的成果,所以她准备在枫岚待上一个星期,要好好地找各个方面的人士深入座谈,系统地总结枫岚"三农"工作的典型经验,然后力争写成一篇不仅能在《江南日报》一炮打响,也能在社会上产生积极反响的长篇通讯。她还说,她非常期盼这次采访能成为她新闻职业生涯的一块里程碑。

周士毅就问她古部长的那个电话是不是她的鬼主意,秦月明便扮了个鬼脸,对周士毅笑了。她说,他怕周士毅不愿接待,所以就请总编向古部长打招呼,再由古部长直接给他打电话,她说这样公事公办比仅靠自己求周士毅要好些。周士毅见她如此敬业又如此真诚,不由得被她深深地感动了。

周士毅在当晚召开了一次班子会,把古部长的来电内容向大家做了传达,同时也把秦月明介绍给大家,由于宣传委员刘秋声因事请假,所以周士毅就决定由朱丹负责牵头,唐杰明负责协助,各有关方面密切配合,力争让秦月明看到和听到实实在在和原汁原味的东西,帮助她圆满完成这次采访。

散会之后,唐杰明按照秦月明的要求,把自己所积累的新闻稿件,会议材料,各种文件，以及自己的工作札记，都一股脑地端给秦月明。为了对枫岚乡党政班子的工作思路有个更为详尽的了解，秦月明还提了个不情之请，说是她想看看近三年来党政联席会的会议记录。周士毅觉得里面也没有什么值得保密的内容，便一并满足了她的要求。

在最初的两天时间里，秦月明坐在会议室里，夜以继日地将摆满了大半桌的各种资料分门别类地依序阅读和摘录，第三天她便在梳理总体印象的基础上，就如何写作形成了一个框架性思路。从第四天开始，她连续三天深入各类现场进行实地采访，第七天便按照她开列的名单召开了一次座谈会，以丰富素材，加深印象。然后她便结束采访返回尚州。临行前，周士毅郑重其事地对秦月明说，如果确实要写点什么的话，请在发表前先给他拜读一下。秦月明自然知道周士毅的意思，她笑着回应说，她在行文时一不会虚构，二不会过于突出他个人，并说由于时间很紧，恳请周士毅授权她代为把关，周士毅面对秦月明的幽默，就不好再坚持什么了。

半个月后，一篇主标题为"为了那方热土"，副标题为"长平市枫岚乡'三农'工作纪实"的长篇通讯，在《江南日报》的头版正式发表了。这篇广受赞誉的通讯，将枫岚乡这届党政班子在开展"三农"工作时最初的迷惘、后来的思路、实施的举措、取得的收效，进行了条理分明详略得当的生动描述。文中不仅再现了主要领导的赤子情怀与崎岖心路，也表述了人民群众的思想转变与鼎力支持；不仅反映了在社会治安、计划生育、财政收入等方面所发生的深刻变化，还彰显了在科技兴农、乡企改革、绿化荒山、利用水体、扩建市场等方面所取得的丰硕成果。尤其是对于周士毅直面矛盾和战胜艰险的几个典型事件，由于叙述生动、描写传神，让人读后既由衷信服，又深受感动。

这篇通讯发表以后，很快就被多家国家级媒体全文转发或摘要引用，这样一来，许多地方便将枫岚开展"三农"工作的做法称之为"长平经验"，让长平市也因之名气大噪。秦月明因为写了这篇视角敏锐，经验典型，文采斐然的长篇通讯，开始在新闻界声名鹊起。北京有家新闻媒体向她伸出橄榄枝，省内也有几家新闻媒体兴起从《尚州日报》"挖墙脚"的念头，但是都被秦月明一一婉拒了，因为她半年前已在尚州成了家。

秦月明之所以会坚定留在尚州的念头，这是因为她对于女人处理婚姻与事业关系的得失有着自己独到的见解。她认为，由于生理与心理的影响，女人与生俱来就有很强的依附性，即使是貌似强悍的女人，其实她们的内心依然是柔弱的，所以女人即使事业干得再好，也还得有个稳定的家庭作为支撑，否则，她们在事业上冲锋陷阵时，就会因为后方空虚而缺乏安全感。秦月明觉得，但凡家庭破碎的女人，她们白天即使风光，晚上也难免凄凉，尤其是到了老年，由于形单影只，百无聊奈，日子很可能过得凄惶酸楚，如果据此在精神层面算个总账的话，这样的人生显然是得不偿失的。秦月明想，不管别人是否认同她的观点，反正她自己就是这样定位的。

由于秦月明在一举成名之后竟然拒绝了多家高层新闻媒体的延揽，所以《尚州日报》的领导就对秦月明越发地刮目相看了。半个月后，秦月明便被越级提拔为新闻部主任，其进步速度，就是与当年《江南日报》的谭清荷相比也是不遑多让。

以前周士毅在工作方面是做得多说得少，有时甚至是只做不说，现在经《为了那方热土》一宣传，周士毅在长平市就自然而然地声名赫赫了。

因此一举，长平市在省内外的知名度得到大幅提升，以致引得外县市甚至外省市来了不少的取经者。长平市在此后的一段时间里，隔三差五地就要忙着向来宾介绍"长平经验"，弄得市里的党政领导常常因此而忙得不亦乐乎。

汤国庆是分管农业的副市长，长平的"三农"工作有成绩，他本来应该高兴才是，但因周士毅先是没让他的亲戚当村干部，后来又在去年冬种油菜时自行其是，所以便对周士毅颇有成见。现在见周士毅风头渐劲，就在好几个地方说起风凉话，他常常责怪说，"这都是周士毅给闹的，他为了个人出风头，给市里惹来多少麻烦"。

不过，市里的主要领导倒不是这样看问题，他们不仅表扬了宣传部政治上的敏锐性，也充分肯定了枫岚的做法与经验，认为枫岚在"三农"工作方面为长平增了光。为了使枫岚经验在长平各乡镇开花结果，市里又在枫岚组织多次多项观摩会与现场会，结果弄得枫岚乡的领导着实忙碌了一番。

一天上午，江水丰部长来到枫岚，他要求乡里就换届以来的工作思路和工作成果写一份两千字以内的汇报材料，并声言这是荣新发副书记亲自交办的。周士毅觉得办公室副主任唐杰明虽然只是中专学历，但他在写作方面确实颇具潜力，为了有利于年轻人的锻炼成长，于是便一如往日，把写作初稿的任务交给他，然后由自己修改完善。

没想到唐杰明刚刚动笔，市委办就来电催稿，说是等着急用，于是唐杰明在三楼会议室奋笔疾书，每写完一张稿纸，就由旁边的乡干部迅速将稿子传到二楼由周士毅修改，再由另一个乡干部将改好的稿子拿到一楼去打字，当这篇汇报材料完稿时，把唐杰明脸都逼得通红。

事后唐杰明说，这次非同寻常的"火线练兵"，不仅为他日后成为"写作快手"在心理素质上奠定了坚实的基础，而且对他日后事业的进步也具有不容低估的意义和作用。由于唐杰明写作能力日渐提升，他的才华竟然进入了市委办领导的视野，不久就被借调至市委办工作，后来又办理了正式调入手续。若干年后，久经历练的唐杰明也得以成为一名比较干练的正科级领导。

第三十七章　研修班

十一月二十五日，枫岚乡收到一份市委组织部寄来的挂号信，里面是一张是由省委党校发给长平市委组织部的"优秀乡镇党委书记研修班"入学通知，另一份是由长平市委组织部为周士毅开具的去省委党校报到的介绍信。周士毅快速浏览了一下，得知"研修班"是一九八九年十二月八日报到，到十二月二十七日结束，为期二十天。

原来省委农工部经过报请省委常委同意，打算举办一个以优秀乡镇党委书记为对象的研修班，以便在提高这些优秀乡镇党委书记政策水平和工作能力的同时，也藉此深入了解农村工作情况，为省委制定具有针对性的农村工作政策发挥参考作用。省委主要领导阅知农工部的这份请示，便索性把省委组织部的领导找去会商，决定赋予这个班更为重要的意义，于是组织部便在选拔条件里作了三条硬性规定：一是文化程度要在大专以上，二是年龄要在三十五岁以下，三是要能力超群且政绩突出。省委领导打算将这批有丰富基层工作经验的干部作为"跨世纪干部"纳入省委组织部的培养视野。由于这个班只有四十个名额，平均每三个县市区才有一个，所以尚州地区一共只得了四个指标。为了搞好这次选拔，地委组织部便让各个县市的组织部分别上报一份备选人员登记表，以及一份主要工作成绩概述，然后由地委组织部统一进行筛选。上次荣新发副书记要求枫岚乡上报的材料便与此有关。由于周士毅不仅学历是本科，而且工作成绩显著，所以便被选上参加这个研修班。

周士毅考虑到这事涉及到工作衔接问题，便留下介绍信，然后将通知签了传阅。大家看过通知，都知道周士毅能得到这个来之不易的学习指标，这就意味着他在市委领导心目中具有相当重的分量，已经纳入准备进一步提拔的干部序列。当其他班子成员都为周士毅感到高兴的时候，已从地委党校结束培训的章汉杰，心里只感到锥心般的疼痛。他想，如果周士毅当年没有抢夺荷塘的乡长职位，那不仅荷塘的乡长和枫岚的书记都是自己的。而且凭自己的能力和努力，这次去省委党校进修的机会以及进一步得到提拔的机会，都很有可能是自己的，现在是"棋差一着，满盘皆输"，想到这些，章汉杰心里感到郁愤难平。

尽管这次进修肯定是市委主要领导安排的，但周士毅还是分别给片长荣新发副书记和李云峰书记打了电话报告情况，荣新发书记叮嘱周士毅把年前的工作妥善地安排一下，李云峰书记则说在"研修班"里大家不仅可以相互促进和借鉴，还可以学到一些干货，所以叮嘱周士毅要重视和利用好这次研修的机会。周士毅在应承领导嘱咐的同时，自然也表示了诚挚的感谢。

因为已经隔了许久没有回家，如果在研修班结束以后再回去，未免相隔太久，所以在开过党政联席会进行相关事务安排之后，次日上午，周士毅便带上行李踏上回家休假的旅程。周士毅回到家里时已是下午五点来钟。

到家后不久，父亲与妻子都相继下班回家，周士毅便将参加省委党校培训班的事告知家人。

高凤以前听了周士毅关于仕途前景不无悲观的预测，对周士毅提拔之事就基本不抱什么希望了，现在得知周士毅居然受到组织的高度器重，获得这样极其难得的机会，那份压抑已久的希望丈夫早日提拔的企盼，就如喜得春雨的枯草，竟然重新焕发出勃勃生机。高凤站在周士毅面前，欣喜莫名的心情不禁溢于言表，如果不是公公婆婆就在眼前，她真想抱着丈夫深深地亲上一口，因为高凤在心里已经隐隐约约地预感到，自己完胜"长舌婆"杜娟的日子，应该为期不远了。

周士毅刚才话一出口，就担心这事说不定又会吊起高凤虚荣心的"胃口"，现在见了高凤喜不自胜的表情，心里便暗自懊悔不已。

第三天上午，周士毅从家里出发到火车站，他要乘坐的是一趟十点来钟的过境直快，在下午一点来钟便可到达金城火车站。

自从一九八二年在金城大学毕业后，周士毅只是因为公事匆匆来过金城两次，而且两次都是乘坐客运汽车。现在下了火车出了站，看见车站广场和广场周边熟悉的建筑物，一种久违的亲切感在心里油然而生，让周士毅心里很是激动。从通知书所载地址来看，省委党校依旧是在位于金城市纵向中心主干道解放大道北部东侧的雁鸣湖以北地段，周士毅在金城大学读书时，周末有时候也会与同学结伴同游雁鸣湖，所以对于省委党校的地址他是心中有数的。

周士毅离开站前广场，来到站前西路的公交车候车亭，守候可以直达省委党校的三路公共汽车，不多时，他坐上了三路始发车，向着省委党校一路奔驰而去。由于学习时间长达二十天，中间有两个周末可以利用，周士毅便有了两个打算：一是去《江南日报》社找谭清荷，请她把留在金城工作的当年学生会的伙伴门找来见个面，大家好好地叙叙旧；二是或独自或结伴到母校去转转，去重温当年留下的温馨的记忆。一想到即将到来的故旧重逢和母校重游，周士毅心里便充满了热切的期盼。

公共汽车开开停停，大约费了四十几分钟终于到了省委党校，周士毅下车来到教学楼的门厅办妥了报到的相关手续，然后按照安排来到宿舍楼的 309 房间。他见宿舍房门开在右侧，四张床铺两两相对，里面全都空空荡荡的，他知道自己是入住最早的，便自然而然地将行李放在靠着门口的那张床铺上。

报到处对培训班学员的住宿只安排到房间没具体到床位，所以按照先来后到的惯例，周士毅先行占用房间靠里的床铺也未尝不可，周士毅的做法之所以会有违常规，是因为他父亲长期用儒家文化熏陶子女，以致"克己待人"等好的人生理念深入他们的骨髓，化作他们在日常生活中的自觉行动。在为人处事时，周士毅大都能抑制私心，推己及人，除了必须坚守的原则问题，他通常都是宁肯自己吃亏，也不让别人吃亏；宁肯自己受委屈，也不肯让别人受委屈。周士毅认为，自己吃点亏或受些委屈，只要自己不以为意，这事过了也就过了。反之就不一样了，别人或许会耿耿于怀，这样不仅有损自己的形象，也会搞坏人际关系，人生的路也势必越走越窄。

放置行李之后，周士毅看了一下腕表，见三点不到，周士毅想，根据课程安排，从周一到周六，每天都是上午老师授课，下午自习、讨论和社会活动，只有星期天才是真正的自由活动时间。周士毅想，如果星期天去找谭清荷，只怕她也在休息，他知道今天是星期五，所以想来想去，便决定立马就去找谭清荷。

周士毅只换乘了两次公共汽车便来到《江南日报》社，下午四点不到，周士毅赶到《江南日报》社新闻部，不料谭清荷前不久已调任省委政研室综合处处长，周士毅稍一思索，顿时就知道是怎么回事。他随即往省委那边赶去，待他敲响了谭清荷办公室敞开的房门时，谭清荷一抬头，不由得大喜过望，高兴得立即从转椅上站起身来。她一边伸出手和周士毅紧握着，一边笑吟吟地说："啊呀，稀客！稀客！士毅，你怎么知道我在这里呢！"

周士毅一边和谭清荷握着手，一边解释了得到消息的缘由。谭清荷不知周士毅是专程过来还是顺便探访的，所以就试问道："你这次过来是……"

周士毅一本正经地说："清荷，听说你升官了，我就专程向你表示祝贺来了！"

谭清荷当然不相信所谓"专程"祝贺的笑谈，就叫周士毅据实以告。

周士毅便把自己这次参加培训班的事告诉了谭清荷，谭清荷听说周士毅已经担任了近三年的乡党委书记，也表达了同喜之心。在得知周士毅这次在金城竟然要待二十天时，便说她要安排个时间，把留在金城工作的学生会的那班伙伴都邀来见个面，大家要好好地聚聚聊聊。周士毅听了谭清荷的意思，自然是正中下怀，便连声道谢。于是，周士毅就把自己的班名、住地、房号以及宿舍楼的电话号码都写给谭清荷，谭清荷也将自己办公室的电话号码留给周士毅。

两人闲聊了一会儿，周士毅见不断有人进来谈工作，觉得谭清荷这样忙自己不宜打扰太久，便主动起身告辞。谭清荷本来想留周士毅吃晚饭，但周士毅说今天刚刚报到，怕学校临时有个什么事，所以还是早点回去的好。谭清荷一来因为今天手头工作特别多，二来见周士毅坚辞的态度，也就不再强留。临别前，周士毅提出想去拜会一下傅绍生副秘书长，但谭清荷说傅秘书长出差去了。谭清荷便问周士毅是不是要见见赵玉明秘书长，周士毅想了想，便说还是不打扰领导的好。谭清荷知道周士毅不喜攀交的性情，也就听之任之。在将周士毅送到省委办公楼的大门时，俩人相互握手道别。

周士毅回到党校宿舍时，其他三位都已到了，他便与室友们相互认识了一下。大家都知道能到这里来参加学习的都是本地区乡镇党委书记里面的佼佼者，以后提拔的机会都很大，所以他们都有意识地保持了较为密切的交往。

第二天是开学典礼，一个科级干部的研修班，却是由常务副校长主持开学典礼，由省委农工部副部长和组织部副部长分别讲话，大家见规格如此之高，一个个深感这次研修意义重大。

周士毅通过审视课程表，发现这次研修班的主要研修内容可归纳为五个方面：一是以学习邓小平理论为主要内容的"坚定信念课程"；二是以讲解国内外政治与经济形势为主要内容的"开阔视野课程"；三是以讲述领导艺术为主要内容的"提高能力课程"；四是以反映"三农"现状和基层民意为主要内容的"座谈民情课程"；五是以介绍工作思路、工作经验和工作成果为主要内容的"工作交流课程"。参加授课的有些是省委党校的老师，有些是省直机关的领导，有些则是相关方面的专家，但凡是"座谈民情"与"工作交流"这类课程，通常都是由省委农工部和省委组织部的领导来主持，由学员们自由发言敞开讨论。不过相比较而言，周士毅最感兴趣的要数"领导艺术"那部分课程，因为周士毅觉得那是一门教人如何当领导的学问。

以前周士毅虽然在乡里也会浏览一下报刊，但通常都是浮光掠影，没有深入思考，这次离职进修，通过聆听有高度的讲座和参与有深度的讨论，对于许多时政大局问题这才有了更加清晰的认知。周士毅由此了解到，中国的改革开放大业正面临诸多内忧外患，在内忧方面，突出表现为价格双轨制引发倒买倒卖乱象与恶性通货膨胀造成民生问题；在外患方面主要表现为由于苏联与东欧局势渐近失控，让中国所面临的国际环境增添了许多变数。氛围比较热烈的则是"座谈民情"与"工作交流"。在"座谈民情"方面，由于大家的参与方式由聆听变为发言，而这些问题大家又多有感触，所以发言非常踊跃。譬如在反映民情方面，大家既谈到农民负担过重的问题，也提到农业生产资料供应不足和涨价过快的问题等。在"工作交流"时，一众学员都积极地把自己在履职时的所思所悟与所行与大家进行了分享。由于周士毅在枫岚对"三农"工作做过系统性的安排，所以他的发言引起主持座谈的省委组织部副部长姚锦途的高度关注，姚副部长还多次插言询问有关具体情况，问答互动搞得相当活跃。不过，周士毅这次没有涉及到"三农"工作"乌托邦"的问题，因为在这么高的层次，去天马行空般地大谈六十年后的推想，他心里毕竟有点拿不准。

在这二十天的学习时间里，周士毅不仅思想视野更宽与能力水平见长，而且在个人友谊方面也颇有收益。在结业的前几天，当年学生会的七个同学，竟有六个人得以相聚，地点同样是位于省委党校东侧大约六七百米的滨湖酒楼，记得当年大学毕业前也是在此聚会，其时大家意气风发，回顾过往的情谊，畅谈人生的梦想，然后俱怀壮志，各奔东西。如今碰到相同的季节，处在同样的地方，面对如昨的风景，时光悠然流逝七载，人生也都别开生面，大家抚今追昔，不由得大生感慨。除了先前得悉谭清荷的升迁外，通过交谈，周士毅还了解到当年学生会的几位伙伴也都各有进步。

作为当年校学生会的主席，陈虹明是他们这群伙伴的核心和灵魂，所以在这样的场合，他自然还得发挥"带头大哥"的作用。陈虹明说，总体来说，作为恢复高考后的第一届大学毕业生，目前已在各行各业脱颖而出，正发挥着中坚作用，但作为他们这个小群体来说，在过去的七年时间里，目前事业发展比较快的是谭清荷，但从政底子打得最为坚实的却要算周士毅。他说周士毅学的是工业企业管理，先是在地区经委待过两年，兼具企业管理的宏观视野与微观思路，后来又在乡镇从副书记、乡长干到书记，因而拥有丰富的农村工作经验，这样一来，周士毅对工业与农业两种重要产业，对机关与基层两种工作环境，就都有了相当扎实的历练，而且这次能参加几乎是百里挑一的乡镇党委书记研修班，其发展前途自然是不言而喻的。他又说，按照一般情理来分析，周士毅以后在仕途上有望厚积薄发并扶摇直上。

谭清荷见陈虹明分析得有板有眼，便把自己三年前对周士毅的那次采访，以及省委赵玉明秘书长当时对周士毅的赞扬简要地做了一个介绍。大家见周士毅居然这样了得，一个个都非常高兴，大家都希望周士毅再接再厉稳步前进，力争早日取得更大的进步，让这些伙伴们也能分享老同学的一份荣光。在其后用餐时，大家又频频举杯相互鼓励并互道期盼，一时氛围热闹异常。

在这个"研修班"里，让周士毅觉得最为受益的，是由省委组织部副部长姚锦途亲自主讲的《领导艺术》，由于姚副部长曾经在下面县市为官多年，工作经验丰富，所以这门课讲得很有些"干货"。在结束研修班的前夜，周士毅认真整理了一下课堂笔记，待全部誊抄完毕自己重新品读时，发现其中的许多观点使自己产生了强烈的共鸣，譬如：

表扬的艺术。表扬要及时进行，事过境迁的表扬会使效果大打折扣；表扬宜公开进行，大庭广众的表扬有利于增加部属的荣誉感；一对一的表扬能让部署感到亲切。表扬不能过与不及，夸大其词的表扬难以服众，轻描淡写的表扬收效甚微；表扬之后最好提出新的希望和目标，以免对方懈怠和骄傲。

批评的艺术。批评最好是对事不对人，这样既教育了当事人，又警醒了大家；由于错误的性质与程度必须面对面进行批评的，最好是单独进行，以保全被批评者的面子；为了肃清影响必须当众进行批评的应该就事论事，不能新账老账一起算。严肃的批评之后，应该肯定对方的优点，回顾对方的成绩，并表达对对方的期盼，以免对方自暴自弃或萎靡不振。批评过后要关注对方的表现，发现改进与进步要及时进行表扬，以此重新树起对方的信心。

激励的艺术。树立团队的奋斗目标，以光明的前景引领和激励部属；明确部属的工作任务，尽量量化考核标准；使部属的工作任务处于公开的可比的状态，并引入评比与竞争机制；既要关注部属的工作结果，也要注重部属的工作过程，没有积极有效的过程，就不会有理想的预期结果；使部属了解你的期望与评价，让部属得到你的关心与鼓励；欣赏部属的优点，增添部属的前进动力；引导部属认识自我价值，激发部属实现自我价值；对于成绩优异的部属，要增添其荣誉感，拓展其发展空间；灵活使用荣誉激励、物质激励、福利激励等各种方法；激励部属要注重绩效与奖励的适配性，激励方式用得好，则激励一人带动一群。

决策的艺术。第一，要审时度势，慎重决策。既要关注当前的形势，也要预测未来的趋势，不能犯脱离实际或顾此失彼的错误；第二，要避开误区，精明决策。在决策时，要不为假象所惑、不为经验所蔽、不为虚名所诱、不为好恶所碍，要使决策在理性的状态下进行；第三，要集思广益，民主决策。在决策重大事项前，要鼓励大家认真调查研究，充分掌握有关情况，在决策时要广开言路，充分讨论，要让各种不同的意见得到充分表达的机会，要鼓励参会者的思想碰撞与观点交锋，如果一次会议难以形成基本共识的，则应另择时日再行研究，主要领导切不可为了急于求成而把自己的观点强加于人。要在瓜熟蒂落，水到渠成之时再进行决策，以求共识的最大化。最后的决策应该既审慎又果决，不可议而不决延误时机。

指挥的艺术。第一，实行层级管理，不可越俎代庖。领导不能"一竿子插到底"，否则不仅会挫伤中层干部的积极性，而且极易形成工作脱节和责任推诿的现象，会有损工作的顺畅有序进行；第二，避免事必躬亲，放权但不失控。主要领导无须也不可能什么事都亲自管，应该善于分权和授权，但是在分权和授权之后，为了防止放权失控的弊端，既要建立与之配套的信息回馈机制，通过工作例会听取副职的工作汇报，还要建立分级把关机制，要规定副职的权限，明确哪些事必须报经主官同意，哪些事须经集体讨论；第三，审慎作出决定，切忌朝令夕改。不管作出任何决定，都要审慎而为，如果头脑发热轻率决定，发现不妥立马就改，这样不仅毁坏形象，还会失信于人；第四，勇于直面困难，成为部属后盾。部属在工作中遇到自身难以克服的困难，主要领导应该挺身而出攻坚克难，部属看见主要领导在关键时刻不回避矛盾、不躲避风险，以后在开展工作时，因为知道自己有坚强后盾，心里就更有底气，领导的"指挥棒"也就更灵了。

共事的艺术。第一，注意小节，维护团结。作为领导班子成员之间相处，无论是在工作场合还是在私人场合，都要注意言行的分寸，顾及别人的感受，这样才能和睦相处，有效地维护彼此的团结；第二，适度自尊，免失人尊。作为一个领导，如果过于随便缺乏自尊，容易被别人轻慢，会弄得没有威信，如果过于自尊，事事考虑面子，处处端着架子，也容易搞坏人际关系，只有做到适度自尊，才能得到别人应有的尊重；第三，副职越权，易被削权。副职按照班子分工，得到主官授权，应该审慎用权，如果不懂自律而越权行事，该通气的不通气，该避嫌的不避嫌，该请示的不请示，该汇报的不汇报，主官见其权欲熏心，为了避免失控，很可能想个法子将其架空，弄得反而没了权力；第四，正职跋扈，久则无助。正职大权在握，如果目中无人，嚣张跋扈，副职受多了委屈，难免心怀不满，他们表面上虽然唯唯诺诺，工作上却虚与委蛇，这样到了关键时刻，正职就成了孤家寡人，没有得力的助手；第五，拉帮结派，失败更快。在一个领导班子里，不管处于何种地位，都不宜拉帮结派，因为这样做利小弊大，得不偿失。其理由是：主官拉帮结派，多数排斥在外。作为一个主官，如果他能团结好全体班子成员，则大家都是他的助手，反之，如果他要拉帮结派，则会产生离心力，其余被他排斥在外的人，很有可能变成他的对立面，这显然是愚蠢之极的事。副职拉帮结派，上级必然责怪。无论是上级领导，还是单位主官，他们都很反感副职在下面拉帮结派，扰乱人心，如果确认他们的非组织活动属实，很有可能遭受打压。综上所述，不管是谁在班子里拉帮结派，只能使其失败更快；第六，正副对抗，两败俱伤。正职与副职对抗，对正职的不利之处至少有以下四点，一是分散抓大事的精力，二是落得难共事的恶名，三是减弱抓管理的力度，四是暗藏被攻击的风险。副职对抗正职对副职的不利之处至少也有以下四点：造成被孤立的窘境，束缚干事业的手脚，背着爱犯上的黑锅，影响求进步的大计。归根结底，如果正副对抗，难免两败俱伤。姚锦途部长最后将领导班子成员共事的艺术总结为两句话：大家各司其职，才能工作出色；正副若能相安，或可皆大喜欢。

第三十八章　遇　险

在结束了省委党校的学习之后，周士毅如期返回枫岚，在路上他心想，这段时间已经进入农闲季节，如果没有什么突发事件，值得自己惦记的便只有正在进行的冬季计划生育了，因为群众执行计划生育政策的自觉性一直不高，需要乡村干部常抓不懈，所以这倒是场不容懈怠的硬仗。

不幸的是，周士毅担心的事情不仅成为现实，而且形势还非常的严峻，让他在猝不及防的情况下，猛然遭遇一个不易应对的险境。

原来在周士毅离开枫岚的第三天下午，枫岚乡便召开了一次旨在部署冬季计划生育工作的党政联席会，在这次会议上，临时主政枫岚的章汉杰别出心裁地推出一项激励措施，他提议在冬季计划生育工作中，凡是应该进行环孕检、人流引产或结扎的对象，如果不见人，就一定要见钱，坚决不能留一个"尾巴"。为了调动各方面的工作积极性，他提出机关工作科与农村工作科的计生工作分头实施，计生罚款独立核算。但不管是在农村工作科还是在机关工作科，一律将计划生育罚款进行"二三五"分成，具体来说，也就是 20% 用作干部的奖励，30% 留给村里或单位作为计生工作经费，50% 上交乡里专户储存。

对于这个颇具颠覆意义的重大举措，大家因为毫无思想准备，一下子反应不过来，便都沉默不语。不过冷场不久，满平就鼓起勇气发话了，他说这个办法恐怕行不通，因为机关工作科管辖的主要是行政单位干部和企事业单位人员，这些干部职工为了保住"饭碗"，大都不敢违反计划生育，因此也就基本上没有什么罚款，现在独立核算，机关这边的人很可能会没有奖金，而农村工作科的人必然奖金很高，同在乡里工作的干部报酬相差很大，这样做会让他这个在机关工作科当头的人压力很大。

但章汉杰不同意满平的看法，他认为既然行政企事业单位的人都会老老实实地执行计划生育，这就说明机关工作科就没有什么工作量，现在是社会主义社会，执行的是"按劳取酬"的分配制度，既然工作量小，与之挂钩的报酬自然也就少，这本身就没有什么矛盾。

但章汉杰的这个解释还是没有说服满平，别看满平平时惯于顺从领导甚至吹捧领导，但当事情涉及到部属的切身利益以及他个人的面子与威信时，他居然也会毫不含糊地固执己见。

其他班子成员见两个人公说公有理，婆说婆有理，也就不好掺和进去。最后章汉杰见满平不肯让步，而自己又不甘心这个方案胎死腹中，就推出一个折中调和的办法。他说，如果机关有罚款，他同意机关工作科的人比照农村工作科奖金的平均数计发；如果机关没有罚款或罚款不多，就按农村工作科平均数的60%计发，从乡里留成的计划生育罚款中列支。满平又声言比例太低，没法接受。章汉杰想了想，便将比例提高到70%，满平略加盘算之后便没再吱声。

刘秋声见大家都没做声，就想为章汉杰打个圆场，于是，便说这个办法比较好，不妨先试试。

蒋智丰以前因为提拔女干部的事正面冲撞了章汉杰一次，他想，如果以后周士毅高升了，章汉杰很有可能会接手当书记，因此便不愿激化彼此的矛盾。但想到自己作为"三把手"，似乎一言不发也不好，于是，他就皱起眉头做深思状，然后慢悠悠地说："章乡长的这个办法好是好，可以最大限度地调动干部的积极性，不过……"

李秋云见蒋智丰引而不发，话说半句，考虑到自己是乡里分管计划生育的领导，不能不亮明态度，便直言如果采用这个办法，很有可能会影响计划生育进度以及在市里的排名情况。

章汉杰见李秋云唱了反调，怕引起更多的反对意见，便立即断言问题不大，他说枫岚乡前三个季度的计划生育一直排在全市各乡镇的首位，这次就是下降几个名次，对于枫岚乡最后在市里的年度排名也不会产生太大的影响。

朱丹也觉得这个做法欠妥，但又不好当场驳斥，就提出是不是先将这个方案充分酝酿一下，待明年春季计划生育之前再做最后的讨论。

涂林茂因为职责所在，虽不想正面与章汉杰发生冲突，又不能不有所表态，因此就趁势对朱丹的提议附和了几句。

宋慕贤本来也想附和，但以前他当办公室主任时被章汉杰骂怕了，因此虽然嘴巴嗫嚅了几下，但看到章汉杰那副强势模样，最后还是不敢吭声。

苗壮这天中午刚好在乡里陪了客，多喝了一些酒，这时便仗着几分酒勇直陈己见，指出搞罚款提成这个事终究是"纸包不住火"的，群众知道了恐怕会骂娘。

会议开到这里，章汉杰见众说纷纭，且反对意见居多，不禁有点火了，他从原来周士毅惯常所坐的那个座位上慢慢地站起身来，先是严肃地扫视了大家一眼，然后一板一眼地说："各位，周书记临走前明言由我代行主持全面工作，为什么我做回主、拍个板，就会有这么多的问题呢！"最后他放下脸，冷冷地说道，"大家可能认为我毕竟只是'代理主持全面工作'，不是真正的'一把手'，所以不具有权威性，那好，我就不拍这个板，我们党的组织原则是'少数服从多数'、'下级服从上级'、'全党服从中央'，我们现在就按组织原则的'少数服从多数'这条来办，大家思考一下，对于我刚才所提的工作方案，有不同意的请举手。"

朱丹见章汉杰意在强行通过那个欠妥的提议，心里很是不以为然，她本想旗帜鲜明地亮出反对意见，但在当时的氛围下，她不想让自己的表现过于抢眼，再说在大家都不举手的情况下，自己一个人举手反对也没有什么实际意义，所以最后就没有举手。大家看到章汉杰真的生了气，而他采用的表决办法又是"不同意的请举手"。大家都知道章汉杰的恨心重，就不好也不敢正面得罪他，所以就没谁敢举手。结果章汉杰便宣布他的这个工作方案得到全票通过。

在自己的主张巧妙地获得通过之后，为了表示自己的大度，章汉杰接着大义凛然地宣布，周书记虽然没有参加这次冬季计划生育，但他到省委党校学习也是出公差，所以他建议参照他的奖金数额在机关工作科为周书记列表计发。大家见章汉杰这样高姿态，便将刚才争执所带来的不愉快稀释了一大半。

乡村干部都知道这次搞计划生育有奖金发，而且他们所得的奖金是按照罚款总额提成的，为了多得奖金，所以大家对计生工作的目标就转换了方向，他们这回不再致力于劝说计生对象去接受检查或手术，而是积极动员他们交罚款，并说只要交了罚款就没事了。有的计生对象拿不出规定的罚款数额就讨价还价，乡村干部为了拿到现金便擅自降低标准。于是全乡各村委会进行环孕检、人流引产和结扎的人数大为减少，罚款金额却大幅增加。在金钱的刺激作用下，枫岚乡的冬季计划生育竟然提前五天结束了。十二月二十五日下午，各个村委会、各个农村工作片以及农村工作科，自下而上分层结账，然后又到乡里交总账。

计划生育的罚款标准被弄得五花八门，捡了便宜的计生对象便说"乡里这个'不要命，只要钱'的'土政策'很好，很有人情味"；那些因为交不出钱而接受环孕检或做了结扎手术的人则借机嘲讽，说什么"原来共产党搞计划生育是假的，要钱才是真的"。

次日上午，乡里召开了冬季计划生育工作总结表彰会，各项计生指标实际完成率排在第一位的村委会和罚款总额排在第一位的村委会都受到表扬，章汉杰说这些村委会态度坚决，措施得力，所以成绩显著。散会以后，大家分头到财政所领取按比例提成的奖金，大家点着钞票，一个个喜气洋洋的，都夸赞章乡长这个主意确实是相当的高明。章汉杰见乡村干部一个个对他赞誉有加，表面虽然一脸谦虚，心里却是相当得意。

村干部的政治素质本就比较有限，这次"旗开得胜"，"马到成功"，他们头脑一热，就都跑到街上开"庆功宴"去了。蹲点的乡干部因为"劳苦功高"自然也在受邀之列，不过有的去了，有的怕影响不好就找了个借口没有去。

枫岚街上的餐馆和饭店加起来也坐不下二十来桌人，大家只能耐着性子排队等候。枫林村委会和霍家村委会都是在兴隆餐馆第一批上桌用餐的，大家一高兴就喝得云里雾里。下桌时，枫林村委会的民兵营长彭秋生和霍家村委会的民兵营长霍三苟就比谁领的奖金多，结果争来吵去，言高语低，最后竟然打了起来。围观者知道详情之后便一阵一阵地喝倒彩，弄得在场的群众议论纷纷影响极坏。面对这个纷纷攘攘的局面，蒋智丰、苗壮、涂林茂、李秋云、朱丹以及宋慕贤等党政领导心里都感到相当的不安，他们都担心像这样胡闹下去早晚会闹出大事来的。

谁知大家担心的问题果然跟着来了。因为乡里以罚代管，致使冬季计划生育各项手术人数大幅降低，弄得乡卫生院失去一块数额不低的手术费收入，主管业务的副院长心中不满，而他刚好有个侄女婿在市计生委工作，所以在冬季计划生育结束的当日便赶过去暗中告了一状。另有几个群众知道彭秋生和霍三苟打架的缘由而心怀不忿，便利用去长平办事的机会顺便到市政府举报。

第三天下午上班时，市计生委的范秀明主任亲自打来电话，说枫岚乡在冬季计划生育工作中重罚轻管，以罚代管，以致冬季计划生育的进度严重滑坡，落入全市的倒数第二名，还说私分罚款之事情节严重，影响恶劣，如果调查属实，不仅要退回私分款项，还要就此事在全市进行通报批评和严肃处理。

因为情况紧急，昨天下午乡里为这事专门召开了一次班子会，大家得知情况都觉得无计可施。章汉杰在会上气得大发雷霆，他说，"什么'群众告状'，分明是领导班子里有人搞鬼"，并说他心里知道告状的人是谁，只是他不想指出来而已。由于章汉杰"一竹篙扫一船"，人人都成了怀疑对象，结果弄得班子成员面面相觑，人人自危，连工作都没有心思了。

周士毅是下午三点来钟回到乡里的，最早来向周士毅汇报这件事的是宋慕贤。当周士毅把话听完之后，心里虽然非常恼怒，但他只是一边微微点头，一边长长地"哦"

了一声，表面上却不动声色。周士毅觉得凡事兼听则明，偏听则暗，他想把事情了解清楚之后，再确定自己的因应思路。

宋慕贤走后，其他班子成员大都陆陆续续地来到周士毅的住所，他们或长或短地都和周士毅单独地坐了一会儿，因为在这非常时期，他们都想就自己当时对章汉杰决策的态度对周士毅解释几句，以撇清自己与这件事的干系。

来得稍早一点的是蒋智丰。蒋智丰说，他当时考虑了一下，章汉杰的这招可以笼络全体乡村干部的心，如果自己唱了反调，就等于断了全体乡村干部的财路，因为不敢招惹众怒，所以就没有下决心抵制这个错误做法，现在闹成这样，自己心里非常后悔当初的软弱，以后一定要吸取教训。

苗壮说，他本来是想把章汉杰的主意顶回去，但他后来看见章汉杰发怒了，而排位在前的蒋智丰又没有提出反对意见，他就觉得独自抵制这事有点力不从心，同时也怕人家说他想出风头，所以后来也就听之任之，现在想起来觉得自己还是软弱了一些。

涂林茂说，自己虽然表达了对章汉杰的这个观点的反对意见，但看到蒋智丰自始至终都没有明确的态度，而苗壮最后也妥协了，就觉得这时即使自己强力反对也无济于事，所以犹豫了一下便姑息迁就了。他又说，自己作为一个纪检书记，没能制止这样一个明显有违国策的做法，自己应该向周书记做出深刻的检讨。

朱丹见到周士毅，在自责阻止不力之后，便劝周士毅先别急，事情既然闹到这步田地，现在只能想方设法加以补救，好在还有些时间，要想挽回局面还来得及。

其他几个人有的说自己政治敏感性不强，当时并未认识到这个问题的严重性，所以没有提出反对意见；有的说自己当时对章汉杰的提法没作过多思考，见别人没有说什么，自己也就随大流了；还有的说自己就是吃了面软的亏，明知章汉杰的主张不太对头，可就是扒不下脸来。总之他们虽然各说各话，但大都作出了让人觉得情有可原的解释。

吃晚饭前，周士毅把唐杰明找了上来，叫他通知大家，明天上午点名之后，八点半钟开个班子会。

李秋云临近傍晚时分回到枫岚，在得到唐杰明的通知后，觉得自己分管的工作出了这么大的事，而乡里已经有人向市里告了状，市计生委又准备查处此事，自己作为分管计划生育的领导，必须把有关情况向周士毅作个汇报，考虑到天将擦黑，太晚了怕不太方便，所以她赶紧到周士毅那里走了一趟，把前因后果说了一下。

章汉杰傍晚回到枫岚时，唐韵告诉他宣新民刚才来过，说是明天上午八时半参加党政联席会。章汉杰知道，这准是周士毅回来了，否则，除了他章汉杰，其他人是无权决定召开党政联席会的。

周士毅已经回来了，什么时候与他见面，以及以什么态度和他见面，章汉杰心里一时还没有底。在章汉杰的原定计划中，如果实施徐巧英谋划的"计生奖金提成"这一妙招，应该可以达到三个目的：一是能够收买人心。因为实施"计生奖金提成"，可以让全体乡村干部得到实惠，让自己在枫岚的乡村干部里大得人心；二是有利提高威望。以后搞计划生育，如果周士毅延用此法，那功劳仍是他章汉杰的，因为他是这个办法的创始人，这样可以提高自己在枫岚政坛的威望；三是可以设置陷阱。假如他周士毅不满意这套做法，不准提成奖金，那他就会得罪广大的乡村干部，他在这里就会树敌过多，失去人心。因为有了这个"一石三鸟"之计，所以在上次的会上他才会铁了心地要通过这个方案。

但是，人有千算，天有一算，他万万没有想到，这条"一石三鸟"的妙计刚刚迎来曙光就立马坠入黑夜。当他得知市计生委的来电内容之后，顿时惊出一身的冷汗。他心里一盘算，觉得自己务必要赶在周士毅回乡之前把"火"灭掉，否则这事被周士毅一利用，就把不准朝哪个方向发展，以及发展到什么程度了。

他为此理清了两条思路：第一，此事必须从源头抓起，要找到市计生委的"一把手"范秀明，以便进行必要解释并表明纠错的态度，不能让这件事继续发酵；第二，这件事如果利用上班的时间到市计生委去，就很有可能被公事公办，所以应该安排在休息时间去找范秀明私下打交道，这样才比较稳妥。因为有了这些思想基础，所以他在昨天下午散会以后，便与两位副书记和坐家领导碰头，从酒厂提取了一箱"醉仙醇"赶往计生委。章汉杰在附近餐馆吃了一碗面条，待到天黑，便像个贼一样，躲躲闪闪地找到范秀明家里。

章汉杰的口才本来就不错，这次又是有备而来，所以居然把范秀明说得心动了。范秀明认为他作为一个乡长，放弃计划生育的原则搞"以罚代管"，并用罚款为干部发奖金这肯定是不对的，但他想以此多筹点钱协助书记办些为民造福的大事，这个想法虽然糊涂但还是情有可原的。范秀明想，虽然周士毅这段时间在省委党校学习，但他毕竟是枫岚的"一把手"，如果这个事动静闹大了，这对周士毅肯定也是不利的。于是，范秀明就提了两条要求，并说如果枫岚乡做到了，她就不发通报，不做处理。一是全体干部必须在三天之内退回私分的奖金；二是枫岚的冬季计划生育必须重新补火，一定要把已经收的罚款退回去，把各项手术落到人头，要以切实行动改正错误。

章汉杰见事情有了转机，自然把范秀明的两条要求全部应承下来。告退时，在范秀明的严令之下，章汉杰只好把那箱"醉仙醇"扛到他母亲那里，不成想在上楼时一不小心闪了腰，所以他今天上午从母亲家里赶到市医院拍了个 X 光片，下午又做了个理疗，傍晚回到枫岚后，他觉得腰伤仍旧很痛，又慢慢地挪着脚步到乡卫生院开了几包止痛膏，直到天黑才回到家里。

现在章汉杰坐在家里，心里郁闷得茶饭不思，他一想到这番要命的折腾，就对李秋云恨得牙齿痒痒的。他认为所谓"群众告状"，十有八九是李秋云捣的鬼，因为计划生育是她分管的，自己提出奖金提成方案时，只有她表达了反对意见，而且这个方案事先也没有征求她的意见，所以这个女人就小肚鸡肠背后使坏。他恨恨地想，先把这事过了再说，只要以后还在一个单位共事，就不愁没有机会收拾她！

这会儿让章汉杰感到有点委决不下的是，既然周士毅已经回来了，那自己要不要过去跟他解释一下呢？此外，自己到市计生委的事，要不要跟他说明一下呢？他想，事已至此，还是明天到会上一并解释几句吧，这样想着，章汉杰就打消念头准备早点休息。

不久，章汉杰就上了床，他在床上翻来覆去地睡不着。他忽然警觉地想到，今天晚上自己去与不去，这是个态度问题，而且他估计，可能这会儿其他班子成员早就跟他做过汇报呢，自己弄出这么大一个事，而今天晚上居然不去走一趟，这就是对"一把手"的蔑视，周士毅万一要是恼了，因此给自己一个难看，这事也就麻烦大了，想到这里，他觉得今天晚上自己无论如何都要去跟周士毅见个面。

晚上九点多钟，章汉杰撅着个屁股一摇一晃地来到周士毅的住所，落座之后，章汉杰把事情的由来，以及今天到市计生委的情况都进行了汇报，并把自己出此下策的思想动机粉饰了一番。周士毅听得章汉杰这样一解释，这才知道原来这是章汉杰好心办了坏事，因此气就消了不少。

周士毅说："明天上午点完名，先开个班子成员的短会，然后在十点钟召开全体乡干部会议。在班子会上，你提前把计生委领导的意思跟班子成员说一下，让大家都有个思想准备。在乡干部的会上，由你传达电话记录的内容，市计生委范秀明主任的两点要求，同时表明你自己的态度，我估计这个事大家可能会有些抵触情绪，在你讲过之后，再由我来做思想工作，你看这样行不行？"

章汉杰听了周士毅的安排，自然是诺诺连声地应承着，此后，他见话已说完，便满脸歉意地告退了。

第三十九章　纠　错

次日上午，枫岚乡开过班子碰头会，紧接着在三楼的大会议室召开全体乡干部大会。章汉杰先把范秀明主任的来电内容念了一遍，又把范秀明主任的两点要求做了传达，然后他说道："我这个人，性子有点急躁，思想有点片面，做工作有点急于求成，但我的出发点是好的，当时我之所以会出此下策，就是因为看见周书记扩建农贸市场搞得很成功，所以我这次也想为乡里弄点钱，到时候请周书记再想个'金点子'，以便为枫岚的老百姓多做些大实事和大好事，没想到现在事与愿违，倒给周书记捅出个'篓子'来，这个教训对我来说是非常深刻、非常惨痛的，我今后一定要引以为戒，坚决杜绝此类错误的再次发生。各位，由于我工作思路欠妥，给大家带来不必要的麻烦，在此，我要诚挚地向周书记，向各位同事，表示深深的歉意！

"古话说，'解铃还待系铃人'，作为计划生育提成奖金这件事，既然是因我而起，自然也该因我而收，现在我表个态，这次领取的计划生育奖金，散会以后我会全部交到财务上，同时，我也希望全体乡干部也在今天缴回这笔款，明天，我拜托蹲村蹲片的同志深入下去，把今天的会议精神传达好、落实好。另外，刚才'班子会'已经决定，从明天开始，用一个星期的时间，将环孕检、人流引产和结扎手术再突击一下，并将所收押金如数退给落实了计划生育技术措施的人，最后实在是找不到人的，押金转作罚款，全部留在乡财政，村委会不得提成，以免村干部动歪脑子。

"各位，我在这里还要特别说明一件事，刚才在班子成员碰头会上已经做了决定，在今年评选先进村委会和优秀村书记、村主任时，要加大计生工作权重，希望各个村委会都要端正思想，做好工作。

"下面周书记还有重要讲话，希望大家把周书记的讲话和今天的会议精神全面迅速地贯彻落实下去，力争使我们乡的计划生育工作重新站在全市的先进行列。同志们，'雄关漫道真如铁，而今迈步从头越'，在今后的工作中，我将密切配合周书记，并将与各位同仁一道，任劳任怨，同心同德，为开创枫岚各项工作的新局面而努力奋斗，谢谢大家！"说着便站起身来，向大家微微地点了点头。

按照周士毅的安排，章汉杰刚才所作的讲话，主要是肃清影响和自我批评，没想到由于他态度诚恳，用词巧妙，说话很有鼓动性和感染力，尤其是最后似乎是以作报告的形式结尾，竟能还博得下面不少的掌声。

周士毅既没有鼓掌，也没有特意阻止其他人鼓掌，等稀稀落落的掌声完全停歇之后，周士毅开腔了，他说："同志们，根据组织安排，我到省委党校学习了二十天，在这段时间里，同志们做了大量的工作，大家辛苦了！当然，我们都不是圣人，做工作就难免会有失误，譬如，我们的冬季计划生育工作，由于激励措施的方向出了偏差，所以就带来一些麻烦，刚才章乡长已经把市计生委领导的来电精神以及具体要求都作了传达，章乡长本人作为这项错误决策的提议者也作了自我批评，同时也代表党委政府，对下一步如何纠错作了部署，希望大家在吸取教训的同时，抓紧落实纠错部署，力争早日取得实效，以便取得市计生委的谅解，这些我就不多讲了。

"同志们，刚才虽然是章乡长一个人作了自我批评，但这件事的责任肯定不是他一个人的，因为章乡长提出这个工作方案交付班子表决时，当时是全票通过的，所以要说有责任，应该是全体班子成员共同的责任。

"那么，这里就有一个发人深省的问题了，我们枫岚乡的冬季计划生育工作为什么会出现这么大的失误呢？这是不是我们的指导思想和我们的工作出发点出了问题？我觉得我们应该就这个问题好好地找找思想根源。

"大家知道，中国有句古话，说是'君子爱财，取之有道'，古人在这句话里给我们发财谋利定了一个准则，就是必须符合那个'道'，说到这里大家不禁要问，这个'道'究竟是什么呢？各位，根据我的理解，我认为这个'道'，应该是做人做事应该秉持的道德，或者说，是在谋取利益时不损人利己、不损公肥私、不违法违规的良知。

"各位，国家每制定和推行一项政策，尤其是推出一项重大政策，这都是基于当时以及今后一个阶段的基本国情来考虑的，有些政策的出台是皆大欢喜的，而有些政策的出台却纯属无奈。譬如当年国家因为无法解决城市青年的就业问题，而大量无业青年聚集在城市又很容易造成社会动荡，所以国家才会以政治手段解决社会问题，搞了一场波及广泛且影响深远的'知识青年上山下乡'运动，其实，当时被下放的少男少女，有些连初中都没有毕业，他们又有多少'知识'可言？哪里需要'接受贫下中农的再教育'？

"由于'文革'延误了社会经济的发展，这就造成了两个方面的问题，一是我们每年新增的社会财富，只能勉强满足新增人口的生活需要，而无法有效地积聚；二是我们国家新增的就业岗位，因为根本无法满足新增人口的就业需要而导致就业艰难，因此，在这个特殊的历史阶段，面对这个特殊情况，我们国家才会实行严格的计划生育政策，国家想通过减缓人口的增长，让不堪重负的国民经济喘上一口气，以便积蓄力量，使此后的国民经济能发展得更快更好。

"但是，面对一项如此重大的基本国策，我们枫岚乡的干部是采取什么样的态度呢？我们不仅没有尽心尽力毫不动摇的执行国策，而且还将这项严肃的国策作为自己增加收入的工具，各位，难怪我们枫岚的有些老百姓就说怪话了，他们说，'原来上面搞计划生育是假的，要钱才是真的'，大家想想，因为我们一个缺乏深思熟虑的举措，导致老百姓对国家重大政策产生严重误解，使我们枫岚乡本来好不容易绷紧了的计划生育这根弦又重新松弛下来，当我们再次去绷紧这根弦的时候，老百姓会怎样想？我们的工作又会有多么难？我觉得这些都是不难想象的！

"各位，让我觉得不可思议的是，面对利的诱惑，我们枫岚乡的党政班子成员，竟然泯灭'良知'，与基本国策背道而驰。同志们，我们必须清楚，计划生育的罚款，这是用药水煮了的钱，这笔钱，是违反计划生育的群众东端西借好不容易凑来的，这笔钱到了我们手中，作为每月都有固定工资的乡干部，是决不能打它主意的，它只能取之于民而用之于民，否则，我们不仅会问心有愧，甚至会寝食难安。

"诚然，我们乡干部并非不食人间烟火的神仙，我们都是有家有室的人，也要考虑养家糊口的事，所以大家期盼能多增加一些收入，这种心情完全是可以理解的，但我们增加收入只能走正道，而不能走歪门邪道。在这里我可以负责任地告诉大家，经过三年来系统性的企业改革，我们的乡办企业跟以前相比，在经济效益方面已经有了很大的起色，尤其是酒厂与建筑公司，经济效益更是大幅度增长，从目前的形势来看，由于乡办企业可以圆满完成上交利润指标，乡财政能够有些'底子'，所以与去年相比，我们今年不仅可以较好地完成财政收入任务，而且年终奖很可能会有较大幅度的增长。"

下面的乡干部听到这里，一个个交头接耳且喜形于色。章汉杰坐在周士毅的左边，刚才听着周士毅关于计划生育那雄辩而又犀利的话语，面对在他两人之间移来移去的睽睽众目，浑身就像针扎般的难受，直至周士毅讲到年终奖的事，大家忙着彼此窃窃私语，这才让他得到一个喘息的机会。

周士毅接着又说道："各位，在计划生育方面，我们已经没有退路了，事到如今，我们只能咬紧牙关往前闯，要立即采取果断措施，彻底肃清不良影响，把冬季计划生育放开的'口子'重新堵上。前面所发的那些计划生育奖金，刚才章乡长已经提出要在今天全部交还给财务上，现在我想了解一下，大家出自内心真的愿意上交的请举手！"

下面的乡干部"唰"的一下，竟然毫不犹豫地全部把手举得老高。周士毅站起身来，将一双手往下压了压，他见大家的手渐渐地都放下去了，便神色庄重地站在那里，向全体与会人员扫视了一眼，然后充满感情地缓缓说道："同志们，我有这样一班通情达理，同心同德的好同事，这是我周士毅此生最大的荣幸，我衷心地谢谢大家的理解和支持！"说着对着大家微微地点了点头。被周士毅的真情所感染，下面的同事热烈地鼓起掌来，而且鼓了很久很久。

周士毅讲完话，又和章汉杰小声议了几句，章汉杰就提起精神作了几点补充，最后，他要求在散会以后，农村工作科的各个片再留一下，以便就下一步如何做好计划生育的补救工作分组进行讨论。周士毅见议程已经结束，便宣布散会。随后，其他非农村工作科的人纷纷离去。半个小时之后，农村工作科分片讨论也都相继结束，蹲片蹲村的乡干部也就各自散了。

不过，章汉杰却没有离开会议室，他想独自在这待一会儿，以便将乱麻般的思路理一理。

章汉杰独自坐在会场的上首，一副郁郁寡欢的样子。他追根溯源，觉得这次失算主要是起因于他与徐巧英的那次"金城幽会"。就在周士毅离开枫岚的当天下午，徐巧英提出要为即将到来的冬季计划生育采购一些计生用具用品，自己当时灵机一动，就以金城市"品种丰富，采购方便"为名，批准她到省城去采购，而自己则以去市里开会为由离开枫岚，结果两人在金城过了两天神仙般的日子。也就是在金城，徐巧英向他提出了从计生罚款里提成奖金的那个"一石三鸟"之计，而当时自己头脑简单，竟然全盘采用，以致弄得现在这般被动。

不过，他并不因此责怪徐巧英，因为徐巧英的出发点也是为了自己好。他想，徐巧英对自己是有真感情的。不知是两人相好以后的第三次还是第四次幽会，徐巧英竟信誓旦旦地对自己说，在这个世界上，她连丈夫都不爱，只爱他一个人。这话说得深情款款的，让在情感上倍感寂寥的章汉杰深受感动。不过事情也确实如此，自从相好以来，只要自己想她，她总是想方设法地满足自己。当然，如果她很想自己，自己也不会让她失望。

想到男女之事，章汉杰便觉得有点奇怪，他觉得女人真是个让人猜不透的谜，平时李秋云说说笑笑的，让人觉得很容易得手，但一到了关键时刻她就翻脸不认人，弄得人骑虎难下尴尬万分。而徐巧英平时总是不苟言笑一本正经的模样，任谁见了都会认为她冰清玉洁，不敢乱打她的主意，其实事情却没有这般难办。那次徐巧英到自己家里来反映雷医师搞假结扎的事，恰好他老婆去市里的娘家了，他看见徐巧英那双秋水汪汪的大眼睛，那双顶得老高的乳房，心里便扑通扑通地跳个不停，当时自己实在忍不住，便壮起胆子一把将她迎面抱住，没想到她除了轻轻地捶了他一拳，居然并未认真地反抗，结果让他虽无预谋却一举得手。

　　说来也真是让人感叹，在长达三年的时间里，两人每次幽会时，要不就是场所不佳只能胡乱将就，要不就是时间仓促弄得草草完事，在金城之会之前，他甚至连徐巧英的第一性征和第二性征的模样都是印象模糊的。不过，章汉杰一想起徐巧英在幽会时那种"性"趣昂然且饥渴难熬的表现，就觉得徐巧英也真是怪可怜的，她老公远在西北工作，一个季度才能回来一次，这对于一个激情充沛的年轻女人来说，也真是很不容易的。

　　唉！章汉杰又在心里感叹道，什么美好的事物都是要付出代价的，他与徐巧英之事所付出的"代价"主要是"后院着火"，那次本以为唐韵去市里去了，正当他约了徐巧英在家里厮混时，不巧被返回来拿东西的唐韵撞见了，在连续大闹过几次之后，家里就冷冰冰的没了生气，现在都是为了儿子凑合着，否则，谁都不愿继续过下去了。同时，他觉得自己之所以会与徐巧英苟合，也不完全是自己的错，唐韵在房事上过于冷淡，总是拒绝自己，她难道就没有责任吗？他这样愤愤不平地想着。

　　章汉杰这样胡思乱想了一通，思路又回到今天的会议。他想，自己首先要把计生补火的事办好，其次还得找个机会去安慰一下徐巧英，因为他刚才看见徐巧英坐在下面久久地低着头，一副极为难过的样子，看得让人心疼。章汉杰这样想着，便打起精神下楼去了。

　　枫岚乡用了七天时间基本上做好了计划生育的补救工作，以前的罚款也绝大部分给退回去了，该实施手术的也大都实施了手术，尽管汤坊村委会问题严重，拉了后腿，但就全乡的总体情况而言，冬季各项计生指标在全市还是进入全市的第五名。

　　自然，在补火的过程中，由于乡村两级干部说话出尔反尔，办事反复多变，枫岚的群众免不了说些怪话，有些埋怨，这也是没有法子的事。考虑到乡干部折腾多日，都感到疲惫不堪，所以乡里除了留下必要的值班人员，就给其余干部放了四天假。

　　为了感谢市计生委的包涵和通融，周士毅特意带了章汉杰和李秋云到市计生委表达歉意和谢意。范秀明见枫岚乡的书记、乡长和分管领导都郑重其事地来了，而且补火的目的也已基本达到，乡里计划生育的各项指标也赶了上来了，自然也就将"以罚代管"的事放下了。范秀明还告诉周士毅他们，市计生委昨夜进行了测算，枫岚乡通过这次补火，不仅冬季计生工作获得全市各乡镇的第五名，而且全年总成绩还有幸保住了在全市各乡镇排名第一的位置。

交谈之后，范秀明为了给足小老弟周士毅的面子，还盛情挽留周士毅他们在计生委共进午餐。席间范秀明提到，省里虽然没有定下具体时间，但马上就要进驻长平市进行计划生育检查，还说幸好枫岚乡及时补了火，把进度拉上来了，否则万一抽到枫岚乡，那就不得了。

周士毅听了范秀明的话心里不由得吃了一惊。近几年来，省计生委以及地区计生委到下面检查计生工作时，通常都是采用逐级抓阄的办法，譬如检查长平市的计划生育工作，便是将长平市所有乡镇街办的名称分别写在同样大小的纸上，然后做成一个个阄，再由上级来检查的人从中随机抓取一个阄，以此作为长平市接受检查的代表，然后再将这个乡镇街办所有的村委会或居委会也分别做成一个阄，再由上级来检查的人从中抓取一个阄，以此作为该乡镇街办接受检查的代表。现在周士毅所担心的是，虽然前几年省地两级计生委没有抽查到枫岚乡，但是万一这次冬季抓阄抓到枫岚乡，并偏偏碰上汤坊村委会，那就真是一个天大的麻烦了，因为上面不会看你全乡计划生育抓得如何如何，他们只是以受检村委会来认定全乡乃至全市计生工作优劣的。

汤坊村委会之所以会成为一个大问题，据蹲点乡干部反映，主要是村书记汤四宝思想认识不足和工作作风疲软，在这次"补火"工作中，他竟然嘟嘟囔囔地埋怨说，"如果像以往那样一开始就不收钱，工作反而好做，现在收了钱又要退回去，群众是会骂娘的"，由于认识不足，意志消沉，工作不力，最后竟然有半数罚款没有退给计生对象。自然，那些该上环、人流或结扎的，因为他们觉得自己已经交了钱，问题不大，竟然一个个逃之夭夭，搞得影响很坏。

补火工作结束的那天，周士毅拿着计生进度统计表掂量了一下，从这个村的指标情况来看，如果全乡都像他们这样，那枫岚乡不要说在全市首屈一指，恐怕还得进入倒数几名，幸好只有这一个村委会拉后腿。

周士毅记得汤四宝的老婆那次在"村干部贤内助茶话会"上就说过，"当村干部的为了完成任务动不动就要得罪人，现在大小是个'官'，是组织上的人，问题还不大，怕就怕以后得罪人多了，头上的'帽子'没有了，组织上再也不拿眼睛瞧你了，那就只能长期低头躲白眼受怄气"。

周士毅想，看来汤四宝工作疲软是有思想根源的。他认真捉摸了一下，打算过了年将汤四宝换下来，把他放到敬老院去当院长，因为在那里只会帮助人积下功德，不会得罪人留下后患。

第四十章　不归路

　　周士毅一走出市计生委的大门，便立定脚步，向章汉杰和李秋云提出要立即组织力量去汤坊村委会再打几天突击，他说不怕一万，只怕万一，如果省里的计生检查组偏偏抓阄抓到枫岚乡的汤坊村，那就不得了了。但章汉杰说他母亲前几天重病住院，由于乡里搞计生补火他至今都没有去探视，他弟弟昨天来电话说医院已经下了《病危通知书》，他说他必须请几天假去照料一下，以尽人子的孝道。周士毅见章汉杰所说的情况既特殊又紧急，自然只得同意。周士毅接着问章汉杰需要休几天假，章汉杰说现在还拿不准。周士毅便让他自己视情况而定。

　　为了杜绝隐患，从市里回到枫岚的次日，周士毅便亲自带了一支骨干力量赶到汤坊村委会去"攻堡垒"、"拔钉子"。通过前一阶段的突击，汤坊村委会计划生育的"欠账"正在一点一点地"偿还"，不过，无论是相比于市里的要求还是其他村委会的实绩，汤坊村委会的计生工作还是存有明显的差距，在纯女户结扎方面就更是如此。

　　到了下午四点多钟，正当周士毅从一个"钉子户"家里出来时，忽然看见办公室主任唐杰明骑着自行车没命地赶过来，快到近前时，由于车速太快，刹车失灵，竟然差一点点就撞上了周士毅。周士毅立即闪身避让，他见唐杰明神态异常，心里不免暗自一紧。周士毅还没来得及开口，唐杰明便上气不接下气地说："周……周书记，不……不好了，抽到……抽到我们乡了！"

　　周士毅非常镇定地问道："哪个村？"

　　"就……就这里！"

　　周士毅感觉脑袋"嗡"的一下就大了，他知道，依据汤坊村委会计划生育的现状，即使他们这支队伍再打几天突击，在接受检查时仍然是凶多吉少的，如果这次代表全市的计划生育受检出了问题，任他这几年做了多少工作，任他此前有多大成绩，都将前功尽弃。

此时，周士毅的心情异常沉重，他眉头微锁，长长地吐了一口气，然后抬起头，出神地看着远方的天空。周士毅在脑子里细细地梳理了一下，他知道，现在摆在他面前的只有两条路，但这两条路都有可能是自己仕途上的"不归路"。

第一条路，就是消极对待，如实受检，让这颗"定时炸弹"自然而然地爆炸。他认为，如果采取这种态度，则一切都变得简单了，到时候该怎么的就怎么的，自己静下心来面对厄运就是。最坏的结果，就是自己降职为副科级，调到市里某个冷衙门蹉跎岁月，虚度此生。

第二条路，就是积极作为，造假迎检，临时化解这场迫在眉睫的危机。他认为，如果采取第二种态度，这次或许可以勉强过关，但是从此背上一个弄虚作假的精神负担，承受祸从天降的心理恐惧，检查过后，可能是按照李书记的既定安排易地担任乡镇党委书记，过得几年，如果这次的"假把戏"未被揭穿，而自己在新的岗位也确实工作得很有成绩，届时或许可以获得提拔的机遇；如果这次的"假把戏"在什么时候被人揭穿了，则不管自己其时站在何种岗位，都将被人打入十八层地狱。

面对两难抉择，周士毅感到委决不下，便背着双手，不由自主地在村前的场地上来回踱着步，眉头也越锁越紧。大家见周士毅如此模样，都觉得兹事体大，紧张得不敢动弹也不敢做声。唐杰明跟随周士毅三年，无论什么情况，他从未看见周士毅有过任何畏惧，但是这次他发现周士毅有些胆怯了，因为他的眼神有些茫然，神色也不再坚毅。

周士毅开始意识到，这件事既不是自己一个人的事，也不只是枫岚乡的事，这件事牵动整个长平，关系到方方面面，所以他不想在片刻之中就草率决策，他要花些时间做更全面、更深入地考虑。现在他已经无心"攻堡垒"、"拔钉子"了，于是他吩咐干将苗壮，让他带领大家按照原计划继续努力，争取拿下这个"钉子户"再收兵。然后，他与唐杰明一道，骑着自行车返回乡里去了。

仲冬时分的下午，由于太阳隐匿在云层之后，所以人们还是感受到一定的寒意。晚稻早就收割完了，稀稀落落分布在田间的农家男女，有的在采摘棉花，有的在为油菜除草，田野在苍茫的暮色中既奉献了成果，同时也孕育着希望。放眼更远处，那是一大片郁郁葱葱已经长成的甘蔗。

周士毅知道，甘蔗有两种吃法，一种是从根部吃向梢部，先甜后苦；另一种是从梢部吃向根部，先苦后甜。选择先苦后甜吃法的人，需要几分淡定；而选择先甜后苦吃法的人，需要几分忍耐。周士毅想，自己如果实事求是地面对这次检查，以后的日子和境况，好也好不到哪里去，差也差不到哪里去，如果时来运转，或许以后还有翻身之日，这颇有点吃甘蔗先苦后甜的吃法；如果弄虚作假，那就很有可能先上天堂再下地狱，这颇有点吃甘蔗先甜后苦的吃法。

周士毅是个脚踏实地的人，他想牢牢把握命运的主动权，而不想授人以柄，甚至拿命运赌博。他想，既然现在手上拿着一根命运的"甘蔗"，那自己就从梢部开始吃吧，让自己先置身于最苦最难的境况，以后的事再重新努力，慢慢争取吧！此时，周士毅记起自己在荷塘拟定的"从政规则"的第二条——"守住是非底线"，所以他越发觉得自己刚才这个决断没有错。

不多久，他和唐杰明就回到乡里。当唐杰明下了自行车，他发现周书记神色坚毅，沉着镇定，觉得往日那个"周书记"似乎又重新回来了。唐杰明觉得有些奇怪，他不知道这个重大转变究竟是如何发生的。

周士毅停好自行车，与唐杰明直奔办公室。乡里已经放了几天假，这时乡政府大院较之往日安静多了。周士毅来到办公室，只有李秋云坐在那里，因为市计生委的电话通知是她接的，她便叫唐杰明去向周士毅汇报，她估计周士毅会回来商议和部署此事，所以一直坐在办公室等候。

周士毅在办公室坐下，他只向李秋云镇定地说了一句"如实接受检查"，便拿起话筒，要通了市计生委，并找到了范秀明主任。此时的周士毅，心静如水，气度从容，他把枫岚计划生育的真实情况、受检时将要出现的问题，以及自己的基本态度等，一一如实交了底。在周士毅讲完之后，电话那头是久久的沉寂。

其实范主任的苦恼是不难理解的。在当时的中国官场上，有一句很有分量的流行语，说是"计划生育，一票否决"，意思是不管你其他工作做得有多好，只要计划生育工作出了问题，其他的成绩都归于零。所以范秀明一听说周士毅决心如实受检，而且肯定会出问题时，饶她平时沉稳干练，此时也被吓呆了。因为果真如此，则不仅是周士毅和她范秀明会受到处分，还会有损全市的荣誉，甚至连累市里的有关领导。范主任想，现在枫岚乡的计划生育工作整体上很不错，只是一个村委会有情况，而且已经在补火，他周士毅为什么要这么拘泥于一些具体的操作技巧呢？再说，其他受检的地方谁又能说他们就没有掺过什么水分？做过什么动作？

周士毅见范秀明没有吱声，疑是电话中断了，便连着"喂"了几句，对方便冷冷地回了一声"我在！"范秀明开言道："周书记，按照规定呢，抓阄本来是在明天早晨吃过早饭抓的，在抓阄明确了受检乡镇和村委会之后，就立即上车直奔受检地点。因为这次陪同检查的地区计生委的张副主任是我们长平人，而她跟省计生委的陈处长又私交不错，结果就打了一个'擦边球'，请他们今天下午提前抓阄了，这样做的意思是想帮我们争取一些机动时间，以防万一，但你们……唉！老弟，你们是代表整个长平接受检查的，事关重大，你想好了么？"

这回轮到周士毅没有吭声，范秀明见周士毅没有改变态度的意思，就相当为难，她既不能明着叫枫岚乡去造假，但是也不能看着他们"破罐子破摔"。想到事关重大，她便叮嘱周士毅不要离开办公室，她说她要向上面请示一下。周士毅便按照她的意思先把电话挂了，并坐在那里平心静气地等待来电。

办公室寂静无声，只有李秋云和唐杰明坐在周士毅的对面，他们愣愣地看着周士毅，连大气都不敢出，因为周士毅刚才对范秀明主任说的话他们都听到了，他们为周士毅这个果决的勇于承担后果的决定而深受震撼。这时，三个人都在沉思默想，地上寂静得连一根针掉下来都能听得到。

忽然，一阵电话铃声急促地响起，周士毅待铃声响过两下就拿起话筒，在道过一声"您好"之后，听出电话那边是市委常委、市政府分管计生工作的马华副市长的声音，便又称呼了一声"您好！马市长"。马市长告诉他，刚才范秀明已经把周士毅的态度向他做过汇报。马市长说，枫岚乡此前的许多工作都是很有成绩的，按照这个趋势发展下去，周士毅在政治上应该还有发展空间，所以在这节骨眼上千万不能有什么闪失，并说周士毅是个聪明人，应该会明白他的意思。

周士毅见马市长也放弃原则，便直率地说，如果造假迎接检查，他的内心会深感不安。马市长有点不耐烦了，他以比较严肃的口吻责问道："我说过让你造假吗？真是开玩笑！我只要求你以枫岚乡计生工作的实际成绩迎接检查，而不要因为自己的迂腐而抹煞枫岚人民乃至长平人民计划生育的苦劳与功劳。"

周士毅听得似懂非懂，他还想再问。谁知话未讲完，那头就把话筒"啪"的一声挂了，声音之大，连李秋云和唐杰明都听得到。周士毅知道，马市长肯定是雷霆之怒，而马华又是市委常委，这一怒真是非同小可！

周士毅有点晕眩的感觉，他自言自语疑惑不解地说，"'以枫岚乡计生工作的实际成绩迎接检查'？这……"

李秋云是个很聪慧的人，她说："如果要'以枫岚乡计生工作的实际成绩迎接检查'，就一定要重新整理汤坊村的计生台账，说到底，就是要造假；如果不造假那这次检查的结果就不能反映枫岚乡计生工作的实际成绩，因为汤坊村是个特例，汤坊村的计生情况代表不了整个枫岚乡。"

周士毅觉得李秋云说得很有道理，但现在领导只做暗示，不担责任，自己该怎么办呢？他满脸通红地坐在那里愣愣地想着，过了好一会儿，周士毅脸上的神色愈见坚毅，他以比较决绝的语气说，"秋云啊，我觉得不管是做人还是做官，都要'守住是非底线'，这弄虚作假的事……"

话在口中，电话铃声又骤然响起，周士毅不紧不慢地抓起话筒，冷冷地"喂"了一声，在听出对方的声音之后，周士毅神情一振，马上站起身来，异常严肃地说，"我听着"，过了良久，他又应了一声"哦……我懂了"。然后又听了一会儿，周士毅又说道，"我知道怎么做，请放心！"说罢，就神色庄重地把电话挂了。

此时，周士毅站在那里定了定神，然后以非常严肃的口吻问李秋云，如果将汤坊村的计生台账重新进行技术处理，从现在开始需要多少时间。李秋云默想了一会儿，她说，如果带上两个计生专干，打个通宵，大约要到明天上午八点钟才能全部完成。

周士毅就说："好！你把其他的事全部放下，马上带两个计生专干过去。我多给你两个小时，你要确保在明天上午十点钟以前将台账全面整理好，使汤坊村的计生指标刚好符合枫岚乡全乡计生工作的实际成绩，不！最好是差一点点，对！一定要差一点点！至于与明天检查有关的其他事项，由我另做安排。"

在周士毅刚才与范秀明和马华通电话的时候，李秋云因为意识到弄虚作假虽可反映本乡计划生育的真实成绩，但也很可能带来严重的后果，所以对周士毅据实迎检的决断深表赞同，现在她见周士毅在接了最后那个电话之后，不仅思想突然转变，而且态度非常坚决，竟然不顾一切，心里不免大感诧异。

为了提醒周士毅避免一时冲动，李秋云便郑重其事地问周士毅是否想清楚了。周士毅看着李秋云镇定地表示，他想清楚了，并说前面就是"地雷阵"也要闯一闯。

李秋云见周士毅心意已决，知道必有原因，也就把心一横，对周士毅说："好吧，你放心就是，我会处理好的！"然后就毅然决然地走了。

唐杰明发现，李秋云出门的神色，颇有几分"风萧萧兮易水寒，壮士一去兮不复还"那样的从容与悲壮。

李秋云走后，周士毅拟定了一个分别谈话的名单与时间安排，然后叫唐杰明立即下达通知。唐杰明知道事关重大，便马上行动。吃过晚饭，周士毅分头为相关人员布置了工作任务。至此，与次日迎检相关的各项准备工作都被安排得妥妥贴贴。

之后，周士毅又分别给范秀明主任与马华市长打了电话，向他们承认了自己的糊涂，并表示明天一定会确保成功过关，范秀明和马市长听了周士毅的电话，都对周士毅慰勉有加。

次日一早，省计生委以宣教处陈文生处长为首的三名检查人员，在地区计生委张春副主任和市计生委范秀明主任以及两名科长的陪同下，一行七人分乘两辆吉普，阵容整齐地来到枫岚乡。

他们一进入枫岚集镇，看见大街上贴满了红彤彤的关于宣传计划生育的标语，觉得氛围造得非常的浓郁，检查组的陈处长很满意地点评说："人是要有一点精神的，搞计划生育就更是如此，你们看，枫岚乡到处都贴了宣传计划生育的大幅标语，这不仅说明他们的思想认识是到位的，而且精神状态也是积极的，到了枫岚，使人顿有眼前一亮的感觉。"

张春和范秀明等人听了陈处长的点评，都连忙点头称是。

吉普车快到大院门口时，陈处长忙叫司机临时停车，他下车来到大礼堂外面围墙下，认真地欣赏着计划生育专刊，见里面贴了不少文章，便对范秀明主任说："不错！很不错！"

范秀明听了夸赞，就笑容可掬地附和着。

随后，车子进了大院，陈处长看见里面院墙上那条"卧薪尝胆、励精图治，团结奋进，振兴枫岚"的大幅标语，紧接着又看见"五年大动作"的大型表格，又是连连夸赞。车子刚到下面的篮球场停稳，就见到几个人快步迎上前来，范秀明赶忙将彼此做了介绍，陈处长见枫岚乡的党委书记既年轻又精神，联想到一路所见，便拍了拍周士毅的肩膀，认认真真地说，周书记，不是我夸你，像你这样有魄力有才华的领导抓计划生育工作，不可能不出成绩不出经验的！对不对！周士毅见陈处长这般厚爱，自然连声道谢。

快到八点，周士毅便叫唐杰明去看看早餐备好了没有，唐杰明去不多时，回来说，还有一阵子。周士毅似有不解地问道，怎么这么慢？唐杰明说，大师傅想搞得精彩点，所以费的时间就多了点。周士毅闻言哈哈一笑说："哦！这样的啊！"说着，将大家引到接待室。

大家落座之后随意聊了起来，陈处长听范秀明介绍说周士毅是金城大学毕业的，顿时又多了几分亲近之感，原来他是金城师范学院毕业的，两个学校只隔了一条马路，也算半个校友，不过他学的是中文，在"文革"前一年毕业。

随后，大家就围绕陈处长所学的中文东拉西扯地聊着，后来聊到《滕王阁序》，周士毅说，他发现一个有趣的现象，就是古诗通常上句是仄声，下句是平声，而骈文则大体相反。陈处长一愣，周士毅便举例说，譬如"物华天宝，龙光射斗牛之墟；人杰地灵，徐孺下陈蕃之榻"，上句的"墟"为平声，而下句的"榻"字便为仄声。又譬如，"落霞与孤鹜齐飞，秋水共长天一色"，上句的"飞"字为平声，而下句的"色"字又是仄声，其他的都大抵如此。

陈处长听了以后，觉得自己学中文的，竟然没有留意到这个细节，觉得如果自己不说出点道道来，未免有失面子，便笑道："哦，你说这个啊，这主要是为了读起来铿锵有力。"

周士毅也不知真假，便连称有理。

为了证明自己的文学造诣，陈处长也扯出一个话题，他说："闲来无事琢磨琢磨古代诗文，确实是蛮有意思的，譬如唐代诗人杜牧的《山行》，里面就有值得探讨的地方，呃，周书记，你记得这首诗吗？"

周士毅见陈处长发问，便欣然诵道："远上寒山石径斜，白云深处有人家。停车坐爱枫林晚，霜叶红于二月花。"

陈处长说："你这样背诵过之后，是不是觉得差了那么一点味道？"

周士毅不太理解陈处长所指何事，便有点茫然的样子。陈处长见周士毅无言可对，便说，"你是读'远上寒山石径 xie'，其实在唐代，'斜'字应该读成 xia，所以你按今天普通话的音来读就明显地差了味，如果按照唐朝古音来读就顺口多了，是不是？"

周士毅闻言便试着按照古音重诵一遍，发现那感觉果然很不一样。陈处长见周士毅一副恍然大悟的样子，便不无自得地笑了。他又说："普通话的根是北方方言，与普通话的发音相比，我发现我们江南地区的方言发音与唐代语音相近的地方更多，这似乎说明我们江南地区的居民或许是唐代从中原地区移民到南方来的，所以保留了不少中原遗韵。"

周士毅见陈处长的研究颇有深度，便不由自主地对陈处长露出钦敬的神色。由于双方有了共同语言，所以两人越聊越近乎，越聊越默契，越聊越投缘。他们这样聊着聊着，不知不觉就到了八点四十几分，唐杰明便来叫吃饭。大家一进餐厅，见满桌都是不同品种的早点，这些饥肠辘辘的人，便一个个胃口大开。大家放开来吃着，尝了这个又吃点那个，渐渐地把个肚子鼓得圆圆的。早餐临近尾声时，周士毅看了看腕表，见已是九点一刻，便搭乘他们的吉普，陪同大家向汤坊村委会进发。

车子开到半路，忽然看见道路中间被挖断了，而且中间有两尺来宽，远处还丢了一节混凝土预制的涵管。周士毅见状大为生气，他愤然斥责道："要铺设涵管也不抓紧时间，这让人家的车子怎么走！"

陈处长见周士毅怒不可遏，便温言相劝，并问周士毅是不是还有其他的路可走。周士毅说路倒是有，只是有点绕。陈处长说绕点路没有关系，无非是晚点到而已。

车子好不容易掉了头，之后，周士毅恨恨地上了车，然后绕道范家村委会转奔汤坊村委会，等他们的车子左弯右弯好不容易到了汤坊村委会时，时间已经过了十点半。

接着就是紧张地查看桌上放置的计生台帐、墙上的张贴的计生表格，以及其他相关统计资料，然后又将各类指标再次核算了一下，如此这般地忙活了一通之后，时间便到了中午十二点半。

陈处长对张春和范秀明说："从检查的结果来看，汤坊村的计生情况比起枫岚全乡的计划生育水平还略微差那么一点点，但这个差距基本上是可以忽略不计的，这也说明枫岚乡各个村委会的计生工作大体是均衡的。"

张春连连点头称是，范秀明则将枫岚乡的计生工作如何如何扎实夸赞了一番。

待其话音甫落，周士毅看了一下腕表，便大为惊讶地说，"啊呀，都快一点了，把领导们都饿着了，四宝，快把饭菜端上来。"

汤坊的村书记汤四宝说："周书记，昨天妇女主任两口子打架，今天没有过来，所以没人做饭。"

周士毅闻言气得猛地把桌子一拍，高声骂道："岂有此理！常言道，官不带饿兵，现在不是'兵'，而是省地市三级的计生领导来了，你没有准备饭也不提前说一声，真是糊涂透顶！"

陈处长见周士毅大骂村书记，倒弄得有点不好意思，忙说，村里的条件也不好，没有准备那就算了。

周士毅说："这些人做事真没谱，你看，如果现在回到乡里吃饭，然后再回来上户调查，这多麻烦！"

这时范秀明主任出来解围了，她说："要不然这样，我们现在就去上户走访几家农户，走访以后再回去吃饭，就免得下午再来回跑。"

张副主任也觉得这个主意不错，于是跟着附和了几句。

陈处长想了想，说："今天是个意外情况，我们就不要为难人家村书记了，就按范主任说的办吧！反正刚才我们已经仔细核查了台账，各项指标也都不错，跟枫岚全乡的指标情况也大致吻合，要不我们现在就随便上户走访几家吧。本来呢，走访哪几户也是要抓阄的，现在就一切从简，你们带路，随便看看就是。"

在村书记的导引下，于是，一行人便浩浩荡荡地来到距村委会不远的一户人家。这时这户人家正在吃中饭，明眼人知道，原来这就是村妇女主任的家。陈处长便让村干部找出这户的名册，然后就端着名册问女主人家里有几口人，各人的姓名、性别、年龄，以及执行计划生育的情况，如此等等。

女主人虽然有点害羞的模样，但还是全都一一作答。陈处长将本子上写的与刚才农妇答的一对照，发现完全一样，便又问了村里有那几户超生了。

女主人便说："这年头计划生育抓得紧，我们老百姓那里还敢超生啊！"

女主人答话时那副怯生生的模样，把陈处长他们逗得哈哈大笑起来。

时间已经过了一点钟，路上又是坑坑洼洼的，陈处长此时已是饥肠辘辘，他估计绕回去还得将近四十来分钟，所以便没有心思再问了。他以商议的口吻对张主任和范主任说："这边的基础工作做得还是比较扎实的，是不是……"

张主任闻言知道陈处长的意思，便说："要不就问到这里为止吧，这个乡的计划生育工作一贯都是不错的。"

周士毅说："唉！都是我的工作没有做好，弄得各位领导……"

陈处长貌似严肃地反驳道："'工作没有做好'？周书记,过分的谦虚等于骄傲啊！"

周士毅闻言羞得满脸通红，张主任和范主任等见陈处长既平易近人又通情达理，便都陪着笑了。

陈处长说完，把册子一合，随手交还给村书记，一行人便回到村委会陆续上车，然后赶回乡里用餐。

入席后，周士毅吩咐唐杰明拿瓶"醉仙醇"来，陈处长见周士毅要喝酒，坚持不肯，说自己酒量太小。周士毅说，"醉仙醇"去年被评为"省优产品"，现在来到"醉仙醇"的故乡，怎能不尝一尝呢？何况今天又是半个校友相逢，说什么也得喝两杯。范秀明主任也说，今天是贵客到了，平时周书记也是不喝酒的。陈处长见周士毅如此盛情，再说这里的计生工作又确实搞得不错，便不好驳他们的面子，只得开怀畅饮。

席间，周士毅问唐杰明，送给各位客人的礼品酒准备好了没有，唐杰明说，已经按每人两份放到车上去了。陈处长连忙说不要。周士毅正色声明，说是陈处长误会了他的意思，这不是送他们酒，是送给他们的广告样品，是恳请他们尝过以后，在外面多为醉仙醇美言美言。陈处长见周士毅竟把此事说得责任重大，知道对方是给自己一个台阶下，也就不再客套了。

酒过三巡，陈处长以非常真诚的态度对周士毅说："枫岚乡的计生工作真是做得很出色，如果全省各地的计生工作都能像枫岚乡这样，那我们国家的人口控制就一定能达到预期目的。"

周士毅一边"过奖过奖"、"惭愧惭愧"地应着，一边手忙脚乱地擦着脑门子上沁出的汗水。其后大家又继续推杯换盏，敬来敬去。几个回合下来，周士毅菜没吃多少，酒倒喝得超量，以致客人起身返程时，周士毅送客的步履都有点跟跟跄跄的。

第四十一章　地委领导找谈话

在枫岚乡代表长平市接受省计生委检查的前二十来天，市委李云峰书记见枫岚乡的主要工作连续几年在全市各乡镇名列前茅，对全局工作起到了很好的推动作用。尤其是在《为了那方热土》长篇通讯发表以后，周士毅的知名度和美誉度迅速获得很大的提升，已在长平形成了很好的舆论氛围，恰好原分管乡办企业的副市长鲁明即将退居二线，李书记觉得时机比较成熟，便动了提拔周士毅的念头。

有一次尚州地委开会，李云峰书记就伺机把周士毅的情况和自己的想法向尚州地委的唐远程书记做了汇报。在取得他的首肯之后，李书记回到长平召开了一次书记碰头会，提议提名周士毅同志为长平市副市长，以替补政府领导同期空出的职数。因为周士毅的人品、能力与实绩已经在长平有口皆碑，所以会议很容易就取得了共识。之后，李书记就将此事交给党群副书记欧阳智办理，欧阳智便找到组织部的王新民部长，叫他以长平市委的名义向尚州地委作了正式呈报。

又过了几天，经地委研究，同意将周士毅列为拟提拔的考察对象，在省里对枫岚乡进行计划生育抽检后的第四天，尚州地委组织部的一位副部长带了一个考察组，赴长平市枫岚乡对周士毅进行考察，长平市委组织部的王新民部长也陪同并参与了这次考察。

其后地委组织部便将考察结果递交尚州地委上会研究，因为长篇通讯《为了那方热土》的宣传，大家对周士毅的情况大都有所了解，同时大家也知道周士毅既是"强工工程"的"双优干部"，前不久还被选拔参加了省委党校的优秀乡镇党委书记研修班，所以这项人事动议很快得到与会者的一致同意。

元月十五日，周士毅按照尚州地委组织部的通知要求，赶赴长平宾馆三号小楼，接受地委副书记陈光耀的任前谈话。本来这次谈话是由地委组织部长在尚州进行的，因为分管党群的陈书记恰好到长平来进行工作调研，而他早在十五年前担任地区林业局局长时就听过周士毅的名字，知道周士毅当年在林场不仅表现优秀，还创造了"敲竹除雪"保护毛竹的方法，陈光耀当年由于无缘见到周士毅而颇感遗憾，现在见有此机会，便把这事揽了过来，他想亲眼看看这个出类拔萃的小伙子。

周士毅在三号楼二楼东端套房的会客室里见到了陈书记。陈书记站在会客室的中间，他上下打量了一下周士毅，觉得这个小伙子形象儒雅而又刚毅，一副坦坦荡荡的样子，不由得颇为喜欢。两人交谈数语过后，陈书记就在三人沙发的中间落座，周士毅也就按照陈书记的示意在侧面的单人沙发坐下。

在来长平之前，陈书记已经看过地委组织部交给他的周士毅的履历表，他见周士毅当年没去江南林学院，而是第二年考上了金城大学，有点出乎意料，因为他当年可是专门为周士毅到上面要了一个定向招生指标的。周士毅见陈书记就此发问，便把当年将指标让给章汉杰的事简单地汇报了一下，陈书记听后对周士毅越发赞赏。

闲聊之后，陈书记便言归正传，他说："士毅同志，虽说作为'强工工程'的'双优'干部是组织重点关注和培养的对象，但总的来说你的提拔还是比较快的，为了有利于你今后把路走得更稳一些，今天我受尚州地委的委托，在这里跟你提几点建议。"

周士毅听到这里，赶快从提包里拿出笔记本和钢笔，并神态恭谨地做好了记录的准备。

陈书记背靠沙发，伸手往上捋了捋乌黑发亮的头发，双眼露出睿智的光彩。他缓缓地说道："人的一生，大都要经历几次工作变动，但每一次工作变动，都要为自己理理思路，这样才能有利于在新的工作岗位打开局面。士毅同志，作为当下的你来说，我希望能注意这么几点：

"首先，你的班子角色变了，要重新定好自己的位置。你现在是乡里的'一把手'，是当家作主和拍板定案的角色，但是担任副市长以后，你在班子里年纪最轻，资格最嫩，在讨论工作的时候，你要记住自己角色已经发生由'主'到'从'的转换，要重新给自己定好位，要尊重市长和支持市长，要团结好其他同事，说话办事不要越权。

"其次，你的工作范围变了，要处理好交叉关系。乡镇的工作是'以党代政，党政融合'，所以你原来的工作范围是全覆盖，如果你认为有必要，所有的工作你都可以谋划和做主，然后经过适当的沟通，就可以交给其他班子成员去办。但是现在不同了，你只分管了一小块，而你所分管的工作，很可能还会与其他领导所分管的工作产生边际重叠，会发生责任与权力交叉的现象，在这种情况下，你要善于做好协调工作，要多尽责任，慎用权力，要妥善处理交叉关系，尽量避免与老同志发生矛盾。

"第三，你的工作对象变了，要改进自己的工作方法。你以前面对的主要是素质偏低的农民，你现在面对的是素质更高的市民，所以你不能完全把以前与农民打交道的方式搬过来与市民打交道，而要探索和采用新的工作方法，要更多地采用说服和引导的办法，要注意化解矛盾而不能激化矛盾。

"第四，你的权力层次变了，要注意抵抗各种诱惑。你是副市长了，今后有求于你的人必然更多，所以从上班的第一天开始，你就要为自己立规矩，要洁身自好，坚决抵御住各种诱惑，不要让自己在金钱和女色方面栽了跟斗。

"第五，你的政治地位高了，要平和自己的心态。士毅同志，虽说你是县级领导，但一个县级干部在中国政坛依然是个很小的角色，所以不要飘飘然。另外，中国有两句古话值得我们这些为官者铭记，一句是说'自古贤人多在野'，另一句是说'大隐隐于市'，这就告诉我们，在我们周围，肯定还有虽然无缘官场却又才华出众的人，所以身在官场之人，无论自己提升到哪个层次，都不可忘乎所以，认为自己真的有多么了不得，而要注重向身边的人学习，向人民群众学习。

"第六，你的工作任务重了，要学会审慎应对。到岗之后，你可能要分管好几摊子的事，这些事都关系到长平人民的切身利益，要力争有所作为。在以后的工作中，必然会遇到许多矛盾和问题，因此既敏锐观察、善于思考，也要积极稳妥、审慎应对，要善于利用一切积极因素，不断地把工作推向前进。"

在向周士毅提了上述希望和要求之后，陈书记还对周士毅进行了一些鼓励和鞭策，不久，谈话便进入尾声。告别前，陈书记交代周士毅，地委的提名文件他已经带过来了，长平市人大常委会即将按照规定进行选举表决，至于具体上班日期的确定，相信市委李书记会有恰当的安排。

周士毅告别陈书记之后，就赶往李书记的办公室，路上他想道，万事都有因果，天上不会突然掉下一顶"乌纱帽"砸到自己头上，他这几年一路顺风顺水，都是李书记关心和培养的结果。

李书记的秘书曹新荣见周士毅来了，赶忙起身过来表示祝贺，随后依例将周士毅引了进去。

周士毅轻轻地推门而入，看见李云峰书记笑容灿烂地坐在转椅上，周士毅赶忙来到他办公桌前，并隔着桌子，恭恭敬敬地用双手握了李书记伸过来的手。随后，周士毅非常激动地说："李书记，我记得我提乡长那会儿，曾经向您谈到我在政界的发展梦想，就是想奋斗个十几年，争取干到副县级，没想到这个梦想竟然这么快就实现了，我真的非常感激李书记，我的事让领导费心了！今后啊，如果有什么可以让我效劳的，李书记您只管吩咐就是。"

李书记目光柔和地笑道："士毅啊，不要感谢我，这是组织的关心和培养，你要感谢和报效的是组织，是人民。士毅同志，我们的事业要想长盛不衰，总是要一代一代培养接班人的。当然，在选拔任用干部的着眼点上，不同的领导难免会有所差异，就我个人的观点来看，领导用人不仅要用会听话的人，更要用能干事的人，如果任用一伙唯唯诺诺的庸才，这些庸才不仅自己没有能力干事，而且为了维护自己的面子与位子，还会刻意压制自己下面的人才，让'英雄无用武之地'，不难想象，如果出现这样的情况，那就势必延缓甚至阻碍我们事业的发展。

稍停，李书记又略有所思地说道，"我是这样想的，作为一个领导者，在选人用人的问题上，既不能立足于建立个人的小圈子，把被提拔者看做自己的家臣，更不能着眼于个人利益的递延，期望以后得到回报，而要出于公心，扩展视野，真正把那些德才兼备的人才选出来，用上去，让他们放手施展自己的才华，为国家为人民多做贡献。"

李书记见周士毅一直站着，便示意让他坐下。李云峰接着又说道："士毅啊，上次那篇《为了那方热土》的长篇通讯大家都看到了，大家对你的能力、付出与贡献都有了相当的了解。市委认为你善想事，能干事，有实绩，所以才把你选拔到副市长这个岗位上来。接下来，政府班子还会进行具体分工。但是，不管让你分管什么工作，你都要以积极的姿态和加倍的努力来对待，如果遇到困难和阻力，要坚强面对和妥善处置，千万不要让组织失望，好么？"说着，便带着温和的笑容看着周士毅。

周士毅便乘势问道："李书记，您可不可以教教我，在以后的工作中，我应该注意一些什么事情。"

听了周士毅的讨教，李书记顿了顿，说道，"士毅啊，做官是门大学问，这不是几句话就概括得了的，但以你的悟性，今后在工作中自然会有心得体会，具体的我就不细说了，总之你要记得，做官是一阵子，做人是一辈子，我们公职在身，一定要始终保持谦虚谨慎，戒骄戒躁的心态，要始终注意约束和警醒自己，尽量不要让自己在退离领导岗位之后，为自己在任的不当言行感到羞愧。"

周士毅有点腼腆地说道："李书记，我怕自己历练不够，经验欠缺，我想啊，为了能做好本职工作，以后我可能要经常过来向您请示汇报的。"

李云峰听到这里，耐心地开解道："士毅同志，你对乡镇的运作程序和运作方法应该是比较熟悉的了，但是你对县市这个层面的运作程序和运作方法可能只是略知皮毛。士毅啊，到了县市这一级，不是'以党代政，党政融合'，而是'以党领政，党政分设'，所以市委与市政府的分工大体是比较明确的，市委管人，政府管钱；市委谋事，政府干事；或者说，市委拍板'干什么'，政府谋划'怎么干'。"

李书记说的这些，周士毅以前大体还是知道的，不过对于具体如何运作，还是有点不甚了了，所以又问道："那市委与政府两边……"

李书记接着解释道："在政府那边，市长是市委副书记，常务副市长是市委常委，为了加强党的领导，有时候副市长里面还可能增设一两个常委，譬如分管计划生育工作的马华副市长也是常委。市委与政府两边，主要是通过市委常委会这个平台进行工作沟通，当然，有时候我们也会采用'书记碰头会'的形式，就个别重大事项临时进行沟通与协调。

"在通常情况下，市委书记是不能介入政府具体运作的，如果书记婆婆妈妈的，政府那边就不好开展工作了。假如一定要介入的话，尤其是介入那些具有利益瓜葛之事，那只能作两种理解，要不就是书记的权力欲望太重，要不就是书记的利益算计太多。我觉得吧，书记一旦介入政府的具体事务之中，会破坏有序的工作机制，很容易引起书记与市长之间的摩擦甚至冲突。"

李书记说到这里，他微笑着看着周士毅，接着说道："譬如你刚才说，要经常来向我'请示汇报'，这就难免会引发矛盾，市长会误认为我在插手政府的具体事务，而你自己也不好做人，因为你就同一个问题既向书记请示汇报又向市长请示汇报，如果两者观点不一致呢？那你到时候到底听谁的？那不是自找麻烦吗？"李书记说到这里，便对着周士毅慈祥地笑了。

周士毅听了李书记的启迪，觉得自己在政治上很不老到，以后一定要好好学习，好好感悟。忽然，他想起朱丹常常把自己叫做"师傅"，他想，李书记才真是自己的"师傅"呢，想到这里，便忍俊不禁地径自笑了。

李书记觉得周士毅似乎是露出了会心的笑容，就进一步说道："以后你好好地做好自己的本职工作，除了在正常的工作场合见面以外，我这边你可以少来，免得引起种种误解，如果确实有什么事需要沟通的，你也可以在方便的时候打电话给我，你看呢？"

周士毅见李书记为自己想得这么周到，心里愈加感动，便使劲地点了点头。这时他好像想说什么，但随即又忍住了。

然后，李书记就问到枫岚乡接下来班子安排的事。周士毅起初本不想介入此后的班子安排，但想到这三年来大伙跟着自己风里雨里也不容易，他得对大家有个交待，所以在想了片刻之后，就把自己的意见向李书记做了汇报。李书记一边听，一边点头，同时还用笔做了记录。

最后李书记说："昨天的书记碰头会已经对你的事做了一个具体安排，明天市人大常委会会表决你的任命事项，后天晚上正好有个市委常委会，可以顺便把枫岚的班子定一下；元月十八日组织部的王新民部长会去枫岚乡宣布班子调整的事，顺便进行一次集体谈话；元月十九日，政府办会派车过去接你来上班。因为市里是元月二十六日也就是除夕之日放假，你在到任之后还有一个星期的工作时间，在这段时间政府会调整领导分工，在明确分工之后，你恰好可以利用春节假期理清自己的工作思路，明年一上班就可以有序地开展工作了。"

　　在说过这些具体的日期安排之后，周士毅见已经占用了李书记很多时间，就主动告退了。李书记也没有挽留，只是破例将周士毅送到候见室门口的走廊上，并且目送着周士毅的离去。

　　李书记一边望着周士毅远去的背影，一边想道，明年上半年市里就要换届了，自己在长平已经担任了将近两届的市委书记，依据惯例肯定是要离开现在这个岗位的，想到自己以后和这个正直能干的小伙子相处的时间已经不多，李书记的心里不由得很有些感慨和不舍。

　　周士毅恋恋不舍地告别李书记，他来到街上，想将这个好消息立即打电话告诉妻子和父亲，好让家人高兴高兴，但是转而一想，又觉得不太妥当，因为他不知道自己提拔之事，是不是跟这次计划生育的迎检成绩有关，如果是这样的话，那自己就愧对了组织和领导的厚爱。当然，如果只是与他此前的工作成绩有关，则自己心里还是可以坦然接受的。他刚才面对李书记的时候很想表达自己的这些想法，但是在那种氛围下，话到口边他又强行咽了下去，他怕自己不合时宜地提及这样的问题，会扫了李书记的兴。

　　尽管周士毅当时把这个问题压了下去，但在他的内心深处依然潜藏着一份深深的疑虑和隐忧，他感觉在自己脚下已经埋下一颗"定时炸弹"，但这颗"定时炸弹"会不会爆炸？如果会的话，是在什么时候引爆？由谁引爆？以及怎么引爆？因为这些事都有太多的不确定性，所以周士毅便决定先不打这个报喜电话，他想等自己真的当上了副市长，而且确实是坐稳了这把"交椅"之后再说。他觉得自己已经三十四岁了，做事千万不能心浮气躁。

第四十二章　心惊肉跳好梦圆

自从上次地委组织部来枫岚考察过周士毅之后，大家便都知道周士毅要提拔了，后来小道消息愈来愈真，愈传愈广，大家都说周士毅要当副市长。于是，原先一道在地委党校学习的同学，以及平时在工作中接触较多交情较好的部门领导和乡镇领导，都纷纷打来祝贺电话，有的还专门赶到枫岚来，说是要讨杯喜酒喝。

周士毅虽然满面春风地感谢大家的好意，心里却不无烦恼。因为自己即将坐上去的这把"副市长"交椅，下面还埋有"定时炸弹"，他不想这样张扬。同时，他对"扶胜不扶败"的世风也确实不以为然，他不愿虚耗精力逢场作戏。不过，当人家特意向他表达祝贺时，他又不便婉拒，毕竟身在官场，不能表现得不食人间烟火般的过分清高，所以他只得打起精神应酬着。

当周士毅从市里接受任前谈话回到乡里时，由于接下来人事变动就要公诸于众，所以周士毅觉得这事已经没法再遮遮掩掩的了，便找到唐杰明，说是王部长要来宣布新班子的组成情况，叫他通知元月十八日上午八点半召开党政班子会。周士毅还特意叮嘱唐杰明去看看章汉杰是否已经回来了。同时他还言明，没有特殊情况的谁都不能请假。

章母的心脏病近几年频频发作多次住院，这次抢救无效最终还是撒手西归。正是"人之将死，其言也善"，章母在生命垂危时，她躺在病床上拉着章汉杰的手，夸他不仅关照了两个弟弟，而且为父母争了光，她可以死得瞑目了。其时，章汉杰跪在母亲病床前哽咽无语，泪流满面，在场的亲友都说章汉杰视后母如生母，真是个难得一见的孝子。

十七日傍晚，章汉杰夫妻在为母亲料理完丧事之后回到枫岚，不一会，刘秋声就过来告知周士毅即将荣升的消息。章汉杰这些日子一直在操劳母亲的生死大事，所以对于这些事自然是一无所知。那天周士毅虽然带了几个人到章家吊念，或许是觉得场所与氛围的不适宜，所以周士毅他们谁都没有提及这些事。

吃过晚饭，他心烦意乱地熬到天黑，便悄悄地溜到徐巧英的住所，两人如饥似渴地完了那事，徐巧英便告诉章汉杰，说她丈夫叫她把这边的工作辞掉，到陕西东风机械厂去做家属工，免得夫妻天南地北的长期分居两地。章汉杰闻言心里一沉，就问她自己怎么想的，徐巧英说她也有点拿不准。

接着，徐巧英又把这次汤坊村委会计生造假的事情原原本本地告诉了章汉杰。

章汉杰闻言心里一阵狂喜，他得意地想，现在"利器"在手，应该立即结束周士毅的政治生命。但他稍一捉摸，便暗责自己的冒失，因为这时出手，虽然可以将周士毅与李秋云一同"斩于马下"，但若操之过急，也很容易暴露自己，会使自己成为市委的打压对象。再说自己冬季计划生育"以罚代管"的事刚刚过去，上面要把这事拎出来严肃处理可谓轻而易举，到时候弄得"杀敌一千，自损八百"，那就很不划算了。章汉杰想到这里，对于要不要出手，以及何时出手和如何出手等问题，便显得不无踌躇了。

稍后，唐杰明过来告知关于召开班子会议的时间与内容。章汉杰得到参会通知，心里扑通扑通地乱跳，因为他不知道枫岚乡的党委书记一职自己究竟是不是接得到，他估计市委李书记必然会就此事征求周士毅的意见。

为了了解周士毅对自己当下政治前途的安排，他便赶往周士毅的住所。在路上章汉杰想，如果周士毅胆敢挡自己的道，自己就干脆来个鱼死网破。如果对方识趣的话，自己则不妨先悠着点，反正那件事摆在那里，风是吹不走月亮的。章汉杰继而又非常自得地想，周士毅的政治生命已在自己的掌握之中，如何处置就完全取决于自己的一个念头了。

两人见了面，章汉杰满面春风地向周士毅表示热烈的祝贺，周士毅自然陪上几句谦辞。然后，章汉杰状似悠闲地问周士毅，是谁调到枫岚来接任党委书记。周士毅说，明天组织部长就会告知大家，不过他估计组织上应该不会舍近求远吧。章汉杰便知道自己的事已经定了，心里不由得一阵激动。他又试探着问，那班子的配备是不是已经有了方案。周士毅说，明天可能会一并宣布。

章汉杰听了周士毅的答言，心里感觉不太痛快，他想，既然市里让自己接任乡党委书记，那这届班子的配备为什么不可以由自己做主呢！但他表面上却显得相当淡然。

章汉杰觉得彼此的聊天没法深入，再说对方命运的兴衰荣枯已在自己的掌握之中，所以也就不愿意与周士毅虚与委蛇，在短谈数语之后便告辞出门。临别之际两人重又握手，周士毅发现章汉杰的眼神似乎给人以居高临下的感觉，好像有着巨大心理优势似的，心里觉得有什么不对劲，但一时又把不太准。

又过了一会儿，李秋云来了。周士毅记得，这是李秋云三年来第一次独自一人晚上来到他的住所。李秋云并没有例行的祝贺，只见她眉头微蹙，先是轻轻地叹了一口气，然后挤出一丝勉强的笑容，说："士毅，什么都不要想，好好干！"

周士毅神情黯然地回道："秋云，真对不起！我让你担惊受怕了。"

李秋云说："士毅，我不怪你，我知道你肯定是有难以言说的苦衷。"

周士毅见李秋云如此通情达理，感动得一时不知道说什么好。

李秋云站在周士毅面前，她呆呆地看着略显憔悴的周士毅，目光柔和，眼圈渐红。他们心里都清楚，从此以后，他们已是某种程度的命运共同体，如果说得通俗一点，亦可称之为"拴在一根绳上的两个蚂蚱"。

在这种特定的氛围里，周士毅看见心怀忧惧的李秋云那副柔弱无助的模样，很像一只惊恐不安的"小兔子"，他心里顿时涌出几分疼爱怜惜的感觉。他想把这只"小兔子"搂在怀里稍加慰藉，但他随即意识到其中的危险性，因为这种做法不仅于理不合，而且人在感情脆弱的时候，理性的堤岸也是很容易崩塌的。于是两人就这样默默地站了一会儿，然后李秋云就走了。

李秋云下去不久，唐杰明便神色慌张地急步来到楼上，他对周士毅说："市纪检委的汤副书记来电话，说是要找您。"

周士毅听得心里"咯噔"一下，脸色都有点变了。周士毅此时的心境是不难理解的，但凡处在险境中的人，他们的心灵往往是脆弱的，任何一点风吹草动，都会被他们视作命运的警讯，让他们心神不宁惴惴难安。不过，周士毅随即定下心神，他想，"是福不是祸，是祸躲不过"。平心而论，枫岚乡这次计划生育迎检虽然造了假，但迎检样本的成绩还略低于全乡的实际成绩，自己并没有虚报浮夸，邀功请赏。想到这里，他就略略整了整衣服，昂然来到办公室。

其实，这次来电纯属虚惊一场。原来地区纪委明天下午要在长平召开一个廉政建设座谈会，市纪委的汤副书记正在单位加夜班，他知道枫岚乡的党建工作一直抓得不错，也估计周士毅还有几天才能到市里赴任，所以就顺便打个电话找周士毅征求意见，问他是不是有兴趣参加这次座谈会。周士毅在婉拒了汤副书记后，考虑到自己在枫岚的时间满打满算也就只有两天，于是便理了一下这两天的日程安排。

其后，他利用第一天的时间先是察看了几个临近收尾的工程，然后又自费买了些水果糕点，分头看望了在他任上退居二线的原党委副书记杨树青、原副乡长牟玉成与郭春萍。

元月十八日九时许，组织部长王新民亲自赶到枫岚乡，周士毅最后一次主持了枫岚乡的党政联席会。王部长在会上宣布，由于工作需要，周士毅同志不再担任枫岚乡的党委书记一职，由市委常委提名为长平市人民政府的副市长，昨天市人大常委会已经表决通过了这项任命，文件随后就会下发。大家得到确切消息，便一齐向周士毅鼓掌祝贺。接着，王部长又宣布了市委常委关于枫岚乡新一届党政班子的安排意见，他说，经市委常委研究决定，章汉杰同志不再担任枫岚乡人民政府乡长一职，改任枫岚乡的党委书记。大家又是一阵祝贺的掌声。章汉杰见自己已经正式成为枫岚乡的一乡之主，表面虽然淡然，心里暗自欢喜。然后，王部长又宣布提名蒋智丰为乡长，李秋云不再担任副乡长而改任副书记，唐杰明为副乡长，其他领导职务不变。同时言明，以上任免事项凡是涉及到政府领导的，由乡人大依法办理。王部长宣布了班子构成之后，又对新班子提出了要求和期望，进行了鼓励和鞭策。

　　在王部长讲话完毕，周士毅向组织向大家表示了谢意，章汉杰也简单地表了一个态，王部长然后马不停蹄地回到市里去了，尽管今天是星期天，但他的工作日程还是排得很满的。由于周士毅此时已经无权过问枫岚乡的工作，而章汉杰又缺乏足够的思想准备，所以大家在送别王部长之后便各自散了。

　　周士毅想到自己明天就要离开枫岚了，觉得现在时间还早，便向章汉杰和李秋云提议去庙山林场看看。章汉杰犹豫了一下，说他想明天召开党政联席会，以便部署一下近期的工作，因为自己要梳理一下工作思路，就不去了。其他人见周士毅没有邀请到自己，便不好自告奋勇。不过，朱丹却比较洒脱，她虽然也未受到邀请，但她对此却饶有兴趣，周士毅和李秋云自然是很高兴地同意了。自从上次抗洪抢险与周士毅相互进行了一场生死救援之后，朱丹对"师傅"的敬意里又多了一份纯洁的亲情成分，只不过她觉得"师傅"依旧是一如既往的矜持，好像并没有什么特别感觉似的。

　　周士毅掏出十元钱交给李秋云，请她去街上买点鱼肉，中午先到老场长家里去吃饭。李秋云笑着推回周士毅的钱，立即到街上采购去了。不久，她就骑了车子带了菜来到球场，周士毅和朱丹这时也已各把自行车推了过来，他们见李秋云到了，便一齐骑上车，朝韩家村奔去。

　　韩场长得知周士毅提拔为副市长，高兴得把"鱼尾纹"挤成了一朵花。同时他也告诉周士毅他们，说他的儿子韩金锁现在已经成为陶善根所开办建筑公司的项目经理了，并说这都是周士毅关照的结果。他随又总结说，好人终归有好报，只是时间早晚的问题。

　　用餐时，韩场长端上了一只炖得很烂的老母鸡，说是表示祝贺的。朱丹便说托市长的洪福，享大家的口福，周士毅和李秋云都被她的幽默逗得笑了。

吃过中饭，他们三个人便赶往昔日的庙山林场，也就是如今的正心寺，周士毅听说韩场长脚底长了个"鸡眼"，走路不便，便没有同意他陪同前往的要求。

到了银屏峰西侧的关山口，他们站在"放下亭"举目远眺，只见正心寺的几个主体工程都已基本结束，山门、天王殿、大雄宝殿和藏经阁，分别呈四级高程由下而上巍然耸立，东西两侧原有的知青宿舍也被新建的寮房所取代，整个寺庙，依稀重现了往日气势恢宏的格局，只是后山上的七级浮屠尚待恢复。

他们一行三人没多久就来到正心寺，进了山门之后，他们发现这儿依然是个人多物杂闹闹腾腾的大工地。为了图个自在，周士毅这次没有打搅在此主事的明性与明智两位法师。他们穿过天王殿，然后由东边的寮房步向大雄宝殿的东侧，其时他们一边慢慢走着，一边目光空泛地各处看着，那副样子似乎是在关注着什么，又似乎什么都没有看进去。

周士毅想，自己这次被提拔为副市长，也不知是福是祸，因为"人怕出名猪怕壮"，但凡在事业上走红的人，往往容易引起过往不睦者的嫉妒甚至憎恨，政坛许多人的倒台，大都发生在他们将要提拔或刚刚提拔的那个时段。当然，如果自己没有"尾巴"给人踩也就罢了，偏偏这次有个"计生造假"问题。一想到计生造假，周士毅恍惚觉得头上悬了一把无形的利剑，让他内心充满忧虑甚至惶恐。由此，他对于现行的计生检查方法感到非常的愤怒，他觉得这种抽样检查的方法真是荒诞至极，因为在受检样本与受检总体相关指标出入较大的情况下，很可能导致本来总体很好的计生工作却遭错责，本来总体欠佳的计生工作倒受谬奖。周士毅想，这样逐层以点代面的极不合理的检查方法，怎么就会堂而皇之地应用于实际工作中呢？就拿这次来说，长平市三十二个乡镇街办，枫岚乡只是其中之一；枫岚乡二十个村委会，汤坊村也只是其中之一，这次检查，通过两次随机抓阄，先是以枫岚乡代替长平市受检，然后又是以汤坊村代替枫岚乡受检，而汤坊村的人口不到枫岚乡的百分之五，只占长平市的千分之一点四，无论是从理论来讲还是从实际来讲，以这么小范围的计生情况来代替这么大的范围，其结果必然无法真实地反映枫岚乡乃至长平市的计生情况。

周士毅又想，枫岚乡的计生情况在全市毫无疑问是首屈一指的，但汤坊村又确实存在一定的问题，如果不动台账老实受检，最后必然会得出一个有违全乡实情的虚假结果，这样便会让全乡干群的艰辛努力付诸东流；如果调整台账适度造假，因为受检结果将能大体符合全乡的实际情况，反而可以使全乡干群的努力成果得到真实的体现。那么，在这种"真竟成假，假反为真"的畸形怪诞状态下，究竟怎么才是公正客观地反映乡村干部的计生成绩？怎么做才叫做"实事求是"？我们所要维护的"真实"，到底是形式上的还是实质上的？事情虽然已经过了一些时日，但周士毅只要一想起这件让人进退失据的事，依然感到相当的迷惘乃至愤懑。

周士毅接着想道，其实，省里抓计生工作只要改变思路，就完全可以消除让人左右为难的弊端。具体来说，一要废除以下代上的检查方法，免得地区为县市护短，县市为乡镇护短，以便从源头上消除各级抱团造假的可能；二要废除逐级抽样的检查方法。上级应该把乡镇作为一个完整的受检单位，而不能只抽取某个村委会作为检查样本，以免导致乡镇因为担心抽查结果失真而被迫造假的问题。

周士毅认为，计生工作的关键在基层，省地县（市）三级计生门应该集中精力督查乡镇，如果不检查则已，要检查就对整个乡镇进行全面彻底的检查。如果乡镇主要领导和具体操作者为了虚报成绩而造假，就要严格追究责任，绝不姑息迁就。在这种高压态势下，乡镇领导只要扎扎实实抓计生，老老实实受检查就行了，这样反而有利于把计生工作抓实抓好。

周士毅又想，如果省里这次对枫岚乡的计生检查，是采用这种对乡镇全面检查的"笨办法"，自己哪里还用矛盾纠结和患得患失，以致最后被迫铤而走险并因之担惊受怕呢？

李秋云也陷入了沉思之中，她一边走着一边想道，按照上级规定，书记与乡镇长都是乡镇计划生育的第一责任人，这次检查偏偏章汉杰在家里照看病中的母亲，所以这次受检的主要责任就只有周士毅一个人担着了。而自己，不仅分管了计划生育，竟还亲自指挥造假，所以说，如果汤坊村计生台账造假这件事一旦被谁捅出去，自己和周士毅都要承担难以推卸的责任。

那么，谁会因为心怀不满而去捅这个"马蜂窝"呢？她首先想到配合她造假的两个当事人，她觉得金月娥是绝不可能告状的，因为他们夫妻对周士毅满怀感恩之心，她不可能恩将仇报。不过，她觉得徐巧英的可能性倒是很大的，因为正是周士毅提拔了自己而阻住了徐巧英。但她继而一想，又觉得自己或许是多虑了，因为徐巧英也亲身参与此事，如果这事被捅出去，作为一个聘用干部，那她的饭碗也未必端得稳。她想来想去，后来就想到了章汉杰。章汉杰那次欲行不轨，被自己严词拒绝了，丢了他的脸面，他或许会怀恨在心。此外，章汉杰对周士毅只怕也是心怀怨愤，因为无论是为送酒立规，还是给计划生育罚款纠偏，这两件事都让章汉杰丢了人，而章汉杰又是个气量狭小睚眦必报的人，如果他向上面举报计生造假这件事，就可以"一箭双雕"报两仇。不过李秋云转而又想，如果他要告发此事，不仅周士毅和自己要受处分，两个参与者同样难辞其咎。最后李秋云认为，既然徐巧英不敢，那章汉杰也就不会，因为他即使对前女友金月娥没有感情，他总不能不顾及他的情妇徐巧英吧，毕竟丢掉"饭碗"的可能性是现实存在的。李秋云在做了种种的排除之后，心里又稍稍踏实了一点。

三个人都在似看非看地默默地走着，朱丹见周士毅和李秋云都是面有忧色，心里已经猜出他们忧从何来。那天她得知李秋云带了徐巧英和金月娥去汤坊村委会调整计生台账，不由得大吃一惊，事后她问李秋云为什么要这样做。李秋云当时长叹一声，只短短地回了三个字"没办法"。由此看来，造假之事并非出自周士毅的本意，只是由于顶不住上面的压力他才屈服的。想到"师傅"如此刚毅之人在政界也有情非得已之时，朱丹对她的"师傅"生出深深的同情与怜惜。不过，"师傅"所受的压力到底来自何处呢？朱丹脑子里转了几转，心里不由得"咯噔"一下。

经过这件事的折磨，周士毅暗自下定决心，如果这次能够安然度过难关，以后处事一定要"守住是非底线"，无论什么时候，自己都不能违心行事，因为"人为刀俎，我为鱼肉"，天天惶恐不安，这真不是人过的日子。

他们一行三人缓步来到大雄宝殿，可能是尚未进入油漆阶段，"文革""破四旧"时钉在柱子上覆盖楹联的木板还未拆掉。三人朝里望去，在大殿的中央，一尊硕大的由名贵原木雕刻拼装的如来佛祖造像，虽然还是毛坯状态，但已双目微闭地端坐在粗糙的莲花宝座上，正庄严淡定地俯视着世间苍生。其他体型偏小面目各异的罗汉也在殿内各处赶工拼装和打磨，他们见里面比较杂乱，就都止步门前。

李秋云和朱丹站在门外朝里面凝望良久，竟不约而同地双掌合十，对着殿内的"佛祖"造像闭目俯首，似乎在心里默默地祈求着什么。几个工匠这时正悄然攀爬"莲花宝座"，见门外两位女士对他们尚未完工的作品如此虔诚，都不由得暗自笑了。

周士毅本来是不信鬼神不信佛的，但因这段时间心里有点发虚，对于是否需要祈求"佛祖"保佑便有点拿不准了。这时，他见朱丹与李秋云依旧在毕恭毕敬地对佛祖俯首合掌，便也不由自主地抬起手来想予礼敬。正在这时，却见一个工匠已经爬上"佛祖"的身躯，开始用细砂纸打磨着"佛祖"的额头和脸部，周士毅见状便将已经抬到半高的手臂放下了，他想，眼前的这座雕像，不过就是一件佛事用品而已，"他"自己都在任人摩挲加工，又怎能大显神异地保佑世人？

由于里面的粉尘已经一阵阵地向外飘来，再说李秋云和朱丹也已祈福良久，于是他们便离开大雄宝殿向西边的寮房走去。此时周士毅和李秋云的内心都相当的脆弱，他们惶惶然地驻足于人生的第一个驿站，不知在未来的人生路途中，究竟会有何种不测之事发生。

周士毅觉得，人啊！其实是种相当脆弱的动物，人们既会为了既成之得而欣喜，也会为了可能之失而忧伤，尤其是处在人生的十字路口，或者是面对某种险境时，由于无法把握自己的命运，人们常常会向超自然的力量寻求庇佑，以便使惶恐的心灵得到些许慰藉。

在离开正心寺返回乡政府的路上，周士毅依旧陷入沉思之中。他觉得，宗教通常都是教化因果规律的文化载体，所以信奉宗教不如重视因果，就拿佛教来说，其最大的济世利民之处，并不是让善男信女憧憬"佛主保佑"，而是让世人敬畏"因果报应"。周士毅觉得，就"因果报应"之说的本质而言，其实并不是迷信，而是人类社会的一种带有普遍性的客观规律。周士毅进一步认识到，不同的处世态度与行事方式，势必带来相应的后续反应，成功者之所以成功，失败者之所以失败，除了某些偶然因素的影响，大都是因果规律使然，所以为人处事应该理智言行，要重视因果规律对人生的重要影响与重大作用。

周士毅从因果之说又联想到此次计划生育的造假迎检，他担心"因"既不良，只怕"果"亦不妙，但事已至此，以后也就只能盲人骑瞎马，走一步是一步了。

当天晚上，周士毅躺在床上细细地梳理着自己在枫岚任职心存遗憾之处。他觉得这几年对文教卫生事业的投入得比较少，没有尽到地方政府应尽的责任；对村干部的关心也不够，他们付出太多而得到太少；自己虽然抓了扶贫工作，但收效还不明显，还有不少群众依旧处境艰难；此外，他还想起自己不仅没有将本乡干部提拔到外面去，反倒被动地接受了朱丹这个"空降兵"，以致堵塞了本乡干部的上升通道，他觉得如果将心比心，自己在关心部属成长方面做得还不够。他还想到有两个村委会的账目出了点问题，另外村干部的吃喝之风渐长，自己本来想好好地抓一下，但现在来不及过问就要离开了。

然后，他就想到自己的家事。他想，妻子以前总是盼着自己能早日提拔为县级干部，以便在杜娟面前扬眉吐气，自己这回居然梦想成真，她如果知道这个消息，不知道会有多高兴呢！

他接着又想道，等在市里上了几个月的班，坐稳了这把"交椅"之后，再考虑将妻子调过来，自己再也不能让妻子长期过夫妻分居两地的日子。说起来，为了自己在事业上的进步，妻子也真是付出太多了。

接着他又想到初恋女友乔晓娜，不知她是否成家？过得怎样？然后就又想起苏爱莲，这个清纯的小丫头，如今不知在什么地方从事什么职业？也不知她的近况如何？

他又推想，如果这个小丫头得知自己提拔之事，应该会为自己高兴的。

想到自己的提拔，周士毅便打算在上任之初微调一下自己的形象，他觉得自己平时步速偏快，还有点心浮气躁不够沉稳，他觉得这可不像个县级领导干部。他继而想道，如果仕途坦荡，自己此后在政界的终极奋斗目标应该怎么定呢？他考虑到从副县级到正县级之间存在诸多隐形"台阶"，通过审慎斟酌，最后便确定为做一任有所作为的"县（市）委书记"。由此他想起"乘长风，破万里浪"这句古词，心中顿觉意气风发。

正当他踌躇志满的时候，他随即警觉地想道，如果自己这次计生造假的事被人抖落出来，那自己连眼下的"副市长"都当不久，更别指望当什么"县（市）委书记"了，想到这里，他不由得忧从中来。

周士毅这样东想想，西想想，在床上翻来覆去辗转难眠，直至过了子夜许久，他才朦朦胧胧地进入梦乡。

睡梦中，周士毅感觉自己在江河里正向着彼岸击水前行，猛然间，他发现自己被一股湍急水流冲向下游一个巨大的漩涡。他情知不妙，立即挥臂避险，无奈此时手臂酸软无力自主，眼见灭顶之灾迅速逼近，他情不自禁地发出一声惊恐的大叫。

外间响起一阵急促的敲门声，身陷恶梦的周士毅被惊醒了。他一个激灵，猛地意识到今天是一九九〇年元月十九日，是他去市政府报到上班的日子，他拿起"梅花"表一看，发现已是七点二十了。

周士毅一边高声应着，一边迅速穿好衣服打开房门，原来章汉杰正神清气爽地站在门外，他的身后是满面笑容的唐杰明。

周士毅问道："汉杰，你们来了！"

章汉杰好奇地回道："你刚才怎么大叫一声？"

周士毅说："做了一个梦哩！"

章汉杰似乎猜出了周士毅身陷噩梦的原因所在，嘴角露出一丝让人难以觉察的狡黠的微笑。他说："今天是个大喜的日子，怎么还睡懒觉啊！"

周士毅笑了，他知道，今天对于他和章汉杰来说，其实都是履新的大喜日子。

周士毅把章汉杰和唐杰明礼让进门，自己就拿了洗漱用品去水池那边，不一会儿，周士毅便神采焕然地回到外间。这时他向章汉杰与唐杰明稍作客套，然后就着手将自己还没有收拾好的物品进行归置。周士毅刚一动手，唐杰明就抢着接手归置起来，周士毅只好笑着领情。因为市政府办昨天已经来过电话，说是今天过来迎接周市长的人员会吃了早饭过来，所以唐杰明便催促两位领导快去食堂用餐。

大约八点半钟，当周士毅在章汉杰的陪同下从食堂来到球场时，看见所有的班子成员和绝大部分的乡干部都等在球场上，周士毅估计他们是在点名过后专门守候在这里的，心里一阵激动，就转着方向对大家微微颔首致意。

正在这时，一辆黑色的上海牌小轿车一声喇叭过后便驶入球场，站在球场上的人群就赶快避让。小车调转车头后稳稳地停在周士毅的旁边，从副驾驶座上下来的是市政府办的副主任高波，他满脸春风地对周士毅招呼道："周市长，您好！"

周士毅是第一次听到别人正式称谓自己的新职务，觉得很新鲜，也很受用。他一边笑着回应，一边与来到近前的高波握手。

接着，高波又向章汉杰打招呼。高波在政府办工作多年，乡镇这些主要领导他都是非常熟悉的，尤其是他先前还应章汉杰之邀来枫岚拿过酒。

这时，从驾驶座上下来一个颇显富态的人，章汉杰一见，大喜过望，随即快步绕过去，并高声叫着"唐叔叔"。

原来来人是章汉杰的大恩人、市机关车队的队长唐冬冬。章汉杰终生不会忘记，当年虽然因为周士毅的推让而得到庙山林场工农兵上大学的推荐指标，但枫岚公社党委审批这一关，还是靠唐冬冬请县领导出面帮忙疏通的，所以在章汉杰的心目中，唐冬冬是他需要铭记终生的大恩人。

唐冬冬先向周士毅恭恭敬敬地打过招呼，然后一边将右手伸向章汉杰，一边神态怡然地说："章书记，今天本来另有司机过来，但我考虑到今天既是我们周市长报到上任的日子，也是章书记您高升履新的日子，所以我特地自个开车过来，既是为了迎接周市长，也是为了向您表示祝贺！"

章汉杰听了唐冬冬的话，激动得满脸通红，他用双手握着唐冬冬的右手认真地纠正道："唐叔叔，您以后可千万不要叫我什么'章书记'，以后不管是在什么时候，或者我处在什么岗位，您都只能叫我'小章'，或者是'汉杰'。如果您以后再叫我'章书记'什么的，那就是打我的脸！唐叔叔，我说的可都是真心话！您明白么？"

唐冬冬以前只知道章汉杰事母至孝，如今见章汉杰竟然如此重情重义，便用力拍了拍章汉杰的臂膀，豪爽地笑道："好！叔叔听你的，汉杰！"

章汉杰见唐冬冬理解了自己的心意，就非常开心地笑了。然后他就吩咐唐杰明道："小唐，你去食堂搬两箱'醉仙醇'来，今天高主任和我唐叔叔亲自来接周市长上任，我们要表示感谢！"

唐杰明习惯性地看了一下周士毅，见周士毅的目光恰好移往别处，便快步走向食堂。蒋智丰见状略一踌躇便也尾随而去。不一会，蒋、唐二人各搬了一箱'醉仙醇'接踵来到车子后面。

这时刚好苗壮与宣新民等人已把周士毅的行李搬了过来，大伙便试着调整后备箱的空间以放置行李与酒箱。

高波和唐冬冬因为不知道周士毅的态度如何，起初还想拒绝赠酒，无奈章汉杰态度坚决，同时也觉得周士毅没有干预的意思，两人便乐得笑纳。

周士毅见诸事已毕，就开始与在场的老同事们一一亲切握手，蒋智丰、苗壮、李秋云、宋慕贤、宣新民、朱丹和唐杰明一干人等，一个个都是眼含不舍，周士毅自然也是如此。

握手时，满平特意把周士毅拉到一旁，他一本正经地凑近周士毅，将一只手挡在嘴边轻声说道："周市长，凭您的本事，我估计您以后肯定能当省委书记，您信不信！"

周士毅听了这不切实际的夸赞，羞得脸都红了。

大家虽然不知他们说了些什么，但看见满平那神神秘秘的样子，都估计满平刚才肯定又"狠狠"地恭维了领导一番，便都会心地笑了起来。

正当周士毅与一众同事全都握过手准备上车时，忽见杨树青、牟玉成、郭春萍和韩鼎诚等几位老同志正兴冲冲地赶了过来，每人还抱了一卷大大的红彤彤的爆竹。周士毅看得出，韩场长的腿脚走路时依旧显得不太利索。

周士毅赶忙迎上前去向他们诚挚道谢并亲切握手，韩鼎诚兴奋地对周士毅说，街上已经挤满了好多等待送行的群众哩！

章汉杰担心越耽搁人越多，便提请周士毅上车。周士毅刚好与几位老同志握手已毕，就再次举起双手转着方向朝大家致意，然后就走近车子右侧的后部。已经守候于此的高波马上左手打开车门，右手举到车门上方做"护顶"状。高波见周士毅在后排右座坐定，随即关上车门，自己也坐入副驾驶座。

此时，唐冬冬已把前后左右的四个车窗全部放下，眼睛湿润的周士毅怀着惜别依依的心情，向车外各个方向的同事频频挥着手。随着一声喇叭响过，小车徐徐朝前开去，刚才停车的球场上，顿时送来经久不息的响彻集镇的鞭炮声。

2016 年 8 月 29 日晨　初稿于广州市富丽花苑

2018 年 6 月 2 日子夜　末稿于宜春市宜阳小区

后 记

　　《漩涡》，是以上世纪八十年代后期为时代背景，以江南农村为环境依托，以乡镇领导的日常工作为主要题材创作而成的。作品主要描写了主人公周士毅赴任枫岚乡党委书记后，如何力挽危局打开局面的人生经历。

　　笔者认为，作为一部让著作者不无期许的长篇小说，通常是由贯穿全书的故事情节与蕴含其中的思想理念共同构成的，前者大都着眼于作品的艺术水准——让读者读之有趣，后者通常致力于作品的思想张力——让读者品之有益，而"有趣"与"有益"的有机结合，才是作品价值的完美体现。

　　为了让读者读之有趣，作品通过交替铺陈三条相互交织的写作主线——时断时续曲折缠绵的"情感主线"，有喜有忧艰辛坎坷的"事业主线"，忽隐忽现牵动人心的"冲突主线"，使诸多人物的曲折生活经历、多彩人生际遇和缱绻情感世界，得到此起彼伏峰回路转的生动展现。

　　为了让读者品之有益，这部作品不仅描述了上世纪八十年代的乡官、乡事、乡情，探讨了纷繁复杂的人性、人心、人生，还在呈现那个特定时代社会风貌、社会变迁与社会群像时，水乳交融地渗入了笔者的以下认知：人生理念与领导艺术；夫妻伦理与家庭教育；"三农"工作的系统化展开思路。此外，作品在描述官场矛盾时，没有从权谋角度去刻意渲染领导之间的纠葛斗争，而是着眼于阐述蕴含其中的人性事理，以期引起读者的深思。

　　窃以为，如果将生活视为一部浩瀚纷繁的"百科全书"，能够概要呈现个人"解读心得"的理想载体便是长篇小说。为了较好地表达笔者对世事人生的理解，笔者在创作这部作品时，既浓墨重彩地刻画了主人公周士毅，也细腻生动地描绘了章汉杰、杨树青、牟玉成、李秋云、苏爱莲、朱丹；范正聪、李云峰、朱泰来、荣新发、卫步青、高凤等一批主要人物。笔者期盼上述各具特点的人物形象，能够给读者留下挥之不去的深刻印象。

对于笔者来说，小说创作既是精神享受也是情感折磨。书中的主人公周士毅，是个既善良又正直的男子汉，他虽然也有过人性的迷惘，甚至也有某些方面的不足，但总的来说，他坚毅正派，真诚善良，气量宽宏，工作勤奋，而且善思考，有理想。在奔腾不息的时代洪流里，其人生之舟穿行在世事的波峰浪谷之间，并屡屡呈现出激动人心的搏击风浪场面。诚然，他的事业与婚姻并非一帆风顺，但他却凭借自己良好的人生理念与性格修为排难而进。

在写作期间，笔者对周士毅寄托了美好的理想，倾注了真挚的情感，我既乐其所乐，忧其所忧，也为他的豪壮表现与施政成果而深感快慰。在笔者的心目中，"周士毅"似乎已经不是书中的一个艺术形象，而是一个有血有肉的人活生生地站在笔者面前。

在笔者的写作构想中，此后的周士毅，人生虽然色彩缤纷，命运却是跌宕起伏，他攀爬过人生的巅峰，也坠落过事业的谷底。其后发生的林林总总的故事，看似不无偶然性，却又蕴含一定的必然性。对于其无常的命运轨迹，多变的职业生涯，以及缠绵的情感经历，如有可能，笔者拟再写两部续集对其另加表述，使之构成一组系列小说，在圆满实现自己写作初衷的同时，也借此表述自己对世事人生的总括认知。

但凡小说创作者，大都想为读者奉献一部值得青睐的作品，但在浅阅读渐成趋势的当下，即使创作者竭尽心智，能被读者纳入视野的长篇小说其实并不太多。《破网》与《漩涡》这组既相互联系又各自独立的姊妹作，虽然浸透了笔者数年的创作心血，融入了笔者经由数十年跨界职业历练所形成的诸多感悟，但她是否真的能让读者既得到阅读乐趣又获取某些启迪，笔者心中其实是不无忐忑的。在作品行将付梓时，笔者惟愿其能对得起读者不无期待的眷顾。

作者

2018 年 6 月 28 日 写于广州市富丽花苑